津人良缘

章猪儿 著

哈尔滨工程大学出版社
Harbin Engineering University Press

图书在版编目(CIP)数据

津人良缘 / 章猪儿著 .—哈尔滨 : 哈尔滨工程大学出版社 , 2020.7

ISBN 978-7-5661-2702-0

Ⅰ. ①津… Ⅱ. ①章… Ⅲ. ①短篇小说—小说集—中国—当代 Ⅳ. ① I247.7

中国版本图书馆 CIP 数据核字 (2020) 第 109629 号

选题策划 雷 霞
责任编辑 唐欢欢
封面设计 李海波

出版发行 哈尔滨工程大学出版社
社 址 哈尔滨市南岗区南通大街 145 号
邮政编码 150001
发行电话 0451-82519328
传 真 0451-82519699
经 销 新华书店
印 刷 北京中石油彩色印刷有限责任公司
开 本 787 mm × 1092 mm 1/16
印 张 23
字 数 463 千字
版 次 2020 年 7 月第 1 版
印 次 2020 年 7 月第 1 次印刷
定 价 88.00 元
http: //www.hrbeupress.com
E-mail: heupress@hrbeu.edu.cn

序

虽说吃鱼吃虾，天津当家，但天津人光吃海鲜，或只认外地人张嘴就来的狗不理包子、十八街麻花、耳朵眼儿炸糕。那么我想，八成原因是怕外地人知道得太多了，会过来抢天津娃娃们的饭辙。是啊！这就跟旧时戏曲界流传下来的一句谚语塞的，北京是学艺的出处，而天津却是名家荟萃的聚处，因此天津介地界儿汇聚能耐人，团和有缘人，吸引能人志士来此大显身手。

在人头攒动之地肯定不乏美食。打比方来说，简简单单的一把香莛，这个韭菜花的梗子，有人还管它叫韭菜莛。那么用香莛炒肉丝，便是天津娃娃们所熟知的家常菜。但若是没有肉丝的话，用香干代替去炒也行。其实这就是一道传统的津菜。天津人到饭店点不点它都无所谓，因为在大多数天津主妇的眼里，这道菜在家就能做得倍儿香。

香葶的挎包被小偷瞟上了。没错，这出戏的主人公就叫香葶。此人姓香，与了、冻、碗等罕见姓氏一样，是个不常见的姓。要说他这名儿起得也怪，明明是个男的，偏偏起了个有点儿女人味道的名字。可也难怪周围人的一致认同，就因为这位公子哥儿确实有纤细的四肢与婀娜的姿态，既没有明显的喉结，也不留胡子，因此小偷的手很张狂地伸进了他的挎包里，小偷认为即便被当场发现，自己也能打得赢。

香葶被来来往往的眼神儿及时地提醒到了，他果断地能忍没忍，原地转手，一个侧踢，再就坐地擒贼了。

“好身手！”小偷发自内心地呐喊。他真没想到，一个长成韭菜叶子形状的人，竟会有如此好的身手。

对呀，人家香葶是天津跆拳道的女队陪练，就这点儿小意思还用得着烧半炷香的工夫么！

可能是因为突然的一使劲，香葶随即打出了一个饭嗝儿，叫小偷闻到以后，忙喊：“嚯！香莛的味道够浓啊！”

小偷口中的此香莛非彼香葶，但香葶由此会心一笑，而后松开了小偷的胳膊。

一句“香莛的味道够浓啊”即打开了主人公的心扉。没错，天津人好逗，也好自嘲，所以往往低调行事，就算再有好身手，也愿不露声色地见好就收。

“不是冤家不聚头啊！”香葶到此终于开口了，他说自己挎包整天的鼓囊劲儿，也的确容易“不怕贼偷，就怕贼惦记着”。因此他当着众人的面儿打开了挎包，专门叫小偷过来仔细瞧了又瞧，小偷立马也就明白了此人从事嘛职业了。

香葶又说：“今儿个也算是咱兄弟二人有缘。不过这种结缘的方式也不必长久。总之，我刚打一饱嗝儿，算是叫你认识我是谁了。”说罢，他便步伐飘逸地远去了。

可事后的小偷，却跟中了魔一样地念念不忘有如此身手兼气度的人儿了！此后，若是家中的老母亲炒了香莛做菜，小偷势必会找来今晚报，关注一下天津跆拳道的体育赛事。

那么小偷今后还做小偷嘛？我想他若是被香葶的身手折服了，日后定会另谋正当的出路。就比如后来，他接手了老母亲干了一辈子的煎饼馃子摊儿。

以上这故事就算作序言好了。其实在我写序时，总惦着如何概括书中的内容，做到点到为止的精致简短。但是，我个人觉得做再多概括式的说辞，不如讲个有头有尾的故事，从书中那一幕又一幕的剧情当中，看是否能勾起你的“隔河不下雨”或是“百里不同风”。也许你能趁势与我的故事产生共鸣的情缘呢！

还是那句话，好书兼备了字典的功能，随便翻翻便能与生活里的点滴形成对照。过这村儿没这店儿，有缘千里切记来此书中相会。

本书中的故事纯属虚构，但天津美食却是实在的。

章猪儿
庚子年立夏

目　　录

狗不理与猫不闻（上篇）

狗不理包子驰名中外，在外地人嘴里尤其是个名物。其实到了天津，随便找个普普通通的街边儿包子铺，那刚出笼屉的包子就能作为一种吃食，满足人们的口腹之欲了。一抬手，包子里的汤汤水水顺着胳膊流到后脑勺的情形，搞曲艺的耳闻目睹之余，有可能就将其改编成了相声段子。但这也说明了天津包子的汤汁儿确实多，咬开包子皮儿的一刹那，一不小心就会将汤汁儿呲（呲：多指男孩尿尿，此处意为喷、溅）到离其最近的那人脸上。不信，你去剧场听听，人家说相声的是怎么形容这个过程的吧：说啊，打外边儿进来俩不曾谋面的人，同时坐在了一起拼桌吃饭。其中年纪轻者上来就点了包子，包子一上来，他就不管不顾地咬了下去，包子里的汤水就跟呲水枪似的，一下子呲到了对面那张老练的面孔上。可是吃包子的青年人并没意识到这个问题，而是继续嚼着包子，但对面的那位已经开始动怒了。正在这时，打他们身边儿路过的服务员见状，立马取来一条热毛巾递给了被包子汤水“洗脸”的年长食客。但那人却对服务员摆了摆手，慢条斯理地说：“不急，不急，再待会儿，你瞅他碗里不还有仨没动的么！”

以上这则故事，要从一辆由大西北始发的绿皮车开始讲起。一个身体健壮、豪情满志的愣头儿青（愣头儿青：指鲁莽的人），背着吉他、拎着皮包，兴冲冲地跳上了绿皮车。他念念不忘儿时的记忆，在抵达天津的头一夜，他难以入眠，在床榻上辗转反侧，临近火车站的旅店里必定是鱼龙混杂。加上房与房之间，那不堪一击的挡板的低效隔音作用，使其接连起身，面对着那面墙，情不自禁地吼一嗓子：“别那么大声吵吵啦！”以此表明自己的忍无可忍。可事实是屡试屡不爽，于是青年拿出吉他，试着把脑子里的那些蒙太奇影像，弹唱出来。其间他从皮包里翻出了一些烟叶，搓成纸烟，燃起来一并让思绪缓缓地平稳，伴随那不断缭绕的烟雾，愣头儿青继而再次穿梭进了时空。

愣头儿青先是回到火车站旁的那家包子铺里，他夹起碗里倒数第三个包子，而对面坐着的食客，那一刻却冲他主动开口讲话了。

“小伙子真能吃啊。换我肯定塞（塞：吃饭）不下去（那么些包子）。吃完了也没地儿消耗，不就给自个儿（自个儿：自己）的肠胃找麻烦了么！”

他抬起头，眼眶里写满了对那人的回复：您就甭担心我啦，您了擎好儿（擎好：自信必能成功，让人静待佳音）吧。但他内心的潜台词却是：这算不上是天津最正宗、最好的包子，赶明儿自己要去尝那个最有名的！于是狗不理总店门前，转天出现了一个卖唱的青年。

经过一整天吉他的造势、助力，也未能了却青年的心愿。因为包子总店门前来来往往的散客实在是太少了，前来的基本上都是从大轿车上下来接受整队，并有秩序地被导游领入的外地游客们。随着夜幕的降临，青年浮躁地收起装着零零散散钢镚儿的吉他琴盒，提上随身的皮包，像风一样潇潇洒洒地重返征途。

话说愣头儿青自小跟着自己的父亲，曾有过在天津生活的经历。在那段日子里，父亲通过繁重又辛勤的劳作换来的食物，让这个幼小的味觉感官，沾染到了天津本土平民百姓的家常美食。由此他萌生了对天津味道的情缘，立志将来等自己再次踏上这片土地时，会重温那些最接地气的人间每美味。平日里，大人们光着膀子，挥洒汗水，可每逢饭点儿，愣头儿青就加入了他们，跟大人们一道，两手不识闲儿地抓取着吃食……不论当时塞进嘴里的包子有没有名气，打没打着闻名遐迩的招牌。如今的他依然念念不忘那种满足感。因此愣头儿青更对声名远扬的“狗不理”产生遐想。

“出门乘车，在北上广等于爬，在咱这地界儿不乘车等于爬。”对面那人不咸不淡地跟周围食客穷嘟嘟着。

愣头儿青夹起倒数第二个包子一咬，汁水儿再次溅到了那人。

“哦，哦，对不起，对不起。”

那位客人一直镇着的脸上忽地有了笑模样：“我说小伙子，你介汁儿可都没便宜给外人呀，全都叫我接着了。”

“是啊，是啊，”愣头儿青慌张地从皮包里踅摸（踅摸：搜寻物品的意思）出一块儿布，递了过去。而那人却不住地由上至下打量他：“你介是打外地过来打工的吧？”

“嗯，我是陕西西安人。”

“哦！”那人抬眼瞧了眼他的吉他琴包，“你跟郑钧嘛关系？”

“郑钧？”青年首先一愣，马上想说那是自己儿时的偶像，但话到嘴边，又赤裸裸地被生吞了回去。

“之前来过天津嘛？”

“小时候来过，还曾住过一段时间。”

“好么！”那人把自己歇盹儿的工夫省掉了，直接瞪起那副没睡醒似的小眼子巴嚓（小眼子巴嚓：形容眼睛小）的眼睛，挤出笑模样说：“你现在再去瞧瞧吧，眼下跟你小时候比，天津城市的变化可算大发（大发：过分，过头）去了！”

“天津狗不理挺有名的。”

“为嘛话题又扯到那玩意儿上去了？！”

“我们那儿的人都知道天津的狗不理。”

“你们那儿的人在我们介儿就叫作游客！”那人的表情和声音都荡漾出一股情绪。接着他燃起了一支烟，便将愣头儿青的思绪带进了一座没落的大厂房。

那是一座挂着百年招牌的老厂房，里面正赶工的人们都习以为常地苟且偷安着，其中也不乏跟领导打照面时，犹如萌宠般点头哈腰地“摇尾巴”之人。但绝大多数都沉浸在与世无争的世界里。已经名声在外了，又何必去犯愁呢？但在忽然现身至此的这个外地青年人看来，这是一帮只知道唇齿之戏，如寒号鸟一般，好歹混过一天就有存在感的僵死的活人。

“既然外头的世界变化那么大，我们就更应继续奋斗啊！而不是越来越差劲，越来越懈怠。为了能维持住那些新焕发出的生机，不更应该添上一份时代的责任在里头嘛！更何况每一刻都是崭新的！”青年的心理活动进展到此，好似叫一同到访的这位年长食客解读到了什么。此人对这个已经燃起怒火与激情的青年，身心越发提不起精神地说：“咱算老几呀！现在的人们喝饱了睡，睡饱了喝，嘛钱不钱的，乐呵乐呵就得了。”

愣头儿青回到旅店的床上，这时他嘴上多了一支烟，随着他在床上辗转反侧，烟雾缭绕在他的周围。他来津之前有传闻说：此地的经济搞不上去，城市环境面临着重重危机，市场萧条，招商引资落败事件频发，废弃的烂尾工程比比皆是。但他不信这个邪，他要等到天亮走进这座城市，梦想着在此地赚到人生的第一桶金。

烟雾弥漫当中，缓缓地，他的思绪又坐回到那个座位上了，此时摆在他面前的碗里，只剩最后一个包子了。

愣头儿青学乖了，他低头捂嘴轻轻地咬包子，好让汤汁尽量滴落回碗里。

“我想挣钱。我想挣快钱！”他突然跟对面的那人说。

“那你就去呗！”

“在这儿怎么能尽快实现？”

“去抢银行最快呗。”

“抢银行？！众目睽睽之下？！”

对面那人挠了挠头，“哈哈，瞧你愣了巴叽（愣了巴叽：形容莽撞的样子）的，忙乎了半天，原来跟我似的，只是嘴把式（嘴把式：能说不能干的人）。”

“我小时候去天津商业街，旁边好像有个银行本部，但是那地方肯定戒备森严。”

“哈哈，现在你再去瞧瞧，如今商业街上还有嘛人气儿可言？甭说警察了，那个连狗都不理的地界儿，你还想会到人家警察叔叔？”

如此的玩笑话，却让这个西北来的年轻人当了真，他和这张饭桌上的，被他呲了包子汤汁儿的食客约好，明儿个在某地“集结”，带上面具和水果刀，到此，这一嚷嚷着要打劫的行动正式启动了。

于是隔天，一家银行的门口，果真只出现了一位男青年的鬼祟身影。他还像根树墩子似的杵在那儿等了一会儿那位食客，可事不宜迟，说时迟那时快，他稳操胜券般地抚摸身后斜挎着的随身大皮包，手里攥着一把崭新且附有安全开关的水果刀，爽快地比画了个快刀切泡馍的动作，然后才朝银行的大门口迈出了第一步，只因青年有了这第一步，就被几个正巡逻的保安当场缉拿归案了。

狗不理与猫不闻（下篇）

世为时间纵流，界为东西南北。但人间的视角不光有四面，还有八方。因此，我尽量克制自己不受来自四面八方的旁观冷眼。是的，没错，我父亲被判入了大狱，从这个消息被众人得知的那刻起，就像出现了一具又大又沉的重物，深深地砸向了我的心底。

我自小失去母亲，现在又失去父亲的陪伴。就算海潮在海底为我啜泣，地牢在地底为我哀号，清澈的河水也为我伤心，也不能减轻我的痛苦。事已至此，我觉得自己已不再需要怜悯与同情，我所需要的是丢掉理智，破罐破摔。

头天晚上我甩开腮帮子跟一帮人喝得酩酊大醉，次日醒来后发现只有自己躺在了人民广场的长凳上。我磨磨唧唧地起来环视，才发现不远处的一家挂着金字招牌的大饭店门口，有个青年正抱着把吉他自弹自唱。他应该是个有理想、有抱负的乞丐。最初我仅眼睛远远地瞄着他，但却因着自己不仅喜欢征服别人，且喜欢被别人征服的冲劲儿，一步一步地走进了他的“势力范围”，侧耳倾听他那悠扬激荡的旋律，度过了一个富有生机且充实的一天。

过了饭点的晚高峰，青年俯身盘点琴盒里的收获，但里面却仅死寂般地躺着寥寥几个破钢镚儿。当他心灰意冷地起身准备离开时，我上前拦住了他，“唱得不错，弹功也没涮人（涮人：耍弄人）。走，我请你喝一杯去！”

“可我一天连口饭的味儿还都没闻见呢！”

接着他尾随我的脚步，朝着共同的方向走着，由我起头，我俩边走边聊了起来。我听清楚了夹杂在他普通话之间，那盖不住的西北地方特色的浓重鼻音。他说他非常馋我们这儿的包子，但现在当务之急是找到住的地方。我想到要带他回家，是的没错！带他回家吧！我决定了路线，但当路旁，出现了一家正在加夜班赶进度的厂房时，我们不约而同地停稳了脚步。

我脑子里出现了那个一直追求着改革，并追着追着就误入歧途，终于被警察先生带走了的父亲形象。然而眼前的一切却缩减成我对身旁的青年说：“嘛钱不钱的，乐呵乐呵就得了。”

一到家我就打开了冰箱，搜寻了几悠儿之后，单摆浮搁（单摆浮搁：单个儿放在表面明处，比喻明显）出了两袋速冻饺子。

青年问：“你就自己一人住吗？”

我回道：“自己一个人住，多带劲儿呀！”

“什么意思？”

“自己一个人住着多爽啊。”

“自己一人有什么可爽的？”

“那你意思是让我号啕大哭？”

这时炉灶上的水沸腾了，我下了饺子。待煮开一会儿之后，一盘尽兴释放热气的饺子被端上了桌儿。

“猫不闻？”他指着盛饺子的外包装说。

“干吗？你还有嘛可疑惑的？”

“我们那儿边没这种牌子。”

“是啊。我们这地界儿的商家，像是受了狗不理的启发，才注册了猫不闻这么个商标。”

“哈哈！听起来挺有意思的。”

“哏儿吧！”

他犹豫地咧开大嘴，硌硌棱棱（硌硌形容地面多碎砖砂石、不平坦，此处形容谈吐上的生硬、不自然）地跟我说了句：“哏儿！”

我从冰箱取出啤酒，递给他一瓶，说：“自从家里只剩我一个人以后，没人陪的状态也好，也不好。”

“好指哪方面？”

我起开瓶盖儿，咕咚咕咚地畅饮了一通后，撂下酒瓶，举出了大拇哥。

他一直盯着我，好似明白却又疑问道：“你那不好是指哪方面？”

我夹起一个饺子，对他说：“经过我不断地对比与总结，猫不闻所有饺子馅儿里，茴香的味儿最尖儿（尖儿：棒）。这点你不得不承认我介个顿顿饭都吃猫不闻饺子的主儿，有资格对此说三道四了吧。”

青年也吹了一瓶啤酒，借着酒精在体内挥发的过程，时间被锁定在了真情的表白时刻。

“你真的好美！”

“我父亲在蹲监狱，你还能包容我吗？”

“那你就不会介意一个蹲监狱的伴侣喽？”

“你嘛意思？”

“明儿个我去抢银行，事成之后，我带你离开这个充满着猫不闻气味儿的地方，开始新的生活，怎么样？因为等我有了钱，我要带你吃比猫不闻更香更好的大包子！”

然而转天我竟然会是第二个清醒过来的人，而身边的他消失了。我以为自己昨儿个又做了场宏大的、费时耗神的梦。但当我走出卧室来到客厅后，一个立在角落处的琴盒，却叫我脑子里顿时浮现出了整个事件的来龙去脉。

但此后青年再也没能回来认领他的琴盒，他通过刑期，顺顺当当地脱过了带我离开这间充斥着猫不闻饺子味儿房间的事。

几个月后，我去监狱探视父亲。父亲告诉我他们监房近期来了个小伙儿，操着西北人的鼻腔儿，为这死寂般沉闷的牢房带来了一股活力四射的生气。父亲代为叙述了那个小伙儿的志向，他要为了那个曾给他提供住处并亲手为其煮饺子的姑娘，好好改造，争取减刑，提前出狱，好实现自己许下的那个拯救姑娘的诺言。

大福来

她叫大福。她乘坐二十点零一分着陆的飞机抵津了。她将手机的飞行模式关闭以后，发出的头一条信息就是：我到家啦！

对于一个打外地回城的天津娃娃来说，身子到了不算到，胃口回来了才算数。

“您先拉我到哪儿吃一顿，行吗？”

“您了既然选择了我的出租车，就擎好儿吧。”

大福打小儿习惯说普通话，所以这位出租车司机会以为刚打机场出来的她是个外地人。

大福见司机存心绕道儿开，便开始使劲儿夸他的驾驶技术有多么牛，还询问对方之前是否曾经当过赛车手……

被不住往脸上贴金的司机师傅，微笑地问大福为嘛这样夸自个儿。大福满脸浮荡着感慨地说：“因为我发现您特爱兜圈子。”

听罢，这位出租车师傅收了油儿，顺马路边儿把车一横，伸出大拇指对大福说：“小姐姐是天津娃娃呀！”

在出租车司机的指示下，大福走进了马路边的这家门面牌子上 着：嘎巴菜，豆腐脑，烧饼牛肉，云吞，羊汤的津味儿狗食馆儿（狗食馆儿：指坐落在小街小巷或居民楼区内经营家常菜的小饭铺）。

“咱这大晚上的，还有嘎巴菜么？”

“劝您不如来个炒嘎巴菜。想吃嘎巴菜就饽饽，建议您还是明儿个一早来。”

然而此时的大福的确是在跟“锅巴菜”这仨字儿摽（摽：纠缠；亲近）着劲儿呢。她脑子里呈现出一碗浇上素卤的嘎巴，再淋上褐色的芝麻酱，红色的腐乳、绿色韭菜花，还有剁碎的香干、香菜末的绚丽搭配，那画面感勾人食欲。

“我现在只想吃嘎巴菜！”这话是大福下飞机后，用手机向外发出的第二条文字信息。

不一会儿，大福的手机响了，她接听了电话，果不其然，是女人的声音。

“你回来了？”

“是啊！”

接下来，大福按照女人为她提供的地址，按响了一处住宅的门铃。

一年前，二十二岁的大福背井离乡，到外省打拼创业，临走之时，她成功帮父亲打破了传统观念，并积极地促成父亲的亲事。对于这个单身了多年，独自伴她成长的父亲，其内心对爱情的眷念，或许早已封存进了一株冬眠的植物里。而在大福的心里，她一直期望的，是能够将那株植物移到阳光正好的地方，让已经枯萎的植物重新焕发活力，继而快乐地向阳而生。父亲跟大福说，他的一切都是大福的。大福抬头望着远处的蓝天白云，十分坚定地对父亲说，她不想日后守着父亲创下的这份家业，她要插上翅膀去寻找自我，追逐自己人生的新征程。

碰巧当天，那位与父亲合得来的女人也在场。但在当时女人的心里，却有着几分忧虑，几分退缩。因为离婚，女人和自己儿子相依为命。在历经过许许多多的艰辛后，当遇到这位相当富有的男人时，对于这种突然降临的幸运，女人想对大福坦言，自己并不是图财的人。

大福被阳光照耀的脸上，散发出灿烂的笑容，她对女人说：“您想多啦！你们若是有情人，在我看来就应当终成眷属。”

女人幽暗的脸色上映现出几缕白晃晃的光，她闭上眼，继而脑海中呈现出应时应景的话来：活着，带着伤痛去生活！用有温度的手去抚平彼此的伤痕。迎难而上地奔向前方的幸福，加速奔跑吧！没有一种命运是对人的惩罚，只要竭尽全力就会拥有幸福。拥抱当下的阳光，就是对寂寥最有力的抗衡。

想到此，女人睁开了双眼。她郑重道出了要与大福父亲相伴此生的誓言，而后脸上出现了大福那般光灿灿的笑容。

随后女人就带着她儿子住进了大福家这栋四百平方米的大宅子，家里充满了四口之家和谐美满的氛围。

门铃响过两声后，大福走进了这间30平方米的房子里。这样一间令人憋屈得发慌的房子，蜷居着三口人。

“大福，你饿吗？”光线照在女人的脸上，深一处浅一洼地刻画出苍老感。

大福朝女人点点头，视线立刻转移到桌上摆着的男孩照片上，她双手合十做了祈福。人间通往天堂的门仿佛敞开了，照片上反射出了五彩光影。

大福的父亲仍在深度睡眠着，她走到父亲身旁，俯身摸了摸父亲的头，又瞧了瞧炕上的女人的老母亲。

父亲因酒后驾车酿成了惨剧。他撞成了植物人！而同在车上的女人也失去了儿子。不光如此，由于父亲的酒后行为，让他家的信誉失了，产业没了，大宅子折成现金赔偿给了被撞的一方。可是女人没有抛弃父亲，因为她要信守诺言。

不是说当人们无法选择自己的将来时，就会珍惜眼下的所得嘛！在平行时空的一条时间轴上，大福正在参加父亲与女人的婚礼，她手机上收到了一条来自未知人的信息：倘若一年前你的离开，将会使眼前的这对恩爱的伴侣，成为接下去发生悲剧的男女主角，你还会选择离开吗？大福被这条信息吓住了。她没有选择出去创业，而是留在了父亲和继母的身边，同父亲一道打理家族的事业。继母竭尽全力地照顾一家老小的生活，并把自己独居老家的，那位年迈的母亲也接进了大宅子里。继母带来的男孩考入了理想的大学。一切接着一切的发生与发展，正是由于大福在了，才有了如此美好的局面。

转眼间，这条时间轴上的大福，于一年后顺利地接管了家族企业中的管理要职。一天傍晚，一家五口在大宅子里尽享欢乐的团聚时光，且在每个人的脸上都洋溢着满足的笑容。

而在另一条时间轴上，继母端来了大福平时里最喜欢的嘎巴菜，大福拿起手机，拍下了眼前这碗嘎巴菜的照片。然后她在手机上编辑着，并以无名氏发出了如下的文字：倘若一年前你的离开，将会使眼前的这对恩爱的伴侣，成为接下去所发生悲剧的男女主角，你还会选择离开吗？此条信息是正遭遇窘局的大福，自下飞机以来，发出去的第三条文字信息，不过这时大福又对女人会心地一笑说，“我，大福来了！我坚信咱家里一切都会好起来的。”

即便家中的情况很糟糕，女人仍会为大福自制一碗热气腾腾的嘎巴菜。女人嘴里念叨着“大福来了”，听到大福的话，她情不自禁地落下了充满期待的眼泪。

大福来是天津一家吃嘎巴菜、喝豆腐脑、浆子等的早点铺。我以拟人的手法将这处在天津人人皆知的招牌，编了个世俗的故事，是想换个角度，借着招牌的运势提升感染力与趣味性。文章接近末尾的描写，是在两个时空，或者说成在两处平行世界里的“两个我”之间的通信，是为了暗喻人们在做抉择时的犹豫不决。但在大的方向上，有时还是可以靠人为来扭转乾坤的。

烧冬菇盒

一男一女在深夜拿手机聊天，男方接上女方的话茬儿，发送信息说："我都不知道该说嘛了。"

对方回到："嗯。那就别说了。"

男方说："好吧，我睡了。"

女方回："睡吧。"

突然，女方的手机屏上又显示出了一条信息：你意思是不是在错误的时间遇上了对的人？①

要知道年纪早已过了晌午头儿的崔煞后，最近不知经谁人的煽呼（煽呼：鼓动），竟对自己这大半辈子不曾心急的相亲走起了心思。其实此话也得两面掰扯，咱把这个理儿掰开揉碎了，你自然就明白他手里攥着的那根"子孙签"，是不用黑白夜劳作就能住豪宅、驾豪车的，整天寻思着如何花钱的宝贝。还算懂些人情世故的他，眼下就惦记将此签该往自己的后辈儿传。

对的。想要后辈儿就得娶亲配对儿，因此就得踅摸个正儿八经的对象。但想是想得通，可到了真要找的时候，不是说你想碰到合适的就能碰到的，这其中的门道儿说深就深，说浅了呢，也有不用打着灯笼就有自投罗网的珍惜禽类。此

① 据说脚行抽签分四种：第一种分配活儿时用，人多活少时抽到空签就歇班，且无报酬。第二种计数时用，扛一次活儿给一个签，干完活按签数分钱。第三种打架时用，抽到死签（黑签），就是油锅也得跳；抽到活签（红签），手持武器勇猛冲锋。第四种代表股份，在签的不参加劳动每天分钱比干活儿的还多，这种股份签还有区别，一种"绝户签"只本人有权，死后下一代无权继承；另一种"子孙签"是世袭制的。

处涉及了鸟，咱就不能不联系到崔煞后总说的一句口头语儿：我这性子，也想有个属于自己的窝，但这个窝里必须不能有个成天喳喳叫的雌儿！单从这话的字面意思去看，此人已是腻烦了尘世间的是是非非，更不想娶到俗话里传的，长着张老娘们儿嘴的婆娘。

崔煞后握着手机，发现对方半天没回信息。眼下是凌晨四点，他渐渐地发了倦意，对方是眯瞪（眯瞪：睡着了）着了呢？还是对他刚发过去的那句话，陷入了沉思呢？于是他再次打破手机的寂静，发消息说道："凌晨四点了，赶紧睡觉吧。"

"不困。"

"其实我也不困。"

"崴泥（崴泥：比喻陷入困境或遇到麻烦）了，崴泥了！"

"怎么了？"

"我家里没有褪黑素了。仅存的一片也叫我上回睡觉前给吃了。"

原本跟着感觉走的那颗心即将产生的跳动，一下子被褪黑素这仨字儿打乱了节奏，将崔煞后的浮想联翩拽回了现实。

"你这女人，坏吧你就！"老崔的身子骨其实早就乏了，但他硬撑着不跟对方提自己的疲乏。时间一分一秒地过，对方发过来的不是文字，而是一张图片，一张烧冬菇盒的照片，对方接着附上了文字：昨儿个晚上我烧的，形色美不美，样子诱不诱人？

对此崔煞后做出的反应是沉默。因为他想到了一张正吃得美滋滋的男人脸。是的！对方是个有夫之妇，可她与老崔经常会在凌晨的钟点联络，这就叫老崔想到了对方的婚姻，可能会出现的多种意外状况。要问他为嘛这么八卦？多半是因为俩人说话合得上拍子，性格又没多少冲撞的，且星座、属相又很搭。唯独有一样儿，就是对方不是个单身女性。

"你到底跟你爱人之间发生了什么状况？你为嘛老是这个时间联系我？难道他不在你身边儿嘛？"

"要不，咱俩晚安吧！"对方立即回到。

"你别转移话题，我就问你俩是不是冷战了？要知道在处理感情关系的问题上，我最讨厌的就是冷战！"

"我也最讨厌冷战，但如果绕过去，就是阵亡。"

崔煞后觉出他俩的对话，在不知不觉中被引上了高潮，可对方又发来了一句："你想吃烧冬菇盒？如果想吃的话，改天我做给你尝。"

"你是不是拿我当成你男闺蜜了。"

"哦！不不，别把心里想的事儿，那么轻易就说出来。"

“为嘛？我这都多半个身子埋土里的岁数了，还在乎说了嘛不该说的，完事儿被人挖坑活埋了么！”

“你说话真哏儿。”

“没办法，着急相亲，找对象！因为我不想把自己手里的‘子孙签’白送给外人。”

“你有‘子孙签’？”

“是啊！也是上辈儿传下来的。”

“我就是嫉妒你们这些富二代！”

“没办法，这都是命！”

聊着聊着，时间已是四点四十几分了，崔煞后打了个深深的哈欠，不过他没有把手机放下，而是继续攥握在掌心。这时，女方又发来了信息：

“你睡了吗？”

“我比你想象中能熬夜。”

“你那么不差钱儿的，平日里肯定舍得花钱保养喽。所以熬完夜之后，几服昂贵的保健品一下肚，立马代谢掉死细胞，生长出新的来！”

“咱能不扯这些闲白儿的话吗，我就想知道你现在跟你爷们儿到底怎么回事？”（闲白儿：闲话、闲事儿、多余的东西）

“你说话就跟个娃娃似的，都是知天命的人了，说话的劲儿为嘛还那么冲？”

崔煞后放光的一个眼珠子，瞧见了此信息后，失去耐心地将手机屏关黑了，随手往枕边儿一扔，合起了这只坚守到最后一刻的眼皮，睡着了。

转天的晌午，崔煞后醒了。他第一个动作就是翻出躺在枕边，同样黑着屏幕熟睡的手机，打开一瞧！好么！十七条信息：

“主料：冬菇”

“辅料：火腿”

“水发玉兰片”

“熟虾仁”

“生鸡脯”

“肥肉膘”

“蛋清”

“调料：水淀粉”

“咸盐”

“酱油”

“姜汁儿”

“味精”

“高汤”

“大油”

“耗油”

“料酒”

“白糖”

崔煞后不知其所以然，更不知道对方到底想要干吗，但是他没有立刻给对方回信息。于是又到了凌晨时分，从女方那里传来了信息：

“其实这些被我提到的主料、辅料、调料，全都包在了冬菇里。”

“是啊，都藏在冬菇里，成馅儿了。实际上这也反映了人们活得太压抑，不能把自己的真实想法说出来。人人皆隐藏，觉得包裹起来既安全又稳妥。”

“我若是离婚嫁给你，不是图你的‘子孙签’，那么你信我说的么？”

“我信，当然信喽！”

“但我要告诉你，我与我现任离婚的原因是因为生不出娃娃来，你还会娶我么？”

崔煞后正如其名字中的“煞后”二字，见到此信息立马就退缩了，他没多言语，直接就把对方给拉黑了。

炒鲜黄花菜

“鲜黄花菜的确有毒！”这句话并不是冷不丁地拿出来要吓你一跳，而是一句常识，是家家户户主妇们熟知的一个生活小常识。因此乐和他娘每次都会买干品的黄花菜，用以打卤、做汤。她还会在烹饪前用温水多次浸泡，以便去掉干品上，同样也会残留的有害物质——二氧化硫。

“其实鲜黄花菜本身无毒，只是经过人类肠胃的吸收，进而在人体内经过氧化转化为‘二秋水仙碱’这种毒性物质。”说话的这位，是乐和他爹，他所要强调的并不是鲜黄花菜的危害性，而是这个常识的科学原理。这不，在他们家的灶台上，此时正躺着好几把新鲜的黄花菜。

“爸爸，这是谁送给咱家的‘毒药’？”

“别瞎说，这是你爸爸的老同学送给咱们家的礼物。你可知道黄花菜与冬菇、冬笋、木耳一起并称为干菜珍品么？”

“那么看来，这些鲜黄花菜只能晾成干了才能入菜喽。”听到乐和的话，父亲只是笑了笑，这个笑容很豁达，因为他心里清楚，以鲜黄花菜作为主料，较干黄花菜有三大优势：其一，味道更加爽口，气息更加清香；其二，色泽淡黄美观；其三，花蕾鲜嫩，其消炎解热的功效尤为突出。

乐和他娘此时像是读懂了她爷们儿的笑意，随即知趣地将今晚做饭的炒勺交给了他。只见乐和他爹将鲜黄花菜去柄、洗净，长的切为两段，入沸水焯烫成熟后捞出，沥去水分。待炒锅的油温上升至七八成热时，爆香葱末，下入鲜黄花菜进行翻炒，烹绍酒、酱油，打高汤，下精盐、味精，勾芡的同时淋入花椒油。

顿时，吃穿不愁的、那天天只想着乐呵的乐和，兴奋地踮起脚尖等待美食的出锅。这时他们家屋里，正弥漫着既香甜又惹人直咽口水的味道。

吃过晚饭之后，乐和还是走到其父亲的跟前儿，先是立住了个儿（立住个儿：站住脚），然后一本正经地问道：“爸爸，一会儿咱家里会出现三具尸体么？”

乐和他爹打出了一个清香爽口的响嗝儿，才说出了“怎么可能？”的回答。乐和他娘假装翻着白眼，她要跟乐和逗着玩，她用一种略显恐惧的嗓音提醒乐和，她是他们三人中，刚才食用鲜黄花菜最多的那一位。

吃的时候还乐乐呵呵的，吃完了以后便开始嘀咕起来。乐和对爹娘收起了笑容，絮叨起自个儿还未实现的理想与对昔日各种表现的反省。

他摆出了一副克制自己玩儿心的表情，一本正经的发言实属前所未有。同时，他还整了整衣服上的褶皱，那看似有些平整的着装，就顺势演变成一种沉稳的符号，他轻轻咳嗽了几声，睁圆了眼睛，毫不懈怠地说：“其一，我一向只顾着玩乐，整天在家不干正经事儿，没有为心目中的梦想付出任何的努力；其二，我吃穿不愁，花钱似流水，没少给你们制造不必要的麻烦，且游手好闲；其三，只要我没钱花了，你们就二话不说地给我钱，致使我患上了依赖症。到头来如若你们不满足我，我的面部表情就会变形，由迷迷糊糊的傻乐，转向疯疯癫癫的激动或气恼地发威，但这些都是病态，既然有病就得克服或医治，要不然来世就不能再乐乐呵呵地活着了。”说着，乐和流下了惭愧的眼泪。他的爹娘看着他那痛心疾首的样子，心里想的却是为什么不早点儿给他炒这道鲜黄花菜吃呢？

在乐和的各种反常举动中，这一个晚上很快就过去了，转眼来到第二天的大清早，一如既往地，乐和还是最后一个起床，脸上的肌肉组织刚一撑开眼皮，他便赶紧摸寻着自己的大肉身，在确认完毕之后，他舒畅地呼出了一口长气。也许是一块石头落了地，其内心里正欢喜雀跃，想必对昨儿晚上的记忆留存，也只剩下对鲜咸滑软的炒鲜黄花菜的片段赞叹了。

乐和的呼噜声继而此起彼伏了，他可能是因为昨晚的“过度”用脑，而导致今早尤为慵懒。可是当他再次睁眼醒来后，估计其脑力，还会照常执行于日常生活里的其一，其二和其三。

“得嘞！”乐和爹娘无法克制地相继念叨起了鲜黄花菜为乐和所带去的短暂的，又极费心神的口头转变，但是对于乐和来说也仅此而已。

栗子扒白菜

当城里孩子突然来到乡下，便要因着环境的转变，以要大开眼界为由头，开始一通疯跑类的撒丫子（撒丫子：放开脚步跑）式的行动，向周围人等表明自己的心潮已澎湃，情绪已激动。瞧瞧！今天这个娃娃让桃枝儿划破了脸，明天那个娃娃又让蒺藜狗子扎了手。乡下气候适宜、水源充足、水甘甜味柔，有适宜灌溉蔬菜的自然条件，这也是闪耀在乡下人世界里的，值得向城里人炫耀的“宝库”。这里能让城里的人们感受到一种大自然的魅力，可以为之心潮澎湃，也可以为之动情。

在天津，四种特产的蔬菜是：卫韭菜、卫青萝卜、大蒜和今儿个要说道说道的“黄芽白菜，嫩于春笋”。天津出产的大白菜，正是得益于这片自然土地环境下的滋养，进而得以生长出青麻叶、白麻叶、青梢白等品种，其中尤以青麻叶为上乘。

栗子，不论城里、乡下的人都知道，其与枣、杏、桃、李，合称为“五果”。

这阵子天气越来越寒冷难耐，可就是下不来雪。来自乡下卖白菜的女人，与城里炒栗子的男人，二人不计较严寒的风有多凛冽，仍在为自己的生计继续拼命且忙碌着。

一日，炒栗子男冒着狂风暴雪来找女人买白菜。他对着一垛一垛摞起的大白菜，对身边儿跟来的小孩说：“青麻叶，水分少，耐贮藏，一根棍，开锅烂，冬季人们会离不开！”

小孩稚声稚气地问男人：“白菜跟咱家卖的栗子，在冬天哪个更厉害呢？”

男人笑了，带出亲和力十足的表达方式，对小孩说：“这两样儿东西掺和不到一块儿的，没嘛可比性，因为它们都是寒冬腊月里靠得住的食材！”

是啊！天寒地冻，何以果腹？蔬菜之中，自然白菜是王。乡下女看了一眼这对很是友善的父子俩，先是用套袖抹了抹冻得通红的脸颊子，然后用那满是冻疮的手搬起一颗大白菜，恳切又由衷地说：“我家的白菜在地里全是直立生长的。所以它们的叶子浓绿，叶柄薄，纤维少且质柔嫩，反正你们买去尝吧，我保准吃后你们还得来。”

另一日，卖白菜的女人踏着积雪覆盖的路面，来到了男人卖栗子的摊位前，女人那日也带上了自家的小孩儿。这回作为卖方的男人的脸却并不红，手也没生冻疮，然而其面庞两侧冻得犹如“大猪耳”大小的耳朵，甚是揭发了他那根本受不住严寒的体质。女人盯住男人的耳朵笑着瞧，并不忘嘱咐他小心耳朵别被冻掉。同时，男人也关切地询问女人生冻疮的那双手，是否还能继续挑拣大白菜。如此一来二去，他们二人的脸儿就在此地众多的生人面中混熟了。

时间是让人猝不及防的东西，就是那么悄然无息地让男人瞧着女人顺眼，也让女人瞧着男人不错。某一日，在那些顾虑重重的人际交往中，二人突然找到了跳出这一切束缚的自由感，他俩密切地分享生活中的样样宗宗（样样宗宗：各种各样的事情）的见解与感慨，其中有被压得喘不过气来的各种指责，避不开周遭各类观念上的道德绑架，于是他们要同步提升自我意识，把对于已婚人士的界定，从传统观念里营造出二人所期盼的理想状态，追寻人世间的童话世界。

女人告诉男人，她本来是在城里出生的，但因为种种坎坷，才不得已随爹娘下乡种白菜。女人知道自己的外表并不合城里人的意，每每跟人接触，十有八九被指认作乡下来的老坦儿（老坦儿：泛指乡下人）。男人也告诉女人，自己乡下的朋友比在城里交得深。原先他刚随父母从乡下进城时，因其满嘴地道的农药、化肥味儿口音，可没少受城里人的挤对（挤对：排挤，欺负），在当时他也因此打过不少架。彼此之间的坦诚相待，就叫男人更加深情地瞧着女人，女人也更为踏实地瞧着男人。他们如此相依相护，最终结合在了一起，生出了一个娃娃，取名叫作吉祥。

吉祥刚一岁时，女人仍旧辛苦地卖白菜，但她的前夫，在某日疯狂地搬起大石头砸毁了女人用以运送白菜的车。当吉祥两岁时，男人炒栗子的锅，也被拿着镰刀的气汹汹的前任老婆，报复性地砸裂了。于是他俩为了重获生计，便带着吉祥去了别的城市。靠着他们各自对白菜与栗子的熟知，二人在异乡分头做起了卖白菜和炒栗子的买卖。

一转眼的工夫，吉祥三岁了，可以咿咿呀呀地学出完整的句子了。此时，他会跑出去跟周边的小孩子们玩耍，当别人家孩子的嘴里，整天蹦出什么关于豪车豪宅的词语时，吉祥会告诉他们自己家有一道“豪菜”！那道菜里的栗子像元宝，白菜像金条，整体颜色浅金黄。甜咸的味儿，白菜软，栗子香，作为饭菜，绝对算是一种豪华。是呀！吉祥年年期待下雪天儿，因为每逢冬季，他就能盼来爹娘生意最好的时候。而每到这时节，家中每个人的食量才会恢复正常水平，且时而个个挺出一年仅有几个月的土豪肚儿出来。

小孩子嘛，总是会学舌，这不，大大小小、高矮胖瘦的小人精们一跑回家就跟家大人闹着要吃吉祥嘴中的这道“豪菜”。

这菜的做法或许会让其他成年人的脊梁沟儿冒冷汗，但在吉祥家的餐桌上，简直就是小菜一碟。吉祥的娘把每天卖剩下的白菜帮子，收拾起来带回家。吉祥的爹平日里将长得歪瓜裂枣形状的生栗子，也同样收集起来拿回家，然后他们便将白菜切成条儿，生栗子一劈两半，锅置旺火上，炸白菜、氽栗子，均入沸水中烫去油分。然后热锅凉油，放调料、加清汤、栗子扒在白菜上、勾淀粉、大翻勺，这样的操作下，在天寒地冻的岁月里，端上了一道色香味形兼备的美味料理。

经过爹娘多年的苦心积攒和日夜劳作，在一个大雪纷飞的日子，吉祥家的小菜馆儿开张了。招牌上挂着的是四个金色的大字：吉祥菜馆。而菜单中打头阵的，当然要数拿天津蓟县（蓟州区）板栗和天津大白菜合烹的这道栗子扒白菜！

依仗这道菜的名声，赶在吉祥七岁上学的年纪之前，他与自己的爹娘再次回到了原先居住过的地方。吉祥爹娘的生意越做越大，就在这两座城市接连开了大饭庄。但无论在哪儿，店门的牌匾上都挂着吉祥菜馆的招牌。

雪花仍是满天地飘，世界将被黑暗与寒冷笼罩，灵魂们因此煎熬着，如若不是香喷喷的饭菜味儿制造出的人间烟火，是很难重振人们萎靡的精神状态的。看哪！还没到饭点儿呢，吉祥菜馆的门前就排起了长长的队伍。大家嘴里都惦记着这应时应景的、由两大食材强强联合出品的人间美味。远处，一辆小轿车将一个看似十岁大的孩子送到了饭庄的门口，认识他的人会冲他喊“吉祥”。接着吉祥下了车，背上书包，踏在雪地中，随手团起个大大的雪球，他这是要与熟人打雪仗呢。

“吉祥，快回家洗手准备吃饭啦！”吉祥家的服务员招呼他赶快回家。这引来了不少人的羡慕，因为在群众的眼神儿中吐露着眼馋，对于这个十来岁大的娃娃，每天都有美味又免费的饭菜等着他。

有人就说：“风云变幻莫测，这是无法拿命去搏的赌注！一个乡下来的土妹子跟一个城里卖栗子的男人，指着这么的一个混搭，一下子就能撑起那么大的一摊买卖儿来！真是不想不知道，一想真可以啊！”

有人跟着说：“是啊是啊，别嫌弃人家原来土里长，也别看人家原来混日子。人家就能把买卖干起来，这就是人家的福命！而且是只能叫别人看着眼馋的福运气！”

也有人说："是啊是啊，听说原来就是一个卖白菜，一个卖栗子的。俩人踏着积雪，抬头望了会儿雪天儿，于是就把生意愣是给吆喝成了！这事儿换谁听了，是不是得先唏嘘一场啊！"

认识吉祥的人，指着吉祥说："其实还得说是他俩各自的福命，攒到了一块儿，得来的这个从天而降的神仙娃娃！是神仙娃娃给他们指了条明路也说不定呢！要不说嘛玩意儿也不能跟命争，人该嘛命嘛命，认命是最聪明的活法儿！"

吉祥团着雪球不肯撒开，因为他喜好这白茫茫的雪色，诚然，这个未成年的孩子其实比谁都清楚，此时此刻正是吃自家菜馆儿的那道有名的栗子扒白菜的最佳时节。

崩豆

电影院的保洁大姐，人家才算是处于鄙视链顶端的存在。为嘛这么说呢？因为无论你是谁，有嘛身份，趁多少钱财，电影结束后，大姐都会站在影厅门口，对你来上一句："垃圾！"

"你俩就是纯粹的垃圾！妈的。"

"再骂骂咧咧的，我扇你信么！"

"哈哈！那也得是我们借你们俩胆儿！"

"你们看我们敢不敢！"

"你们都给我住嘴！"

经过这一对一，一对二，二对一和二对二的几番较量，终于迎来了最终局。

两小时前——

"咱俩坐第几排啊？哎哟喂！你双手合十，这是要干吗？"

"我在祈祷今儿个别碰到'垃圾'。"

"咱俩是 7 排，13,14。"

"你是不是喝大了？骑车画龙似的，看着点台阶儿。"

"我还喝大了？我连中午饭还没吃呢。这电影一演，还得忍俩来小时才能被放出去。"

然而还得经过一个，两个，三个……广告公映，正片儿才终于有了开场的眉目。

"咱俩到底坐哪儿啊？"

"票上不都写着了么！"

“我介左手端着炒面，右手拎着零食的，你叫我拿嘛翻票根儿！”

“得！我来，您嘞保护好咱的吃食。”

接着一道刺眼又扎心的宇宙之光（宇宙之光：影院里的工作人员用手电筒照出来的光），将要闪瞎埋在黑兮兮一片之中观影者们的双眼。

此时，坐在这拿着吃食进场的二位旁边的观影者心里想：“俩货竟然做到了我的左手边儿，看来刚才的祈祷算是白费劲了！”“我靠！旁边介姐姐吃炒面竟然放了那么多醋！”“她竟然嚼那么长时间才咽下去！”“靠！不会吧……介屁是湿屁！”

“我说，你闻见屁屁味儿了么？”

“我闻见酸不叽儿的味儿了！”

“刚我旁边飘来的屁味儿，就是有酸不叽儿的味儿！”

“你好好看电影！别琢磨了，反正吃了屁也不解饱。”

这时，旁边嚼着炒面的姐姐，又说：“你刚大声朗读出来的英文单词是嘛意思啊？”

“你没看前传，介里边儿有梗。”

“看了半天，我嘛也没看懂。”

“你看懂就神奇了。你呀，干脆看个热闹就得了。对了！炒面吃完了么？吃完别忘擦擦嘴。”

“哇噻！导演介算哪一出？介不明显不按常理出牌了么！”

“怎么地了，怎么地了？有嘛问题么？”

“你擦嘴了么，要不你拿手机照照自己吧！吃炒面还沾得满脸都是。”

接着又一道宇宙之光出现了。

“我说，哥哥，姐姐，咱能小点儿声么，或者不说话行么？我都分不清片儿里片儿外的台词了。”

“哦！不好意思！”

如此平静地过去了半个小时。

“嘎嘣！”

坐在捧着吃食旁边的观影者，此刻的心理活动：“嘛动静啊？”“难道说！”“不是吧！”

“嘎嘣，嘎嘣！”

一旁观影者的心理活动继续着：“这是一口气儿嚼了俩！”

“你吃么？”

“好！给我抓一把吧！”

至此，强劲且有力的二重奏开始了。

“嘎嘣！”

“嘎嘣，嘎嘣！”

“嘎嘣！”

“嘎嘣，嘎嘣！”

“嘎！”

“嘣！”

一旁观影者的心理活动：“我的老天爷！俩人拿崩豆来这里添彩儿来了！”；“真是要把人活活逼疯！”

这时，愿意拿出注意力的人们，把时间都花在了等待下一刻，崩豆被嚼碎的声音上了。

“你介祷告是不是反着应验了啊！真是怕嘛来嘛！”

“不过你听，介二位牙口真是够好的。那么硬的崩豆，根本不当回事儿！”

“可劲儿嘎嘣嘎嘣跟玩儿似的！”

一般情况用“噗”来形容屁声，可是想要更细分的话，响屁是“不”，蔫屁是“次”，脱裤子一看带屁屁的屁是“付”。

“噗噗噗——不！”

“这谁放的带崩豆味儿的大响屁啊？”

“还带着独流老醋的味儿呢！”

如此大吵大嚷的动静，将满场观众的意境，从正片儿中全拽了出来，叫一直被克制在忍耐之中的火气喷发了出来。

“这儿那么些人，你们凭嘛说是我们？”

“满场就听你俩使劲嘎嘣。况且这么响的臭屁味道也掩盖不住啊！”

可以说诙谐是人们在交际场合所穿的最美丽的外罩，但在他们双方的眼里，此时此刻只剩下一副副垃圾似的嘴脸。

“哥们儿说话留点儿神，别闪了舌头。”

“反正你俩的举动真是叫我们开眼了！之前真没遇到过在电影院儿里嗑崩豆的！”

“服了！真服了。咱俩也甭跟他俩费劲了。他们就是垃圾人！”

这世上是一面镜子，每个人都可以随时看见自己，你对它皱眉头，它还你个哭丧的脸儿，你对它乐着，它也就冲你乐。你心里有什么，当然，它也会呈现出怎样的一番风情。

“你们说谁呢！”

借着影院里的宇宙之光，便再次照亮了银幕下，这四位群众演员各自狰狞的面容，银幕上的正片也放映到了高潮段落。影院里，即兴的与非即兴的表情与神色，皆反映出人物们情绪上的抗争与无奈。

较量中的开打场面像是要开始了。但看白戏的效果，毕竟不如交了钱看得更带劲儿。于是有位明白道理的人吼叫了一嗓子，不仅叫停了台下的“拍片儿”进程，也叫那人手里攥着的一把崩豆撒了一地。

贴饽饽熬小鱼

想到你还是想着你？人这一天不知能想到多少个你。亲戚、朋友、同事，或是正为你送外卖却还在道儿上的小哥儿。或许你会说以上这些都是被“想到的”，而不是被“想着的”，而真正想着的那个你，被记挂着的那个你，会是父母，是子女，是自己心里爱着的那个唯一，或唯一之外的那个永不会得到的人。人这一天，事儿太多、太忙，这样一来就不许人全神贯注地、无间断地想着你。人这一生，对于最亲爱的人的想念，加一块儿的时间总和，恐怕是非常有限的，时常不过是随着念头在你身上的一落而转瞬即逝。如同亲戚、朋友、同事，和正为你送外卖却还在道儿上的小哥儿那种浅显地想到而已。

“在这儿插一杠子，你算老几啊？！”家族里的气氛逐渐凝重起来。按说家族的大事儿应当由长子长孙做主，排行老二至老五的，则人微言轻。老二病故得早，膝下仅有个闺女，况且闺女还是个早晚会被泼出去的水，在老大、老三、老四和老五眼中，一直就是个赔钱的货！

老二的闺女叫尿疙瘩，这是老大和其他三个兄弟一合计，或者算是随口一说叫出的名字。尿疙瘩七岁时，其父暴病而亡，享年只有二十七。随后尿疙瘩跟着她娘在众亲戚接二连三的嫌弃下，被迫卷起铺盖卷离开了这个大家庭，不久就嫁到了邻乡。她的继父是个跟她娘相差三十岁的大爷。至此，尿疙瘩也迈入了人生的新征程。

大爷家穷得连渣都掉不起。表面上是大爷续弦，实质上是大爷给他们爷仨娶媳妇儿。尿疙瘩的娘轮番操持起了服侍大爷和他俩儿子的活儿，并不出所料地怀上了娃，反正归了包堆都是自家人，也就顺其自然地又为大爷家添了个男壮丁。

家里想到了要张灯结彩庆贺一番，可万事俱备，欠的就只是饭食。于是大爷的大儿去河沟捕鱼，二儿找亲戚舍来棒子面，接着尿疙瘩陪着还未出月子的娘下地熬小鱼，并沿着破败的锅边儿糊上了层层的饽饽。

那是尿疙瘩记忆中最美味的一餐。香喷喷的饽饽，鲜美无比的熬小鱼，吃起来香甜爽口，越吃就越想吃。铁质的大锅被勺子敲得叮当作响，连汤儿都没了，可还有人再敲，最后干脆趴在锅沿儿舔锅底儿。这个瞬间成了尿疙瘩日后心中能想到的永恒。

俗话说男女搭配干活不累，但家里的女人却有减无增。娘因着生产时的卫生条件差，染上了病，且没钱去医治，最终没能熬到年关。此时家里除了虚岁即将十岁的尿疙瘩外，全是男人。

尿疙瘩因此就担负起娘原先要干的一切家务活。逢年过节，她会学着娘的样子，张罗起一大锅的贴饽饽熬小鱼，想着为这个男人之家做顿丰盛的大餐。

尿疙瘩过的日子里没有眨眼之间的工夫，当然是艰难的、日复一日的和年复一年的光景。而每个时刻也都丧失了自己的名字，在这样被揉成一团的岁月中，她脑袋瓜子里也应该没想到过那些被混淆成一团的人，其中包括她死去的爹娘，和曾抛弃她的那个大家庭中的每个人。

娘诞下的这个男娃逐渐长大了，在他眼中的尿疙瘩始终不是他的姐，就是他的娘。他管其余的男人统统叫爹，因为尿疙瘩的口径影响了他。三个爹，靠着尿疙瘩时不时从外面讨来的棒子面儿过日子，他们没有人能做到挺身而出，哪怕是说出一句：下次再讨棒子面儿时，我跟你一起去！

当送走家里最年长的一位爹后，白事会上，依旧是一口破败不堪的锅熬着小鱼，贴着饽饽。熟练掌握做法的尿疙瘩，沿着锅边儿瞧去，发现那泛着土黄色的饽饽，原来也能发出黄灿灿的光。那时，已经二十三岁的尿疙瘩忽地眼前一亮。在经历年深日久的穷苦后，她终于发现自己的脑子里，也能涌现出黄灿灿的光。

隔天，尿疙瘩带着男娃跨出了这个破破烂烂的家，她脑子里第一次清晰地想到了老大、老三、老四和老五。姐俩凭着她幼年失落且惊恐的记忆，再次敲开了老五家的大门。

有时一扇门虽然关上了，其余的却是敞开的。姐俩从老大、老三、老四家吃了闭门羹，还是那个肯施舍他们棒子面儿的老五的媳妇将他俩迎进了屋。

“五娘，”尿疙瘩带出一直装在自己心坎儿里的情绪，感恩地说，“自我没了爹娘后，我家的生计一直靠您接济着。我这次来要先给您磕个响头！”话音未落，就是“咚”的一响。

“起来起来，快起来。当初你娘还在这个家里时，我们姐俩的关系算是最铁的了。我心里也是一直装着这事儿的。你们娘俩命苦，所以我能做的也会尽量地去帮。”五娘手里总是在摆弄着一串佛珠，此刻她拿正眼瞧着这姐俩，并给出了一个叫人读不懂门道的笑。

尿疙瘩站起身要往五娘身边儿靠，可五娘立马躲闪，落座到了别处。

“五娘，听说我三叔、四叔合伙干了个蔬菜采摘园儿？”

“对，就在原先咱自己人吃的那片玉米地上。”

“我寻思自己也能参与进去干点啥。”

“你参与个啥？”

“我想给城里过来采摘的客人，做一顿农家饭——贴饽饽熬小鱼！”

“你啥意思？”

“五娘您想啊，他们城里人打大老远跑咱村儿里采摘，我就用大锅熬一锅小鱼，再糊几圈儿饽饽，他们看着肯定想到的是既天然又健康，咱不就又能多赚点儿钱了吗？”

五娘的眼睛虽说没锃亮地发出黄灿灿的光，但是那串总搁手里摆弄的佛珠，却被放在了桌子上。

当晚五娘跑到了三娘、四娘家，跟着大爷、大娘也跑来了，家人一合计，派了个代表出来对尿疙瘩说：“原先说你是家里的赔钱货，我就一直反对！我怎么看你怎么觉着，你就是个大福娃！”

至此尿疙瘩和男娃一起守着一口大锅的日子到来了。打城里过来采摘天然、绿色、环保时蔬的客人，越来越想着的是这口地道的农家饭——贴饽饽熬小鱼。这锅贴饽饽熬小鱼最终支撑起了整个家庭的营生。

生意一好，尿疙瘩脸上也泛起了红润，她的个头好像长了一寸，体重也增了很多。有次她忙里偷闲，才道出心中一直惦着的爹与娘的坟。

娘是改嫁的寡妇，按照家庭传统，死后不得入祖坟。尿疙瘩想着被埋在荒郊野外的娘，心里总也不是个滋味儿。

男娃站出来替自己的“娘”说：“把娘的坟迁过来不算家庭中的一员不就成了，只当是不落个孤魂野鬼的终了。”

侧着耳朵听了姐俩的道白，刚才还故作平静的老大，脸色突然变得非常可怕，他极其愤怒地拍桌而起，冲着男娃怒吼道：“在这儿插一杠子，你算老几啊？！”

瞬间一切又都回归了平常，但自从那个夜晚，这个大家庭的人际关系变得冰冷了许多。

尿疙瘩私下里为男娃筹备了娶媳妇的钱，又在这个做农家饭的院子里搭起了一个新屋。就此男娃带着他的媳妇，陪着尿疙瘩一起守护着这口贴饽饽熬小鱼的大锅。

村边的一个姑娘正低声哼唱哄孩子入睡的歌谣，缓缓的歌声使人心荡，三娘和四娘挤眉弄眼地跑到五娘家议论未婚先孕者，正是尿疙瘩。五娘依旧手上挂着佛珠，念叨着："善哉，毕竟肚子里的娃是个活物。"

三娘嚷道："她以为自己是谁？会熬个小鱼，贴个烂窝头，就能勾搭上人家城里人啦！"

四娘跟着嚷道："她是做梦陪唐僧去西天取经了吧！以为自己神通广大得能坐到大奔里哭的地步了！"

这时大娘也踏进了五娘的房门，她见势又添了些灌缝的碎语与唏嘘的悲叹。

尿疙瘩确实跟一个打城里开大奔的男人搭上了话。她认为男人肯定能想着她，起码她对自己贴饽饽熬小鱼的手艺，有能勾起男人食欲的十足把握。男人或许能将她看作自己永远得不到的序列里排名稍微靠前的那个"想着的人"。

眼看尿疙瘩的肚子显了怀，且变得越来越大了。但果真，男人所留下的通信方式，拨过去全是空号。她想着那个男人，这种"想着"已占去了她所有的精力，她无心顾及她的生活和她脑子里想到的一切，包括那口老在咕嘟着贴饽饽熬小鱼的锅。而男娃在一旁看着孤苦的"娘"，心里想着"娘"的痛苦与孤独，于是他暗下决心，要为"娘"做些什么。

终于，男人来电话了。

"喂，你怀的是我的孩子？"

"那还能有假？"

"哎，你把孩子打掉，我给你一笔钱。"

尿疙瘩心里的痛苦加剧了，她瞬间回想起了男人跟她讲过，她的手艺如何的上乘，以至于如若一辈子都能吃到她的贴饽饽熬小鱼的话，生活将无怨无悔。她想质问男人曾对她说过的相守终生，还想质问他是否想到了自己肚子里的，那个还未出生的无辜的孩子，但一切到嘴边又化掉了。因为她时而"想着的"成了及时"想到的"原因，她身子瘫软下来，语速缓慢地说："我不要你的钱，我也能把孩子打掉，但有个前提。"

男人迅速地回应："你讲。"

"把我爹和我娘的坟，迁到城里去。"

此后，尿疙瘩爹娘的坟迁进了城里，随后她也在城里开了家农乐饭庄，大锅炖着小鱼再被金灿灿的饽饽贴一圈儿，如此就套住了许多城里人的胃，使他们总能想到她，当然，也包括或许此时那位老想着她的开着大奔常来常往的男人。

天津利民调料

津门老字号——利民调料，哪个天津本地娃娃没接触过番茄酱鸡蛋汤、涮羊肉、煎饼馃子、烤鸭子？而这些美食里少不了利民调料的参与，像什么蒜蓉辣酱、甜面酱、火锅底料、番茄酱、酱油、醋等调味品，只有把它们加入烹调的食材中去时，出来的味道才算与津菜沾上了边儿。

“这西瓜是肉瓤儿的，跟沙瓤儿比差远了！”说这话的，本身就是个大肉蛋（大肉蛋：指反应迟钝、说话迟钝、办事黏糊的人）。

大肉蛋姓葛，名叫任仔，连起来读的话，有姓葛的人认栽的意味儿。天津人说话本就喜好贫气，仔字的三声调自然而然就被叫成了平声，“认栽”就成了任仔的谐音，有承认失败的意思，所以葛任仔更愿意被叫作大肉蛋，因为肉蛋是性格，不栽面儿。

大肉蛋是被利民调料养大的娃娃，他的父亲是利民调料厂的老员工。调料厂拥有“利民”“玉川居”“光荣”“魔味食坊”等多种品牌，因此他们家平日里出现的塑料兜、购物袋等的外包装上，经常会印有以上商标。

跟嘴把式们不同，别看大肉蛋反应迟钝，动作迟缓，他真就开了一家涮羊肉馆儿。传统手切鲜羊肉，立着的角度近乎 90 度，粘在石板上不会滑落，以此方式上桌叫人看着就惊艳。他家的羊肉是招牌，涮羊肉小料主打家里的传统特色，利民火锅底料打底儿，味儿不够的话，人们可自行再往里头添些利民蒜蓉辣酱、利民玫瑰腐乳、利民韭菜花酱，等等……至此，一碗可心的涮料便成了食客们喜欢的熟悉味道。

大肉蛋的生意非常火爆，不提前预订的话，来晚了就只有等座。等座时你

自行惭愧的叹息，而是会让人感到心里不爽的诋毁与咬呲（咬呲：揭发同伙或为保住自己的名声而诋毁他人）。那个根植于他们内心的老坦儿进城形象，永远是一身条绒，脚蹬拖鞋，腰系麻绳，看场球赛，不知输赢，找不着厕所，旮旯也能将就的刘婶，如今已成了社会上的大老板。至今，刘婶在这帮家伙一次次的戏谑中，又不禁地打了愣、发了呆。毕竟有过类似境遇的人，是能够很快调整自己心态的。这不，刘婶马上做出了决定，今后要与这帮人划清界限。

据刘毛回忆，让他们蒸蒸日上的生活突然走了下坡路是因为一个事件的发生。

他三姑叫上他二姑，并挑头带领她们的“亲信”们，一起向有关部门告发刘婶患有乙肝的事实，并假模假样地哭天抹泪，要求相关食品监管部门介入整治！这年头真是怕嘛就来嘛，尤其是食品安全类的投诉，在时下这个把老百姓们的身体健康看得很重要的年月里，保准儿一投诉就要彻底地查！至此，刘婶的店关门了，门上的封条边儿上，附上了“停业整顿”四个大字。就算你能保证一切都符合了要求，且依照了规定，通过了一系列安全检查，但由于这次被闹得沸沸扬扬的事情，以及那些负面的、被夸大其词的传言，那些本着养生、保健才选择野菜粗粮的客人，哪会继续冒着被传染肝炎病毒的风险，再去到刘婶家的门店大饱口福呢?

虽说后来刘婶有肝炎病这件事被彻底地辟谣了，但她终归是经不起这次事件的打击，在不久后的一个疾风骤雨的夜里，突发了此生头一次的精神失常。不巧的是，与刘毛沾亲带故的亲戚们也个个在场，他们没想去挽救什么，而是都摆出了“你活该”的态度，嘴里还时不时地骂道：“老坦儿就是老坦儿，进城就想充大尾巴鹰？土里刨食长大的主儿们，怎么可能有那种轻而易举发迹的资本？”继而，刘毛跟着刘婶又过上了被亲戚们诅咒出来的日子。

刘毛没继承父亲过多颓丧的基因，他身上携带着刘婶敢拼敢闯的劲头。刘婶每天儿地见证儿子的勤奋，便不舍撒手闭眼，她要为娃娃的努力添砖加瓦，续添助燃剂。于是，她操起了家中破败的锅碗瓢盆。她希望在外打拼的娃娃，回家后能来上几个菜团子再喝上一碗棒子面粥，以驱赶一天的劳苦。

“当年要不是我爹娘给你们的劝阻，你妈那病真要是传染给了外人，人家还不得告你个倾家荡产！”三姑的大儿子如今已接替了父母辈的嘴，成了一名发言人。可能是从小被熏陶的关系，他对刘毛心有不服，因此对这个已在事业上小有作为的刘毛嚷道：“所以说嘛！眼下你的成功，全得归功于当年咱家人的劝阻，和对你们娘俩饶恕的恩德！”

刘毛对他的那副嘴脸早已免疫，仅是笑而不发一言。他翻出手机，在社区内标榜公益组织的群聊中，又见这位“仁兄”的发言词：有这样一位急需社会救助的人士！赵女士，47岁，无爱人，无生活收入，患有精神疾病，她会一个人跑到马路边坐着，情绪时好时坏，有时还会当众发起疯癫，因此目前需要住院治疗，需要相关的住院费及各项费用。我要代表社区群众让社区内的困难群体不掉队，因此要从本社区的经费中扣除相应的资金，这项费用会在征收各项管理费时另行增收，谢谢大家献爱心，谢谢大家的配合、参与。

刘毛放下手机，又笑了一声。因为他比谁都熟知这位由赵女士所巧心扮演的角色原型，正是自己的母亲——刘婶。但是他的母亲竟是在没有得到任何的救助下，每天为自己的儿子包菜团子、熬棒子面粥，因为她坚信靠别人不如靠自己。别人强加给自己的言辞，扭转不了一个坚守抱负的心。所以多年后的刘毛凭着坚不可摧的意志力，以自己母亲的名义，就在他们的这个社区里，再次经营了一家专门售卖菜团子的店。虽说患有疾病的母亲未能参与到生意中去，但她仍将多年和馅儿、和面的经验传授给了刘毛。

开业当天的气氛格外热闹，这也招来了那帮亲戚的指手画脚。或许正是他们眼光的局限性，才使他们并没能攀附上刘毛家的再次转运。但是他们还会继续把这种眼光的局限性放大，并认定自己所想、所说、所做的，即认为自己站在道德之巅，并仍会觉得刘毛家的好景不长。

这不，刘毛的生父在这帮亲戚的整日念叨下终于出现了。刘婶见到他后，处于稳定期的精神问题再次复发了。接着，又在刘毛亲戚们一再的挑事下，刘婶忍受不了痛苦，随即住进了社区内的一所精神病院。同时，刘毛在生意场上也迎来所谓的“三十年河东，三十年河西”的时局变幻。

“大家看看啊！我们的嘴厉不厉害！单靠一个菜团子就惦记着发家致富，飞黄腾达！简直是开玩笑！”三姑大儿子跟社区内的好事儿者们，继续聊着：“天有天道，人有人命，一人一个样，全是娘胎里带出来的命啊。你在娘胎里，就只有对农活儿熟练和上手的本事，那就别去搞什么创业，求什么发展！人就不能跟命争！”

刘毛此刻还是仅仅在笑，心中并不信这个邪，他仍要坚强地跨过一个又一个的坎儿，且将这些当成是自己迈向人生又一高峰的里程碑。

多年之后，在刘毛的揭发检举下，社区内一直打着献爱心幌子的，实则搜刮百姓钱财、牟取暴利的表哥被捉拿归案了。刘毛的生父也因常年行骗被依法刑事拘留了。刘婶经过这些年的治疗与调养，在刘毛新店再次开业的那天出院了。是的，还是在这个社区，刘毛再次以母亲的名义开了这家店，不卖别的，只卖一样儿，正是用真材实料的，通过一心一意的拼搏而最终坚守住的，喂饱自家人的大菜团子。

虾籽笃面筋

天津面筋是别具地方风味的烹饪食材，是将面粉加适量清水、少量精盐搅揉成团儿，使之有劲，再用清水反复抓揉、冲洗，去掉淀粉，成为面筋生坯。如以油炸，则油润黄亮、绵韧筋香，称油面筋；如入沸水煮至呈多孔膨胀，称水面筋。面筋，又名“麸”，其本身虽淡而无味，却能吸收配料的汤汁，达到“无味使之味生”、宜荤宜素的目的。

他表面上假模三道地说着场面话，其实心里老么（老么：很，非常）不舒服了。要说也是而立之年的人了，却总是信誓旦旦地要将自己与结婚困难户撇清关系，但时至今日他却成了典型的找不到媳妇的大龄剩男。为啥呀找不着？是性无能？是性功能障碍？要么就是早泄吧。众说纷纭中的花样儿，也无外乎以上的范畴。

他在家里排行老大。每逢端午节，家中弟弟妹妹的孩子们，个个身上都佩戴着老虎搭拉，什么粽子、柿子、辣子、蒜头、葫芦、扫帚、簸箕、算盘、荷包、小老虎等香囊，用红线连缀，末端为多色的布穗子，打老远儿一瞧，五颜六色，生动喜相（喜相：高兴，欢喜）。再瞅他爹娘呢？耷拉着的脑袋瓜子下是一副丧气十足的脸，说了归齐就是羡慕嫉妒恨啊！羡慕亲戚们的子孙合乐，嫉妒与恨的内容也都逃不出这个圈儿。正在这时，二姑、三姑打厨房里端出了过节的美味佳肴，他的两眼却死死盯住那一盘虾籽笃面筋，据说他一人就能将此菜舔个盆儿干碗儿净。他娘上前迎合着他二姑，将在其身后随行的七大姑八大姨引到餐桌旁，路上，他娘嘴里也不住地叨咕着：“真希望明年这时候，我家董偏峰能带回个小媳妇儿来和咱这一大家子人，一起热热闹闹地过大节！”

三姑的嗓门大得最能招风，她将自己手里端着的这盘虾籽笃面筋摆到了他的眼前，说呼哧就喘地接上了他娘的话茬儿："是呀是呀！你们瞅瞅这道菜！咱家偏峰正如这面筋，正经地需要一位虾籽姐姐进来调调滋味了！要说他也真是老大不小的人了，就算身披金黄的富贵，一砸摸滋味也仅有浮于表面的灰尘味儿啊！"

董偏峰见到三姑如此不给自己留颜面，当着众人的面给自己拆台，于是就说了浑话："我可不像您儿子似的，被逼无奈，情急之下，随便找了个姐姐就娶了，还不是进到了娶了分、分了再娶的恶性循环里。"他说话的工夫，眼神儿已瞟向一个挂着精美荷包的小娃娃身上，"瞧您那孙女！我看哪，八成是被别人下的种！"

即使嘘声四起，尤其他娘那瞪人的功力，但话既出口，嘛也都不能反转局面了。叮咣的一阵碎盘子的动静，算是对董偏峰最客气的报复了。三姑没有上手打他，也没有说出什么脏的、难听的、能叫人记一辈子的狠话来，而是将那一盘子他最爱吃的虾籽笃面筋献给了土地爷。

再说说董偏峰当时的表情吧，就跟每回被小姐姐啐了一口一样，他满眼惊愕，且不接下来该如何反应。这个懂得吹嘘自己富得流油、帅得无死角的顶头儿（顶头儿：数第一的，最大的）强，为什么心头一紧，又打心底发毛，紧接着就不舒服起来了呢？

见人说出的那些亮堂话，到了关键时候没一句是顶戗（顶戗：管用，独当一面）的。咱就说他最近相的这回亲吧，对方早已过了女大十八变的发育期，正妥协着大龄剩女的体质，并忍受随之附着在内心的孤独感与焦虑感，处于一种尽快要找到适于婚配对象的窘境。事儿全都明摆在局面上了，人家姐姐是真心实意地想把自己嫁出去，你既然又担负着家中老大的影响力，何不顺坡下驴般地好好地跟人家处呢？如若……不！不行！董偏峰非要扯别的，要不事后心里泛起不舒服的想法，那时候岂不要多别扭有多别扭了嘛。

"你之前被几个男人甩过？"

对方听了他的问话，脸子上带出了敌意。不过，还是跟往常相亲见面，下馆子点菜就座的场面一样，桌子上也照样有那道虾籽笃面筋。瞧见人家不吱声，董偏峰硬是来了兴致，他拿筷子指着虾籽说："这是雌虾的卵，形小色红，透亮味香。这道菜的汁浓味醇，全靠这一股股的虾籽的味道去成全了。"说着，他拿目光带了眼对方的眼神，紧跟又小眼一朝上翻，就说："女人啊，岁数一大了，甩籽儿的功能就势必下降了。年轻时不紧不慢地挥霍光阴，到了你这岁数再着急，就得跟我似的，长相就得有模有样，论实力也得不输给别人。要么叫人图你的色相，要么就得拿钱来买你的婚配对象。你懂我嘛意思了么？"

对方脸色煞白，没有立刻把话撞回去，看样子是个文静、懂礼数的清高女子。因为清高的人拉不下脸儿来，反倒总是看着吃表面上的亏。女子当即收起了摆桌上的手机，捋了下头发，轻咳了一声，想用不屑一顾的举止给予董偏峰扎心的一击。但是，董偏峰呢？可能是天性不灵，看不出对方的心情，又或者是他根本就不考虑对方的心情。于是，就又没完没了地说：“我就是长得帅，帅到叫别人没法儿比，我就是有的是钱，钱多到买不同颜色的车，单就为了出门搭配衣服换着开！”紧跟着他夹了一筷子虾籽笃面筋放嘴里，“这一身金灿灿的质地，想吸收些带劲的玩意儿，怎……”没等他说完话，对方一大口吐沫啐到了他的脸上！

“虽说我之前也接触过不少男性，但是你今儿个真是让我大开了眼界！世上不止一个面，万万不知还有你们这群渣男演绎出来的方方面面！要不说单身的大龄狗们必定有单身的原因呢！不单单是丑矬穷抠僻精，也有像你这样高富帅的大傻子！”

女子撂下唾沫跟这些话后，就转身离他而去了。董偏峰还是要跟往常一样，将自己最爱吃的那盘菜吃完再走，但他心里已经开始不舒服了。因为他觉得自己说的话句句都在理儿上，帅也帅得真，富也富得够派头，可为什么就找不到一位可以直达其心灵的人，去慰藉一下那颗老也不舒服的心呢？

卫嘴子

“当当吃海货，不算不会过。”天津人嗜吃，知味。俗语讲“京油子，卫嘴子”，这嘴子除了有机会就得贫气两句之外，每逢饭点儿能够嚼在嘴里的物质食粮，是天津人活着图一乐的能量补充剂。

对于多数的津门卫嘴子来说，煎饼馃子、嘎巴菜、豆腐脑、馃子、浆子算是大清早叫身子苏醒的东西，同时兼备治愈宿醉、回魂解困、提神醒脑等作用。一碗嘎巴菜下肚，用手擦擦嘴子，这才算是天津人真正意义上的一觉醒来。在外地人想来，天津最有名气的要数三绝。什么哪哪儿的包子十八个褶儿，卖包子的谁都不搭理；哪哪儿的麻花因其所在地而闻名，个头大得叫人直拍呱儿（拍呱儿：鼓掌）；哪哪儿的炸糕刚出油锅时烫嘴，但你不能因为这个，把好儿不送嗓子眼儿，送给耳朵眼儿吧！其实这被外界熟知的津门三绝，渐渐地转变了最初的经营路线，专门成了本市旅游业的对外宣传窗口，已是顺口溜儿或俏皮话里的“常驻民”。其实现在这些名声在外的味道，还真不及我家楼下的那些出摊儿的老哥哥、老姐姐们做得好呢。

说完了三绝，咱要提提津门小吃。自明代以来，天津是当时屯卫与漕运的重镇。早期屯卫与漕运带来的10万余船工，是天津最早的原住民，他们干重活、抢时间，所以能快速解饿的小吃就成了大量的需求品，肉馅儿的包子、烧饼、炸糕等一系列吃食相继流行开来。船工们是小摊贩们日常经营的消费主力军。这些能够带来可观收入的消费群体，自然而然就促成了小吃界的繁荣兴盛。于是小吃也就成了日后天津人——如同离不开相声一样——被写入血脉里的一种不可或缺的依赖。

随便走进一家人头攒动、熙熙攘攘的早点铺，像什么嘎巴菜、豆腐脑、糖馃子、烧饼、面茶、浆子、云吞、素卷圈儿等，去晚一点儿可能东西就不全了，因为它们可以召唤出卫嘴子们一天的活力。只要是挡在队伍前头半天也不知道吃嘛，犹豫来犹豫去的、耽搁好久的人，八九不离十准是个外地人。卫嘴子们点餐的速度可谓行云流水，之所以如此，或许正是因为延续了祖辈儿们的习惯，船工们不得麻利吃完，再赶紧回到岸边儿继续干活嘛？除了要吃，卫嘴子们还得贫了咯叽地抖抖嘴上功夫。你瞧，待向四处瞅过几眼之后，见到了店内座无虚席的某张嘴子，就开始嚷道：“你们这地界儿可真行啊，照这趋势下去，想必不过半年，老板就能买上大飞机了吧！”其实这张嘴，就是在抱怨没地儿坐下来吃早点呢。

20年前，奶奶对胖胖嗒嗒（胖胖嗒嗒：形容胖乎乎的样子）的孙子说：“记得我父亲，就是你太爷爷当初，摊过10个鸡蛋的煎饼馃子！这是我当初站在旁边亲眼所见的。”

20年后，这位胖胖嗒嗒的孙子受邀，加入了天津市餐饮行业协会成立的煎饼馃子分会，继而就成了一名摊煎饼馃子的业内人士。他坚持出勤，因此每天都来光顾的食客们便亲切地将他称呼为“胖嗒哥”。

“俩鸡蛋，果篦儿的。”

“好的，俩鸡蛋，果篦儿要炸的还是不炸的？”

“不炸的。”（炸的过两遍油；不炸的，只过一遍油）

“嗯，一般老人儿都要炸的，因为离不开老味道，但要论起健康的话，还是不炸的显得相对健康些。对了，辣子、面酱、腐乳、葱末都要么？”

“都要！不忌口！”

“好的！下一位！”

然而，下一位食客，那吭吭哧哧、磨磨叽叽的表情叫胖嗒哥瞧了个满眼儿。他主动出击地扬声问道：“您嘞，一会儿摊嘛样儿的？”

“我自己带鸡蛋了。”

“好的，您把鸡蛋给我吧！”

其实煎饼馃子摊儿前，有时别看人不多，那是因为鸡蛋在为主人排着队呢。大清早的，老头儿老太太们很会掐时间，他们要先逛早市买完菜后，再回来取这摊好的煎饼馃子，因此，他们会把鸡蛋提前交给煎饼馃子摊儿，并叮嘱好了自己这套煎饼馃子的配料表。此时就是见证摊主们记忆力的时刻了。就胖嗒哥来说，他连谁家会带来嘛样儿的鸡蛋，都能给你说个头头是道。比如王二姐家的红皮鸡蛋外壳上必须挂着鸡毛；孙四姐家的鸡蛋，不论红白，蛋壳上得有点儿暗沉下来的血色；宋老金家的每颗都是乌鸡蛋，而刘姥姥家的，肯定是四个小小的鹌鹑蛋！

自带鸡蛋的情况一多，生意的利润就有所下降。胖嗒哥想要多赚钱，就得由一向早晨才出摊儿的经营路线，慢慢地延长至中午到下午，甚至于后来他又做起了夜宵的买卖。每天，无论什么时间段儿，看一眼自己的煎饼摊儿，平平常常，同过去一样；看一看周围的环境，平平常常，同过去一样；等待煎饼馃子的队伍，平平常常，同过去一样；夜色深远处的寂静，平平常常，也同过去一样。

“嚯！”这位吭哧又磨叽的食客，身着灰西服、浅蓝色衬衣、银领带，你说顺色，可人家年轻人没准儿就喜欢这种顺色的搭配。他扒头儿（扒头儿：把头贴近去看）瞧见这一传一递的6个鸡蛋，且还听到了一句吭哧憋肚的动静：“我来一套，双馃子的。”

“6个鸡蛋加双馃子，您真是大胃王啊！这样儿摊出来绝对煎饼馃子界的顶配了吧？！”

炸好的馃子，中间一劈两开算两根儿的话，那么双馃子按从中间劈开的数量计算，就是四根儿的单馃子。

一句话从酝酿到说出口，这位食客支支吾吾，总会先赔出个笑脸儿。而在一旁没搭茬儿的胖嗒哥，但凡他那张贫气的嘴一开一合，那段子可就扑面而来了。

每当黄昏时分，霞光暗淡下去的时候，时有时无的客流量会陪着胖嗒哥一直眺望到霞光的完全消失，直至深夜，就在这个小小的角落里，胖嗒哥的煎饼馃子摊儿前，就成了街上漫无目的闲逛者们的能量加油站，或者实至名归地成为许多深夜吃货眼中的深夜食堂。

“这套别放辣子，其他都要；另外一套少放辣子。”“待会儿我那套打当么间切开，给我分俩兜儿装！”“哎哟喂，今儿个生意火爆啊！看这意思还得一炷香的工夫才能轮到我了吧！”

不论深夜是不是自己一天的开始，辣子、葱花、香菜都来不来，面酱与腐乳来多少，依次从每张饥饿的嘴里回应出来，就有了跟白天类似的人头攒动和熙熙攘攘，但是黑夜里还有白天不能与之匹敌的暗黑氛围。一直排在队伍后方的那个人，既不像别人的影子，也不像带有深夜特征的人儿，被疲惫感、困倦或是夜猫子的属性摆布着，终于，那个人来到了胖嗒哥面前，却叫人辨不清真容，基调是通体的一身儿黑，仅仅是混入夜色的人形。当那个人对着胖嗒哥一张嘴，仿佛让人听到了他的年纪，这是一位耄耋老人。

“我说小伙子，给我摊套10个鸡蛋，双馃子的煎饼馃子。”

只有那些消化能力极强的胃，才能在深夜消化掉如此大套的煎饼馃子。“您老吃得了嘛？”虽然这种疑虑在胖嗒哥的脑子出现了，可他并没有作声。可这位老人像是听到了什么似的，随后就要把自己的故事说出来。不过老人的一举一动确实能叫周围人等感到一丝丝寒意。

“我说小伙子，”

“您老有嘛吩咐？”

“当年打山东来天津摊大煎饼的老汉，跟我可是熟人。”

“哦？您老是说摊山东大煎饼的？”

“对！记得当年他起初是卖酱肉包子的，由于干不过‘狗不理’等一系列本地包子铺，后来就拾起家乡的特色，摊起了山东大煎饼。”

“哦？那他还卖酱肉包子吗？”

“也卖，但不受欢迎。这不有天我路过他的煎饼摊儿时，先点了一份山东煎饼，紧接着，站在边儿上的小姑娘又递给我几个她家卖不出去的酱肉包子。”

“哦？买大煎饼赠酱肉包子呀？”

“嗯，完事儿我就把包子夹进了大煎饼里，那么一吃，你猜怎么？”

“听着就挺有创意，好吃吗？”

“包子里的酱和辣酱裹着煎饼一起，反正创意提不上，但是真叫一个香啊！”

“煎饼裹着？”

“是的！打那次起我就这么叫起来了！”

“煎饼裹着，煎饼裹着……难道说是煎饼馃子？”

“没错！后来只要我一去，那位老汉就给我摊 10 个鸡蛋的煎饼馃子。”

胖嗒哥的眼珠子在眼眶里转了一圈，马上问：“哦？那位老汉身边儿的小姑娘，长得胖胖嗒嗒的嘛？”

“嗯！正是一个胖胖嗒嗒的小姑娘！”

对话到此，深夜中的气氛变得越发寂静。胖嗒哥把摊好的煎饼馃子依次递给等候着的食客们，也包括这位拿走 10 个鸡蛋一套的煎饼馃子后，转眼就不见踪迹的老者。

“故事讲完啦！”围在煎饼摊儿周围的食客盯着胖嗒哥合上的嘴。

唯见胖嗒哥的嘴角忽地直往上翘，又一次拉开了上下嘴唇，“打遥远飘来的魂魄，如若在你近旁显了灵，虽然慢慢地又渐行渐远，但仍犹如近在眼前……”

这时有人不想听了，马上说：“行了行了，别在这儿吓唬人玩啊！”

又有人附和道：“是呀！人说话得有凭有据，讲分寸留余地。不能胡编乱造。不然晚上没人敢上你这儿来摊煎饼馃子了。”

胖嗒哥对人们微笑着，这笑容仿佛是绝杀技，仿佛一开颜就止住了人们的怨声载道。之后他又说道：“所以 10 个鸡蛋的都有人摊过，那么摊 6 个鸡蛋也就算不上什么顶配了。”

这个段子在卫嘴子们那儿，不过是说完就完的段子，倘若非得找死铆子（死铆子：死板而固执），较真儿这事儿的真伪虚实，那这人肯定不是卫嘴子。

如今，胖嗒哥的买卖上过电视台，登过新闻。可是其他区的卫嘴子们还是只认自己家楼下的煎饼馃子摊儿，嘎巴菜、豆腐脑、馃子、浆子、面茶、炸糕、包子、云吞……你要是叫他们追随宣传，专程跑胖嗒哥这儿来尝一尝，他们会毫不犹豫地扒哧（扒哧：贬低）他那儿的不行，哪有自个儿家楼下的味道对口儿呢?

琥珀桃仁

天津话中的“倒霉”指遇事不利，遭遇不好，最早写作“倒楣”，其“楣”指门楣，即门框上的横木。旧时院门的门框和门楣都是榫子式结构，每当办丧事时，在往屋外抬棺木前，都要先将院门的门楣卸下，并竖着置于墙角，这一举动称为“倒楣”。这样做的目的是扩宽空间，好让棺木顺利地被抬出。因为“霉”与“楣”发音相同，继而人们习惯于把“倒楣”写成“倒霉”。跟着，又接连派生出了“倒霉催的”“倒霉样儿”“倒霉德行”“倒霉蛋儿”跟“倒霉孩子”的一系列带有否定且不满情绪的词语。这其中最著名的要数马三立相声中《逗你玩儿》的桥段，其中描写了一位母亲，在其洗完衣服并且晾晒过后，让自己五岁的儿子小虎，在院子里帮忙照看晾晒的衣物，然而自称“逗你玩儿”的小偷却在偷盗衣物的过程中，叫屋里干活的母亲与院里的小虎之间三番五次的问答之中，多次出现了“倒霉孩子”这个笑点。其实，“倒霉孩子”跟姐姐们时而称呼自己爷们儿的那些“缺德的”“挨千刀的”“该死的”意思一样，都是正话反说，明贬实褒，反映出一起生活惯了、久了，发自心底的一种实实在在的昵称。

天津核桃主要产于蓟县（蓟州区）山区。核桃与花生、腰果、榛仁统称为“世界四大干果”。那么蓟县（蓟州区）出产的核桃属于薄皮品种，出仁率高、含油量高、富含营养，有“养身之宝”的美称。要知道，从做法上讲，“琥珀桃仁”与葡萄干、橘子饼、炒杏仁共为天津“满汉全席”的四干碟儿。说到这里，小虎的母亲咬起了后槽牙，她嘴里一个劲儿地嚷嚷自己爷们儿是个“挨千刀的玩意儿”。因为他火顶脑门子，穷急生疯地把家里原先郁郁葱葱的核桃树全给砍了。没错，用来盘的那种核桃，的确叫城里人把其价格给炒火爆了。不是皮儿薄馅儿大的，而是硬壳加上里面没有多少桃仁的那个需要嫁接的，俗称无仁儿品种。但也别说，这种挣快钱，可以迅速变成暴发户的心态，在全村人民的大行动中得到了快速且见成效的证实。

反正有人靠这个确实发家致富了，并且发迹的这家人，离小虎他们家又非常近，小虎的父亲一时间就是嫌人有笑人无，就是鬼迷心窍地瞎折腾。当机立断地，并以一种迅雷不及掩耳之势的神速，他砍倒了家中所有的核桃树。但他感到自己在接下来收拾残局的过程里，由脑子到全身可能都会疲倦起来，于是他喊小虎的母亲去捡拾核桃。这不，在辛劳的女人手底下，不到一会儿的工夫，一大筐的核桃就被搬回了家。这应该算是小虎他们家薄皮品种的最后一季了。母亲便逐一精心地拾掇着，她先将饱满的核桃仁剥出来，用温水泡至回软，以竹签挑去薄衣，沥净水分，置于一个干燥的大木盆中，再拌入白糖，由于需要腌渍三四个小时，她将大木盆抬到了院子里。

“小虎，看着点儿咱家的核桃仁啊！等腌渍好了以后，妈妈给你炸琥珀桃仁！”

小虎就像院子里的猫似的，就爱在院子里跑来跑去。没错！也正在这时，那个叫“逗你玩儿”的小偷又来了，他四处张望院子里的情形，这次虽说没了衣物可惦念，可除了那个“倒霉孩子”之外，还有一个装着拌好糖核桃的大木盆。

“小孩儿，小孩儿！”

小虎颠颠儿地随了声音跑来了。

“知道我是谁嘛？”

小虎眨巴眨巴眼睛，并且瞪圆了瞧着他：“你是谁？”

“叫我！”

“叫我？”

“不对，叫——我。”

“我——”

“对喽！”跟着“逗你玩儿”从裤裆里掏出来个塑料兜儿，开始一边吃着糖核桃，一边往兜儿里装着大木盆里的核桃仁。

“妈妈，有人拿咱家的核桃仁，他还吃呢！”

“谁呀？”

“我！”

“介倒霉孩子，我告诉你呀，都吃了，晚上可没法儿做琥珀核桃仁儿啦！”

“妈妈，妈妈，可他还是拿！”

“谁呀！”

“我！”

气很大）了的。例如提起蘸糖堆儿界老三、老五、黑牡丹和一枝花，他们在熬糖的最初，都要事先准备一碗凉水放手边儿，再拿出一根竹签子，往锅里蘸点糖放到这碗凉水里头涮一下。当从锅里盛出的糖水凉了，用牙一咬，能听到“嘎巴”的响声且不沾牙时，他们才敢将火候转成小火，再开始接下来的蘸糖工序。

一枝花觉着自己的手艺不精湛，特意来找老斌商量让其跳槽的事儿。

“兄弟你若来我这儿，我包吃包住还给你上五险一金。每月只要有哥哥我的饭吃，就绝对缺不了你的，你看你来不来我这儿干？”

老斌随手拿起了他们店里摆着的一颗弹丸大小、外皮深红有斑点、肉色粉嫩的铁果儿，说：“老哥，你选铁果儿蘸糖堆儿肯定不好吃啊。虽说这是咱天津产量第一的红果品种，但其口感酸多甜少，肯定不及我们家用的面果儿呀！”

一枝花送走了老斌，听从了他的意见。随后在更换了红果品种后的售卖日子里，果真来他家买糖堆儿的客人由原先的一两个，增加至好几十人了呢。

黑牡丹也想挥挥锄头，去挖挖别人的墙脚。他单独邀请老斌过来吃饭，老斌人比较实在，也不爱驳人家的面子。如此一来二去，便促成了一桌主客都到场的酒席宴请。

首先，黑牡丹先干为敬，跟着他竖起大拇哥夸赞老斌熬糖的技术无人能及。

“我们家的买卖如若不改革，只做糖堆儿的话，将来肯定得是个黄，的确干不过你们的‘退伍老兵大糖堆儿’！”

老斌也举起酒杯，微笑地对他说：“你家可以蘸糖粘子呀。这样选择不雷同的经营方式，不就有得赚了嘛！”

糖粘子，是将糖加热熬化后，再熬到一定火候的同时，分别加入红果儿、樱桃、瓜条、核桃仁等炒制而成。老斌说得对，天津人除了糖堆儿，还爱吃糖粘子。

黑牡丹熬糖的手法虽然没有老斌来得行云流水，但也着实出活儿，味道上也不差。经过那场酒桌上的交换意见，黑牡丹也明白了老斌是不可能抛弃自己战友小柒的。黑牡丹回到自个儿的店铺里，从经营的品目中，按照老斌的提议，添加了糖粘子的名目。

老三与老五是亲兄弟，他们各自经营着自家的糖堆儿生意，且互不来往，因此就更不愿理解老斌与小柒的这份非亲带故的兄弟情。

是啊，小柒一串大红果，都能就下四两白酒，成天借着酒劲儿傻头傻脑，说话离谱，办事莽撞，还总出洋相。可就算如此不着调，在当年的炮兵兵营里，他救过老斌的命。

那日老斌正在茅厕蹲大号，小柒跑来胡说班长突然要求紧急集合，老斌立即提上裤子冲了出来。而就在他这冲出来的一瞬间，那个茅厕就被一个射偏的炮弹击中。“轰隆”一声！小柒歪打正着地捡回老斌的一条命。老斌马马虎虎地上了套，却以活体形式站在了草地上。他俩互视对方惊愕的面庞，似乎在一种非常滑稽的背景音效下，造物主将二者的情义融进了双方的血脉里。而这种情义，是没有经过生死存亡的老三与老五，无论如何地演绎、想象也无法体会到的。

老斌被老三与老五分别叫去商量，他去过了老三的摊儿，也来过了老五的作坊后，就召集了他们兄弟俩一起会面。老斌告诉他们二人应该合伙一起做糖堆儿，因为老三熬糖的手法对路子，老五蘸糖的技巧娴熟，如若他们把各自经营的两处并为一处的话，势必可以开辟出一处新天地。

糖堆儿上面的糖如水晶，晶莹剔透，上面的果儿酸酸甜甜、软软糯糯，叫人回味，像那兄弟情般的相互衬托、相互扶持。熬糖、蘸糖的效果再好，没有果儿的存在，也只剩用来观赏的技巧展示。而果儿选取得再好，没有糖去蘸，它们也不能成为被食客们津津乐道的大糖堆儿。

炸糕

有个天津吃货小姐姐，牙长得特齐净，有人就问她："闺女，你多大了？"

"十八。"

"住哪块儿？"

"西湖道。"

"爱吃嘛？"

"挨马路边儿一大爷卖的炸糕！"

又过了些日子，小姐姐一出门就摔了个大马趴，磕掉三颗门牙。有人就又问："我说闺女，多大了？"

"十四。"（少了门牙，发出'十四'的音时，嘴里会因兜不住风闹出笑话。而小姐姐谎报的岁数，可能是觉得没了门牙，看起来跟换牙期少年似的，略显几分青涩。）

"住哪啊？"

"西湖道。"

"爱吃嘛？"

小姐姐巴巴儿地直咽吐沫，并没有撒气漏风地说："我还是力推大爷卖的炸糕！"

以上提到的炸糕是街里街坊打牙祭或是填饱肚子的日常吃食。自从天津电视台的一档栏目为西湖道小吃街做足了宣传之后，闻风到访的吃货日渐增多，什么凉皮儿、蛋卷、烧饼、素食、烧鸡、栗子、乌豆，别看尽是些接地气儿的食材，但天津人吃东西，保管让你解馋！毕竟人活世上，吃饱第一，因为美味终归是留在自己肚子里的玩意儿，谁吃谁美谁知道。

一条双向行驶的宽马路，沿着街道两边的商铺相映成势。在相互帮衬的情形下，这片美食区中的各家各户在吃货界都有很好的口碑。很多店铺被市民竖起了大拇哥。在这其中除了实门实脸经营的店铺外，还有几个流动摊位，而此地的流动摊儿可不像传说中灵活机动，人家敢于支长摊儿，在实操实练亮出真玩意儿后，点赞、好评无处不在。这不，大爷今儿推车出了摊儿，还是老地方，还是老流程，积年累月下来，大爷的这个摊儿就如同实体经营的门脸儿，不光是车轮在九地上坐实了的坑，而且吃货们没等大爷出摊儿，就早已找好了各自的位置，排起了大队。

下油锅，“滋啦滋啦”不绝于耳。不需要你咬一口才能发现的，那黄灿灿外罩下枣红色的糯软软，已然显影亮了相。枣红色是大爷自家手做的豆沙馅儿，不干不腻，甜口适中，不时还有红豆出来增加口感，但它们的出场是被秒灭的，用舌头贴着上牙堂轻轻一抿便成细滑的豆沙。黄灿灿是被炸作酥脆的外壳，那薄薄的如蝉翼似的，只需你趁热拿牙轻碰，便会“咔嚓”一下裂开，外壳与相接的糯米是两种味道，壳是酥脆，米是软糯，而馅心是甘甜，三层体会，层层潜入味觉那敏感的最深处，让吃货们从入口即渐渐入心、入神、入定，无论是否因为嘴急，遭受那烫嘴的“险情”，最终你在品尝大爷刚出锅的炸糕后，会留下一份美好的回忆。

对于“看起来好好吃”的感觉是从何而来的呢？其实是来自过往吃货们品尝过美食的体验，这种体验会随着时间持续到今日，那在记忆中的情状不仅仅是味道，还有值得珍藏的回忆。小时候，每逢路过南市食品街，父母总会带我去买几个炸糕解解馋。当时那个接地气儿的炸糕作坊，如今作为津城地方特色小吃的名片，享誉在游客们的心中。名号大了，摆谱儿的轮回自然要被开启，而借助名声却忽略吃货们看得最为重要的味觉体验，这种买卖终归能盼到的即是个终点，而回忆也成为永恒。

“老爷子，给我来 10 个炸糕。”

“那你得等会儿了，我介得现包现炸。”

“您嘞别急，慢慢儿地炸。”

“我不急谁急，介找上门的买卖，不做不成了大傻帽儿了么。”

“您介豆馅儿也是您自个儿鼓秋（鼓秋；制作）的？”

“买人家现成的，成本不就跟着翻番儿了么，那还能 3 块钱卖你？”

“人家那名号大的，卖 10 块钱一个当玩儿似的。”

“我介能跟人家比么。人家卖的是名声，我介卖的是回头客。”

“对呀，等全市、全国乃至全世界人民都成了您的回头客，那您了可就发大财了！”

“真要到了那个份儿上，大爷我就买架大飞机，飞到外星球支个锅，卖外星人炸糕去！”

天津人说话，既厉害又幽默，既幽默又厉害，单厉害不受听，单幽默不给力。

烧饼

“我这还寻思，赶个大中午过来买的话，排队的人或许还能少点儿。”

“估计大家伙儿也都是这么想的。”

我排在了蜿蜒盘踞的蛇形队伍的最后一个，而站在我前头的两位大姐，像是深陷面朝一个方向的人群里久了，就憋闷（憋闷：形容因环境狭小或委屈烦恼，使人不舒畅、不痛快）坏了似的，这不，前面那位正扭过脸来招呼后面这位搭话呢。不一会儿的工夫，我后边儿也续上了人流儿，挨着我最近的大爷，随即也附和上那位老姐姐发了声：“就说介大中午的，都排了这么些个人，这家卖羊肉的不得挣大发（大发：数量过多，超量；过分，过头）了！”

“谁叫他家的东西好呢！”

“是啊！他家卖的肉，装兜儿里一点儿血汤子不待流的。”

“没错！现在介年头，多花点儿钱不在乎啊，关键别花点儿钱再吃出嘛毛病来，还得看病更费事！”

“我呀，”一位突然觉得不用七拐八绕而是更具说服力台词的老姐姐，当即举手示意说，“大家听我掰扯两句，我呀，有老么些正宗的回民朋友，就这么说吧，”她伸出了十根手指，那原本在手里拎着的袋子，顺势也就滑落至了胳膊肘的位置上，“十个里有九个，只认他们家卖的肉，平时别家的根本不打眼。”那么一同混迹在此情此景当中的我呢？如若想低头不语，闷得儿蜜（闷得儿蜜：隐秘不宣地独自享受）一会儿，看来是不可能的了。我在这里插上几句，这家被排长队的肉铺，其实内设了两个摊位，一处是卖手切肉片儿（就是人工操纵机器来现切现卖的鲜羊肉片儿）的，另一处卖冷冻的（提前切好的肉片儿冷冻之后再售卖）。通常手切肉片儿这个摊需要排队等候，因为不是得有个当你面儿现剔现切的过程么？

不参与市井杂谈，怎会拾到拿大白话讲出的通俗乐子？外出碰到了，既是幸事，亦是享受，因此无聊的排队时间也会叫人觉得短暂。

“介大冷天的，他家手切肉的价格可真敢往上涨。”

“可不么，头几天手切羊肉片儿还 37 块钱一斤呢，今儿个一来就涨到 42 块钱了！”

“旁边卖冷冻羊肉片的涨价了么？”

“也涨了，也涨啦！原先 35 块钱的，现在卖 40 块钱了。”

“好么！”排在我前头的那两位姐姐，像是分别被二指禅在额头的当么间儿，经过发力掐出了个揪儿，两副眉头相继展露出势头，看谁紧锁得更能要了自个儿的亲命。

情商还算高的人，在搭讪前会用巧妙的笑声暖暖场，解除跟陌生人开口难的问题。“哈哈，小姐姐。”排我前头的另一位老姐姐，蜷缩起的身子仿佛跟防寒服的抗寒能力打了退堂鼓，使得穿着者直在那儿不停地通过抽搐增温。她伸出一根食指，指着自己的面庞，并动起岁月练就的娴熟笑功，接着又对我张开了嘴：“你能记住我介张脸么？我有老寒腿，不能站时间长了。”她继而拿指脸的这根食指，伸向了旁边一处被太阳正沐浴的地界儿说，“这儿没阳光，我去那边站会儿暖和暖和、回回神儿，等待会儿回来还站你头里，行吗？”

我演戏般地假装端详了一下她的发质，按说光听声音就能在短时间内记起是她。

“小姐姐，”她笑模滋儿地又说，“真记住我介张脸了么？”

“今儿就今儿了（今儿就今儿了：别无选择，决战拼搏，就在今天兑现）吧。”我笑着对她说。

“哈哈，用不了那么长时间，我一眨么眼儿的工夫就回来啦！”说着，她就从她的位置上消失了。

时间一分一秒地流逝……从我所站的地界儿已经可以看清肉铺里卖肉人脸上的抬头纹、法令纹和鱼尾纹了。排在我后边儿的人头数量，也逐渐赶超了排在我前面的。在这支队伍里，由群众临时扮演的相声、小品、曲艺演员，也竞相把段子指向了哪里的煎饼馃子味儿最对，哪家医院里等候就诊的那些海了去了的病患！哪个地界儿又遭整顿治理了，而驱逐出去的竟是些超低价销售廉价商品的却深受中老年人喜爱的小摊小贩。除此以外，还有哪儿哪儿的传统老味儿，一叫自个儿家中的小辈儿接手，立马就完蛋了。正当排我前头的人数降至个位时，刚才的那个声音又回来了。

“小姐姐，我回来啦！”这回出现的她，跟之前相比，手里多拎了一个透明塑料袋，从透亮的地方影出来的，是那挤得满满登登（满满登登：形容很满）的两排烧饼。“哪儿的烧饼烙得都不如他们家的！别人家的不是太薄就是太厚，要不就是太大或者太小，老是差点儿意思。”她说着就从兜里扽出了一个，直接搋到嘴里，“再说人家介烧饼的味儿啊，别人就是舍老脸去求配方，估计也烙不出人家介个味儿！”

“是吗？”“哪儿啊？”“哪儿买的啊？”这时，从我前前后后相继传来了咨询声。

“就马路对过儿，你们呀！”姐姐立马把烧饼从嘴里扽下来，仿佛就在这一刹那，她在人群里成了大拿（大拿：在某方面有权威的人）似的，神气百倍地来了精神劲儿，“你们哪，过了当么间儿这条大马路，拐楼群里头去，他家的招牌其实挺明显的。其实呀，找起来也没那么费劲！你们进了楼群，就能打老远瞧见好多人在排队的那家，就是他们家了。”

另一位姐姐传达了她的精气神儿，在我后边儿一拍掌，跟着又一跺脚，起劲儿地喊道：“一会儿买完肉，就去买他家烧饼！介样一来，晚上连主食带涮羊肉就都齐活了！”

“是啊，待会儿我也过去瞜（瞜：看）一眼去。”说这话的，是正在我头里买肉的大爷。但是最吸引我的，还是站我前面这位大摇大摆地啃烧饼的老姐姐！诚然，她以指引人们买烧饼的热心肠，和烧饼供给她的身体热量，为方才一直打战的躯体驱走了严寒。

烧饼在天津人民的心目中，地位不亚于大饼、馒头、花卷等面食。你瞧，早晨一睁眼的人们，从早点开始就是一个酥得掉渣的烧饼夹上酱牛肉或卤蛋，或者两样儿都要夹进去的豪华版。接着再配点儿咸菜和浆子，那么这份儿丰盛的早餐，就成了掀开被窝时，那份不情愿的有效宽慰。早点铺卖的烧饼，除了麻酱的、油酥的、芝麻的之外，还有像什么带馅儿的，例如红果、豆沙、巧克力、草莓、菠萝等样样宗宗的口味，因此你若来上任何一款烧饼，趁着热乎气儿用手一掰，或者直接吃掉它的话，那皮酥脆，瓤松软，滋味饱满，层次分明的感受，恐怕能经得住反复的推敲与每日的咀嚼。

“小姐姐，我儿子跟你介岁数看起来差不多啊，他从外地回来，跟我点名要吃咱介儿的油酥烧饼。”

“您别都吃了就成。”

“哈哈，你介小姐姐真会开玩笑。我刚买了一兜子，我一个老太婆还能一气儿都吃了？那不成了造粪机器了么？”我与她对话的工夫，肉铺里的伙计接一待二照看三地，催促着我跟她，赶紧上前来买肉。就在这个节骨眼儿上，我回头再次望了望身后的队伍，回过头来买完了肉，跟手冲过马路，去到另一处排队的据点儿，不必犹豫长队带来的寂寞，因为在天津这地界儿排队买烧饼，你会觉得时间花得很值实（值实：值得）。

炸虾片

别瞧“土老帽儿”外表土得掉渣儿，人家可是投身养虾事业的大户。比起一年到头面朝黄土背朝天，土里刨食儿，汗珠子摔八瓣儿，收点儿粮食才可过活的庄稼人的脑筋可算是活泛得多。

是的，“土老帽儿”专门养大虾——大青虾和对虾。由于熟悉虾的习性，每年春节前后，他会邀请亲朋好友到他家来吃炸晃虾。晃虾，顾名思义——一晃即逝的虾，却也逃不过“土老帽儿”的捕虾网。

“土老帽儿”拓宽了人们传统认知上的对虾只得靠海捕获得的固有观念。在无污染的泥质或砂质荒滩、盐碱地及适于养殖的沿海地区，对虾当然是可以大量地繁殖出来。他先是利用对养殖的专业度，比如海水应符合 GB 11607 的要求，养成水质应符合 NY 5052 标准等随口即来的各种知识，在其所在的城乡区域逐步着手实践，并通过发短视频有了宣传的知名度后，他推出了一系列有关虾的周边产品，比如对虾礼盒、冷冻活虾、去壳开背大虾仁，还有虾酱、虾串儿和虾片儿。生意越做越兴隆时，他自己开了一家网络直营店，想着自家的产品将来能够远销全国内外。

虽说人倒是透着灵气，但“土老帽儿”那从头到脚的粉红装束，彰显自己就是一个货真价实的土老帽儿。他自小到大离不开家乡，内心觉得家乡的水土就是最理想的生财资源。外面的世界即便再有文章可做，他也认为那些都是花里胡哨的浮华，没有自己待的这一亩三分地儿里踏实、安逸。这不，经过家人们一通的好说歹劝，才叫“土老帽儿”吐口儿（吐口儿：指开口说话，表示同意）答应了到邻近的城市游一遭。

到了外地，一家人下了当地的馆子，“土老帽儿”这一身千年不变的行装就成了叫人蔑视的首选。一位服务员浮夸地睐他一眼，带出了瞧不起的脸谱化“问候”，可这种传达放在“土老帽儿”的眼里，简直完全就不叫个事儿，因为回到自己的家乡，从来来往往的过客的眼神儿中，也会带有不曾多虑的鄙夷。了解他干吗的人会说他的这身行头，就是在为自己的买卖打广告。因为打远处一瞧，他衣服的颜色加上弓背的体型，这不俨然就是一只刚被煮熟的大对虾嘛！

“点菜吧！”服务员按惯例端来了热水壶和一盘餐前赠送的小吃。热水不必多说，一直冒着难以下嘴的热气，而那小吃从色泽上，红的、粉的、绿的、白的，比平常的薯片多了好几种颜色。从口感上说呢？咬上一口，香香脆脆的，满嘴都是鲜味道。

看着自己的家人都竞相伸手去取食的画面，他便呵呵地笑道：“油炸膨化食品还是尽量少吃吧！”

服务员对打“土老帽儿”嘴里蹦出的这句话，顿时觉着可笑，其意识里存在的想法是：真是可笑的穷讲究啊！大人们虽说可以管住嘴，但孩子们喜好“偏不听”。随着“土老帽儿”的话起话落，小孩子们为了争抢虾片儿，竟会使出拳脚的功夫。服务员见此，立刻吐出了一句:“炸虾片吃完还想再要的话，一份16块钱。”

说者无意，听者有心，“土老帽儿”听到服务员的话，又瞧了瞧这盘即将被抢食的所剩无几的菜，大呼道：“炸虾片？真不懂你们开饭馆儿的，竟然能把这玩意儿也叫作炸虾片！真是糊弄人都糊弄到极致了！”

这工夫，服务员发出了低沉的喘气声，并保持一副吊儿郎当的面色，不作声，不回应，这使得“土老帽儿”有了个人秀的时间，他慢条斯理地说：“红、白、绿相间，色艳味鲜的炸虾片，是要将对虾的虾黄与虾肉分开来，虾黄焯水，虾肉伏成片后用盐、淀粉、蛋清煨好。将煨好的虾片手捻下勺炸制，最后把备好的俏头儿，比如南荠、黄瓜类的食材与虾黄、虾片一起返勺、抖勺，再加葱姜末倒炝锅，点汤、烹料酒，加适量的味精出勺。虾片白色，虾黄红色，加上俏头儿们平添的一份绿色，这才是名副其实的炸虾片。”

家人们听到“土老帽儿”的描述后，相继流出了口水，并彻底将视线脱离开了桌子上放的那盘“炸虾片”，手里仍还攥着没吃的，也把它们又扔回了盘子里，叫其静静地等候着被端走命运的来临。

不过，“土老帽儿”这次亲临现场的指点并没有改变那家饭馆的观念。甚至，就算有人明知炸虾片的这个“正儿八经”的做法，也没有愿意否认那个得来容易、操作简单的酥酥脆脆的红黄绿白，就不能不打着炸虾片的幌子，进行售卖的生意门道。

回到家中的“土老帽儿”继续做着自己的对虾生意，他的那身粉红色的“制服”，也同样成了自己这桩生意里的，一个不可或缺的金字招牌。罩在他身上的这身粉红色，看上去依旧是那样土得在行，土得深入人心，土得被人举手呱呱称赞。可以肯定，在干一行爱一行的规则中，“土老帽儿”有颗坚持走下去，叫别人爱怎么看怎么看，爱说嘛就说嘛去的信仰！自己懂行是自己的本事，有愿意来光顾，愿意来结缘的，也许这将是彼此互通有无，体会真滋味的人生经历，如同只吃用大对虾炸出来的大虾片的“土老帽儿”似的，成为真正意义上的明白人。

大水沟的老味儿

现代人的生活交际圈儿，再不会跟老一堡儿（老一堡儿：老一辈或上一个年龄段儿的）似的，只圈在个大水沟里，张家长李家短的，就算涵盖了自己通常意义上的社交活动。眼下我们能接触到的人，也不再只是胡同里张三、王五、赵六的一群老街坊了，光一部手机里可能就存进了成百上千号的联系人，通过网络的社交平台，互动人数便能轻松上万。

不过对大水沟存有的念想，是无论再怎样反复地清洗、晾干、熨平，也诚然挥之不去的一件外套，那上面沾满了童年记忆中的“味道”。

大水沟是天津老城里的一个胡同。那里曾是我儿时无忧无虑的圣地，集聚着一帮小伙伴儿，是一起追逐玩耍、逗乐子寻开心的一个据点儿。而如今的大水沟早已化为了尘土、尘埃或是尘灰，也许连那尘土、尘埃、尘灰，也因着千姿万态的飘荡形式，成为几经聚散离合的过眼云烟，但那时候的童年回忆，却能深深扎进你我的心底。

当我们在都市的喧哗之中奔波久了，整日的运转会在最不在意的消磨之间，于你我的脸上刻出岁月的暗纹，昭示着业已经年累月地辛勤耕耘和守家待业的你我，应该付出的一份未老先衰的心态。此时我想对那些在人民公园里放松、休闲、娱乐的大爷大妈讲上一句：“我们年轻人眼下的身体与精气神儿，真比不了你们看起来的那样富足。”

是啊！公园里由老年人占主场的各种活动据点儿，不禁叫我想起自己儿时的大水沟，尤其是那立在人民公园后身儿，一处居民楼底商的广告牌上写的：两毛钱一包回忆童年的滋味儿！这样的广告语又迫使我花掉十块钱买上一包，以将自己的思绪带回童年记忆中的、正在大水沟里叫卖老味儿果仁的人身旁——

某个周末，我走进了人民公园，放眼望去：

瞧见别人家的七大姑八大姨凑一堆儿，配合默契地打羽毛球、吸盘黏黏球或是玩儿四五成组的踢毽子游戏；

瞧见有着装统一的老年队伍耍大龙，旁边还有露脸儿却不露怯地一通耍棍、耍鞭、耍扇子、耍大刀的老汉；

瞧见有亮出嗓子唱戏、唱美声的，他们果真是宝刀未老，飙出的高音儿跟现场演出似的，不住地获得围观群众的掌声；

瞧见有吹萨克斯、拉胡儿、独自抚琴的，也有合奏同一首歌的老年乐队，他们架弄出阵势的同时，断断续续地引来叫好、鼓掌与过客的注意；

瞧见有推着孙子的婴幼儿车溜马路的；瞧见有一身行装架得住推敲，且端着、举着、扛着过万器材的老花眼们拍树、拍花、拍虫的；

瞧见有下棋的、遛鸟的、搭罐儿斗蟋蟀的；

瞧见有半天才回过神儿来，想起光顾着抖落不尽的闲白儿六大堆儿（闲白儿六大堆儿：形容闲事儿或闲话太多），而手里拎着的煎饼馃子却忘了吃的嘴茬子老江湖！

当然，也少不了各路跳广场舞的姿势，什么民族风的，什么体操范儿的，什么太极八卦的，还有僵尸舞等形形色色的，加之不伦不类的服饰搭配，堪比那清末天津街头上的青色裤袄：青洋绸长衫斜披身，肥衣大袖不扣纽扣，腰扎月白洋绉褡包，脚穿蓝布袜子绣花鞋，头上的发辫蓄着大绺假发，粗大的辫子搭在胸前，有的还会在每辫花上插朵茉莉花。

瞧啊！老大爷们的背头梳得是油光锃亮，脚上的三接头皮鞋擦得是锃光瓦亮！老姐姐们更是能叫游离在各处的视线立刻聚拢过来。红的、绿的，复古的、潮流的，无论上半身还是下身儿，都玩儿尽了花活儿。虽说与老姐姐们花心思的衣着，在搭配上有些突兀，但墨镜、纱巾、面罩、帽子、护臂长款防晒套袖等一样儿防晒用品都不能省。老人们舞动起的舞姿，虽说也有咧咕（咧咕：走样，由好看变得难看）的胯臀，却不失劲头地朝着往昔的青春岁月进军。他们伴着那一首首的舞曲，心中定会是随心所欲地尽情释放。

这些形式、种类丰富的碰头聚会，使每个人能感受到一种来自生活中点点滴滴的快乐与美好。

美好与快乐共生共存，它们相辅相成，既人为使然，又自然随性，同时也极富视觉享受。就像是那年代，在大水沟里的一帮生龙活虎的少年少女，他们三四人分拨儿（拨儿：量词。用于人或物，相当于“群”“批”）砍沙包儿的，你听——

“哈哈，你们拨儿输啦！”

“不不不，没输，她拿背接着了沙包！”

“真神了！她蹲下提鞋的工夫，沙包正好落其背上了！我们拨儿得一分喽！”

你再瞧那由俩人架起的跳绳，虽说手臂已举过了头顶，显然就算是用娴熟的高抬腿去勾，也有马失前蹄的概率。你听，有人正在嚷道：“臭喽臭喽！”这句话果真可以动摇高手们的心志，但那个体态轻盈，姿态娇娆的少女，在勾绳起范儿，腿脚合拍，干净利落地跳出花活儿的时候，又是何等的出彩儿！

老鹰捉小鸡、丢手绢、捉迷藏……只要你赶上了石头剪子布的选人时刻，便能一道疯起来。

近处瞧见“老几位”划拳端斗儿的、打脖溜儿的、踢蹬罐儿的；再往远处瞧瞧，两位少年各将一条腿抬起弯曲着，拿膝盖对顶已决胜负；另有赌等着当别人儿子闺女，凑一堆儿玩过家家的；有顺着曲里拐弯儿胡同里折腾游击战的；有啥都不怕，上房但还没揭成瓦就把裤子扯两半儿了的；还有暂时实在想不出招数来的就来上个戗毛儿倒立，算谁能挺到最后的，甚至你瞧那些愣头儿青的小小子，正往人家院子的花盆儿里撒尿，完事儿，一声如临大敌的叫嚷声：“跑！快跑！”一场追逐的短跑比赛才正式打响。

不过，有好武的就有好文静的，这不，三三两两的几个小伙伴儿挤在一处卖小食品的摊儿跟前，嗦啰手指头，企盼店家的“打赏”。

“就凭良心说，瓜子儿有嘛吃头？它夹你舌头、塞你牙、不解饿，吃一个俩的也不解馋。小小的一片儿不成气候又没嘛味儿。但是花生呢？落落大方的浅白麻子，关键人家还有腰身！这还只是形容外在，弄开一瞧里面，当真躺着两至三个粉红色大果仁。剥掉粉红色的衫儿，白白的豆瓣儿紧紧相拥在一起，那个饱满，那个润泽，那叫一个真脆生！白嘴儿吃也好，就酒喝也罢，反正比瓜子香。”

这不，我的盟友小虎儿，端出一副小人儿老脸儿的架子，装懂不懂地，对着正在侃侃而谈的店家，笑不叽儿地点头致意：“您说得太对了！那么您的老味儿果仁，能两毛钱卖给我们吗？”

“两毛钱一包。”店家说着还比划出来个二的手势，痛痛快快地打消了我俩心里的小算盘。

“我知道我们家哪儿有钱！”小虎儿挤着那双小眼睛里微微闪出的光对我说。

“哪有？”

“我爸裤子口袋儿里。我那天瞧见里面有张大票儿！”

“好么！难道说是一块钱？咱要是有的话不就发财了么！”

“没错！就是一块钱！”

我俩一起努起带邪劲儿的劲头，最终还是为了一包两毛钱的果仁儿，捅破了小虎儿父亲的裤兜儿子，也必然挨了父母的一顿骂！

“我妈只说我了，但没打我，你爸妈打你了么？”

“我爸打我了！但是为了这包果仁也值了！”

事后，我跟小虎儿拿着小马扎，坐在标有“大水沟”牌子的胡同口，连皮儿带果儿地可劲儿吃果仁儿。那时的那个味儿，今天是无论如何也复制不出来的，因那里面夹带着青春年少的那份就算嘬牙花子忍痛挨揍，也总要迎接无时不在期待中的一份属于你我的快乐。

是的，享受快乐，就是享受我们自个儿的人生。快乐属于谁呢？难道不是像我们的手和脚似的，是属于我们自个儿的吗？没错！你我也应该打今儿起，该叫自己快乐的时候就得快乐起来！

软炸兔肉

一个男子说自己洗澡需要一个小时。别人问他为什么需要那么久后，男子说身上的每个部位不都需要仔细地搓嘛！因此这名男子被别人称作“受慢急”。不光洗澡耗时长，他干吗都不紧不慢的，像个树懒似的，慢慢悠悠地动，反正早晚都有干完的时候。

要说他挑选的这个“姑娘”，论长相、身材、腿脚的，没有一样落包涵（不落包涵是无懈可击的意思），这都归功于男子的“受慢急”。他会进行长时间的比对、思考，才最终从网上下了订单，“姑娘”历经长途跋涉地由日本海抵达我国的渤海湾。当被装在盒子里的“姑娘”寄到时，“受慢急”并不着急拆快递，而是下了厨房，为这个漂洋过海来看自己的姑娘，准备一桌接风宴。

山水画一般由泥土、溪流、树林、瀑布、层叠的山峦和若隐若现的人家构成，加之光影与色调的渲染，能使观者发出身临其境的感叹。然而“受慢急”家里挂出的那幅画卷上，却仅有四个点。他说一个点代表父亲，一个点代表母亲，一个点代表自己，剩下的一个点，悬于三点之上，被他叫作月亮。据说这幅画，是“受慢急”构思了三天三夜才完成的。

时间在“受慢急”慢悠悠的行动中，正一秒一分地流逝。客厅里坐着的，要想尝到儿子手艺的父母像是越等越不来，等着等着就开始昏昏欲睡了……一声“滋啦”，那是第一片兔肉终于下油锅炸的动静。

“受慢急”的父亲心想：这下子总算是有盼头了。可在一旁的母亲却十分镇定地往老伴儿的茶杯里又续上了热水。

虽说第一片兔肉被炸成了浅黄色。但那些本应同时存在的柳叶片形兔肉，却还未进行调味腌制呢。人家“受慢急”炸这头一片，是为了试试油温，看看成形的效果。这就意味着想听到第二声下油锅炸的动静，还得需要些时间。那么母亲给父亲倒的热水，暗示其少安毋躁的同时，看来是对儿子的性子熟门熟路了。

只见“受慢急”这才将全部的柳叶片放入碗内，加盐、料酒、淀粉抓匀腌制。因为这腌制还需要等上一个小时，所以“受慢急”想到了要去拆快递，去“解救”那位被困在里面的“姑娘”。

高仿真的人形玩偶能否成为他永远的“陪伴”呢？是骡子是马，都要拉出来遛遛，拿事实说话。因此今儿个这一家子到底儿是要看看，给“姑娘”做的那些天花乱坠的宣传，有多少是在睁眼说瞎话。

但“受慢急”的慢性子又发了威，他犹豫着是拿剪刀拆还是小刀拆的时间，一下子就过了一个钟头。于是客厅里到处散落着，包括纸盒、纸板、纸夹，珍珠棉、气泡垫、化学纤维等材料，而同时，在厨房继续响起了油炸东西的声音。

那一片又一片的食材被裹上由蛋清、淀粉、面粉、香油制成的油糊，再依次经手下入热油中软炸成形。要问为嘛“受慢急”不做干炸兔肉（就是不裹油糊直接炸）呢？说白了，就是因为他反应很慢，觉得借助油糊颜色的变化可以直观地判断成熟度，而干炸兔肉一旦发焦变黄，再捞出就是糊了。

仿佛到了天干物燥，小心火烛的钟点了。那一盘软炸兔肉，也终于在父母眯瞪了几觉之后端上了餐桌。

“且慢！”父亲夹起的一片兔肉，在“受慢急”的阻挡声中，又掉回到了盘子里。这三口一起回头，朝“姑娘”的那一堆零件上望去。

“是啊！”母亲感慨道，“‘姑娘’还没组装好呢。”但是父亲起身走到客厅里的那幅画前，指了指，又情不自禁地晃了晃脑袋。母亲看到他的这番举动，突然明白过味儿来了，立马话锋一转说道：“儿啊，咱们现在毕竟是三口之家，还是开饭吧！”

“受慢急”也逐渐意识到家人饥饿的状况，继而也就不再言语别的，夹起了一块兔肉，放到了父亲的碗里。

说了这么半天，别人肯定会琢磨为嘛“受慢急”要做软炸兔肉，而不是软炸里脊、软炸虾仁之类的呢？这还要源于他小时候发生的一件事儿。“受慢急”的慢是出了名儿的。做题慢，跑步慢，各项指标达不到，干吗都比别人慢半拍，考试总挂科，因此老师犯了愁。一次，他的班主任来到了“受慢急”的家，见到了他的父母。他们讨论了半天，最后下了个结论，就是这个孩子天性如此，那么没法子也得想法子治呀！于是老师随口而出，告诉孩子的家大人，以后多给孩子吃兔肉。按说道理很简单，兔子比起猪啊，牛啊，羊啊的，看起来都灵活好动。或许在曾经的那一刻，老师的这种说法属于没辙找辙，没瓦也硬往房顶上盖树叶子，有一搭没一搭（有一搭没一搭：在有意无意之间）地胡诌白咧（胡诌白咧：胡说八道）。可是这在当时，立刻成了这一家人喜得的一个大真理，进而导致从那时起，他们家里所有的肉菜都改换成了兔子身上的肉。这一改就成了好几十年的食性。

晚饭过后，已经是别人进入深度睡眠的时段了。父母没洗就直接上炕睡着了。等待“受慢急”的还是那 60 分钟的洗澡和不知道嘛时候能完成的组装工作。那个“姑娘”也想上他那张吱吱嘎嘎响的床，也想拿他的舌头当成是美味佳肴来品尝，因为出厂时就表明自己是漂亮的，能够给买家提供一份值得购买的体验。

然而，“受慢急”在之后的日子里，还是一个人不紧不慢地度过每一天的日子。他抽不出太多额外时间，去给这位“姑娘”达成自己的使命。别人建议“受慢急”可以抽出时间多陪陪那个“姑娘”。然而“受慢急”说自己每天洗完澡就已经很晚了。

一年之后，厂家的工作人员来顾客家中提供售后服务，才叫这个“姑娘”终于成了形，“受慢急”也终于见到了自己期待已久的那个“她”。

干炸带鱼 & 熹带鱼

没事儿就“逗你玩”的玩乐气质与“嘛钱不钱的，有嘛用！”的认怂性子，叫人家大姑娘家的，怎么往你家里头嫁呢！

但这位姑娘有个天生的嗜好，就是爱吃带鱼，而男方家的母亲最拿手的菜，不是干炸带鱼就是熹带鱼，小伙儿正好借助这个由头向姑娘再次表了白。

“你要是嫁给我，往后咱家吃带鱼，要么是里鲜外脆的干炸，要么是味儿香下饭的煎熹，反正你要是到了婆家，我敢保证我娘肯定为你亲自下厨！”

姑娘咽下了哈喇子。是啊！葱丝、姜丝、蒜片儿，料酒、醋、酱油、高汤、白糖、花椒油等的大佐料，一起熹，又或者是下油锅，炸透至金黄色，另带椒盐儿和辣酱油作为蘸料的干炸，都是自己抵挡不住的诱惑，何况他母亲还是绝对有两下子的。

小伙儿眼看姑娘因为带鱼要投怀送抱了，于是他摆好了迎接姑娘的姿势，可万万没想到却是一声叹息。

“你做梦去吧！”

“难道你不想吃我娘做的带鱼啦？！”

“我不能因为吃个带鱼，就不挑不拣地当你媳妇儿了吧！”

“可我这人除了钱以外，嘛没有啊？要人品有人品，要长相咱赛潘安！”

“好么，光指着长相就能填饱肚子了嘛？过日子不要钱啊？”

“要说还是你境界不高啊！爱情面前嘛钱不钱的，对路子就得了。”

“看来你平时啃树皮过日子的经历，应该叫作不当个事儿了吧，但是抱歉，我牙口不济，啃不了树皮。”

“你这……瞧你把我说的嘞！哦？！嫁给我，完事儿咱俩啃树皮？将来下了人（下人：生娃娃），也一样跟咱们啃树皮？”

“那你意思是咱们将来只有树皮啃？！”

“瞧你介话说的，不叫人蹿火（蹿火：冒火，指生气、着急）么。”

姑娘听完他的话，没再做进一步的回应，而是从今往后删除了小伙儿一切的联系方式，回到了从前那个彼此陌生的阶段。

某天，一家名为“坚决不啃树皮”的餐厅在商业街的一个角落里开业了，走过路过的姑娘跟其他小姐姐们一样，不愿错过刚开业的打折促销活动。翻开菜单一瞧，赫然醒目的主打菜，竟然是自己最爱的带鱼。接着她喊来了服务员，点了他家的干炸带鱼与熬带鱼。

吃相儿，还要什么吃相儿啊！姑娘卷起袖子，下手就抓那刚被端上来的干炸带鱼。要说从口感、沙脆、色正等方面来描述食物的话，那么对于咸鲜、酥脆、金黄灿灿等的描述，姑娘眼前的带鱼自然是形象代言。

干炸带鱼空口吃，熬带鱼就得来碗米饭就着吃，姑娘步调不乱地将桌上摆的两盘菜和干饭一扫而光，完事儿埋单、点赞、走人。

但是依此的过程，在这家店里并未再有复刻版。因为姑娘不常来，或者直截了当地说，自从那次闪亮登场之后，她就再也没来过。

姑娘爱吃带鱼，可这带鱼必须得是天津的本地带鱼。那家店里做的带鱼明显是又宽又厚实，而姑娘偏爱的带鱼又窄又细，虽然看着穷穷势势的，但是姑娘打骨子里就接受它，秒赞它的存在价值。

于是有天姑娘刻意地加回了小伙儿的微信，试图与之复合。

“我想吃你妈做的干炸带鱼了。”

“熬的行么？”

“怎么的都行。”

“那你现在来还赶趟儿，我们正在吃，正在吃呢！”

姑娘说到就到，小伙儿将其热情地迎接进了家门。

或许外面的世界很精彩，又或许一座正陷入灰色旋涡里的城市，已经上了失落的榜单。虽然总听说“富贵是别人家的”，但天津姑娘就是爱贫嘴鸹舌的天津小伙儿，就是爱吃这看似缺嘴儿又瘦瘦巴巴的天津本地带鱼（贫嘴鸹舌：嬉皮笑脸，油腔滑调；缺嘴儿：食物匮乏，食欲得不到满足；瘦瘦巴巴：身材瘦小，面容枯干）。

天津起士林

老字号起士林始建于1901年，是由德国人阿尔伯特·起士林以自己的名字创办的，随后成了天津一家独具规模的西餐厅。

“妈妈，我要吃起士林！”

“告诉你人肉可是臭的。”

“妈妈，我想吃起士林的巧克力。”

“好的！妈妈结账的时候给你买。”

妈妈阿惠拿手扽着儿子小毛的衣领，二人一同走到了收银台前。阿惠结过饭钱之后并没有急着离开，而是又管收钱的服务员要了一板他们饭店自制的巧克力，来作为今天小毛生日宴后的“溜缝儿”（溜缝儿：诙谐说法，指吃完主食后再喝吸食，见缝插针式地添满胃里所有能添满的地界儿）甜品。在这个对小毛来说特别的日子里，注重食品安全与健康的阿惠，对巧克力外包装纸上印有“代可可脂”的字样儿，也放下了戒备心。

如今视野打开了，认知也科学了，保健与养生类的话题，成了人们竞相追捧的热点。所谓使用了代可可脂，就意味着食物中含有了纯正可可的替代品。或许是因为使用纯正、天然可可的造价高，商家们为了降低成本以便提高收益。但是留在七零八零后们童年回忆中的，那个年代，在哏儿都零食圈里嬉戏打闹的娃娃们，是绝不会对含有代可可脂的大板儿巧克力，道出个嫌弃意思来的。也许那时你在同龄人面前，掏出起士林大板巧克力，就可以由低三下四地“你们带我玩儿么？”改口成“你们想吃巧克力么？那就都得听我的！”又也许在当时，有的娃娃只有在考出优异成绩后，才能作为奖励，获得一大板儿巧克力。对此又有谁

到在这个房间中此时只有她一个人了。于是她起身，朝房间外面喊来了服务员，然而过来的不是“老例儿”，而是那个年轻的服务员。

“刚才那个一直在屋里乱跑的小孩子，是不是跑到外面大厅里去了？”

服务员微微点头不作声。

“身为一个服务员，我问你答，天经地义！你懂不懂？”

服务员还只是微微地点了下头，且较之前的点头明显敷衍了不少。阿惠心里有些不开心了，她再次走到房间门口，倚着门框冲外面的大厅说话，不过这次她说话的声音，也明显高出了好几分贝！“小毛！小毛！”除了引来一个小身影从屋外哧溜一下钻进屋之外，大厅里的其他客人也纷纷看向了他们娘俩的这个单间儿。

“你！给我做回到原处；你！给我离开这间屋子！”阿惠对着小毛和那位年轻的服务员分别发号施令。

随后听见那道房门再次“咣当”一声被重重地合上了。

阿惠按捺不住起急的心火，冲着那扇被关得严实的门，猛地拽开，又再次朝外面的大厅，大声地叫嚷道：“喂！您嘞下次能不能轻点儿关门！这是嘛服务态度！摔门给谁看呀！”接着她也重重地关上了门，脸转向屋内的小毛，气场十足地吼道：“你！我告诉你多少遍了，给我老实点儿！老实点儿！赶快给我坐到你椅子上去！”像是一阵急火冲晕了脑子，叫小毛吓得不知往哪里藏，也叫正在火冒三丈的阿惠，闭眼来喘起了粗气。

正在这时，那位说话有条不紊，且一直保持着良好服务态度的“老例儿”来到了这对母子的身旁，他先是和蔼可亲地对躲在屋子角落里的小毛微笑，过了片刻才对阿惠和善可亲地说：“实在不好意思，我代表我们餐厅对打扰到您用餐心情的行为深表歉意。”阿惠再次见证到了一位白发苍苍的老者，一板一眼地俯下身子，带着十分真挚的情感向阿惠行礼。

对于“老例儿”如此体贴的态度，阿惠的怒气消解了，同时又为刚才自己的大吵大嚷感到了一丝羞愧。

而在“老例儿”说话的工夫，小毛跟着插了一句嘴，说：“妈妈，我想吃这里的甜品，特别想吃拿巧克力做的！”这时的阿惠还在为刚才的事不好意思，便随口回了小毛一句：“下次吧。等下次再来的时候，妈妈请你吃甜品。”

“不嘛！今天是我的生日，我就想吃巧克力。”小毛一听妈妈要走，一下子又闹哄起来，吵得人心神不宁。

阿惠急忙起身，不由分说地上前拉拽小毛的衣领，她想通过如此的“强迫”举动，制服小毛的亢奋，并将他带离这个本该优雅、宁静的室内氛围。

“不要嘛！我要吃巧克力的蛋糕，要吃好多好多的巧克力，我想吃巧克力哇！”

“老例儿”依旧和颜悦色地站在母子俩的近旁，他亲切地俯下身子，微笑中带有一丝童趣地跟小毛讲：“小寿星，起士林的大板巧克力在收银台处就有卖的，不在这里吃，出去结账的时候，可以买一块带回家慢慢地享用，多开心！”

小毛擦干了眼泪，果真又开心起来，“老例儿”的这句话也叫正在左右为难的阿惠找到了可下的台阶，随后母子二人便一同走出了 514 房间。

回想至此，阿惠找小毛又要了一块大板儿巧克力，她对“老例儿”的优质服务还记忆犹新。于是她询问了收银员。当听到阿惠的一番描述之后，这位收银员面露疑惑地表示她所形容的那个人，的确是他们西餐厅里的一位资深的老员工，但去年年初因为突发心脏病，倒在了餐厅 514 房间里就再也没有醒过来。

酥糖张

掀开门帘子，进到的是一家老字号的天津食品店。对那里面正在取乐打哈且爱搭不理的几位姐姐的形象描述，想必是石鸡贼自个儿篡改记忆后的编排。

石鸡贼回忆自己一进门的态度是唯唯诺诺的，他面向那几位服务员，低三下四地说：“请问，你们这里有酥糖张卖吗？”

按说民间传统的著名“四大张”理应一同道来：五香浓郁，久嚼成浆的崩豆张；香而不俗，色泽鲜美的果仁张；耐咀嚼、不粘牙，软硬韧脆的皮糖张；还有那经手工艺人传承工匠精神，于陈设摆件之首选的泥人张。然而石鸡贼今儿个想吃的，是没能幸得与“四大张”齐名的酥糖张。刚才那几位被石鸡贼脑海中构建出来的姐姐形象，自然个个是会耷拉下脸子来，冲着主动找上门来的客人们，也自然是会摆出爱买不买，反正你不买也总是有人会来买的，不愁卖的样子，她们脑袋瓜子顶上纷纷集聚着耀眼的光环圈儿，下面是一副副笃定信仰的凶煞相儿。石鸡贼回忆起当时，还是出现了一位姐姐，不过她小脸儿一绷，抬手指向了一处，劲儿劲儿地说：“不都在那儿摆着了么！”

于是按照她的指示，石鸡贼在一排排的货架上寻到了自己想要吃的酥糖张，那形态正如儿时家里老人们的缠线板儿，丝丝缕缕的银丝包缠着馅料，或者是千头万绪的丝絮聚拢成一团。跟手他拿起了其中一个用塑料圆罐盛装的成品，无论那里面是错落有致的造型还是细碎散落于底部的渣子，无一不具备引诱人们打开一尝的冲动。在看好了罐装的酥糖张后，石鸡贼又去寻找崩豆张、果仁张跟皮糖张去了。

逐物则失心，遗物同一失心。当石鸡贼的购物筐被 3 袋崩豆张、5 盒果仁张、7 份皮糖张外加 9 罐酥糖张塞满时，他突然发觉自己随身携带的手机不见了。

“我手机没了！”石鸡贼仓皇地左右踅摸可疑的人、事、物，可到头来他意识到方才自己的脑回路里，全在这种种的“张”之间徘徊着。

“要不您再找找？”

“可我方才明明就带在身上了啊！为嘛眨眼的工夫就不见了呢？肯定是在你们店里丢的！我确认无疑。”石鸡贼打心底开始起急，接着又愤愤地叫嚷道：“我要求你们给我调取店内的监控视频！我要逮到那个偷我手机的家伙！”

从石鸡贼后来的讲述来看，当时在场的店员并不十分配合他的要求，以至于他提出了更为不合情理的条件：如果视频回放里，没有说明手机是在你们店里给弄丢的，那么你们店也不能完全脱了干系。所以这些崩豆张啊、果仁张啊、皮糖张啊、酥糖张啊先作为一种精神上的补偿，就得免费给我！

然而事实究竟如何呢？事态的发展是否正和石鸡贼记忆里的一样呢？还是让我们通过监控视频倒回到事发当天的那一幕，去一探究竟——

那天的石鸡贼，实际是大摇大摆地走进这家天津老字号，之后随即有一位满脸热情洋溢的小姐姐，迎面欢迎了他的“大驾光临”。录像中的人物对话的确是听不到的，但是通过人物面庞上露出的表情可以判断出，自始至终的石鸡贼没有花心思去体会、感受和转变，而是一上来就跟个大爷似的，要好脸儿没好脸儿，要给面儿不给面儿地没好气地使唤着那个店员小姐姐。

小姐姐提着购物篮子尾随其后，径直来到了摆放酥糖张的货架旁。不知是又被派遣了什么任务，只见那个小姐姐赶忙放下购物筐，转身离开了石鸡贼的身边。待只剩他一人的时候，一罐酥糖张伴着他的鬼鬼祟祟，消失在了屏幕中。又过了几分钟，当人物再次出场之后，远处的小姐姐急匆匆地赶了回来，又为石鸡贼提起了购物筐，二人一前一后地走到了收银台前。

咦！石鸡贼从监控里消失的那几分钟里，究竟去干了什么呢？他对此总是含糊其词：“干嘛要细究这个，为嘛不去分析视频中的人物在路过、经过的途中，到底哪个更像是盗取我手机的坏人呢？”

但是，就视频中出现的那些路人甲乙丙丁，人家也都是在全身心地挑选着吃食，并没有做出除此之外的任何可疑举动。

对店家给予的此种回应，石鸡贼显然怒火中烧了！他的要求与条件，进一步升级为，店家除了赔偿自己的精神损失之外，还得赔他一部新手机！

记忆线有时就是一团麻，仿佛胡乱捆在缠线板儿上的丝丝缕缕的线头，叫当事者，或者直截了当地称之为记忆的所有者们，摘出其中自认为对自身不利的部分，在成为脑中的记忆时，那些被删减过的片段，就是经他们篡改过的回忆。

如同店里本来热情的服务态度，被失去心智的石鸡贼篡改成了消极怠工，更何况此人偷摸地藏匿在一处，吃掉了一罐酥糖张的过程呢？想必更会让当事人石鸡贼，在他自己的回忆中直接就给删除了。

事后没过多久，负责这家老字号店面管理的经理，亲自找到了石鸡贼。原来是一位保洁阿姨在转天清早做卫生时，在一个非常隐蔽的角落里，发现了一部手机和一个被吃空的酥糖罐。失物复得的心情，也没叫石鸡贼感动得落泪，或许他此时此刻仍然惦记着什么精神补偿。毕竟，在此人的记忆中，都是别人的错。

天宝楼

每逢路过天宝楼那三个大字儿招牌，徐大爷的脑海中，就会不由自主地闪现出猪肝、粉肠、玫瑰肠、老火腿等画面。他平时没事儿就爱买上几样酱货儿来解馋。但是人家门店里涉及的品种，绝非仅仅这几样。还有熏烤类的、酱卤类的、灌肠制品等。这不今儿个老徐瞧见了在其店面的玻璃上，就张贴出了某记驴肉的售卖消息。

徐大爷曾许下过誓言，自己永远不碰驴肉吃。就算只有驴肉果腹，他宁可饿死也要坚守信念。话说当年上山下乡，有头驴搭救过徐大爷的性命。因此在他拿眼瞟过了那则信息后，原本不咳嗽的他竟然止不住地咳嗽了起来，而且越咳越厉害。这一动静最终惹来了那两位售货员姐姐放下溜打滑蹭（溜打滑蹭：形容做事不认真或要滑头）的势头，开始对着徐大爷进行直视。也别说人家俩人正因着某个话题聊得兴致正嗨之时，你一个顾客的突然打搅，难免叫对方不得不走神儿，然后又怎么奈何得了不去接待你呢？

“要嘛？”瞧瞧人家服务员姐姐，这一声利利索索的开场白。

“请您给我切四分之一块儿的玫瑰肠，再来 10 块钱猪肝儿。”徐大爷用眼朝驴肉的方向上瞥去，完事儿抬手指了指那个方向，“请再给我称一根粉肠子。”话说到此，徐大爷从购物袋里掏出了一部手机，好像是在确认着什么消息。

“今儿个新到的驴肉，不来点儿？”

“不来了。我从来不吃驴肉的。就跟回族人不吃猪肉一样，我有我自己的信仰。哦，对了，粉肠子还是给我来半根吧。”

“粉肠子有两种，你是要光粉子的，还是带点儿肉的？”

“光粉子的。”徐大爷将合计差不多支出的钱数攥在手里，并压在了手机的下方，耐着性子地瞧着里面一位姐姐把切了一半的粉肠子，搭在油质的包装纸上，再由另一位老姐姐裹好后上秤去约（约：用秤或天平称重）。接着的玫瑰肠是同样的过程，而到了约猪肝儿的时候，站在秤边儿上的姐姐微微皱起眉头，来了一句：“多点儿了，11 块 8 的。”

徐大爷似乎没太听清姐姐的意思，但还是举着手上的手机晃了晃，又摇了摇，跟手就冲着靠里站着那位姐姐说：“请您给我约正好 10 块钱的猪肝。”

姐姐理应将多出来的部分拿去，但这一翻来覆去的传递工程，叫这两位姐姐同时犯了怵。

“这猪肝也是今天新来的，多买点儿吃不了放冰箱里，明个儿继续吃呗！”

徐大爷见状不禁抖了抖手中的手机。也就在刚才的某家连锁卖栗子的橱窗前，同样是采购了几样东西的徐大爷，被那家卖东西非得按规矩来，约一样结一样钱的姐姐给喷了一脸的唾沫星子。由于徐大爷不愿嚼扯是非，就半开玩笑地解释说自己让对方称了斤数，不会无故离开，并还请那已经面目狰狞、五官挪位的姐姐安心。但最终得到的回应，依然是：“那可不行！就得我称一样儿东西，你结一笔账。不能等到末了一起结！”

那位姐姐的口头规矩，叫想吃栗子、糖粘子和豆根糖的徐大爷是真没辙，只得无所谓地陪着对方“玩耍”呗，刚找回的钱，再递回去，再找回来的钱，再一次付款。如此反复几遍才算交易完成。临了，徐大爷自言自语：“这样折腾是图嘛许（图嘛许的：“许”指许愿。埋怨语，何苦呢？即本无所贪图却引惹麻烦，很不值得，瞎折腾）的呢！”不料还叫其身后边儿排队的一位顾客也跟着一同愤慨道：“这年头，没文化真可怕啊！”

不是说生活里的事情 10% 是由发生在你身上而形成的，另外 90% 是你对所发生事情的如何反应所决定的么？徐大爷望着店内两位忙乎一人就完全能干的活儿，且还互不认为妨碍到对方行动的姐姐，再次自言自语：“卖煎饼馃子的翻车——就算乱套了（乱套了：指秩序被打乱，煎饼馃子论套出售，故云）也不嫌麻烦啊！”

“你嘟囔嘛了！”其中一位姐姐摆弄出个正儿八经的情绪，撩起眼皮直视着徐大爷，传递出一种根本不服软的性子，跟手就对身旁的另一位姐姐说：“介位大爷说咱俩是卖煎饼馃子的，还把车给弄翻了。”

“是啊，我打刚才瞄着他，就觉着他想有意为难咱俩。”

“可不，听人劝吃饱饭。可他呢，就认准了他自己的理儿，根本不在意别人的劝！”

“听你们的劝，不就成了八仙桌子盖酒坛子，随圆就方，随方就圆了么。”徐大爷随口就来。

这时，一位姐姐不错眼珠子地盯着自己的手指盖子瞧，那上边儿有珠子、亮片和五光十色的装饰。不知是为了展示还是泄愤，她摘掉了一次性透明手套，直接伸手将猪肝进行大刀阔斧的切分，完事儿再次上了秤!

“我也别在这儿跟您废话了。哎哟，这回又少点儿了，五块五的，这样吧，给你搭块驴肉，我们今儿个才上市的。”

徐大爷是个能将就过日子的人，只要凑合着差不多就行。他不会言语太多，更不会主持正义。但他身边总是出现得便宜卖乖，还总觉得自己的行为天衣无缝、不露破绽的人。他心想：可别把寿桃、铁球、元宵一块儿往面茶锅里倒呀，临了不就成了一锅糊涂点心又出了尖儿，糊涂加砸锅了嘛！这时，橱窗里另一位没美甲且专门负责上来挑拣的姐姐，倒会找时机露出一副虚乎眼儿瞅人的本事。她似乎连抬手的动作都懒得去摆，努着嘴提示徐大爷，自己往橱窗上贴着的消息上去瞧。就这会儿的工夫，刚那位显露美甲的姐姐，已经把一小块儿驴肉，装进了给徐大爷约好的袋子里。

有一种得罪人是故意在找茬儿。徐大爷今儿个看来杠着要愤怒起来了。他皱起脸上黑不溜秋的横肉，先是冲那位美甲姐姐气势汹汹地睐过一眼，跟手就给了这二位习惯于爱搭不理（爱搭不理：态度冷淡的样子）的售货员当头一棒：“其实刚才我把你俩直接下手抓熟食的过程，都拿手机给录下来了，回头就上传到大众网上，给你们来个全市大曝光！”

的确！如今这年头不像头些年，你能偷偷摸摸地把内心邪恶的勾当给办了。只见橱窗里的那两位姐姐正拿手摸着脑袋，仿佛一起回想这位大爷方才的一举一动。

专门负责起先拿熟食的姐姐，突然恍然大悟，“这位大爷的手里一直都攥着一部手机呢。”

“那么就说他真的都给咱录下来啦？”

“想必是的。”

“那咱怎么办啊！”

“认倒霉呗！”

“除此以外就不能请大爷原谅咱们了吗？！”

“要不咱再多给大爷约点儿驴肉，作为补偿？”

“你这主意真是没治了！”

她们的主意确实叫自己的嘴脸先是上了大爷的微信朋友圈，接着是微博、然后是短视频平台……

不过也因为这场纠纷，徐大爷当天也竟没能吃到，可以为自己解馋且几天不见就心心念的猪肝儿、粉肠子和玫瑰肠。

捞面

工伤、意外的烦恼，随时会发生在自己的身边儿。人不是钢铁筑成的，所以一旦出了事儿，不是死肯定就是伤。

“无限胸中烦闷事，一宵清话又成空。”我丈夫的父亲，我的公公李华，本应摆出一副悠闲的态度，却又一次地咬着后槽牙，好似察觉到自己那个已然发酵膨胀，且积攒出战斗力的体能，就不应该服老。但说话这就快到年底了，距离他退休的日子，归了包堆不到一周的时间。这也是在他所任职的那个厂院儿里，每年尽职尽责工作的最后一个冬季。

“真是邪门了。一年风平浪静的，只要快到年底海上是风又厉，浪又狂的！”公公忍不住地叫无奈上了头，而感觉器官对此做出的回应是叫他不禁猛咳了好几声。

“老爹，合着咱这离年底还不剩几天的时间，您那个厂院儿就连着出了两起工伤？”即使我丈夫把语调放低放缓，也又引得公公接二连三地咳嗽不止，他抓住阵阵咳嗽当间儿的一个时机，放出了一句狠话：“这帮中着不着（中着不着：该管的不管，该办的不办，而不该管、不该办的，倒忙得不可开交，没完没了）的废物点心！”

身为负责操持家务的一名女性家庭成员，我对他们工作上的事情向来不多过问。平时也只是被动的倾听者，偶尔会不明所以地附和他们的语气点两下头。可是那天，当我端上了炸酱卤和三鲜卤、菜码，再为公公和丈夫分别盛好一碗面条，并端到他们各自的面前时，却因为一句：“吃碗面条提前庆贺您顺利退休。”的话，突然触动了公公脑袋的某根筋！但他仍然对着那碗还未和好的面条儿，大嚷大叫道："天津人娶媳妇儿、聘闺女、过生日、乔迁新居、喜庆的日子才必吃捞面，而我这个快退休的老头子，哪来的喜？"

天津人无不认同，其实正经八百做碗捞面里头的讲究，能够麻烦到家。黄瓜丝儿、胡萝卜丝儿、水焯白菜丝儿、芹菜丝儿、紫甘蓝丝儿、菠菜丝儿等，以及黄豆、乌豆瓣儿、红粉皮儿，还得备足热锅炒制的清虾仁、清炒鸡蛋、肉丝、香干、辣子虾皮儿、青椒土豆丝、炒合菜，当然也绝对少不了糖醋面筋丝儿。至于用什么卤来和面条、菜码，一般最普遍的就是西红柿鸡蛋卤，除了上述被家中小媳妇端上自家饭桌上的卤子外，麻酱卤和茄子卤也不可或缺。下面再说往卤里放什么，食材也容易叫外地人看花了眼。比如虽叫成三鲜的卤里面，就有香菇、香干、肉片、鸡蛋、木耳、黄花菜、虾仁等的吧，全惦着凑锅里来一起热闹热闹，添滋味、加色彩。天津人对捞面的态度，向来是认真得相当到位，不怕麻烦。在用筷子挑起经过和好的捞面前，卫嘴子们还要与手里的那瓣儿蒜确认下眼神。

公公的脸本就不短，再一拉下来就会显得更长。他的眼和眉以同尺寸的比例相映生辉，且鼻子挺、嘴唇厚。在这副好似重雕刻，轻修饰的面孔上，五官在各自的位置上，不乏天庭饱满、地阁方圆、大眼溜精、鼻翼丰满、下巴圆润、唇方口正的优质在。公公平时摆在脸上的表情，很容易叫别人一脸懵。因为他老是在似笑非笑，似是而非的边界线上游走。可这种看似不表态的表情下面，却备齐了他自身感受的喜怒哀乐，并见机行事。跟公公相比，我是叫人一眼就能识破的没城府、没心机、没度量的三没产物。你瞧，我的喜怒哀乐全在脸上贴着呢！

家庭这个不大不小的港湾里，往往被一位坚实可靠的保卫者守卫着。她的存在，是这座港湾里的灯塔。我的婆婆，她总带着笑容，总用一种贴心温暖的情绪，体恤这些隐藏或显露在内外的喜怒哀乐。而她的喜怒哀乐，不像公公似的置于内心，也不像我似的每时每刻溢于言表，更不像我丈夫那样的没心没肺。婆婆愿意分担家人的烦恼忧愁，却把自己的麻烦事儿自行捣碎、消化，她老是要为家庭注入鲜活快乐的空气，一个人代替全家人肩负着令家庭和谐的使命。

见到公公的火气正旺，我傻巴儿地直往自个儿身上揽，好像这饭前的气氛因我说错了什么而搞得人仰马翻，不可收拾。接着我心中的怨气化作眼泪不住地喷洒出来。婆婆见状，颜面上依然散发出的那份温情，火候把持得恰到好处，她好似在给我留出叫自己平复下来的时间，便笑着对公公说："你今儿个要是不想吃捞面，也别跟家人叫磨爪子（叫磨爪子：吵闹不休的样子），这样，我现在就去给你炒个米饭吧。"

我丈夫倒是正常地扤卤子、夹菜码，并在最后成品出炉之前，淋上了两勺芝麻酱。他既不干涉父亲的气性，也不理会我的要性儿（要性儿：犯脾气），只是呼噜呼噜地捧着饭碗，连嚼带吞地吃起了自己面前的那一碗捞面。

“儿媳妇不都把面条给我端上来了嘛！你还费劲巴拉地去给我炒嘛米饭！”公公的嚷嚷声，引发了我更为高亢的哭声，因为当时我认为他这句话的主语是我，明显是冲我来的。

“宝贝闺女！”婆婆正儿八经地对我说，“你别哭啦，既然你爸今儿个不想吃捞面，你去给他端走，我这就给他准备别的去。”

给予人的称呼上所带来的亲切感，真能起到温暖人心的效果。尤其对于像我这种在意细节的人。记得自打我一嫁进丈夫家的门，婆婆就说自己从此又多了一个大宝贝儿，而且日后果真叫我体会得出，她是把我当作她的亲生女儿来对待。

公公此刻不言语了，蔫不溜儿（蔫不溜儿：不声不响，悄悄地）地把他面前的那碟子面条拌上了菜码和卤子，并和弄起了起来。不一会儿的工夫，一大碗的面条就溢出了碗边儿。每次我吃捞面，只会挑几根儿面条意思一下，然后就是多搁菜码，最后呈现的效果也是满满实实的一大碗。但是菜码的份额明显超过了其他的存在。这样一来既多吃了菜达到了果腹的目的，又减少了碳水化合物的吸收实现了减肥的效果。

“宝贝，你也吃捞面吧，给你盛了两根面条，你就多和自己喜欢吃的菜码吧！”婆婆温和的语调，加上递到我手中的碗，也叫我立刻将注意力转回到这碗捞面上。

“妈，”我抽泣着说道，“您看看您那儿子，打刚才就自顾自地一直在吃面条！根本不关注别人的心情。他是不是有点儿太自私！”似乎是因为天津人认为自身脑子的活分度是不会干那种几头驴都拉不回来的蠢事，提出别人都看得明白的蠢问题。如若这样的话，显然我有时不像是个本地人。

公公在那一刻，我敢肯定，他确实是因为我而把脸拉得更长了。但是婆婆依旧感情至深地解释：“其实不论是你爸爸还是你老公，他俩都珍视你的劳动。这不，一个今天本来不愿吃面条，可因为是你端给他的，所以也会硬着头皮和起卤来。另一个从开始连句话都不舍得说，我估计他想趁着热乎把你端去的这碗爱心面条，好好地吃个盆干碗净！”

“我从来不像我们领导似的给别人二次机会，因为只要这人让你失望一回，就会让你失望第二回！”公公并没有接着婆婆的话，而是再次回到了自己的主题上。他搬出了严肃的表情，愤愤地说：“那个平时跟我一同上工的老王，头回出事儿就是因为上工前喝了好几斤的二锅头。事发后我向领导汇报了实情，但不知是他走了关系，还是哪个混蛋玩意儿跟他私底下换了岗，这不又出事儿了嘛！还有，”公公的脸跟有特异功能似的，朝着颈部、胸部继续地延展。我好似领悟到他心中怨念的起因，因此学着自己丈夫的态度，也低头关注起自己眼前的这碗捞面。

“还有就是刚出的这场事故！我跟这帮人重申过多少次啦！不仅如此，我还不止一回地向上级反映情况，不过得来的回应总是得等，那么往下提要求吧，也得跟这帮小崽子一个个地磨合！就说那么大的一个厂院儿，光指我这一个普普通通的老头，整天费劲地瞎嚷嚷，这运转能确保万无一失吗？”

他的这番话，引得家里的气氛紧张了起来。婆婆这时也走出了厨房，端来了自己的那一碗捞面。

“一年都过得那么安生，哎……你说非得临了在我面前上演这么两出‘好戏’！叫我这临退休之时还得跟着起急！钱不钱的永远都是小事儿，人命可是关天的大事！真不知道我如若退休走了以后,那个厂院儿的未来会不会是一团糟！”

我丈夫可能是呛了口面条，放声咳嗽了两下，如同走过场似的，引出了公公即将到来的高潮段落。唯见他“啪”的一下将筷子拍向了盛捞面的碗上，使得里面的菜汁儿、汤卤同时向外喷溅。跟手他又瞪圆了聚光的大眼，怒火顶着怒气地说道：“既然我还是那里的一分子，就得在其位、谋其职、尽其责，还得尽到我老员工的能力，叫那群家伙在每个环节上都不许出事儿！”

婆婆微笑地起身，随即从阳台上取来了几头蒜，又坐回到了餐桌边儿。她掰下几个小蒜瓣，剥去裹在蒜外头的几层皮儿，就又温和地说：“世上的人哪，都是微不足道的，不能老感觉自己有多么重要或是能够独霸一方，盖世无双，那都是电视上编排的主角光环。”接下来她把剥好的蒜瓣扔进公公的捞面里，“就说你碗里的这几瓣蒜，被剥掉了外皮儿，里面其实都一个意思。光指着身上几层‘皮衣’盖住统一的味道，但也终归有被扒光现原形的时候，所以嘛事儿不能逞能，该是你管的你管，该你着急的事儿你着急，不该你管的，就别那么跟自个儿较劲儿。”

我想婆婆说得在理。光是一碗劲道的面条称不上是一碗体面的捞面，只有往面里加进去香喷喷的卤、酱和样样宗宗的各色菜码一起和好，再配上几瓣大蒜之后，才能配得上是一碗合格的捞面。

挨在七大姑烧烤摊儿旁的八大姨爆蛤仁

一般刚处上对象的男女朋友，从不在家门口附近转悠，那要是叫七大姑八大姨给堵上了，可就崴泥了。她们能娴熟配合地询问这询问那，叫你们老老实实地交代有关恋爱的全部细节。因此，亲戚们聚拢的地界儿并不叫人那么舒心。

车间里的年轻人都是规矩孩子，但就这两块料却与众不同地不着调。他俩白天是车间职工，晚上在鬼市摆摊儿。所谓鬼市，当今被人熟知的概念就是日夜颠倒的跳蚤市场，三更半夜时人满为患，太阳升起后空空如也。旧时在南开区天宝路一带就有专营旧货的早市，当时无路灯，因而一片漆黑，购销双方借助油灯的微光交易。人群聚散，灯亮明灭，犹如坟场磷火的跳跃，加之售者的商品大多来路不明，但又多是新鲜的好玩意儿，到了眼下像什么二手的、复古的、手工艺类的、极具历史年代感的衣物，也正是那两块料最开始摆摊儿出售的商品。

你听，两块料里的男生，突然来了一段即兴RAP:“哦呦呦，我叫毛线裤衩儿，她叫大眼儿溜精，我俩不是大爷买卖，的确小打小闹。我记性不好，晚上睡不着觉，白天起得特早，但是我俩就是不困，我俩特别能熬，我俩特别相好，白天一有工夫，就会眯瞪小觉儿，只要我喝了咖啡，别人用来提神儿，我用它睡觉。什么褪黑素见效，睡眠水犯困，我是吃完特饿，喝了特渴，你说怎么办，哦呦呦，你说怎么办，七大姑烧烤解饿，八大姨爆蛤仁的汁水解渴。”

只要天一擦黑，与鬼市相隔一条街上，陆陆续续地就出来了炸串儿、大饼夹一切、七大姑烧烤和挨着其出摊儿的八大姨炒海鲜，那其中的爆蛤仁真是肉鲜汁水儿多，既能解馋又能解渴，是来光顾烧烤摊儿生意的食客们所必点的一道炒海鲜。

说来也奇怪，只要这趟街上再多出来一个挂名谁家亲戚的烧烤摊儿或是再出个什么炒海鲜，保准儿统统变得不好吃。唯独那么一家七大姑跟八大姨联手的买卖，竟然叫这些青年男女乐意在此“沦陷”。因此，不久之后，“毛线裤衩儿”和“大眼儿溜精”就在七大姑与八大姨的摊儿前挂了名。

“他们老是卿卿我我地互相念着对方，我们要是再听不出来不就得了老年痴呆症了么。”八大姨谈笑之中，将自己八卦的心思诠释得尤为自然，这也叫一旁忙乎烤小串、羊排、肉筋、全肥、板筋、小腰、鸡脆骨、掌中宝、甜鸡皮、全翅、干豆腐卷香菜和炼乳面包片儿的七大姑，做出了同样自然的一笑。是啊！正相爱着的这两块料，在一起的时间里，最挂心的也正是常挂在各自嘴边儿上的对方的名字。

其实喜欢在鬼市附近活动的年轻人，白天与黑夜的身份截然不同，他们也都在夜晚得到了白天得不到的东西。世上的幸福总是不期而遇，假如你把幸福当成目标去追逐，那么往往得来的却是一场空。而当你去追求别的目标时，那个连做梦都想不到的幸福或许正在敲响你的大门。

最初的他们都认为有些人是值得交的，是一见如故的朋友；而有些人则见一面就断定不可交。随着白天工作之中的隔阂与矛盾的逐级累加，这两块料就连打招呼的礼节都省了。他俩认为见面跟对方不说话是给对方面子，互看对方不顺眼是正常心态。不过，“大眼儿溜精”的眼部实力着实比“毛线裤衩儿”来得有劲。车间里的大多数都认为这两块料日后必定成冤家。

世界并没有你我想象出来的那么大，假如世世代代都在同一处反复扎根延续的话，土地将会变得不再肥沃。因而你我要挣脱不适之地，寻找自己向往的土壤，继续活出有生命力的一生一世。

某日，正是在鬼市那种晃手电筒的打招呼方式下，这两块料无意间将各自手里的光摇晃到了对方身上。

“哦？原来是你？”

“你怎么也会在这儿。”

“我喜欢古着。”

“我也喜欢古着！”

跟手，“毛线裤衩儿”又来上了一段 RAP：“哦呦呦，你的舞台，虽说只是窄窄的街头，甚至没有照明，甚至只靠手电。既然是你的舞台，你就得挑一件试试，觉得不好的情况，放回去再试一件。哦呦呦，两手一抖，展开一看，一件一件，收入囊中。它们又大又皱，它们显然不新，它们吊牌儿模糊，可它们值这报酬。每一个二手衣玩主，都有时代感的迷恋，也只有逛遍了鬼市，才能获得你这出独角戏的精彩，哦呦呦，这就是你的地盘儿，更是古着引领你穿越时空的潮地，没有古典，哪有现代，没有弹片，哪有和平，没有蕴含，哪有朝圣。我就是我，一个深爱着古着的毛线裤衩儿。”

听完他的即兴说唱，“大眼儿溜精”露出认同感极强的表情。由此一来，这两块料的心都对彼此敞开了一扇窗，一种无形的情绪被牵引进了对方的感情里。

“毛线裤衩儿”和“大眼儿溜精”一到了晚上，就跟一对恩爱的小夫妻似的，你耕田来我织布，我挑水来你浇园。寒窑虽破能避风雨，夫妻恩爱苦也甜。凌晨时分，摆摊儿的和在摊儿前晃动身影的人们的脸上，都显出了疲惫与倦意。每到这时间，这对“小夫妻”像是收到了七大姑与八大姨的召唤，就会赶往他们的聚集地，“回家”吃宵夜。你听，“毛线裤衩儿”的嘴里又开始了：“哦呦呦，七大姑摆摊烧烤，八大姨大勺挥起，进而想到一把炒勺，就能对阵一炉炭火。不管嘛事儿嘛因，他们都要来上八卦，这两口子不对路子，那两口子准备要娃。哦呦呦，甭看你我满腹牢骚，竟说我们天生一对儿，我们嘛辙没有，可我们就好这口儿，七大姑烤得入味儿，八大姨炒得倍儿香。你我心里愧疚，你我心神不安，你我睡不安稳，你我熬夜奋战，哦呦吃了烤串儿，哦呦喝了鲜汁儿，你我心里没病，你我嘛也不怕。七大姑的烧烤摊儿，八大姨的火爆蛤仁。哦呦呦，气人有笑人无，串东家骂西家，幸灾乐祸看热闹，成天冷笑热哈哈。”

杨村糕干

早年间被出售的"茯苓糕干"，是落户于浙江绍兴余姚县（现为余姚市）杨村的杜氏兄弟，以稻米粉加糖蒸制，味美适口，声誉远振。今儿个大诚递来的这块杨村糕干，我接过来后，便问道："介里边儿嘛馅儿的？"他费劲地吐出"豆沙"二字。

我的初恋名叫赵德宝。他声称自己生性中带着摇滚精神里的不妥协。这个在别人眼中被肯定的混星子，就一定架楞得起烟不离手、酒不离口的日常范儿。每天只要一睁眼，他便拎起酒瓶子去漱口。而一旦情绪"燥"起来，他便要通宵达旦地喝花酒不着家，见人不服就撸胳膊挽袖子，亮出胳膊上的左青龙与右白虎。他喜好同人挥举起那面绝不妥协的大旗帜，却跟一群"无赖"、一帮"地痞"结伴成群。如今想来，这不就是打着"岂能尽如人意，但求无愧我心"的幌子，但却是吊儿郎当，瞎混歹混成天混的这点儿出息嘛！不过在当时看来，我还是被他那"光辉形象"迷惑住了，且铁定了心要跟他，他那时只有二十，而我才年满十六周岁。

不难否认，那会儿我是个携带青春叛逆期综合征的人，并找到了自己可以盘踞的根据地。赵德宝在那里聚集了一伙人，他们白天搞搞排练，晚上就会去酒吧吹拉弹唱。如遇整顿什么的突击情况，他们按捺不住燥起来的情况下，会以暴制暴，终了爆出什么互殴的事端。每次事发之后，我总独自跑去看守所寻他，瞧见墙根底下蹲成一排，假模三道服软的人模样里，却总也不见他的踪影。因为德宝每次都得让人家搞些特殊化的待遇，"独享"小黑屋的招待。或许在正常人眼中，管他叫社会渣滓，但我却仍然力挺他那混世魔王的人设。这天，赵德宝被放出来了，一出“笼子”，他掐住了我的后脖颈儿，给我的嘴唇来上一波猛袭。当一阵尽兴过后，他继续要弄着玩世不恭的劲头说：“哥现在要去登广场上的城门楼子，你也陪着去！”

我当然是唯命是从，于是，就在被释放的当天下午，他迎风站在了城门楼子上，举出“我爱摇滚乐”的横幅，让城门楼子下的我，为他记录下了这一瞬间。

好的东西，会让人浮躁，时而是种变味儿的毒害。自从赵德宝走上了巡演、出专辑的营生路之后，他把自己挣来的钱，一子儿不差地投入了赌博的事业中去。不久之后，赵德宝为了能吃上饭，有衣穿，便将自个儿以身相许了个镶大金牙的女老板。至此，我俩开始了对彼此的忘却，我忘却的是一个对自己无情的名字，而他忘却的是一种供养不起的幸福。

时间如箭一般地飞逝，转眼让我们之间产生了二度的回眸一笑百媚生。当他再次对我发笑，使我感到自己那刻像一朵含苞欲放的花儿，心情能够顷刻之间绚烂绽放，如同之前一切安好，只等此刻的大放异彩。他询问在我们分开的这12年里我的情况，而我在这恍然的回首中，意识到的却是自己已到了29岁的年纪。

我笑嘻嘻地答：“就是活着呗！”他对此的反应，好似“报应”的谶语遍及全身的经络血脉，并不由自主地引发了脸面上的抽搐。他本能地要逃避这个“报应”二字，但“报应”的尖牙利齿仿佛义无反顾地将他全部的好梦撕扯得粉碎。

“听说你开饭馆了，据说生意还不错。”他顺利地转移了话题。

我接茬儿道：“小买卖只解近渴，反正人不发横财不富。”

他听完我说的，立马燃起一颗烟，紧锁眉头，使拙劲地往肺里灌着烟雾，这举动像是又回到了当年的看守所，由于长时间地被拘禁，一放出来便要猛吸，玩命地吸，猛吐，使劲地吐。

“你……”从他嘴里单就蹦出了这么一个字儿后，那嘴唇又使劲地嘬住烟蒂。同时，刻在他额头上的抬头纹，和那瘦瘦干干的黄脸一道，伴着有节奏的喘息声，在四周云山雾绕的衬托下，刻画出了一幅苍白的人物写实照。

“你有男人了吗？”

“没有。”

他额头上的抬头纹突然消失了几许，“难道说你还在等着我吗？！”

我冲他竖起了大拇指，“德宝哥的脸可真够大的！”

“我离婚了！那娘们儿给我生了个孤独症病儿。”他刚散去的抬头纹又重现了。跟手他又燃起了一根烟，跟在一口续上的烟雾后面的，是一个叫大诚的娃娃名，“他刚过完12岁生日。”

没有如此经历的我，自然会把孤独症跟抑郁症、忧郁症等带着类似感觉的名称混为一谈。但事实上，这是一种基因里带的病，没有解药，无法治愈，只得终生靠别人照料，才能“无忧无虑”地活着。

几天过后，我见到了大诚，一个紧握杨村糕干的，跟正常人看起来并没有几分特殊相貌的少年。固然要喜欢上什么，只要坚定地下了决心，差不多总能喜欢上，这个坚定让我俩一见面，就有了几分似曾相识。其实我也曾经为自己的状态下过定义，并称之为孤独症。在我幽幽的童年密室里，从未出现过父母的身影。隔辈儿人除了保证我有吃有喝外，没有过多的感情交流。正是如此，我不敢跟外界交流，宁愿躲在自己的那间“密室”，不愿出门“招惹”到人，也担心会遭别人的“招惹”，直到那年我遇到了赵德宝。

“知道我最看不惯嘛么？我最看不惯的就是欺软怕硬，让明知无力反抗者蹲在地上默默地哭！”赵德宝指着那些曾“招惹”我的高的、矮的、胖的、瘦的家伙怒吼道。

想到此，我听到大诚因无意识地触犯别人，正遭白眼儿与辱骂，于是我唤醒了躁动，对招惹大诚的人，给予了有力的反击！

“妈的！介不就是一傻缺儿么！”那人不依不饶！

大诚蹲地上哭出了声。

我仿佛附体了德宝已经用“过时”的那些躁劲儿，愤然指着那人喊道：“你用你长出来的眼好好看看！这蹲地上哭的孩子并不是示弱，更不是怯场。因为他是天使，你是魔鬼。他在同情你的不懂人情，势必将得不到人间温暖的下场呢！”

赵德宝经历了太多的磨砺，也终于老成持重了许多。他阻拦了我继续升腾的躁动，拽我到他跟前儿，温柔地劝我说：“都各让一步吧，别把矛盾激化了。”

那天的事端，就在德宝的劝阻下，不了了之了。

“大诚平时最爱吃什么？”

“糕干。”

于是，我继续逗孩子说：“那么大诚能不能把手里的糕干，给我尝尝呢？”

大诚果决地扭过去了身子，拿背朝向我。一旁的德宝没忍住地笑出了声，说：“大诚自小只吃糕干，别的嘛玩意儿任嘛嘛不理，还成天要攥着一块儿，生怕别人抢了他的糕干！”

得知了孩子的偏好之后，我开启了经常光顾糕干店儿的模式，甚至在我饭店的后厨，尝试着为他制作传统地道的杨村糕干。那糕干的外观总是洁白的、不粘牙的，且质地绵软劲道，内馅丰富，但我们的大诚只爱豆沙，所以我家餐馆儿也推出了这道豆沙馅儿糕干的甜品。

我对德宝说：“大诚变乖，你也变乖了！因为你开始在意起你身边的人了，这说明你妥协了。”

赵德宝听后，微笑地燃起了一颗烟。

不久之后我怀孕了。他们爷俩儿也成了我合法的丈夫与儿子。虽说我怀了自己的亲骨肉，可我仍更愿意将更多的爱，给予这个孤独症少年。

我们母子日常的对话中，经常有的交流是：“大诚最爱嘛馅儿的糕干？”

“豆沙！”——这也同样是我被推进手术室，准备生产前的暂时告别。

大诚手里紧攥着一块糕干，不错眼珠子地瞪着手术室的大门看。当我重新被推回病床上时，大诚朝那床边刚降生的婴儿，递出了他手中的糕干！我被此举感动了，但还是照常问他，“大诚最爱嘛馅儿的糕干？”他大声地回道：“豆沙！”

“那你这是要把你最爱的糕干给你小弟弟吃吗？”

赵德宝忙兴奋地插一句：“这是他史无前例的壮举啊！”

而大诚的面庞依然无动于衷，他不会对我们表达出的感情给予适当的回应。他只管活在自己的那间幽幽的密室里，在那里没有被污染的人格，没有遇风暴浸湿的心灵，更没有经世故的磨砺而一点一滴锤炼出的，带有虚伪的容颜。

随后大诚面无表情地又重复了一句“豆沙”后，有些不安地用身体蹭着婴儿床。没错！这块糕干正是大诚要分享给我们家里这名新生儿的一份厚礼。

红果酱拌菜心

每到夏天，光棍儿酒就一碗光棍儿面，这种吃法儿既叫爱光脊梁（光脊梁：指赤裸上身）的崔大利填饱了肚子，又过了酒瘾。他习惯了不就菜下酒，和没有菜码可拌的捞面。这不，今儿个夜间，天津市迎来了入伏以来的头场大暴雨，还没忙完手里活儿的大利，肚子里早就开始咕噜了。

“师傅！我的快件儿今天还能送到吗？”

“师傅！我的快递现在到哪儿了？”

“师傅！介都几点了！是不是今儿个下雨不送啦？”

一通接一通的电话，没完没了地回响在崔大利的耳边，他没别的辙，只有加紧心脏与脉搏的跳动频率，以便加快步伐。终于，他抵达了送件的最后一站。

“师傅，您上来直接敲门，家里有人。”

当确认完对方在家的情况之后，崔大利进到了那户人家所在的楼道。不过此刻，他的肚子突然鼓胀了起来，膨大、变硬，且越来越大，越来越硬！不好！他急忙一手托着快递箱子，另一只手赶忙朝后去捂裤裆，毕竟屎来刻不容缓，到哪儿出都算一站。他感觉到不妙的时候，那户想着出来接快递的人家，已把大门敞开了。只见一个女孩儿洋溢着热情的笑，但回应给她的，却是一股带着发酵变质的独流老醋的气味儿，且毫不含糊地直冲着女孩儿的鼻眼儿里钻了进去。

“师傅！您嘞这屁，真是够了一定浓度了而且我感觉您是不是平时缺菜吃呀？”

这时单看女孩儿的脸色，就知道被熏得够呛了。然而崔大利羞赧的眼神儿早已不知往哪里躲为好了。他只感觉到了女孩儿仿佛连快递都不惦着要了，急速跑回了屋里，但是门却依然开着。

“师傅！您进来吧！看您浑身上下被雨淋的！进来擦擦身子吧！”听到从屋里朝外喊来的话，大利犹豫了。他眼下的当务之急，其实并不是这身精湿的衣裳，而是裤子里兜着的那坨屎。他往屋里瞧了瞧，想大声喊回刚才的那个女孩儿，可身上的这身臭味儿，让他又犹豫了。

把件儿放门口走吧！他心里盘算着；但对方没签字、验货，这样走了，万一出点儿嘛事儿呢？不还得跑一趟么！大利的犹豫瘾又上劲儿了，不过他想到自个儿干的，就是这整日跑腿儿的活儿。要是货物出现了问题，收货方找来也实属正常！对！就这么办吧！大利中止了自己的犹豫态，他一手就将一个偌大的盒子放进了那户人家的大门里头，随即脱了上衣，光着膀子，并将上衣围在腰上之后，掉头就跑。

“师傅！您等等！”女孩儿的叫嚷声，盖过了外面的雷声。她的眼睛不是对着快件儿，而是直直地冲着大利瞅在角落里的眼神，“我父亲的体型跟您的差不多，您进来换身儿他的衣服再走吧。”

崔大利被女孩儿的真诚所打动了，他接受了女孩儿的援助，并把自己的裤子封锁在了一个密不透风的塑料袋里。

色红白，甜、酸、脆口，一走进人家屋里的大利，即刻就被桌上摆着的，将红果酱舀在白菜心上、撒上白糖的红果酱拌菜心吸引了眼球。但他不好意思地将女孩儿递来的上衣，又递了回去，“你已经借给了我一条裤子，我就够不好意思的，上衣我不穿也行。”

女孩儿看出了他的心思，没跟他多过话，而是再次走开了。但不一会儿的工夫，她端出了一个透明餐盒，里面装满了红白相间的物质，“我今天做多了，您若不嫌弃就带回去尝尝吧！”大利接过一瞧，原来正是红果酱拌菜心。

“不行不行，这不合适不合适！”

“您啊，就别跟我打咕（打咕：为抢着花钱或推辞接受礼金而争执）了。明儿个连餐盒带衣服一块儿给我送来就成，因为明天我还有个需要您给派送的快件儿呢！”

女孩儿说话的意思里带着顺道儿、就手儿的方便之理儿。好像今天的给予，明天都能还清似的。崔大利此时直视了女孩儿的眼睛。

平时的接触，就是简单的一递一接，从未有过今天如此动真情的交流。虽说仅是一刹那的对视，这份感激好似长年累月积攒下的友情，一样的不由分说，无可置疑。

外面的暴雨不愿停歇，恰似这些日子每天奔波在路上给人们送快件儿的暴走族。或许你急忙关上门窗，是为了不让带着泥与土的雨点儿淋脏了你的衣物，可那就是代表了他们一路奔波而来的不容易。

即便是大暴雨，崔大利今天也没太晚到家。他脱掉了浸着雨水与汗水的上衣，依然为自个儿斟了一杯光棍儿酒，又煮了一碗光棍儿面，不过今儿个餐桌上还多了一份添彩儿的红果酱拌菜心。

客人接着贫气着："您嘞说我要是干脆剃个秃瓢儿，再披身儿道袍，这要是下午去相亲的话，对方会不会把我当作道长来敬拜呀！"

固然"疙瘩肉"是不作声的，可是周围的人们都随即表了态，其间有人大声附和道："等下午跟人一见面你就理顺思路啦！"

客人却不以为然地闭目优哉，他感受着老师傅麻利娴熟的手活儿，体会着岁月沉淀下来的功夫，品味着多年"好这口儿"的老顾客们，每每所津津乐道的好舒服。

"疙瘩肉"拿白毛巾扑棱（扑棱：扑扇）客人身上的碎头发茬子时，客人竟然睡着了。一些人心心念的美食，或许对他人来说就是毒药。当客人被喊醒且睁开眼的一刹那，于情理之中，他果真大呼小叫地躁动起来了！

"您这手法可以啊！竟然一根儿毛儿都没给我剩！全剃啦！这叫我怎么相亲去啊！"

"疙瘩肉"手里紧攥着剃头刀，在一旁默默地望着他。因为即便对方立马过来揪住他的脖领子，理论个是是非非，他也只能承认是自己的失误，该付出什么代价就去付，该承担什么后果就去承担。谁让自个儿捅了个这么大的篓子呢？

天气又燥又闷，客人的嗓子不一会儿的工夫就嚷嚷得有些干渴了，"疙瘩肉"的眼眶里也没了老泪纵横的湿润。

"你打住吧，别再往下说那些难听的话了。"突然发声的老顾客，明显是出来救场的。

客人胡噜着圆脑壳儿，随即带出了一脸的无辜相儿，像是钱包、身份证、手机全被人偷了的无可奈何。

"疙瘩肉"拿起白毛巾掸了几下自己的身子，从上面掸落掉了稳稳待在三角肌上的碎头发茬儿，然后恳切地说："今儿个在座各位的头发，如若还信得过我，我就为您剃，而且一概不收费。"之后他撂下剃刀，双手叉腰，亮出三角肌又冲着那位客人说："但是从今往后我就不再为大家剃头了！"

"为嘛呀？""那你今后靠嘛吃饭呀？""那你不干这行干哪行去呀？"

"卖冰碗！"他突然只对着那一位客人说，"倘若您今后来光顾我家的买卖，吃冰碗我也一概不收您的钱！"

是啊，不论新老客人，此刻都应正朝那位客人投去羡慕的眼神，或许大都希望那个光溜溜似大白馒头的壳儿，是叫自己脑袋瓜子赶上的命运才好呢。

"疙瘩肉"对改行卖冰碗有着十足的把握，因为他用大半生的时光证明了，靠着踏实的干劲儿与扎实的手艺，是不愁吃也不愁穿的。

红烧舌尾

“我要是单身的话，就不费那么多口舌了，也多余总‘摇着尾巴’讨好你。”徐姐说话面对的人，名叫曹大学。“学”字，天津人读成二声的 “xiáo”，大学，大学地念俗了，就成大笑了。

再说徐姐，虽然她称呼里带姐字儿，其实她的岁数并不大。二十岁才出头就拿到了许多的证。证嘛，证明她在某个领域取得了官方的认证。但在所有的证件中，唯有一样儿她认为是拿得出手的真玩意儿——房产证。

可不止简简单单轻轻薄薄的一本房产证，徐姐的继父，哦，不对，现在是她的爷们儿曹巨富，手里的固定资产上千万。徐姐的母亲原先想方设法地鼓唇弄舌，扭臀动胯的，可是下了一番功夫才骗取到了这位巨富的心。但好景不长，没过门多久，她只知道捧着各路各色的银行卡傻笑，饭菜全不思，到后来滴水不进，成天指着输液瓶子补充身体所需的钙、铁、磷、糖分和维生素，扎得手背、胳膊、大腿、肚子、脑袋顶上全是凸起的大脓包，到最后，人成了充气娃娃，活人变假人，但不论是活人还是充气娃娃，都指着身体里的一股气，这气没了，这人也就没了。母亲临终时就只对徐姐说一句：“拿你的巧舌与美臀拴住了他！”是啊！男人再续弦，即便这弦再不图这不图那的，人心隔肚皮，暗地里使坏的那根弦儿也断不了。因此，徐姐让酒不让饭，在过这村儿没这店儿的百般合计之下，就把自己嫁给了曹巨富，她原先的继父。

典礼上的这对新人，新郎 61，新娘只有 21，在这场盛大的传统筵席上，一道道在天津首届“群星杯”津菜烹饪大赛中获奖的珍馐佳肴被陆续端上了桌。席间，新娘子第一次见到了赴海外留学，借着参加父亲婚礼归来的儿子——曹大学。

那么这对母子的年岁相差多少呢？儿子 31，继母只有 21。

曹巨富特意为远道赴约的儿子点了一道他最爱的红烧舌尾。此菜选料考究，一头一尾，皆为牛中上品，经煮、蒸、烧等多道工序制作而成，色泽深红，油明茓亮，肉质软烂，滋味浓醇。曹大学三下五除二就将俩大盘的菜咽下了肚。肚子里有了食儿，眼睛才能有神。他对一旁着迷于自己潇洒帅气的面庞，且摆弄臀形的继母，说了一句："我就好这口儿！"

在事后的交往中，曹大学更爱唤她作徐姐，好似如此能有种降辈分的讨巧用意。终归继母是比自己小得多的女子，而且二人之间也难免会心生爱恋之欲。

跟其母当年一样，过门后的徐姐也同样周身被钱所扰、所困、所眩惑，可她的心思却另有去处。她运用那天生的如簧巧舌为大学寻开心，整天变换臀部造型地逗他乐开怀。这些在家庭中的日常互动，烦得曹老爷子也管儿子叫"没出息"了。

"当初不该给你取名大学，比起考大学深造的能耐，你的笑功才是你的硬实力啊！"曹巨富恨铁不成钢，恨自己儿子的闲散与堕落，更恨这个刚过门的小媳妇成日里来油嘴滑舌，搔首弄姿。一晃 10 个月过去了，儿子不但没重返求学之路，反而越来越喜欢宅在家。自己妻子的肚子也不见动静，反倒是屁股越来越翘，腰身也越来越妖。至此，曹老爷子越发觉得家里的空气变了味儿，儿子不走，媳妇越来越像儿媳妇。

曹巨富的钱财虽说有增无减，可老命还是拼不过年富力强的儿子，耗不过风华正茂的小媳妇。话说鳏夫刘二爷住大杂院，隔壁老王家凡做饺子、包子、捞面之类，总给刘二爷端一大碗去。某天刘二爷听到隔壁传来剁肉剁菜的声音，想必老王家包饺子了，于是连忙剥蒜以备。老王家小儿子来刘二爷家玩耍，中午回家吃饭，妈妈问孩子："刘二爷今儿个做嘛饭？"孩子说："他剥了一碟子蒜！"妈妈想：原来刘二爷今儿个也包饺子啊！咱就别送了。结果是俩耽误！曹老爷子为嘛想到这个段子呢？因为他不想耽误小媳妇受孕和儿子留洋的两大前程。

于是，这天曹老爷子精心吩咐下人布置了一桌家宴，招呼来小媳妇跟儿子，想要对他二人诉衷肠。只见老爷子打上到下地捋着白胡须，语重心长地先对儿子说："大学毕竟是大学，不是大笑，你在家大笑，将来铁定只会笑，像你上任继母似的，最后笑得不治身亡。"

儿子明白父亲的用意，他费百般口舌是想让自己赶快离开这个家。果不其然，曹巨富掏出了几张花花绿绿的银行卡，又说："带上这些，明儿个赶早出家门！"随后转过身子又冲着小媳妇说，"你也该收收心了，赶快给我怀上孕，日后我要真是撒手人寰了，"边说着，曹老爷子边拿另一只手指了又指旁边备好的一摞摞的证，"你日后若是有儿有女做依托，再加上这些房产证做保障，还不是坐享荣华和富贵！"接着，曹巨富将两手同时指向了桌子上的一道菜，又说："今儿个我吩咐后厨做了这道红烧牛舌尾，一来是给大学饯行，二来是想告诫你们二位，我老眼不花，平时你俩鼓舌掀簧，相互摆尾摇头的行径，我都看得清清楚楚！你有你的前程，她有她的将来，奉劝二位不要两耽误！”

话至此，徐姐与大学都沉默了，他俩一下筷子也没动，谁也没碰这道红烧舌尾，或许是心中对此菜有了芥蒂，生了恨意，不一会儿的工夫便萌生了不该有的恶念头。

晚饭的过程中，曹巨富离席两次去喝药，晚饭过程中，也仅有他一人动筷夹了这道红烧舌尾。晚饭过后，曹老爷子不知突发了什么恶疾，不到凌晨时分，人就完了。跟当年徐姐母亲似的，挺大一个活人，完得就是那么利利索索！

葬礼过后，曹大学如父遗愿地重返他乡学习、深造。而那位无儿无女的徐姐呢，马上将房产证兑换成了现金，带着它们漂洋过海，去找寻与自己曾经朝夕相处，叫自己日日盼夜夜思的如意郎君了。

茶汤与面茶（上篇）

一碗色彩绚丽令人垂涎的茶汤，像中国谚语里的私情男女，“偷着不如偷不着”，香味比滋味好。当你闻到它的时候，觉得非吃不可，可当要吃到嘴的片刻，会突然感到其实也不过如此。

茶汤需经过龙嘴大铜壶的冲制。待水烧开以后，铜壶盖旁的小汽笛便会“呜呜”地响着，冲茶汤的师傅一手端碗，一手掀铜壶，壶嘴向下倾斜时，那一股沸水便直冲入碗中，致使水满茶汤熟。因茶汤的调料有红糖、白糖、青丝、红丝、芝麻、核桃仁、什锦果脯、葡萄干、京糕条、松子仁等，因而香喷喷、甜蜜蜜、爽歪歪、滑糯糯是此道甜品勾人食欲的常规感受，它们正好与酸溜溜、辣丝丝、麻酥酥、咸津津等所提供出的味觉信息，唱了反调。

祈起腻是个未婚女性，何有力是小她三岁的未婚男性，他俩是同一家国企单位里的职工，而不同点是，起腻曾有个在此处就任高职的领导父亲，因此她凭借子弟的“贵族”身份，就算没有学历也能踏进这个单位的门槛儿。有力出身贫寒，靠着几经辛苦考入并获取大学文凭，应聘进了这家企业中。以下发生、发展的故事情节，是从某日此二人在微信里的聊天对话开始的。那么可以觉察到的是，他们具备了成为网友的一些合拍条件。

依照惯例，聊天的话题大都是由起腻发起的。这天起腻发信息：“刚去早市，我看到一个老伯用报纸为食客包炉内的烤红薯。那香味儿也引得我在他的面前驻了足。”此条信息发送后，起腻想着：走去单位的路上，明明干得沙沙作响的报纸，不知何时已经潮乎乎了，与包裹着的烤红薯融为一体。然而这样的话若是写出来，发给有力的话，怕是有点儿多余了。继而她在手机里输入文字：“烤红薯真好吃！”

有力回复：“哈哈哈！拿报纸包吃的，也是很讲究的嘛！”

“是啊，上面的国际、财经、体育、娱乐、时尚等的新闻，也不像从前似的，会被长辈们捧在手里看了。”

“嗯，现在几乎很少有人看报纸了。”

“也很少有人拿它去茅房擦屁股了。”

有力见此条信息后，紧跟回复了她一个尴尬又不失礼貌的表情。

然而起腻继续她自己的情绪输出，她走进了单位，坐在自个儿的工位上，又向有力发去了信息：“我刚才进门时连续打了10个喷嚏，从你的座位那边听到了没？”

按说在单位里，他俩座位的距离很近，也就是一道玻璃门之隔。

“没有。”

“哈哈，我觉得自己已把这一年的喷嚏都要一次性地打光了。”

“一年？你是指去年一年的，还是今年一年？”

通常这个时候，办公区里的员工逐渐多了，因而通过人声的对话，就未免给旁人带去勾人心思的八卦消息。大家你来我往，微微地点头致意，也算做足了社交中的日常客套。所以被设置成的无声聊天工具，便成了大家互通有无、贫嘴逗乐、私下交好的信使。

“对了！我有个朋友，早上在朋友圈晒图，声称体重只有四十五公斤！她还配文字说减肥对她来说是不存在的。而我在她那条朋友圈儿下面留言：身高一米四五。然后你猜怎么着？她竟然把我屏蔽了，以后不让我看她的朋友圈儿了！”

有力收到这条信息后，又接着回复：“体重当然要对照身高来衡量啦！”

没过几秒，有力的手机屏又被以下的文字点亮了：“是啊！其实大小姐我，一向在乎的是内在修养，至于胖瘦、颜值方面，本座一向看得淡。对了！我最近情感上老是泛起阵阵涟漪，老想写点儿嘛文字出来。”

有力收到信息后，攥着手机输入：“你为啥小鹿乱撞了？”

“马斯密达！”在她发出此条信息后，视线就没再离开手机屏，她用双手捧着手机，执着地等待有力的回复。伴随着时间的推移，到他们单位等待办理业务的人也逐渐多了起来。这不，有个性子急的客人，来到了她所在的那个服务窗口，敲窗口上的玻璃，一嗓子实实在在的人声，冲散了空气介质里头的电子信号，一下子震动了起腻的耳膜：“姐姐！咱嘛时候能办业务啊？”起腻被这现实世界中的人声惊扰到了，她很不自然且略带烦躁地回道：“你先到机子上取号，完事儿等待叫号！”

上午九点整，打外边儿进到这个单位办理业务的人，可以挺直了腰杆，硬硬气气地妨碍坐在工位上那些工作人员的业余活动了，工作人员不得不暂且放下手中的手机游戏，干点儿正事儿了。起腻的睥睨状貌，像是针对一切涉及她工作内容的人、事、物，但当她的手机屏被有力发来的信息点亮时，她却突然露出一丝甜蜜的笑。

“你们这家国企的待遇真好啊。亮堂堂的业务大厅，环境好、业务少。再看看那些小企业里的员工，个个干活都主动、热情，稍有不慎马上向客人赔礼道歉。不像你们这里的员工都跟大爷似的，一个个绷着个死脸，得要客人求着你们办事儿才行。”一个路过柜台的人对里面正玩儿手机的员工说。

大厅里的时钟已经接近九点三十分了，在这个需要打发时间的普通工作日里，办公环境中凝聚的死气沉沉的氛围，已不只是有心要挣脱，就能从这一片黑白色中脱颖而出，制造出个有滋有味的个体存在，所想象出来的那么轻而易举了。在这片环境里充斥着萎靡、衰颓、腐化、消沉的喘息声，就算你是一个羽翼上沾满了新生力光辉，燃烧着热血，想要逆风飞翔的有志青年，到此地不久后也会随了大溜开始生息。倘若你想继续怀揣梦想，实现才华与价值共赢的理想，那么除了逃离此地，别无二选。

不过正当起腻腻歪的时候，有力的微信消息及时赶到了：

“干啥呢？”

“还敢问我干啥呢，过了那么老半天都不搭理我！”

“刚去上了趟厕所，抽了支烟，还跟几个男同事在后院聊了会儿天。”

“哦，你们聊嘛了？”

“没聊啥特别的。”

“那就是无聊！”

有力的消息再一次中断了。这叫只盯着手机屏看的起腻，百般无聊地想到每天要在单位里，总也熬不到终点地等下班点儿。如此周而复始的工作日，让其周围的言论中，总能听到一句被公认的至理名言：反正单位也不裁员，大不了混吃等死呗。

起腻按上午十点准时去趟厕所，并要在单位的后院伸伸胳膊、弯弯腿儿，扭扭屁股、动动肩膀的习性，但今个儿她没将手机带上身，因此待做课间操结束后，回到工位上的她，并没有马上处理自个儿拖延的业务，而是继续叫客人等她浏览了手机信息之后，将“暂停营业”的指示牌，摆在了自己对外的窗口处，且毫不客气地转身离开了座位。

“我去吃茶汤啦！”一出门，她便把自己的行踪暴露给了有力。

“这个厉害了！才几点你就午休了？”

“这不已经十一点多了嘛！再说谁敢管我？！需要我给你带一份茶汤回

来吗？”

“你还是自己吃吧。”

售卖茶汤的地点，与单位隔了一条马路，若是买完就回去的话，顶多十分钟左右的工夫。但这仅仅十分钟的路程，有力却从未陪起腻走过。

一到茶汤摊儿前，起腻便选择了一处相对僻静的位子，坐下后又立即给有力发信息：“他家茶汤味道不大离儿（不大离儿：还可以，过得去）。”其实在起腻的概念中，只要有力回复她的信息，她就不再蹦单儿（蹦单儿：独行无伴，单独一人）。心思细腻的女人，会在意这份陪伴：我俩到底是友谊呢，还是爱情呢？未见他时，会幼稚地惦念他，且想要他清楚自己的行踪；见到他时，又会理智地对待他，毕竟两人多数情况是在单位碰面。但是，当他从自己视线中消失了，他的形象又要往自己的心头里钻，让自己脑海中的幸运位置全部任他游走。可他总是不痛不痒地回复自己的信息，每次回复完毕，就跟完成了任务似的，不会主动提出下文。就像是那天夜里，当自己向他发出了一条孤独的信号，并企盼一种主动行动起来的陪伴时，得来的却是言简意赅的一句：“凡是人都是孤独的。”

在起腻拿起勺子，扤起第一口茶汤时，她的手机屏亮了：

“不大离儿？啥意思？”

“就是一句天津话！”

“好吧，俺不懂你们的语言。”

撂下手机，起腻用整个面庞对准了这一碗热腾腾的茶汤。

当你我在现实的孤寂中打转时，美食的诱惑能叫你我中断杂念，进入美食界里走一遭。即使完事儿还得钻进孤寂的境遇里去，只要有那一刻享受美食的过程，你我便要好好把握。这时，在起腻的眼里全是天津茶汤的粉红色泽与细腻质地，加之滑口甜润，起腻便一勺接着一勺，不断溜儿（不断溜儿：连续不断）地往嘴里送。在把碗内与碗边儿残留的渣滓一并舔干净之后，她又一把抓起了手机，朝有力的手机传出了信息：

“下次你跟我一起来吃嘛！”

“哈哈，我光看着就饱了。”

“说到看，你为嘛不在单位里看我呢？”

“不是吧！”

“我觉得你喜欢看男的。”

“俺不好那口儿。”

“那你喜欢盯着谁看呢？难道是那些心宽体肥的老姐姐？”

“俺看你呀！但是俺一看你，你就脸红啦！”

“哼！才不会呢！我知道你就是个势利眼。要不是我爹没了，现在兴许还在这儿当头呢。要是那样的话，你肯定就主动向我示好了！”

“哈哈，瞧你把俺说的咧！”

这话不假。起腻的爹前年因突发心脏病没了。因此人走茶凉，她如今的境遇大不如前，跟这事儿有直接的因果关系。

起腻接着给有力发信息：“对了！我刚吃的这碗茶汤里有菠萝丝儿。”

“菠萝？”

“对呀，你知道菠萝跟凤梨的区别吗？”

“不知。”

“凤梨跟菠萝比起来不涩且细甜，菠萝跟西瓜似的，是种傻傻的甜。”

“瞧你这形容的，让我更蒙圈了。”

“说白了就是菠萝的甜给得直接，凤梨给得保守。”

“俺喜欢你和跟你在一起时很开心，这区别？”

有力这次的回复叫起腻愣住了神，她联想到了之前多次，接收到有力向她传递出来的，带有暧昧挑逗意味儿的信息。但每次当她动情，动真情之后，有力又总以开玩笑的词语闪躲，或是直言自个儿在城里没房没车没票子的屌丝现状。起腻记得有力曾对自己说过人与人相处久了，会对外在的关注度降低，面对现实情况才是理性之本。

起腻说他认为得不假，但社会上也不乏仅靠外表而选定自己伴侣的男人们。起腻自从与母亲相依为命，家境每况愈下。因为有位年纪同起腻相当的貌美女性的突然出现，扰乱了她家的秩序。原来那女子带来了一名姓祈的男娃娃，并亮出遗嘱证明了她们母子二人的继承权，也因此分走了起腻爹留下的大部分财产。

起腻记得有力听说此事后说男人这样很正常，对好看的女人没有抵抗力。况且饱暖思淫欲嘛，男人在那方面想要克制，是克制不来的。对此，起腻做出了静为之性，心在其中矣；动为之心，性在其中矣；心生性灭，心灭性生的总结式阐述。

然而此刻面对有力文字中的“喜欢”与“开心”，起腻没再往深处想，而是又要了一碗茶汤，将其中的青红丝、瓜子仁、花生、芝麻分批次地送进嘴里，期待食物为自己的空虚填补进适量的餍足感。

“你咋啦？”有力突然又发来了信息。

起腻看到后，马上输入：“没嘛事儿。对了，你父母喝过茶汤嘛？”

“你真是转移话题之神！俺父母都是村儿里的农民，那里哪有啥茶汤啊！”

忽地这句话又被有力给撤回了。被他重新发来的信息是：“你真会转移话题呀！”

“你为嘛也撤回，重发？”

“咋的啦？”

“没嘛！对了，你能帮我抬眼瞧一下，在我那窗口排队等着办事儿的人多吗？”

“现在看来，你的工作已经攒了不少了。”

起腻这时也预感到自个儿离开单位的时间有些久了，随即她赶紧喝下这第二碗的茶汤，顺势起身，离开了距单位不远的这家茶汤铺。

茶汤与面茶（下篇）

整整一夜，有力睡得很香、很踏实。他的情感动机只是为了满足生理需求。外面的天色依然擦黑，像极了遭抛弃人儿那灰冷的面色，黯然且无精打采。然而，要脱身逃走的步子终归会消失在那无边的尽头。

“你不许说不。”

“啥意思？”

“一会儿我想去喝面茶，你不许不跟我去。”

有力的脑子里还正打盹的间歇，起腻已从炕上坐起身，她回手拍打着有力的身子，噘起嘴来闹唤开了，其中的重点还是要有力陪着她。

“你咋不上天！”说完这句，有力忽地从炕上跳起来，三下五除二就把衣服裹上了身。

“你为嘛这样说？！”此时此刻的起腻眼里不揉沙子，一言不遂意就翻呲，毕竟自己的身子昨夜交给了他。

的确，起腻跟有力从全身冒出来的气力相比，明显前者跟拿泥捏的似的。这也不得不让起腻承认，人家有力不像从小到大都待在城里的孩子，他打小儿就要跟随父母下地劳作，也正是依靠这份辛苦，才练就出了有力的那身肌肉范儿。

“又咋啦？反正俺是不吃。”有力一边说着一边走进洗手间，他身后留给起腻的，是叫人顿时生厌的臭气味，若拿这气味去补全此人的通体形态，就是身大力不亏的虎背熊腰，和一颗不愿抹去乡土情怀的死脑筋。起腻也从炕上爬下来，她先是走到窗边拉开窗帘，才对自己说：“今儿个又是个雾霾天儿！”

“帝都跟咱这里的霾有啥不同？”自厕所中出来的有力，有可能对起腻家别的亲戚的事儿知之甚少，但对其娘家六姑的一个远方亲戚的一个侄子，在北京二环以内有套十来平方米的房子，总归还是记忆犹新的。

“北京的霾带有皇城根儿的味道。”

“啥意思？”

“你家田间地头，不也带着乡土气息么？”起腻笑了，有力也随声笑了，他必定是在脑子里过了一遍老家的乡土味道，才引起了共鸣。

他们二人一前一后地离开了昨夜这间出租屋。起腻本想主动上前去抓住有力的手，以示俩人经过这一夜的亲热，理应处于的一种卿卿我我的状态。

“你想干啥啊？”

“我想跟你牵手走，不行吗？”起腻的生性被激活了，继而她吐出了舌头，眨巴开眼睛，来回晃荡脑袋，一副贫气的相貌，并没能使有力的精神关注在她身上。有力双手揣进裤兜里，时不时东张西望环顾四周围，同时也一刻不停地朝前赶路。

不一会儿的工夫，有力就先她几步，站在了公交车的站台上。他习惯性地燃起一根烟，随之飘来的烟雾让起腻更清楚有力对自己的毫不顾及。

起腻不高兴地说：“知道我烦烟味儿，烟还往我这边儿吹！”

有力半虚乎眼儿地瞅着她，咳嗽了几声才说：“你不会躲着点儿么？”

“我现在十分想喝碗面茶，完事儿再去上班！”

“那你就去喝呗！又不是不认识路。”

“你为嘛不陪我一起去呢？”

有力虚起半边儿眼，将烟蒂扔向地面、踩灭，跟着仰头朝天吹去了口里囤积的白色烟气儿。他抖了抖身上的烟灰儿，终于露出了假惺惺的笑，此笑容带着坏劲儿，且不声不响。可这笑却暗含了打消自个儿身心中，最纯粹的简单与质朴。正在这时，他要乘坐的那趟公交汽车也抵达了站台。

起腻以前听说，如若乡下人想念着谁的好儿，就像个没心眼儿的窝头、实轴儿的饽饽，质朴憨实地表现出自己天然散发出的实在之情。可眼前的这位刚跟她过完一夜的，出身乡下的大男孩，满足了自己的生理需求的有力，却着实给她一种糖堆儿蘸虾酱，心里不是味儿的感觉。他一直嚷嚷地要对她的好，都跑哪里去了呢？还是他已然懂得自己并不是那个值得攀附的对象，又想撇清短时间建立的感情纠葛，以一种肆无忌惮又相安无事的颜面收尾？但这样的行为方式，岂不成了占小便宜不顾大局的小农意识？

目送有力上了公交车，起腻调头又回到了刚才离开的那个社区。她就近选择了一家早点铺，便如愿以偿地喝到了表面淋满芝麻酱的面茶。

喝面茶讲究的是不用筷子或者勺子，一手撑碗，把嘴拢起来贴着碗边儿转着圈儿地喝。碗里的糊状物和着芝麻酱香便一起流出碗边儿，吸溜一声地一并倾入口中，食客要的就是这种感觉，这样的饮食快感。

一满碗面茶给了起腻一天需要的满足感。在起腻看来，面茶上面用白的或者黑的芝麻点缀的画面感，就是一颗颗被人们挤出笑容的小酒窝。丑点儿、脏点儿、土一点儿她都不在乎，只要洋溢着质朴与憨实的感觉，不光有红扑扑的脸颊，还有满头大汗的彷徨，这样的身在他乡的无力感便能招来起腻的亲近。

撂下空碗，起腻沿着来时的路走回到了车站，她等来了同一趟驶向国企单位的公交车。当她走进办公区的时候，有力果然吧唧嘴儿地嚼着从单位食堂花两块钱买到的大馒头。起腻坐回到自己的工位上，她掏出手机，给有力发出了信息：

“你达到目的了，就跟我形同陌路了吗？”

一分钟，两分钟……十分钟过去了，起腻回头瞧有力的动作，唯见一个正低头吧儿吧儿乐的神态，她站起来走进几步，再瞧！是他，两眼死盯着手机屏幕，不知是因何人，连打喷嚏的工夫都不想耽搁地回复着信息。

起腻举起手机，朝着他的方向上，输入文字：

“你真是个抠哧到家的老钱包儿，外加跐鼻子上脸的负心汉！”

依旧又过去了一分钟，两分钟……待到十分钟后，九点上班的钟声响起了。

有力在他自己的一亩三分地儿上做出了城里味儿十足的仪态。但这种被带出的言谈举止，不知又是他耗费过多少时间，从过往的人群中小心翼翼地观察，并效仿的。突然他起身，走到了起腻的座位旁，微笑地说：“祈姐，帮忙打印个票据呗！”

起腻抬起头，直截了当地问道：“你占完我的便宜，就想关起门来过自个儿的小日子了，是吗？！”

有力随即在装出的笑貌上，添加了一丝虚情假意的无辜，道：“你说啥呢？俺怎么你了？”

起腻倒是笑了，接上他的话说：“你终于是上道儿了，知道这事儿里也有你的参与了啊！”

有力看到起腻的嗓门逐级变大，就拿出手机，赶忙输出文字：“别吵吵，俺怎么你了？不就是刚刚没回你信息嘛！你现在不要心事太重，行吗？”

起腻依然笑着，用手机回他：“我这才明白，在你们那儿男女交媾就相当于驴马配种！”

当起腻视线离开手机屏，却发现有力早已回避开了，像是鸡呀牛呀狗呀猪呀的，赶快躲进了属于自己的安全窝。

她连续打了几声响嗝，随之带出了芝麻的醇香和黍子糊面儿的芳香，这就盖过了她原本试图释放的，怄了一肚子的气。她保持住了镇静的面容，从工位上抽出一张 A4 纸，并在上面忙叨起来。不像是要写什么长篇大论，因为那纸张不一会儿就摊开在了何有力的桌子上：

我本想与你同路，一起漫游人生的旅程，可是你肚子里的小算盘，已然打碎了自然力下的质朴与憨实。

白纸黑字容易形容花开花谢，但以下介段儿文字等你去品。

嘴边儿说出去的那些话，就跟做完的事儿一样，再也倒不回来。

你可以继续以为，继续想象。

你脑子里存在的，我们的故事该如何继续？如何结束？对我来说都已不重要。

但可以肯定的是，打今儿起你只是一个可以隔着玻璃与我相望的土坷垃球儿。

老爆三

一天，媳妇带婆婆外出采买，到了农贸市场，婆媳俩竟都被商贩们喊成了姐姐。六十六岁的婆婆是个碰上好事往前蹿，遇到坏事就害怕得直往后闪的主儿，当听到如此亲切自然的称呼时，她很主动地上前去和对方攀谈，且十分乐意地要先于媳妇，跟商家进行买卖上的攀谈。在天津市民众们的嘴里，下至十五上至六十岁的女性，一概会被称作“姐姐”。那么这位已经年过六十的婆婆，对于这个看似划分年龄段的称呼，从内心顿时释放出了一种年轻态，并毫无掩饰地要将自己归为与媳妇同龄的队伍中去，如此开怀的心情怎能不叫她往前冲呢？媳妇在一旁显得老成持重得多，她愿意看到自己的婆婆抢着付钱的姿势。但按说她才算有张名副其实的“姐姐”脸。媳妇那洁白水嫩的肤质在阳光底下一照，更是要晃人眼地清新透亮。虽说人们认为青春二字是二十来岁的人专有的，可这位三十多岁的媳妇身上，却有着越来越年轻的青春活力，跟逆生长了似的。

婆婆的儿子是自家津菜馆的掌勺儿。他炒的菜基本都可以上网上某某点评的人气榜单，可唯独有一样儿，他无论如何尝试，也炒不出个卖相儿出来。那就像是被施了魔咒似的，一次次地翻炒，一次次地没型，再一次次地重炒。他纳闷这菜为嘛一过油，全黑，且统统地全黑。

媳妇在家的任务，最准确的定位，就是数钱的，因为她不仅沉着，还很精明。通常，单从其外貌上去端详，很难抓住她还有精明的一面。在自家开的饭店里，媳妇除了管钱外，她还凭着那一副靓丽可人的小脸蛋，担负起了店面上的迎来送往。

倘若是个灰头土脸、不修边幅、不捯饬（捯饬：修饰打扮）的仪容，自然不容易招揽生意。深懂这个道理的媳妇，会格外重视自己的日常形象，并努力将自己打造成一个带着风韵，且看起来真诚、大方、姣好的形象。至此，儿子掌勺的硬功夫结合上儿媳妇充满活力的甜甘儿（甜甘儿：形容年轻女子长相可人；嘴甜，说话使人舒服），在这方圆几十里的范围内，自然而然地，他们这家饭店就常备了不少的回头客。

这间堪称拳头般大小的店面，被频繁的往来所踏破了门槛。那成天被同行们眼热的火爆景象，即刻从街坊邻里口中得到证实，客人们对他家饭菜味道赞誉的口碑，使其门店成了一家登上热搜的网红店。然而唯独有个遗憾，它存在于食客们跟这两口子的心中，每当有人非得抬杠要点上一道菜时，回回只能依靠媳妇的“甜哥儿蜜姐儿”才能抹除掉那一触即发的尴尬气氛。（甜哥儿蜜姐儿：指甜言蜜语）

儿子的老爹没得早，婆婆就一直得着这两孩子的济（得济：得到晚辈的好处），没有一顿饭菜端来是凉的，没有一盆洗脚水端来是温的。婆婆知道孩儿们的不容易，她清楚他们为了经营这个家，付出了比同辈人更多的辛苦。并且婆婆也承认自己的能力有限，老是跟个长不大的孩子似的，也老是希望别人把她当小孩一样地看待。但正是有这位拥有少女心的婆婆，才使得整个家庭从人员配置上，得到了充分的性格平衡。媳妇精，婆婆不精，媳妇油滑，婆婆不油滑。但是婆婆自始至终都是个长辈，晚辈孝敬长辈，长辈的心思也时刻挂念着晚辈。于是有天，婆婆忽然想到了一个能够帮到孩子们的法子，她找到了自己爷们儿生前收藏的一本祖传菜谱，并依稀记得那里面有天津传统名菜官烧目鱼条、灯笼面筋，罾蹦鲤鱼等的详尽做法，还有那道儿子一碰就黑，黑不溜秋的传统津菜！此时，她想到这一道道的菜，禁不住地，大滴大滴的哈喇子直顺着自己发褶的嘴角边流出来。

“天天都尝试，为何就是那么黑呢？”儿子跟媳妇抱怨。

“一黑就显得浓郁，意味着此菜味道更入味了呗！”媳妇跟丈夫打趣道。

但媳妇的丈夫心有不甘，若是其他的菜，炒出来都这么黑的话，他肯定会撂下炒勺，另谋职业去了。可唯独，偏偏沾染上了这“唯独”“偏偏”的瘾，叫他怎么戒也戒不掉了，到了怎么回避也不甘心的地步了。

“给我来份老爆三！”一位常客的嘴里，这天忽然嚷出了这句憋心里已久的话，这句话迅速传进了媳妇的耳朵里。

“您不是知道我家没这道菜么？”媳妇拿手捋了捋自己乌黑亮丽的秀发，跟着又抛了个媚眼。

“别跟我这儿耍这些套路。我问你们家是不是津菜馆儿？”

媳妇麻利地端来了一壶茶水。

“津菜里是不是得有这道菜？”

媳妇亲切地为其倒了一杯热茶。

“所以说没有这道菜，那就真叫一个跌份儿（跌份儿：丢脸，没面子）啊！”

媳妇奉上清新可人的笑，将茶水递到客人的嘴边，可她心里早已积满了足足的怨气：你这不是来砸场子的嘛！你小子以后盯我点儿（盯我点儿的：威胁对方多加注意，自己不会罢休，将伺机报复）的！

不过，另一位坐在别处的常客，随即“姐姐，姐姐”地叫唤起来。媳妇收起笑容低下头，这是要以秒速冲到那位客人的跟前。不料，自己的婆婆却先她一步地亮了相。

婆婆眨着不知情的眯眯小眼儿，抛出个求学好问的表情，问道：“您有什么事儿吗？”

唯见那人说道：“你们家可没少从我那儿上心呀、肝呀、腰子的货啊！”

媳妇这时才看出来，那人正是给他家经常上货的肉铺店的老板，随后她便赶紧跟自己的婆婆对了个眼神儿，但婆婆还是要问个明白：“你是要我躲开，别跟这儿瞎掺和，对吗？”媳妇的笑容依旧，对婆婆轻点了一下脑袋，眼神又落回到了这位客人的身上。婆婆仿佛小孩受了委屈一样，沮丧地一步并作两步地退回进了后厨房。这下子才轮到媳妇与客人的对答时刻。

“我们从您家上货，不光是为了做买卖呀，我们不也得自己做饭吃么！”

只见对方的语速也跟进了：“自己家消化得了那么多内脏嘛！要不就是，”突然，这间拥挤的小店里，好像从地底下钻出来好些人耳朵似的，一时间空气变得更为紧张了，而肉铺老板此刻也意识到了这一点，跟着就笑开来说：“我们来这儿吃饭，其实都惦着尝尝你爷们儿掌勺的老爆三，到底是嘛滋味的。咱就说你家的原料也都天天备着，调料也嘛都不缺，身为一家资深的津菜馆儿，为嘛就不卖这道菜呢！要不就是因为炒得太好吃了，到了连自己家人都满足不了的地步了！意思就是家人全给吃光了，没有可卖的份儿了？”

像什么“对呀！”“是呀！”“没错呀！”之呼声，在人头之间此起彼伏了起来。对付这种群体造势的场面，就连善于逢场作戏的媳妇也嘬了腮帮子。（嘬腮帮子：两腮往里收缩，表示为难的样子）

一场由客人再次挑起的，要吃老爆三的呼声过后，儿子跟媳妇一同收拾了店内的残局。关上了店门之后，儿子又走进了后厨，在那里摆起了“脏器阵”。只是今儿个他的身旁，不仅有位貌美的小姐姐，还多了一位脸上起褶子的老姐姐。两位“姐姐”崇拜英雄是与生俱来的，她俩目光里同时闪烁着光芒，满心期待地释放认可的目光，且将鼓劲儿、叫好等助威声投向了这个手拿大铁勺的男人耳边。她俩已经准备好了庆祝动作，只为了菜出锅时的那一瞬间。正如一道道色泽红亮，汁抱主料，宽油亮芡，色、香、味、型俱佳的，在天津地界儿与鱼香肉丝、宫保鸡丁、木须肉并称为四道家常下饭菜的老爆三！

经过反复研读，那本页页泛黄的祖传菜谱出现了掉页的现象。男人合上菜谱，闭眼复原全过程。没错啊！浆也上了，高汤也兑了，也快速地爆炒了，大量的蒜最后也都撒上了，但为什么一出油锅就全黑了呢？

可是不管如何，今天也不能再负了这两位姐姐那一番苦苦等待的心情。他将事先腌制上好浆的心啊、肝啊、腰子等下至七成热的油锅炸，跟着就用葱、蒜末炝锅，入调料、下高汤，急速爆炒，在快出勺时撒上一把生的大蒜末，完成！他半虚乎眼儿地瞧见的，还是那一团的黑乎乎。但是在片刻之间，此菜却赢得了两位姐姐的欢呼雀跃——“我去！好吃得盖帽儿（盖帽儿：形容极好）了！”

婆婆的儿子，媳妇的丈夫，正是这一盘黑乎乎菜的炒制者，此刻才正式睁开了双眼。他注视着那位面容苍老，却因为这黑乎乎的味道而忍不住地，如孩童见到糖果般地发笑，自内往外地露出阳光般笑容的母亲，和当下朝气勃勃，也同样在脸上挂出了满意模样的媳妇。似乎突然之间，他悟出了——别看这菜的颜色黑，卖相虽然不及格，但绝不影响每次筷起筷落时的那份好评！不有句话“人不可貌相，海水不可斗量”嘛，那么老爆三就不能被你我嫌弃它的黑乎乎。黑、没有颜值就是此菜的表象，可没办法，此菜的味道就是香！

清真食堂与清真食品

第一章　利德顺小老饭庄

“我们介儿是清真的！”头戴“号帽”的店员拦住了打外面进来的，自带酒水饮料或是手提外食的客人。没错，这正是人家店里的规矩：清真食堂谢绝自带食物。

清则净，真则不杂，净而不杂是为“清真”。在由绿、白、黄为基色的装潢下，一副用阿拉伯文书写的杜瓦，被装裱成框，挂于店内明亮且宽敞的位置上。十几位带着无檐小白帽儿的男人们，来者不迎，去者不送地活像个现代艺术佳作似的，就在店内等着你的招呼。点菜、上菜、结账、收拾饭桌，没有上下级别、新老、年限、资质等的区分，且不分工种，谁有只空闲的手谁就过来忙乎着，其中也不乏老板的身影。你看，那不就是老板在为你点菜，老板在为你端菜，老板在你吃饱喝足离开之后，又在擦桌子摆凳子地为下一波到来的客人，预备出干净的地界儿（地界儿：地方）来么。

“老伯，老伯！”伴着这叫声，几位姐姐的目光聚焦在了一位留着板儿寸头，身着随性大 T 恤，下面搭配牛仔裤的大叔身上，他正是这家清真食堂的老板。

“我们姐妹几个刚才点的老四样儿，是不是都被别的桌给点光了？后厨没食材啦？还是嫌弃我们今儿个妆不够艳，衣服不够露，不乐意瞧我们，也就把我们的存在给忘了啊！”

是啊！刚点完的菜就立马想吃到嘴，这帮姐姐三五成群地凑到一起就疯扯（疯扯：指女子言行轻狂）。看姐姐们点的这几样菜，像什么红烧牛窝骨、老爆

三、锅塌三样和特色水爆肚，对那些抱有尝尝津味儿清真菜式的客人们来说，来这里点上这几样，是不会叫你踩雷陷坑里面去的，尤其这道打头阵的红烧牛窝骨，给人们的最初印象是极丰富的胶原蛋白。

老板起家时，怀着“人弃我取，人取我与”的境界，为了研制这个别人想不到，想到也不做的牛窝骨，他确实花费了不少的心血。为了烹制这个菜，他先是四处寻觅调料，最后中药材成了最贴合他心思的首选，他用三顾茅庐的诚心去请中医开方子，多次潜心研究调料的配比，虚心地听取大厨们的意见。这么一通下来，才最终凭借这一道红烧牛窝骨，撑起了这家清真食堂的名气，站稳了脚跟。红烧牛窝骨已经钻进了食客们的心中，随着生意的日渐红火，这家清真食堂的菜式也逐渐丰富了起来。

“不光是菜的味儿好，最重要的是东西干净卫生，吃得叫人放心！”姐姐们中的一位，在等菜的工夫，带头道出了着急催菜的理由。

老板从不人来疯，或是放肆而使性子、逗闷子。和店内其他戴白帽的老爷们儿似的，没有多余的寒暄，没有热情的笑脸儿，有的只是觉得你点多了菜时附上的一句：“别点这么些个，吃不了的，俩人三个菜足够吃了。”

不一会儿的工夫，姐姐们饭桌上的菜全都上齐了。又过了一不会儿的工夫，那四样儿老“经典”就被吃得盆儿干碗儿净。

第二章　黄门脸家的吴晓四

每个季节都有应季的美味，除了满足味蕾之外，它们能使生活变得完整又美满，就像一件件逐渐被雕琢的艺术品似的，使观者也逐步被带离了浅薄、空虚又充满烦恼的生存游戏规则。二月的韭菜盒子，三月的香椿饺子，四月的榆钱煎饼，五月呢？是一个突破！因为嵌入了甜的字眼儿，正应了那句话：一样的会被覆盖掉，只有不一样的，会被挑选出来，使人反复砸摸其中的滋味儿。没错！就是粽子。南方人的咸粽子，在北方人看来，是可以感受到的一种带有刺激性的食物。粽子么，就该甜，很香甜，这正是我儿时的味道。

端午节之际，吴晓四家的清真粽子早已上市了。红枣、蜜枣、豆馅儿跟双料的，掺杂在糯米之间，各种结合，各种牵绊，会让我吃之前拿起手机为它们拍个照，没什么，就是想记住它们美丽的样子！

小时候很困扰缠绕在粽子外的那线绳的含义，在包粽子者们的心里或许红色代表枣馅儿，蓝色代表豆馅儿。小时候，每当我揭开细线绳时，自己心中多半是要默默祈祷，希望可以避开仅有一个枣的粽子馅儿！因为豆馅儿的会比枣馅儿的显多，因而会使我尝到那甜，那甜来得明显又丰富，不用蘸糖，可以满足地咀嚼，那是一份很香甜的感动。

很显然，吴晓四家的那些样样宗宗的粽子生来就带有这份冲击力！它们带给品尝者满足感的同时，一时间叫人不愿再去抱怨生活中的苦，因为有很香很香的甜在，那是份自由自在生活里的甜蜜与美好。

其实粽子只是吴晓四经营的各种食品里，代表季节性较强的一种清真食品，像什么酱牛肉、酱牛肚、碗儿切、卤蛋等，才是热衷清真食品的吃货们一年四季所钟情的。

当自动把自己归为这类吃货的情形下，我不得不感叹清真味道的独特与深得我心。我觉得清真食品可以作为我们这个时代，对外推广的，成为标志地方特色的一张名片。

第三章　辽宁路回民食堂——宴宾楼

他想要踏上归程，却无法起身，捯气儿（捯气儿：倒吸一口气，费力地呼吸）地说了一句："我饿了，也走不动了，咋办呢？"

他跟媳妇此时正位于市里的滨江道上。的确，利德顺有点儿远，黄门脸晚上也不营业。要说此时距离他们最近的一家回民大食堂，也就算是宴宾楼了。

但问题是，他的身体正一点一点地往下颓，而她面庞上的妆容也一滴一滴地随着汗珠子泛起了囧相儿。他的双脚要化作两个时辰才会往前漂移一下的云，而她的双手要化作雕像，随便待在某处即可一动不动地静止。幸亏，那个清真的大招牌近在咫尺了，于是二人控制住自身的"熄火"，奔着视线中的"食堂"二字，做出了最后的冲刺。

"宴宾三药泥、干烧鲽鱼、红烧牛舌尾、鱼香鸡丝、爆两样儿、烤鸭，再来屉三鲜烧麦！"

"你们俩人吃得了这么多吗？"

"甭说别的，赶紧上！"

"我们这边先结账，后上菜。"

他立马摆出掏钱的姿势，并将正好的钱数递给了服务员。这种提前付款的方式，看起来有些不按大众的认知出牌了。现如今，先结清饭钱再给你上菜的馆子已不再是主流，但对于饭店如此的规矩，在这一双双对饭菜企盼的眼神里，此时此刻已化成为一种顺从，随和进了每一颗亮晶晶的眸子中。

坐在餐桌旁的这对夫妻觉得，眼下最幸福的，是正用春饼卷着烤鸭，塞进嘴里，或由鲽鱼、牛舌尾、鸡丝、虾仁、牛肉等一系列食材，在驱赶饥饿的同时，带来的一份清真味道的满足感。夫妻俩也许不是回民，但是在做选择与放弃的决定时，他俩依然百儿八十（百儿八十：一百或接近一百，百分之百）地想，就算担着中途饿晕的风险，也要去清真食堂走一遭。

在不出意料之外的饱足过后，丈夫的身体一点一点地向上挺直了，妻子脸上的气色也缓回了本色，花掉的妆容似乎也停止了继续作怪的兴头。她那红扑扑的脸庞像往常一样，保持着较高的回头率。先结账后上菜的流程，也只有在这种国营清真大食堂的地界儿，才能延续传统地发扬光大了吧！反正点了这些菜的夫妻俩，当离开饭店的时候，并没有通常情况下地打包走人，因为桌上的饭菜已全被吃得干干净净。他俩是饿得走不动道儿而扶墙进来的，可眼下他俩又是撑得胃胀肚圆的。身子在失去了平衡之后的他们，看来又得扶着墙根儿走出这家位于辽宁路上的回民食堂了。

当羊眼邀约羊蹄儿要去会会你的珍珠葫芦

羊眼要火笃，其制作要点与“烧”相近，但用火时间较短，汁芡稍宽。成菜后色泽金黄红亮，质地松软柔滑，且食用时仅有微量油汁儿出现，因此深受注重健康的人们青睐。

羊蹄儿要扒，以“勺扒”技法制成菜后，色呈浅金红，汁芡稠浓，肉质应当香糯肥软，糊口不腻，其富含的胶原蛋白深受爱美人士推崇。

羊肚葫芦配以鲜贝、鸽蛋，经过煨㸆成熟的菜，色泽金黄透红，汁芡明亮。

王大厨依次尝过这三道菜以后，其表情并未透露出任何喜好或厌恶的信息。这就叫夸海口要比试出个厨艺高下的三人心中没了稿子（没稿子：心中没数，难以预卜）。

羊眼、羊蹄儿、羊肚葫芦，头些年炒得火，火来火去地一再抬高价，这就叫老百姓们吃不起、不买账了。因此，也就随着这事态的急转成了被压低价格，“捎带脚儿”（捎带脚儿：顺便）地搭着卖的甩货了。

“你们家娃娃今年高考复习，看书做题的，肯定用眼过度了吧？那么用眼就得补眼来来来，买我五斤羊肉，送你只羊眼。”

“你们家男人干跑腿儿的活儿，不得费一双脚后跟嘛？来来来，买我五斤肥牛，赠你俩羊蹄儿。”

“你们家会做肚葫芦嘛？我这人吧，不耐多废话。知道你们家平时过日子省，反正我告诉你今儿个上的肚，不买你可就亏大发了。”（大发：数量过多，超量；

过分，过头）

这些类似的买卖交易场景，在这三位的眼前好似亮起一盏弧光灯，且分别照进了他们的内心，并在各自的心中泛起了涟漪。也正是在这一次接着一次的买卖声中，那些被过多获得的实惠——装进购物袋儿里的羊眼、羊蹄儿和羊肚葫芦，使得他们没想法也得想出个法儿来给其们鼓捣（鼓捣：摆弄；钻研，实践）熟了。随着日子的往复与推移，这三位操作出了各自的心得体会，于是就有了这天厨艺大比拼。

王大厨除了擅长炸、烹、爆、氽、煎的技法外，软溜、清炒、清蒸的技法也熟门熟路。这样看来，这三位的“火笃”，扒、煨㸆的烹调手法，其实对他来讲并不在行。

三位中的一位顾念自己的羊眼，拿起筷子尝了一口。另两位也学着这位的样子，分别夹了一筷子自己的拿手好菜。方才的种种顾虑，也因着这一筷一筷的验证，得到了逐一的驱散。

王大厨估摸（估摸：推测）着这三位的表情，发觉他们充满信心的同时，也在审视对手的发挥水平，“接下来看样子，你们三位分别要去品尝对手的菜喽，那么就请完事儿之后，说出自己的一点不足和对手的优点来。”

听到王大厨的指示，依然是“火笃”羊眼的那位抢先道出自己做得太软烂、太香柔，完全达到了入口即化，会缩短入口后咀嚼食物的享受时间，但对手们做到了费牙嚼，能够长时间地品尝味道。

跟着的第二位提到自己的羊蹄儿过于香糯与肥软，这会令食者忘掉了就着干饭吃，而另外两位做的菜，调料下的猛，味道足就必须佐饭了。

最后的那位听完这二位的陈述，笑着说出自己的珍珠葫芦太过回味悠长，势必会影响饭后做其他事情的心思，因为总惦着这口香味儿了，然而别人的菜品就不会给人带去这种烦扰。

王大厨听完他们的表达，脸上出现了思考的表情。他先是对那个“火笃”羊眼的家伙，道去了向其家中孩子备战高考的关心，然后又亲切地询问扒羊蹄儿家的风吹日晒中奔波的情况，和煨㸆羊肚的收入状况。最后当王大厨一通热情洋溢地表达停罢，他便举起了大拇哥分别亮给了他们仨。

其实，这种体贴的问候，正迎合了他们各自的内心世界。他们三人在参赛之前，本就认为自己做的就是最好的，自己认为的也是最对的。比试不过是个多余的过场，正如他们各自心知肚明的，对于这位被邀请来做评审的王大厨，平时根本就不做烧、扒、㸆、烩类的津菜，那么对于熟能生巧，并得意于此的这三位出品的三道菜，又怎能会品出个一二三来呢？是啊，羊眼、羊蹄儿、珍珠葫芦，各自都是独一份。

烩甜三鲜

色艳，味甜，热甜菜。

这娘们儿长得倒不难看，但就是胖。尤其，对如上所述的那道热甜菜情有独钟。戒不掉，当然瘦不了。于是她的一位人精儿朋友帮她拿了个主意：每日上网打卡减肥吧！

什么京糕、苹果、香蕉的，一同往里加，再放糖、桂花，挂稀粥芡地往锅里烩。最后，还可根据个人喜好淋上蜂蜜。这样的一盘烩甜三鲜，对于要坚定地表明态度，每天儿发朋友圈儿地昭告众人，叫作打卡减肥的娘们儿来说，即便再可惜也得撇！没错。这娘们儿此刻是个认了真的人，她至此每天都要做一盘烩甜三鲜，完事儿再给做得的这道热甜菜拍张照，之后上传朋友圈儿，并付以文字说明：自制美味可口、甜腻热乎的三鲜！打卡，倒掉！

还真别说，每天看到朋友圈儿的众人当中，还真有一帮乐意守候此条打卡信息，且为其点赞的水军。娘们儿最初还会以 @ 全体的方式，再来上一句她自己就不一一回复各位了，总之感谢对她此举做出鼓励与支持的所有人。然而随着时间地逐步推移，娘们儿摆到网上的话少了，那条悬在图片上的文字，在一个月以后，就精简为了：打卡，倒！

最初给她出主意的人精儿，顿时觉得自个儿耍猴儿的本事不愧天生。人精儿倒是瘦得稳定、持久。自打大学毕业那年，因为原先的胖体质遭人嫌弃，甚至被自己多年暗恋对象当众嘲笑的她，铁定了决心，不出几月的工夫，她就叫周围人等统统对其改口叫了麻秆儿，而这一叫就是至今为止。不过人精儿明白这里面的苦，每天肚子里基本不进米面，有一搭没一搭地喝口水。为了控制体重，她还得运动健身。一点儿不掺假地说，不论春夏秋冬，身子的状态困倦疲乏，她天天都得达到一定的运动量，而且今儿个若是多贪了一嘴油腻，走路、奔跑的步数就得往上多加几倍的量！

开启下决心减肥的模式，容易。但你一旦上了这条道儿，那么前方的路途，任重道远。人精儿不愿将保持身形路上的艰辛分享给那娘们儿，这二人表面情同闺蜜，实则互相暗斗。娘们儿嫉妒人精儿的体型苗条，杨柳细腰芙蓉面、倩身靓容桃花瓣！人精儿嫉恨娘们儿的富贵外露，不愁吃来不愁喝，买来的好食材当众扔！果真，正如旁人所见的那样，这么一大盘刚出锅的烩甜菜，那娘们儿真就没再从垃圾箱里捡回来吃了。

又过了一个月，人精儿点开娘们儿的朋友圈，看到了其与打卡仪式的告吹。难道她减掉了多余的脂肪后就不再上传消息了吗？为此，人精儿专门去娘们儿家串了一趟门。结果她发现那娘们儿比原来更胖了！

人精儿问道："你怎么不打卡减肥了呢？"

娘们儿回道："我可不像你似的，有个天生长不胖的好体质。虽说我可以不吃烩甜菜，但喝水都胖，哪像你啊！你能总是那么地瘦！"

人精儿一只手攥成拳抵住嘴，另一只手忙摆手，像是既承认又否认。她还没走出娘们儿的房间，就见那娘们儿还是照例烩出一大锅的甜三鲜，并摆出卡哇伊的造型与那菜合了一张影。

其实，为达成目的而坚持的人，是不愿公开自己想法的，且就是一个字：干！这才是保证没有浮躁的变动、没有浮夸的作秀、怀疑成败、妥协懒惰、今日事明日毕等的多重借口。人精儿从未发过打卡减肥的朋友圈儿，她坚守的信念成了自个儿的一种日常习惯。不多时后，她再一次点开了那娘们儿的朋友圈儿，果不出所料，刚那张其与烩甜三鲜的艳照上面，有了一行真正能固守的誓言：我大爱爱的热甜菜哟！想你的味道想得我又胖了一圈儿，所以今后咱俩不能再分离！

酥皮罐焖牛肉

是他第一次带她见识到了这道菜——酥皮罐焖牛肉，可是能留存在她印象里如此至深的理由，或许是包裹在瓦罐上的起酥皮和罐内牛肉被焖煮的有滋有味，且在品尝此菜的时候，也能叫人感受到，可以端出此菜的店家，必定对津城餐饮界当年所吸纳的城外味道，有传承的念想。

她叫苏玛酥玛，当别人瞧见此姓名时，会联想到自个儿惹了记不清数量的蚂蚁上了身，而产生一时不舒服的麻应感（麻应感：受外界刺激后，身体发麻之感）。所以时常会略去尾缀，在其姓氏前加个小字，管她叫小苏。他叫宓伏浮伏，（宓 [fú]：1. 古通“伏”。2. 姓）其实摆好口型只需吹气儿的工夫，但大多数人却选择直接省去了跟其姓氏发音相同的名字，只会管他叫阿宓。阿宓心里爱着小苏，小苏有可能也爱着他，可从表面上看，小苏只是喜欢跟阿宓在一起，因为阿宓老是默默地对她好。

这天晚饭过后，小苏要阿宓陪她溜马路，并稀不溜丢地耍贫嘴说：“你要是变成刚才的酥皮罐焖牛肉，估计就不愁把自己嫁出去啦！”

“好吧！可我不是，所以没人乐意娶我。”阿宓的言语中显然配合着小苏的调侃。“娶”这个动词，众所周知是男子做主语，女子做宾语的使动与被动的关系，然而这位 8 尺男儿却由主动转被动，甘愿迎合小苏，叫她继续乐呵呵。

“哈哈！宓～伏～伏～”

“嗯，你要干吗？”

“我就是好奇晚上动物园儿里会是怎么的一副场景？”

“为嘛突然又想到了动物园？你的脑袋真是大！”

“你不应该质疑我老是会莫名其妙想很多的特点！”

“是啊！我也总能懂你的弦外之音。”

“那么，现在咱就开始讨论动物园！”小苏的胳膊瘦得跟麻秆儿一样，她一把拿自个儿那细弱的胳膊缠绕在了阿宓粗壮的臂膀上，“说吧，动物们现在都在干吗呢？”

阿宓表情十分淡定地说：“太阳下山了，动物们也都应该准备睡觉了吧！”

“不可能！咱俩回回大白天地去到动物园里看狮子、老虎的，可它们老是一动不动地睡大觉，那么到了晚上，它们还有觉可睡吗？！”

小苏的话，着实叫阿宓停顿了几秒钟，他忽地再次提起精神来说：“反正介大晚上的，没人乐意去动物园儿。”

小苏嘟起小嘴，闷闷地说：“我就想知道，晚上动物们会怎么搞事情。它们会跟小鬼儿似的，吓唬因迷路而没及时走出园内的游客吗？”

阿宓笑着说：“我建议你还是回家看动物世界吧，那里肯定会有介绍动物们晚上习性的内容，对了，还有就是我不会迷路，因此每次带你去动物园，咱俩不会遇上你刚才说的那种情况！”

“哼！你就是个送尿包蛋！”

阿宓心想：尿不尿的，是不值得口角相争的，还是得事儿上见。于是隔了一周，小苏突然接到了阿宓的电话：

“今儿个晚上我请你去吃酥皮罐焖牛肉啊？”

这句建议立刻在小苏脑海中，勾画出了一个罐子，上面盖着经高温烤成的黄灿灿的酥皮，再拿叉子将其捅开，呈现出来的正是汤色红彤彤、食材软烂烂的经典土豆胡萝卜炖牛肉的画面。

“哈哈！宓伏伏！”

“嗯，你想清楚啦？”

“我想不清楚动物园里的动物们，到了晚上会不会跑到笼子外面去，在白天游客们散布的地方游乐、玩耍……”

“好么！我说姐姐，您了还琢磨介事儿呐！”

“是啊！好奇心越来越重了！”

“而且瞧你刚才说的，人家动物园管理员能把动物们大晚上的放出来嘛！万一再从动物园里跑出来个一两只的动物，尤其是大老虎、大狮子的，想象一下它们蹲马路边儿上看人们喝啤酒、吃烤串儿的情景，你觉得恐怖嘛？！”

“你的意思是人们在吃夜宵，老虎、狮子们在等吃饱了的人们？”

“好么！我说姐姐咱能换个话题吗？”

“不能。”在电话这头的小苏又嘟起了小嘴，她不满意地撸袖子挽裤腿儿，而露出来的部分，也只是些老虎、狮子们觉得啃起来不带劲的小细胳膊、小细腿儿。

阿宓也像是察觉到了小苏的不高兴，马上从听筒这边说：“反正我没听说过咱们介儿有过在马路上奔跑的鸵鸟、狗熊的新闻。”

“真奇怪啊！”

“奇怪嘛呢？其实动物园里的动物们，它们的祖辈，甚至祖祖辈辈，是经受住了人工饲养的流程，其们的野性也就跟着消磨殆尽了。逐渐地它们会适应人类所安排的作息规则，按着人类训练出的生物钟，过起了动物园内的安适、享乐的生活了。”

“可我还是相信动物界里还是存在着江山易改、本性难移的野性！”

阿宓这刻又停顿了几秒，才说：“你今儿个晚上到底还想不想吃酥皮罐焖牛肉啦？”

“不吃！”如此简短的二字蹦出来后，小苏发狠地撂下了电话。

与时下增倍繁衍的现象和自然界无可尽数的物种相比，人类反倒成为一个特别稳定的种属，大量且有序地繁衍生息，并不显得过于庞杂。而自然界中的那些样样宗宗的生物，如草木鱼虫，人们在捕获它们之后，就会对其们进行分门别类，再在笼子外面挂出牌子注上：别称、学名、地理分布、特征、习性及繁殖等的说明。

记得当初阿宓带着小苏游玩动物园之后，他们二人为了寻到卖酥皮罐焖牛肉的餐厅，专程去了趟五大道。五大道共有 22 条马路，拥有 20 世纪二三十年代建成的英、法、意、德、西班牙不同国家建筑风格的花园式房屋两千多所，其中风貌建筑和名人故居有三百余处，被誉为独具特色的万国博览会。

阿宓这时回忆起了小苏尝到这道西餐时，边吃边说出口的感想，“要是能打包一份，带到动物园去边看动物边吃美食，岂不是既浪漫又幸福的事了吗！”可当时的阿宓并没有同感，他只是觉得看动物跟吃酥皮罐焖牛肉，二者没有任何的关联性，甚至他会感到在动物园里若是举着一份酥皮罐焖牛肉的话，本该熟睡的老虎和狮子有可能会立刻睁眼，朝着这个香味吼叫起来。因此，这种尝试端着罐焖牛肉去看动物的想法，他也根本不想尝试。

但这时的小苏却又说：“你把起酥皮儿和肉汁儿汤里，比单嚼香！”

阿宓微微笑着继续刚才的话题：“你要是喜欢去动物园儿，等有时间我还带你去！”

“可……”热衷好奇心思的小苏，突然认真地说道，“不管我想干吗，你都甘愿奉陪嘛？”

“你想说嘛就直说，跟我这儿装风雅等于对牛弹琴。”

“我就是想偷偷地藏起来。”

"藏哪儿啊？"

"藏动物园儿里。"

"为嘛？"

"我想等到夜里，看看动物园里的动物们都在干吗！"

"你想把自个儿喂给夜间行动的大老虎和大狮子，对么？"

"不想。我就是特好奇动物园里晚上会是怎样一番场景。"

说完，小苏又笑了，但这笑声叫阿宓意识到，那是一种脑洞大开以后的心情释怀的无限欢乐。

"我说姐姐，咱都正常点儿，行么？再说谁会大晚上藏动物园里夜游啊！"

"我，"小苏念在他一向迎合自己想法的份儿上，又多加了一个人称代词，"和你。"

阿宓跟着深深地感叹了一句："好么！"

他眼前的，现在这个叫苏玛酥玛的女子，被立刻认定是由上帝创造出来的一朵奇葩。她的好奇心比他认为该好奇的事儿要多得多，但比她自个儿能够解释得清的事情，却又少之又少。但显然，小苏懂得若一个女人以身相许了个"通用规则"的男人，那么这就是让自己老得最快的一种选择。那么这个"通用规则"，大多靠如小苏这样的女子，通过自身第六感的感知，就能隐约地排除掉。

电话？！当小苏挂断了之后，这次真的没有再打过来。小苏紧握手机焦虑又期待，可眼下的对方，真就停止了任何事态的发展。

于是转天，一条"最牢靠的铁笼，也不能有效组织人类脚步"的信息在小苏的手机里刷了屏，她看到了随之附上的一段在线视频，里面的主人公在黑漆漆的夜色下，其行走坐卧跟宓伏伏的真身分毫不差。视频中的主角是通过语音向世人传达出来的：

"苏玛酥玛，你想不到吧！哈哈，我现在所处的位置是动物园内的猛兽区域。按照你今儿个将会看到视频的时间来推算，距我此刻的事态发生，也已过去了8小时之久了。其实我昨儿个想请你再去吃那罐焖牛肉，然后偷偷给自己打包一份，带来动物园，体验被你所描绘出的那份浪漫之感。同时也有想到如若遭遇猛兽的攻击，可以用此投掷的方式，借以给自己争取逃生的时机。不过，你看！"镜头开始转着圈儿地环视四周的场景，这个被照进镜头中去的晚间动物世界，在小苏看来就像是一本博大精深的书籍，十分清晰地将那些该有的蛛丝马迹，全部展现在了读者眼前。"小苏，"画面里的人物接着道白，"其实我对动物园儿里晚上是嘛样儿的这件事儿，也抱有一颗好奇的心，但考虑到你小细胳膊小细腿的，会无力翻越重重围墙，且遇到危险情况时的抵御力也不足，所以自行决定单独深夜潜入动物园探险了。不过你瞧！晚上的动物园儿里真是特别安宁！没有你想象中的嘶吼，也没有猛兽们此起彼伏的咆哮，动物们也不跟人类似的，晚上要一帮一伙儿的穷惹惹，到处乱跑乱窜，哈哈！看来，人家动物比咱人类懂得保健，所以它们本身能有几十年的寿命就活到几十年的岁数，可是咱人类呢，本可以轻松过百的，可往往过半百就惹上了一身的毛病。所以说嘛，半夜三更地尽兴撒欢的背后，可能是会以奉献健康作为代价的。不过，也有一种情况，它便是叫作无奈地从众心理，一种拜于金钱享乐与庸俗游乐的放浪，我可能说得有些偏见了，但……总而言之吧，端来罐焖牛肉在动物园里吃，真是件强加出来的情节，跟带进别的吃食，我认为没有任何特别之处。哎哟不好！好像是有人发现我了！快跑啊！”视频也在此刻中断了，接着是媒体界人士跟踪调查性质的报道。

果真在这一刻，小苏关掉了此视频，在拨通阿宓的手机号码时，一位警察局的负责人，接听了她的电话。

官烧目鱼

“如今也不管什么盛夏严冬的，嘛时候都有结婚的。”

大傻今天换了身儿行头，来参加大头的婚礼。

大头和大傻，原先在同一个部队里当兵，退伍后，大头顺顺利利地找到了归宿。而大傻呢？四处漂泊，居无定所。

酷暑三伏，新娘子发褶的面皮上的妆容明显都花掉了。可这位身穿嫁衣的女人，却露出霸气十足的老娘们儿（老娘们儿：指成年妇女，含贬义）样儿。看不见的实惠或许比看得见的，来得更实际，于是新郎大头便毫无避讳地当众管这位比自己大两旬的新娘叫老娘。大傻脸上的汗毛孔全张着，像是在竭力吸收这份由视觉冲击带来的不可思议。他在远处认真地端详这对新人，揣测老娘们儿配小伙儿的一种别样的滋味。

俗话讲“伏吃鳎目冬吃鲤”。也就是在两周前的聚会上，大傻受大头的邀请，参加了其所谓的人生中最后一个单身狂野的烧烤派对。盛夏的目鱼应时应景，其全身只有一根大刺，且鳞片小，肉质极细嫩鲜腴。为此，那日下单的烤目鱼数量，就远远盖过了平子鱼、棒棒鱼、马口鱼等。喜欢吃烤目鱼的大头，放下了海鲜就啤酒，嘌呤蹭蹭涨的顾虑，一箱、两箱、三箱啤酒下肚之后，整个人仿佛被施了咒，对于接着发生了什么，是自愿也好，被迫也罢，他自己一概不知。就这样，待到转天清醒过来时，大头才发现身边除了大傻之外，他还紧紧搂着一个女人。

只要是个既定的事实，任何掩盖都有被戳穿的时候。大头当时虽说内心慌了，但他一口咬定是大傻的错，大傻却是一脸的彷徨与无辜，他只会老老实实地招认自己并不清楚过程的供词。然而大头的咄咄逼人，和大傻的不明所以然，叫那个女人无从中来，还得再无从中去。她独自一人走出了房间，而她身后是一脸懵逼状的大傻，和仍在竭力凭想象还原出是大傻睡了那个女人的“真相”。

那天婚礼现场的气氛，在伏天的烘托下尤其燥热。典礼结束后，老娘主动先大头一步，向前来助兴的亲朋好友们致谢。随后她老于世故地走过场，和自身老来俏（老来俏：戏称爱打扮的老年妇女）的装扮在大傻的眼前晃悠（晃悠：摇晃、游荡）来晃悠去。只见她仰着脸儿，挺着胸脯走在大头的前面，闪闪发亮的眼睛，照顾到了所有与她举杯的熟人。当然要含这位关照自己男人多年的老战友、老知己、老相好，老娘为此对这位讲义气、重情义的老铁大傻，连干三杯以表心意。

“不愧是陈可交，我们杜口刁的好兄弟！”老娘抑制不住激动，她拍了拍大傻的肩膀，说笑之间暗示出的是一种底气十足的财气。大傻本命陈可交，大头本名杜口刁。可在这位身价不菲的富婆眼里，今后的杜、陈之交便可谓是自家的日常来往。

这时服务员打众人身后端上了一道压轴菜，老娘瞅见后，因其色、香、味、型全具备而要回头看看自己那位潜心精于算计的爷们，并从其反馈回的目光里，得到了自吹自擂的精气神儿。服务员随后便报出来此菜的菜名，正是官烧目鱼。

大傻的眼神里却是惊慌失措，因为他知道此菜所暗指的信息。记得大头跟自己说过，白崩目鱼丁的色泽奶白，软嫩滑润，即代表了有些白面书生气的大头，而官烧目鱼呢？色呈金黄的鱼条，且用白、绿、深棕等配料点缀其间，色调和谐明快，就像大傻一贯喜怒哀乐表于面，不做作、不虚伪、不伪装地让人看个透彻的这么一个色调明快的人。大傻不顾一切地推开近旁的老娘，他冲出宴会大厅，直奔门口。这么突然的打击，人为制造的变奏曲，无疑不是揭露自己真实性的契机，不论好与坏，善与恶，人的性格到底还是始终如一。

人们追求五花八门的社交的娱乐形式，是由于内心的空虚，就像那日和大傻一块儿出现在大头单身派对上的，并随后又与大头、大傻同躺在一张床上的，隔天就自杀了的女人。其实细琢磨起来也相当蹊跷，女人在人群密集的公共场所跳楼自杀的报道，既没上新闻，也没在网络上传播，就连专程去打探相关事发经过的大傻，也没能从中获得任何的消息。即使往事在大头的记忆中，留有对她在意过的心动，那也只能确保是一丁点儿波动的情绪符号，而绝非是占据某一处的完整记忆。没错！大头对那个女人的故去，花巨资找人又做了一次完美的信息掩盖。

那个女人曾经是他们二人当兵的兵营里卫生所的一名小护士。上天赐予了她超越众生相的容貌，且至真至纯至美。因此当年的大头说她就像自己生命中最宝贵的东西，为了她，自己能上天把最亮的星星摘下来；他能让月亮对女人展开笑容；他能用五种语言对女人说“我爱你！”；如果女人想要，他能从随便哪个花园中偷一朵花！其实，大头要告诉女人的是：为了她，自己能做任何事。但！

大头还要告诉女人，摘星星需要花钱买登天的梯子；机票那么贵，需要花多少钱才能抵达月亮跟前儿，去对其诉说呢？再有，学语言课程的花销想必也不是一笔小数目吧！还有自己之所以偷花，是因为花店里花的价格都贵得邪乎！原先女人一直听大头的头头是道儿，她也曾为大头打过点滴、扎过针、包扎过伤口，并默默地陪伴他度过高烧不退的那个夜晚。可只因为自己出身卑微，家境状况不佳，所以女人最终承受了大头抛弃她的结局。

越无法安宁，内心就越发的悸动。大头被老娘的躯体挡在了身后。对于婚礼现场上演的这一出小插曲，财大气粗的老娘自然不必在乎类似有人离场的小插曲。她举杯向那些正失惊打怪的看客们说：“大家吃好喝好玩好，今儿个是我跟杜口刁的好日子！还是我先干为敬吧！”

大傻跌跌撞撞地，终于跑出了那种母亲领着儿子，制造出的祥和气氛。他不敢相信大头调查出来的实情。那是他们兄弟二人在两天前的一次通话中，大头真诚地表示，如果在自己的婚宴上有官烧目鱼这道菜，那就证明你就是她自杀的元凶！大傻进而推断出事情的经过：那晚自己上了那个女人的身，才导致了她想不开，而最终要撒手人寰！这岂不成了自己要背负一生的债！他越是想，越是急，越是急，越不看道儿。他甚至挥起拳头捣自己的头，紧咬住嘴唇地拼命呐喊，恨自己当初没有主动地告白，恨自己一直将她藏在心底，恨自己没有勇气直面兄弟对她的不爱，而将她揽在自己的怀中，如此地任由事态发展的结局，竟会是个悲剧。是啊！就连得知女人的死讯时，大傻也只是哀愁，他不愿去面对女人的死讯，更不愿去面对得到真相后的自责。他唏嘘自己的懦弱与没有担当，这一刻，大傻的眼角浸着泪，慢慢地湿润了整个面颊。

女人穷是穷，但她的气质无处不在地吸引着大傻的目光。但是大傻认为女人不会喜欢自己，并认可她和大头才是天生的一对儿。因为他亲眼见过将那个女人的相片紧攥在手心里，艰难在烈日下站军姿的大头，他也亲耳听到在兵营里沉睡的大头，在梦里唤起那个女人的名字。他绝对想象不出大头使个自残的法儿，为的就是要混进卫生所，见见那个戴口罩女人的眼睛。

想到这里，又想到那里，大傻的魂儿飞出了躯壳。这时，一辆急速驶来的大货车经过了他的身……

婚礼热闹的气氛被群众延伸至了室外，顺着马路边飘向了距离宴会厅不远处的草地上，接着就被草里的昆虫驮到了别处；萦绕在空气里的热闹，又被小鸟带到了远方。假若撇开远景，拉回近景，你会立刻惊呼眼前直视到的一切，那正在被大地慢慢地稀释且逐渐扩散开来的血色魔圈，像是为这场不伦不类的婚礼，施加了不被看好的魔咒。

大傻的不幸也算幸运，因为他日后每年的忌日，都会赶上兄弟的良辰吉日。

里，唯一令“炕笤帚”感到欢喜的片刻，就是与这个高过自己两头身的女孩儿一起跑去大众娱乐场所看演出。虽说高度达不到直视看台的标准，但当他每次聆听女孩儿的欢笑声，望着她下巴磕底下的那颗伴着愉悦而舞动的胎记，就是“炕笤帚”人生中最享受的美好时光。

在一个平平常常的周末，高面瓜闹哄馋了，非要马上吃到好吃的。“炕笤帚”没辙，脚下踩着板凳从冰箱里翻找了好一通，最后翻出了一兜黄豆和一根雪里蕻。

“黄豆炒雪里蕻就干饭，您觉得能解馋吗？”

“养你那么大！”高面瓜对着儿子的身形眨摸了一下眼，忽然抬高声调说，“反是这么些年，我是把你养成人模样了，可你就那么对待你的亲爹！你说自己够揍儿（不够揍儿：斥责语）嘛！”

“炕笤帚”马上意识到亲爹是馋肉了，于是他转身穿衣提鞋，走出了家门。

过了老地道就有个农贸市场，可是今天那里也正好搭台，上演着一出出的周末杂耍秀。唯见两个男人抬上一个四肢全无的女子，她立在台中央，正用嘴叼着火把，努力地要将其耍起来。玩火可不是闹着玩儿的，弄不好脸上的细皮嫩肉就遭殃了，也正因如此才将全场的气氛推至了高潮。

埋在人缝里的“炕笤帚”使劲踮脚尖，往别人的脑袋顶上窜，他想沾染上哪怕一丝一毫的，来自那台上的看点。这时，火把被女子用嘴使劲地甩起来了，那东西先是越过了头顶，沿着不曾计算过的轨迹，绕着一个人形的轮廓，飞转啊飞转。而那女子的头也在不停地跟着火把的速度转啊转……“炕笤帚”从人群中跳起的同时，女子也仰起了头，他看到了她下巴与颈部连接处的一块不大不小的胎记，“哦？难道是她？！”这就把“炕笤帚”逐级上升的情绪拖拽回了几年前那个端着盛满雪里蕻腌缸的女孩儿身上？！她怎么会出现在这里呢？现在四肢怎么都没有了呢？那么在她家房子被拆迁之后，她到底搬去了哪里，而后又遭遇了什么是非呢？

台上的女人正竭尽全力地用嘴抛接着熊熊燃烧着的火把。“炕笤帚”奈何不住心中的忧虑，没错！是她！他将身子团成了球形状，便能绝妙地穿行在人潮涌动的腿脚之间，轱辘到那个临时搭建起来的舞台边儿上。

“是我！我是高……”没等由球状变回人形的他把名字报全，女子嘴中的火把“噗通”掉到了地上，“轰！”地一下扩大了燃烧面积。随后，刚才那两个抬她上场的男人再次回到台上，慌忙地将女子抬下了场。“炕笤帚”见势也立即变回球状物，连轱辘带爬地直达后台，接触到了这伙儿卖艺人。

原来，女子的胳膊、腿都是在一起事故中没的。她的家人当年拿着拆迁费，在近郊租用了一间厂房，办起了制作时蔬腌渍的工厂。由于条件简陋，人员配置不足，女子便担负起了家庭式作坊中的多项工种。日复一日地忙碌，叫这个精疲力竭的女子无意识地睡在了一口大腌缸的旁边。也恰巧那天的气压出奇的低，温度离奇的高，致使大缸里的微生物们合力制造了一起事故。当外面的救护人员赶到时，女子的全身已被那口爆裂的腌缸弄得血肉模糊。

“我虽然没胳膊没腿了，但我不想依靠任何人！”女子说着说着，眼泪哗哗地往外淌，她随后又讲起小时候被“炕笤帚”牵着手，二人一起去到那些大众娱乐场所看表演的快乐经历。

“炕笤帚”似乎从女子的话中，听出了对他的思念。

“是的！我就是觉得咱俩以后还会再见面的！”女子低头用脸使劲地往衣领上蹭，跟着又哽咽了一下，没能将自己选择在此表演的原因，以一种煽情的形式表达出来。

但是，“炕笤帚”好像懂了她的意思，立刻补充了一句：“你是不是觉得只要在这个地方表演，我就一定能够看到你？”

就这样，“炕笤帚”推着为她专门制作的轮椅回到了家中。当晚，他就在高面瓜跟女子的眼前展露了一把炒制雪里蕻的实力：把切碎的雪里蕻用开水焯烫，再用凉水拔，挤干，备用。坐油勺，葱末炝锅，下肉丝煸炒，放面酱，炒至没有生酱气味道，下雪里蕻，翻炒加作料，出勺。

“哇塞！”高面瓜无暇顾及别人的存在，就先下手为强地往碗里拨了半盘子的肉丝炒雪里蕻，咸香，下饭最宜！而刚刚忙完的“炕笤帚”，正情深意切地望着自己对面的这位紧锁眉头的女子。

女子先开口说：“瞧你那满头的大汗，我也没有手帮你去擦了。”

“炕笤帚”马上转成严肃的表情说：“可千万别帮我擦去，因为在我身上，除了大汗之外，就没有再能跟‘大’字沾边儿的东西了。”

女子听到他的这句应时应景的玩笑话，没有舒缓开紧锁的眉头，而是皱得更紧了。“炕笤帚”不解其因地问道：“怎么？难道你不想让我喂你吃肉丝炒雪里蕻？还是一看见这菜会联想起自己的那段经历？”

“都不是，我是怕如今自己这身子，不配和你在一起。”

“怎么不配？如何不配！”说着，“炕笤帚”起身站到了女子的身旁，随即拿起手机抓拍了一张合影，他举着那照片往女子眼前晃，“你瞧瞧，咱俩现在这身高比例，我终于比你高了！眼下的咱俩简直是天作之合！”

那晚，这盘肉丝炒雪里蕻在温度刚刚好的时候，就着干饭，经过“炕笤帚”的手，一口一口地送进了女子的嘴里。“炕笤帚”见证着她那好似征服雪里蕻的表情，跟肉丝带去的饱足感。至此，他的心结打开了，打心底里发出了会心的一笑。

塘沽人的饮食观

暗夜里的第一缕晨光，犹如那嫩豆腐般，软软柔柔地经不起推敲。因此，我可以用眼睛，直视它的出现。暗色调的长夜对每个酣睡的人来说，都是黑暗的，但这个不出强光的氛围，老是对我神经兮兮的。夜里会有不经光照亮的声音质问我：喂！你码字儿码的词汇量还够用嘛？你用文字把情绪升华，并绘出那一副副的场景，又或是给流经的岁月平添出种种另类的涂鸦，到底能被多少人理解与接受呢？还有，你自个儿能对付得了这么多戴假面具的，不愿带头反抗那些已被世人甘愿化的现状，且不出意外地成为大众意识里的一分子嘛？

不行，我要替塘沽人说两句。如今塘沽的地域名称已被滨海新区所取代，但是不得不提及这个塘沽中的“沽”字，有傍水之聚落的意思。天津历史曾名“直沽”，天津文人在诗文书画上常署名为“沽上”，即“海河之滨”之意，天津的母亲河——海河，又称“沽水”，可见地处九河下梢，曾号称七十二沽的津沽，看来历来这个“津”字儿与“沽”的感情密不可分。

趁着光照的强度还未升级，我暗自庆幸再次战胜困倦，完成了预期的写作计划。推开堆在桌上用来加餐的饼干、巧克力、火腿肠，我决定面迎缕缕轻柔的晨光，驾车一路向前，于是接下来的一幕，我便行驶在了连接塘沽与市区之间的津滨高速上。

一进市区，我继续跟随导航，驶入地形较为复杂的居民区。不会儿的工夫，打老远就闻见了使人提神醒脑，摆脱倦意，叫一双双眼睛能够迅速锁定的，那一个又一个的煎饼馃子摊儿，伴着阵阵豆面儿的香，甜面酱与葱花、香菜的联合味道，还有那蛋黄蛋清的绝对实力，让我这个清早从大老远儿赶来的塘沽人，立刻服服帖帖地融入了市区百姓们的寻常生活。若是楼群底商靠近马路边儿，就算有了开早点铺的有利位置，像什么嘎巴菜啦，老豆腐啦，浆子、面茶啦……也都往空气中飘散着各自独有的气味，这其中是经年累月地与老卫嘴子们磨合出来的绝对地道。但如此日常化的吃食，在相隔五十公里以外的塘沽是不成势和规模的。在市里人嘴里的塘沽人是净知道挣钱，但也确实是挣着大钱的说话带海蛎子味儿的“外地”人，（因为很多市里人提到市内六区就是他们所习惯认知为的天津市区了）。而在塘沽人眼里，市里人是只会努着情绪，跟吃喝较劲的嘴把式：人输在奋斗劲儿上，钱也没赚着，但话茬子不能软。

我顺着马路边儿把车停好，下车后随便排在了近处的一个煎饼馃子摊儿前。不一会儿，排我前头的几位老食客们就耐不住寂寞了。其中一位话茬子来得快：“只要吃过他们家煎饼馃子一次，别人家的（煎饼馃子）就得落包涵了。”（落包涵：因事与愿违的结局而受责难或被埋怨）

另一位跟着应和道：“是呀是呀！您了瞅瞅，他家摊煎饼，光论下面这个摊锅就比别人家的个儿大！再说摊出来的煎饼皮儿，照着这摊锅的尺寸是真敢来呀！”

摊煎饼的人听见群众的呼声，嘴里也闲不住了，忙接上话茬儿来了句：“嘿嘿！咱介味儿，你们就吃去吧！”

确实！记得有位美食老饕曾说过，最能保存且体现一个地界儿的饮食精华，并最具原始面貌的，正是此地的早餐和最末尾的宵夜。在市里，你会易如拾芥地发现很多在大白天紧锁店门的店铺，可一旦到了晚上，它们就从冷冷清清摇身变成了一处熙来攘往地被吃货们奉为 old school（old school 指老一套、老做派、传统手法等）或是绝对尖儿的美食打卡圣地，其普遍存在的“真理”是物美价廉，至于味道嘛？那就嘛话也别说，赶紧吃完走人，不要太为难后面一排排饥肠辘辘的等座人。

但！并不是人人都推崇物美价廉的东西，也有追求物美之外的价昂，因为价昂可以满足人类的另外一种欲望，尽显自己的高人一等。在这一层需求上，塘沽人就比市里人占的比重多。不管你价格出得有多离谱，只要你敢喊（价），就有人会埋单。可闹了归齐，这也许都是假的。是商家一种宣传商品的惯用手法，以便抓住人们的视线，引发人们的好奇心，诱发人们探知欲，使人们在不知不觉之中接受暗示，什么原价八百八十八，现价仅八十八，估计你我都有过想去支持一下，这急转直下的降价浪潮吧！因而最终使得商家赚取了可观的收益。

“佛要金装，人要衣装，货要包装”这方面的行业术语，即便你再吹嘘得天花乱坠，对于云集在市里的品鉴大师们来说，味道至上才是其存在的可能性，再怎么吹也是白扯。但！这种店的宣传若是到了塘沽，兴许就成了地地道道的网红店。塘沽人基本上都不愿意花太多心思，走脑子在饭上。他们时常的态度就是随口脱出的一句：“不管吃嘛，填饱肚子不就得了么！”我想也正是因为这个思想观念，才让一些商家得了便宜、钻了空子，轻轻松松地将那些不好吃的东西，经过深度包装，端到了台面儿上。高价出售不说，同时也满足了当地食客们管饱就成的实际需求。

问路不行礼，多走十几里。一到市里，我就变成了一个眼观六路、耳听八方的“视听侠”。扎进市里人们的生活圈子，能获得不少美食感想的“真经”。然而这种“文化圈子”在塘沽是几乎没有的。我也曾不止一次地在塘沽，寻找到了那些絮絮叨叨、瞎扯闲聊的嘴子，但当谈及饮食类的话题时，能一直穷嘟嘟的嘴立刻变得沉寂，且过了片刻，他们就又继续开足马力地闲扯到房价、股票、海运界等的方方面面去了。

“奢侈之风并不足为训。在节约的原则之下，饮食还是应该考究的。同样的一棵白菜，同样的一块豆腐，处理方法的不同，结果便大有优劣之判。”市里的饭馆儿能在普通食材上下一番心思，得以在色香味形上获得大丰收。然而当你走进塘沽的小渔馆儿后，会发现最经得住推敲的并沿袭下来的做法，除了直接上锅蒸，就是明炉旺火地拿水煮。当然！这也正是塘沽地道的烹饪方式。蒸一盘大海螺，煮（烫）一碟子八带。若是惦着一下子能吃饱的话，就蒸上几锅蛸子白菜馅儿的大饺子或咸鱼卷子，再或者煮上一大海碗的海鲜疙瘩汤。嗯！这味儿绝对的鲜，也能充分地管饱解饿！

塘沽人不讲究吃，对此塘沽人民并不辩驳，他们自个儿都承认着呢。走进一家饭馆儿，菜品的品质好坏暂且不提，你能听到最多的是周围人们“呼噜，呼噜，呼噜”吃饭的动静。可是要是开在市区地界儿内的饭馆儿，要想成天达到这种声音效果，那么你做饭菜的味道是绝不能打半点儿马虎眼的，要不人家就定会给你来个样儿看看。然而塘沽人打穿开裆裤时，就没见识过大人们见饭菜不好吃就掀桌子的“气场”，也没跟父母学过，不好吃就算离家再近的馆儿，价格再实惠但明显不新鲜的卖相儿，也不会去光顾的“派头儿”。塘沽人眼见为实的，是家家父母祖辈对待“就和”的那份拘着面子，且不好发作的容忍。

终于排到我的个儿了，可摊煎饼馃子的那人却微笑地指着我面前一盒子鸡蛋说：“这些鸡蛋是替主人排队的，你前边儿还有四套，我摊完这些才能给你摊！对了你带鸡蛋了吗？”然而我是打塘沽来的，塘沽人带鸡蛋去摊煎饼的情形，真的并不多见因为塘沽人迎合着市里人嘴里的财大气粗，他们会为摊煎饼馃子的着想：人家卖这玩意儿，不就只为了赚个鸡蛋钱么？！

药糖

您老可别小看卖药糖的，天津操此业者真有几位“名人”，如南市有吆喝带嘟噜如同外国话的王宝三，鸟市有从不吆喝的赵宝成，还有专卖虫子糖的虫子王，西北角有卖药糖兼表演自行车杂技的连化清等。郭荣启相声吆喝卖药糖，波罗蜜的香蕉，杏仁香、茶膏，江米青果去痰去火。天津的药糖分四种：一是茶膏糖，清肺止咳；二是槟榔膏，消食化痰；三是虫子糖，加驱虫药可杀死体内寄生虫；四是各色糖块，虽不治病但也吆喝成药糖，比如什么菠萝、草莓、荔枝、橘子、薄荷、话梅味儿的，它们对应的颜色分别是深黄、粉红、浅黄、橙红、翠绿和深棕色。

相声窝子指的是相声在天津扎得窝，虽说北京是相声的发源地，但天津是相声发祥的宝地，人才济济，实力雄厚。民国初期“相声八德”的万人迷、周蛤蟆、马德禄及号称“相声大王”的张寿臣等，纷纷落户天津，并逐渐形成以常宝堃为代表的“常派”相声、以马三立为代表的“马派”相声两大流派。改革开放以来，茶馆相声得以发扬，为市民喜闻乐见，同时也进入大、中学校校园得以落户生根，所以天津被称为“相声窝子”实至名归。

为什么天津的相声演员都特别努力呢？因为你稍微一松懈，市民的水平就超过你了。今儿个登场的这位地地道道的天津相声演员，名叫刘大嘴，其肚子里总是囤足了笑话段子，往外怎么倒也倒不尽，足以证明他平日里的潜心挖掘与刻苦用心，因此也被人们称为笑话篓子。只要刘大嘴一亮相，台下跟着发出的，那些由观众们难以控制的笑声，会此起彼伏地续上劲头。台上的大嘴儿能说会道，从容自若地抖落起了段子：“生病吃药嫌苦，爷们儿买来药糖让媳妇含在嘴里，再喝苦药。果不其然，苦药一点儿都不苦了。媳妇便表扬爷们儿怎么那么聪明，爷们儿笑着告诉媳妇，自己只是借用了下耗子药的方法而已。如此的段子，只要一个接上一个，在台上站几个小时算是家常便饭。”

每到演出结束，刘大嘴总要含上药糖，他不是段子中所描述出的因为喝苦药，而是一种自己形成的老习惯，或是当成对自己扯嗓子讲段子的一种犒劳。今儿个是橙红色的，明儿个又成了深黄色。在刘大嘴随身携带的装药糖的小盒里，要说占比例最多的药糖块儿，还是薄荷味道的。

“我去买熟梨糕，人家姐姐说巧克力酱卖没了，你们猜归齐怎么着？我犹豫还要不要买的工夫，人家姐姐在蒸好的面粉上给我来了一颗麦丽素。”“你看他刚挣了俩糟钱儿，就被钱烧得浑身痒痒。光啃馒头不成，人家还得在外头裹张大饼。是啊，人家有钱了，就得开始注重饮食的多样性，什么大饼卷馒头，烧饼夹馃子，米饭馅儿的包子啦！炒嘎巴菜就窝头啦！捞面和独面筋啦！反正主食就主食，就是有实力！”“我问老板，为嘛煎饼馃子涨价了？老板解释说因为市场肉价涨了。我继续追问煎饼馃子跟肉涨价有嘛关系，老板说他只吃肉！”“外地朋友问我天津三绝都有嘛，我想了半天也没说出来，因为实在是太久没去吃了（一来是味道大不如以前，二来是价格也不亲民，动不动就打出高消费的名目，什么精品包装嘞，什么高大上的食材选取嘞），于是我随口就说是铁球、面酱、春不老。友人听了哈哈大笑，问为什么要用人家保定的三宝作敷衍，我又想了想，觉得这样说来，其实比骂街还难听。”“我家楼下有个特别好吃的炸串摊儿，几乎每天我都要去买几串。有天他们家没出摊儿，于是转天我找到摊主询问个究竟。只见那人不耐烦地说自己卖炸串，本是为了讨个自由自在的活法儿，可我这天每天儿地光顾，让其产生了一种非常强烈的上班束缚感。”“天津沙窝萝卜赛鸭梨，切下一片儿拿灯底下那么一照，透亮程度塞玉石。随即‘套白狼’有了点子，他将一块沙窝萝卜用金链子穿起来，作为转天送给新娘子的结婚信物。于是，就在二人结婚的当天，‘套白狼’真就给新娘子的脖子上，带上了一条沙窝萝卜大项链。这种段子也只能从天津这地界儿出，换别处哪儿还能有塞玉石的萝卜品种呢。”“有位大哥，人称外号‘口冷’，其专门爱说容易得罪人的冷言冷语，并且还爱吃‘霸王餐’，比如他每次吃饭都必点的一碗酸辣汤，‘口冷’打外边儿吃饭单就靠着这最后上来的一道汤，就能回回不买单。酸辣汤又称鸡血豆腐汤，应该是鸡血、豆腐、木耳、玉兰片、香菜末、菠菜梗儿都齐备的一款汤，不过现在的饭店大多常见的血是猪或鸭的，并且食材也有替换或者不全的情况。这就让‘口冷’逮着了茬口，说人家做的饭菜做成介样儿还敢开饭馆儿！什么味儿不对、不正宗还敢舔脸要钱？！因此单就这一碗汤，他能免了一桌的菜钱。不过，大家伙也就听听罢了，不要去模仿，因为‘口冷’这人的本名已经上了扫黑除恶的黑名单。”“记得小时候在我们学校门口，有个大爷开了家羊汤馆子，每到中午我们就去那里‘蹭饭’吃，为嘛说是蹭呢，因为大爷会在你还没点餐时，就为你端来了羊汤和烧饼，而且每回都能叫你吃得倍儿饱。大爷不是做公益的，只怪大爷老是上错菜，把别人点好的饭给你上了，这才让你有了得便宜的机会。不过还没等我们毕业，大爷的羊汤馆子就倒闭了。”“天津人爱吃油炸食物，可以说是玩儿命爱吃的程度。但天津人为嘛很少有横岗级吨位的体型呢？这得益于天津人爱喝浆子，北京人管这玩意儿叫豆浆。今儿个来给我捧场的诸位，你们算是来对了，不仅得到了有助于长寿的笑声，而且还了解到了保持体型的秘方儿。所以说诸位明个儿还得来捧场！”

“哈哈！来、来、来！”听到台下观众们的呼声，刘大嘴先是深鞠一躬，跟手就掏出自己的小盒子，打里面拾起一块儿翠绿色的药糖，笑容满面地一边朝台下走，一边将那糖块儿擩进了嘴里面。

某位天津娃娃的三餐伙食

口味鲜美，层次丰富，老少皆宜，那就嘛话也别提，再来一份儿呗！天津人热衷的伙食，可以成为一天行为表现为“人来疯”“耍活宝”“逗闷子”等的活力补充剂。早上大饼卷一切，中午虾仁翘南荠和红烧比目鱼，夜饭来个干饭拌茄泥，如此一来，充实的物质生活也就算是齐活了。

跟我之前一样有过“苜蓿是鸡蛋还是木耳”疑问的人士请举手！好了吧，请诸位放下手吧。我的此举是想看看大家是否跟我一样愣装幼稚！哈哈！我突然要说自己好讨厌啊！不过，说到底也算是花心思对食物的一种下意识的关注吧！

某日，某位天津娃娃在朋友圈儿里发布：“我永远的挚爱——肥肉烧紫菜头！”

我下面留言：“的确，我能捧着盘子吃完紫菜头后，满脸染个关公脸儿，过五关斩六将，威震天下了。”

他留言：“哈哈！紫菜头染哪里哪里就红火了呗！”

他就是这位天津娃娃，咱暂且称他为“黑熊君”吧！

这不，黑熊君又补充到，吃完紫菜头，满嘴都是红色的，打老远一瞧，整个儿一个吸血鬼现世，所以记着出门前，要把嘴擦干净再走！

其实黑熊君是天津地界儿一家音像店的老板，我是他的一位老主顾，每天他一边经营他的实体店，一边在微信朋友圈儿上发图卖唱片，出于随时随地交易便捷的原因，我便倾向于刷他的朋友圈去淘盘，且更乐意去窥探他时常乐此不疲地，秀出在其家门口盘踞着的各类伙食。

某日清晨时分，黑熊君发布朋友圈：一碗回魂面能让人满体力复活！

我留言："还是称之为夜儿个喝大酒的醒酒汤比较妥当。"

黑熊君回我说："牛肉面差着，要说醒酒汤，还得是一碗长情的白菜粉丝丸子汤！"

我留言："丸子得用蛋清儿和馅吧？"

他说："不用蛋清和馅，那么丸子就没了血液了。"

就在其喝过回魂面复活的当天，我们达成了一笔买卖交易，他出了6张黑胶，我为这些盘付了款，之后他在实体音像店里亲手为我打包，并即刻发出了这些沾着牛肉汤味儿的唱片。

隔日，黑熊君发布说："早饭省了，所以早午餐要了三个菜，煎熬小黄鱼、拌腰臊、熘肉片儿！味道那都是绝对地尖儿！"

我留言："哪样儿里都不能少了花椒油调味道！"

他回我说："今儿个这些下酒菜，肯定是要喝大（酒）了，所以下午微信的市集上，哪张盘若是被你看上了，就告诉小波（他雇的店员）吧，因为到时候自己未必能睁着眼。"

好么，正是应了那句喝完大酒就别干正事儿的经验之谈了。那日我并没为他的销量数增加个名额，纯粹是因为自己的个人原因，那月的工资已承受不起除了物质以外的精神享乐了。

又是转过天来的午间时段，黑熊君说："今儿个吃的回锅肉，这菜简直太寻常了！当然五花白肉的品质必须是前提，但是这道菜的关键不只在于肉，而是蒜苗。没了蒜苗的登台献身，那这菜就没好戏可唱了。"

我随后下面留言问道："鲁道夫塞尔金的那套盘，昨儿个你出（手）了嘛？"

接着我们二人便在手机的微信里，开启了交谈模式。

他回我："没有，你要啊？"

我说："我能赊账吗？"

他回我："甭介了，还是我送给你吧！"

我说："甭介个嘛呀！要是让你请我吃一顿大餐，我也就不跟你打咕了，但涉及买卖上的交易，就得拿钱来说话（打咕：为抢着花钱或推辞接受礼金而争执）。"

他回我："没事儿，就算我送给你了。"

我说："别跟蒜苗似的（说话）那么冲，怎么就没事儿了呢？上周你店里被水淹，叫你损失了不少，再加上你'以贩养吸'地进一张卖一张，完事儿再拿卖得的钱买自己喜欢盘的败家子儿循环模式。作为你店里一名资深的老回头客，就更不能眼睁睁地见你过那上顿有肉下顿喝凉水的日子了。"

黑熊君停顿了几分钟，像是在组织语言。之后他回复我说："言重了！再者说，咱天津有句老话'当当吃海货，不叫不会过'吗！"

我说："对喽！你刚吃的那盘回锅肉里，出锅前淋花椒油了吗？"

他回我："您放心，花椒油是咱津菜的灵魂，能少了它吗？"

接着隔天，我收到了他寄来的那张黑胶唱片。而在那天晚上，他又在自己的朋友圈里贴图，发表文字称："我妈炖的月牙骨无敌了！这（道菜）也必须配死面儿花卷吃才对路子，除此以外还有道茭白红烧肉。这道火爆的茭白红烧肉，如若是个摇滚乐队名字，那里面的乐队成员，要是有人叫茭白的话，其肯定是位女贝斯手。"

我在下面回复："把菜名报成人名，而且还组成了乐队，还是玩摇滚乐的。黑熊君的设想叫正流半截儿哈喇子的我，突然又甩起了头摇滚了一下。"

他回我："边听摇滚边甩头，既欣赏了音乐又活动了脊椎，互动双赢！（笑）"

又是一个某日的大清晨，"黑熊君"晒图并配以文字："老沈借给我的两根（馃子），我明儿还你啊。馃子是天津早点摊儿上的硬通货。可以拿来当钱使，因为谁不人手一份儿啊。"

接着，这天午后，他在朋友圈里，以对话的形式写道：

"姐姐，我买个馒头当中午饭。"

"馒头现在卖没了，你得等会儿了。"

"我得等多长时间？"

"你介样儿吧，你呀，找个不晒的地界儿跑两圈儿回来就差不多了。"

说罢，"黑熊君"真就按着姐姐的意思跑了圈儿步。但是中午这一个馒头的减肥餐，显然到了晚上叫他的饥饿劲儿上头了，跟手他朋友圈里出现了如下的声音：我在自家门口发现了一个超级好吃的烧饼加素肚，再配碗羊汤！立马驱散走下午的饥饿感，且叫人满足得飘飘欲仙。

转天他又晒："社区早点铺，四元五角的标配：大饼馃子与老豆腐！并温馨提示：要是最近缺钱的话，您嘞就赶紧下楼买大饼馃子吧，既管饱还能扛时候。"

转天中午，他晒图，并发表文字："家门口的馅饼！每回路过要是见到人家出摊了，真是嘛话也别说，赶紧买两张吧。那是正经的三皮儿俩馅儿，皮儿是脆的，馅儿是香的，整体感觉就一个字，绝对地尖儿！"

再又转天的傍晚，他发朋友圈道："在我音像店的不远处，新开了一家小餐厅，主厨说是某干部招待所退下来的老兵，但是人家做的打卤面或是盖饭，绝对不是大锅饭货色。这么形容吧，自打他出现，我竟然上班不迟到了，而且合理安排一天的工作内容，但到了晚上，不管有嘛棘手的或是难对付的客户，我都会按点儿打烊，跑去他店里吃晚餐。"

隔了几日后，我又窥视他的朋友圈："今儿个午饭吃了麻酱面配肉皮加素什锦。有菜有面有肉，就算你是条流浪狗，若能吃上这种伙食，这小日子里就算没对象也不觉得万分遗憾了。”

还是这天的晚间，他继续发布自己的伙食内容：“韭黄香干炒肉，锅塌里脊，必须再强调一下这道蛋饼摊成方形，切好码高再浇汁儿和香菜、小葱、蒜片儿一起出品的锅塌里脊！”

就这么说吧，随意翻出他哪一天的朋友圈儿，你都能去用眼睛体会到他对伙食的热忱。你瞧，他某天说的熘肉片，炒干尖儿，翡翠橙丝中，萝卜与柑橘皮必须手切成丝般的感受，现吃现切，爽脆入味。中午要是光吃大油大腻的，肯定又得喝大（酒）了，下午不就酣睡如泥？还怎么卖得了盘！

晚上饭，对于常犯酒瘾的黑熊君来说，撸串是必不可少的“常备军”。

这不，白天酒瘾没过上，晚上他就挑明了：“二哥的烤串加量不加价，是配啤酒的绝佳伴侣！”

我说：“一个人要是一整天把胃口塞得太满，那么大脑一般就不怎么动了，因为身体的主要任务全忙乎在消化胃里的食物上了。”

他说：“没事儿！因为要是吃不到好东西，怎能对得起卫嘴子的名声！”

我说：“对喽！撸串配大锅煮，再来一笼烧麦，晚上再小酒一喝！”

他立马跟上说：“我卖盘与你买盘，再上升到富与贫、名与利、贵与贱的层面儿上，都在你刚报出菜单的过程中灰飞烟灭了。”

是啊！对于以黑熊君作为代表的，这些天津娃娃们来说，一日三餐的伙食，落自己肚里才是真，嘛钱不钱的，乐呵乐呵就得了！

烧素什锦

倒退三十年，在天津的胡同儿里、操场上、大街小巷，你常能听到娃娃们玩砍子儿时的欢声笑语，那是留存在每个人脑海里最为抹不去的童年回忆。

有人认为，随着年龄的增长，一个人接触的事越来越复杂，见识到的面孔也愈来愈丰满，但从本质上来看，成年人的交情就没有儿时那样的简单直接。好比你用历经打磨，以至磨圆润了的七巧板去跟别人的进行对接，这样的方式肯定是不牢固的。因此，童年时代的友情是值得珍藏一生的。

“中着不着”的母亲出家了，接着的一个多礼拜，他也没出现在大家伙儿的视线中。大家聚到一起就玩砍子儿。“子儿”就是小沙包，砍子儿就是丢沙包。每次游戏开始之前，先要按人头分成两拨儿，一拨儿的队员要轮流用“子儿”砍向另一拨儿的队员，若是被“子儿”砸中，且有“子儿”落地的情况发生，那么该被砸中的队员当即就被罚下场，但要是“子儿”被队员用身体的无论哪个部位接住了，即可“救回”一个被罚下场的队员，或是积上一分。

其实只要有“中着不着”在，要把他所在的那一拨全体罚下场，是要比盼着天上掉馅饼还难的事。别看“中着不着”该管的不管，该办的不办，有着跟“好好学习，天天向上”老是对着干的性情，可一碰到那“子儿”立刻成了人中龙凤，谁都比不了他的实力。整天什么鸡毛蒜皮、闲白六大堆儿（闲白六大堆儿：形容闲事儿或闲话太多）的，叫人一眼望去身上没有一点正文的他，可就是能拿头盖骨、锁骨、肋骨、胯骨轴儿等骨骼惊奇的地界儿接到“子儿”，弄得跟个武林高手似的，立于不败之巅。

"中着不着"有一副方便他接到"子儿"的瘦得邪乎的骨头架子，骨骼凸出，行动干脆。平时见不到肉类的他，自然会觉得烧素什锦就算是家里的大菜了。他与父亲曾多次精疲力竭地挠墙皮，字正腔圆地发出要吃肉的呼声。然而他母亲的头上就像是有一轮光环，闪动着白亮的光芒，不分昼夜地悬浮在头顶上，并控制住了母亲全部的意念。当饿晕了的父子俩看着母亲正在诵读经文的某个深夜时分，父亲的俩眼儿忽然绿到不行，他走进厨房，打开冰箱，满眼瞧见的除了栗子、笋、木耳、腐竹、口蘑、面筋、菜花、香干、胡萝卜、油菜外，真是连一点儿肉渣也没有。

他那所谓的终身伴侣那一刻依然坐在星辰之下，身旁亮着一盏白炽灯，她没有犹豫要不要去给自家的男人们做些什么，因为她要将自身融进意味深长的哲理之中。

平日里父亲很少下厨，但这次的夜宵，可以说是"中着不着"吃到过的，色香味俱佳的烧素什锦了。

将胡萝卜、口蘑、菜花分别焯烫控净水分，再将香干、栗子、油菜、腐竹分别用油汆一下控油。接着，葱、姜末炝锅，烹调料下什锦菜，把所有的食材一起烧，当汁儿熗少时挂芡淋明油，盛盘出锅。

嘁里喀喳（嘁里喀喳：形容做事干脆利索），爷俩儿就把这一大盘的烧素什锦吃了个精光。

其实，一个多礼拜的缺席，大家伙儿当中自然就有去打探 "中着不着"家里情况的好奇者了，其余人等围在一起鸡一嘴、鸭一嘴的纷纷瞎猜，有说他是不是因为那位进山当尼姑的母亲，给自己内心造成了创伤，再由于一时半会儿调整不好心态，接受不了这个现实，所以大门不出二门不迈了呢？也有说他记吃不记打，是不是因为成绩不好，而被他的父亲关禁闭了呢？又有说他上回尝试高难动作，拿屁股蛋子上的两条凸起的骨头去接"子儿"，结果大头呛在了地上，是不是因为伤得不轻，导致了其不得不在家里养伤了呢？还有说他是不是因为中着不着，不该管瞎管，不该办的瞎办，使得没完没了地招人恨一下子积攒仇恨到了不得不跑路的地步了呢？

大家伙儿说着、笑着，终于盼来了最终答案。那几个人结伴去他家里一瞧，原来他是因为母亲的离开而大开了荤界，一进他们家，不是油炸就是火爆，一水儿的大鱼大肉，荤腥遍地。可是他的肠胃终归随着母亲长期素食的习惯，变得清淡又素净，一时便承受不起这打开的荤界，这不，因为过度的油腻，躺床上一蹶不起了么！

大家伙儿商量着如何可以帮到他。当时，在那个容易结交友谊的童年阶段，真正的朋友，能使走运的人快乐百倍，使不走运的人得到解救。大家玩乐时的两拨儿人马并成一拨儿，按时间分好早中晚三餐，专程从各自的家里捎去小米粥和小青菜，使两个起不来炕的父子俩度过了病患中的饥荒险境。

愚蠢的行为往往使人从幸福的境界堕入苦痛万分的深渊，而聪明的举止往往可以使人安然度过险境，继续走在康庄大道上。于是，经过这次折腾的“中着不着”，果断地走向了素食主义的道路。他认为自己的肠胃消化不了荤腥的食材，承认轻巧的体态可以占据砍子儿时的上风，并且首推烧素什锦为自己毕生挚爱的美味佳肴。他会手舞足蹈地告诉身边的小伙伴儿们，这道菜多么有营养，又是多么零负担。甚至，直至今日，当上大老板的他，当再度召集儿时的那些玩伴聚会时，宴请的一道道素食菜品当中，烧素什锦仍是一道压轴儿的大菜。

八珍豆腐

八珍豆腐里的食材如今也普遍到了可以去平常人家的菜篮子里寻了。八珍豆腐选用南豆腐的场合居多，北豆腐也有亮相的日子，炸制出金黄脆壳的豆腐入口绵细，其他辅料增姿添彩儿，像什么蟹足棒、海参、虾仁、全贝、蹄筋儿、鱿鱼卷儿、鸡脯肉、鹌鹑蛋，还有时蔬类的香菇、胡萝卜、青豆、黄瓜，总之从中凑足八样儿，即可大大方方地称为八珍。

“不就是乱七八糟搁一起的一锅出么！”

“那是东北乱炖！”

“两者有嘛区别么？”

“这里面的学问多着呢！”

小火加热慢慢入味，中火是提速，大火是加速，一个热锅起，挂汁抖勺出锅，一道值得人期待的八珍豆腐就此成形。

顾司潜一人在家，很闷、很倦、很饿。他念叨起一口干饭就一口八珍豆腐的满足感。辞职前，在公司的附近有家经营津菜的小饭庄，每次光顾它的顾司潜总要点上一盘八珍豆腐，但现在时间充裕了，当逛遍津城的那些由网络推举的饭店之后，便不得不想把话挑明了说，原先的那家小饭庄做的八珍豆腐，也就只是给干饭添些咸淡味儿。

对于这菜食材上的选择，是制胜的关键。水发货儿毕竟上不了台面儿，只得成为廉价菜馆与低廉消费观念者们之间的互利共赢。而真正优质的主料与用心筛选的俏头儿，加上恰到好处的烹饪手法，才能在说完“瞧好儿”之后，真能静候佳音。

顾司潜是个不显山不露水，不爱在群众面前秀出真实力的家伙。可这样的后果就是在他辞职以后，被许多人删除了好友，甚至他打电话给之前公司里称兄道弟的伙伴，人家也总是处于忙线中了。即便联系得上，人家也都借以工作忙呀忙，周末应付多呀多，孩子难带呀等的借口拒绝与他私会。

不是身体的原因，更不是从公司里闹了怎样的不愉快，顾司潜辞去副经理一职，只是单纯想过几年悠闲的日子，没有应酬，没有纠缠不休的业务，没有抽剥得所剩无几的休闲时光。可这哪儿也不挨哪儿，说了跟瞎胡闹似的理由，在眼下的人们看来，不用纳闷琢磨，就觉得他是脑子进了水。当然，人家顾司潜可是个不愿透露身份的富二代。

太阳光线蕴含着不愿道出的神秘感，将积攒岁月之中的柔情泼洒人间。在这样一个温暖的冬日午间，顾司潜与小驰，相约在了那家公司附近的津菜小饭庄。

“顾哥，你肯定想念这家的八珍豆腐了吧？”

“没有！”

“不可能吧！”

“你是没吃过好的，也难为你天天上这穷逼班儿，没时间善待自己。”

小驰真是猴儿急般地张罗着点饭菜，卸下原先作为下属时装孙子的面具，他现在也不必把话说半句，并且将另一半话在脑子里瞻前顾后地过几回悠儿，尤其到了年底，更要在乎会不会因哪句话的冒失而触及了谁的利益，进而把自个儿苦苦打拼一年的成果打了折扣。

“你辞职，真叫人意料不到啊，都坐到副经理位置上了，说撂挑子就不干了！”

“人必生活着，爱才有所附丽。”

“所以我理解不了你，我必须忙起来！”小驰夹了一筷子刚被端上桌的热菜，但这菜就是拿切好块的鸡蛋豆腐，连煎都不带煎地就跟八珍们一起炒了，小驰对此并不质疑，他脑子里全是思路明了的业务流程。

“这年头没钱指嘛过日子？所以说年轻时拿命换钱，老了以后拿钱换命！”

瞧见他大口塞饭的样子，和两颗红肿的眼窝子里早已逝去的当年初来乍到时的青春活力，顾司潜轻轻地叹息了一声。其实像小驰这等的员工，在公司里不大离儿，有的是！所以他们常有离群儿就不带你玩儿了的危机意识。那时候的顾司潜总是瞧他们三五成群，五六成势地扎一堆儿。本身个人能力不高，也没什么招人待见的本事，更不具备什么过硬且拿得住人的才艺，想靠自己支起一片天地来，那纯属是白日做梦。因为这些太过于普通的不起眼儿的存在，才有了集中在一起的日不暇给。他们是大运转作业中的，那整部机器中的一个个螺丝钉，这就叫单看谁都不起眼的一分子，有了整体存在的一种活法。

“嫂子怎么样？” 顾司潜被问到家室时，突然心头一紧，嘴里跟含着块儿热豆腐似的吐字不清。当初那女子敢笑、敢哭、敢恨、敢爱，但那所谓的真性情，也会有个新陈代谢的周期。长期的过劲儿的情感宣发，让顾司潜原本觉得与众不同的这位女子，也挂着一副众生的世故相儿。

“真是个天每天儿的爱穷嘚嘚的老娘们儿！”顾司潜心里对此没想坦白，但在生活中，自己无意间流露出的言行，却叫女子蹬鼻子上脸，跟其大闹离婚，女人骂起街来没完没了：“你不就家底儿殷实，趁几个臭钱么！其实也就是个穿得体面的啃老族！”这些原先叫顾司潜觉着是臭嘴不臭心的真性情，事到如今变成了何等的下三烂。

“你敢欺负她！”女人到底要搬出她背后的势力——她的姑、她的娘、她的爹、她的大爷，和她的一帮一伙的表哥表嫂，各个说话不怕闪了舌头。倘若视听了他们的嘴脸，不免会叫脑仁儿里面丝丝拉拉地隐隐作痛。

顾司潜撂下筷子，交叉双臂放置胸前。他嘴角依然含着一股莫名其妙的笑意。钱在某些场合不愧是万能的！对他来说，花些银子是小，获得消停的日子才为大。他的女人和那群亲戚们，在他肯付钱的情形下，便一同远离了他的生活。至此，他为了一惯性地掩人耳目，才对小驰说了一句：“你嫂子挺好的。”

“顾哥，你真一点儿也不吃么？”

“不想吃。”

“顾哥，”小驰燃起一根烟，朝脑袋上方吹去一阵烟雾，“这年头谁不愿意整天在家待着、懒着、倦着、闲着，又有谁愿意成天浑身打鸡血似的在外奔波。其实谁都明白，八珍豆腐跟八珍豆腐就是有好有坏，有层次高的也有这下三烂的只为果腹的破玩意儿。可眼下行么？跟你出来坐会儿的工夫，你瞧瞧我手机里的这些催命电话！我现在啊，”他深吸了口烟，“能吃饱，有觉睡就知足。别的嘛也不想了。”说完他忙接听了刚一直震动不止的电话，“喂喂”两声过后，跟顾司潜忙摆了个拜拜的手势，就匆匆离开了饭庄。

创世之初，上帝说道：一个反对称二阶张量的思维散度等于 0，于是就有了光。食物们在光照下自然生长，就有了餐桌上的珍馐。顾司潜面对这盘卖相浮夸的八珍豆腐，思量出了“垃圾”二字。不过，单看菜里每一样食材真是略显单薄、无力，只得汇聚起来，才有出来混出一块儿天地的珍馐品相儿。

天津市里八珍豆腐在本人心中排进前三位的饭店如下：

1. 小李饭庄（佳园里店）
2. 桃子餐厅（王顶堤店）
3. 大铁勺（华苑，迎水道）

烧三丝 & 烩三丝

天津人聊闲白儿的规矩是“哪儿说哪儿了”，意思是在哪儿说的就在哪儿结束，不假思索、畅所欲言，淋漓酣畅地一通贫气完后，不要找没味儿、找死铆子、找茬儿、找补、找不自在，说完就算完，各走各的道儿，即说过的话不消化也要烂在肚子里，咱是“哪儿说哪儿了”。（找没味儿：招人讨厌的言行，引来轻蔑或鄙视；找死铆子：死板而固执；找茬儿：蓄意挑衅，借题发挥，故意挑毛病；找补：倒后账，接老底；找不自在：自找烦恼，自取其辱）

一个面色发黄，一个面色白皙，这俩人只要一碰面，绝对立住脚跟，不急不躁不怕麻烦地聊一聊最近的所见所闻和所感。另一位名叫纳摸的大爷，也总是应声出现，大爷喜好品味这二人的性格差别。据传大爷的闺女正思量自己的终身大事呢，而人选可以在这一黄一白二人之间产生。一个是经人介绍认识的，另一个是萍水相逢的。然而他们的真性情，如若错过了这样“哪儿说哪儿了”的机会，或许日后叫大爷操心的，就是闺女出嫁之后的看错人了。因为平日里单从一黄、一白的外貌去端详此二人，给人的直观感是无刻不在地笑呵呵。

一个汤色浅黄，一个汤色乳白，这是纳摸的两道拿手菜。先不说切出帘子丝、棍丝与牙签丝的刀工，就叫你把海参、玉兰片和鸡肉分别切成细丝儿，都需要下番苦功练上一阵儿。再说烹制的过程，纳摸当初也是经过一番研究，才在食材相同，制作过程的细微差别上，道出了差之毫厘谬以千里的要义。的确！烧出来的三丝滑软脆香，烩出来的三丝浓郁鲜香。前者分开烧，后者一勺烩；相同食材的处理顺序不同，最终出来的汤色、形态以及味道则绝不相同。

对于同一个问题，教育背景、生活经历、文化格调和审美品位的不同，会导致你我的不同态度和观点。这个道理纳摸曾质疑过，而现如今已成为固化在他脑子里的经验之谈。眼下，他要从面前的这皮肤一黄、一白的两位小伙儿中，为闺女择一个三观既正，又可以托付终身的如意郎君。

纳摸听到黄脸小伙儿说是在一家工厂就职，月薪四五千，这人求稳定，拥有一项手艺在身，有着毕生温饱不犯愁的传统观念。他又听到白脸小伙儿说自己净干“跑腿”的活儿，因为没嘛创业投入，也不需要什么职业技能或知识积累，单靠着年轻捞一笔就算挣一笔，别人出钱他出力，反正一个月足吃足喝的基础上，还能有个一两千的存项（存项：积蓄、存款）。

接着，皮肤泛黄的一边又提到了人工智能，他展望未来，觉得就算将来机器代替人工，但终归掌握一门手艺就是本事，因此人还是要脚踏实地学手艺、做规划。这时，皮肤泛白的小伙儿在一边摇摇头，他更愿意见风使舵，哪里挣钱的机会多，他便要往哪里去站队。他强调一句：人啊！终归是要活在当下，眼前的机遇得抓住！

一只耳朵在黄面孔那里，另一只在白面孔那里的纳摸，正在闷声思考。他想到了自己那两道菜品里，两道三丝中的鸡丝，一个不需要提前腌制，而是直接淋入炝好葱末，加入调料熬开锅后的浓汤汁儿。而另一个则需要提前进行充分地腌制，什么先撒入细盐、清水抓匀、上劲儿，再打入蛋清、淀粉，揉搓、搅匀，静止入味。可无论有没有这道准备的工序，两道成品中的鸡丝也各有千秋。

这时，黄胳膊动起来，其拿黄手点了根香烟，并示意跟前儿的白皮肤跟大爷，要不要也来一口香烟回回神儿，大爷接过了黄手递来的烟，但那双白手却引燃了自己的一根儿烟。

黄嘴说：“你这又是何必呢？抽我的烟不就完了么！”

一旁吸烟、吐烟的纳摸继续着刚才的联想，他的头脑继续鼓秋着鸡丝，一个浸泡在高汤料里的，继而需要连稀的带干的溜入锅内，晃勺挂芡，打明油，最后翻勺蒙在焯烫过的海参与笋丝之上。那么另一个事先腌渍的鸡丝呢？其要与海参、笋丝一起下汤料汁儿去烩！可不管是单独地烧制，还是一起烩制，两道菜品生熟后的品相各有千秋。

黄方与白方又分别提到了自己的家庭观，他俩一个是工薪阶层的娃娃，一个是中等偏上层环境中成长起来的少爷。这个先天因素导致了二人对现实问题产生了不同的考量标准，一方会强调钱的绝对必要性，而另一方认为钱只是身外之物。纳摸在一旁虽说认可他俩各自的见解，但还是忍不住提出了问题：“你俩觉得钱与感情，哪个更为重要？”

俩人几乎是异口同声地在作答：“当然是感情，当然是家人更值得守护！”

纳摸看着这两位闲聊中带出真性情的小伙儿，心里多少有了数。他似乎知道爱情不过是一道闪电般的激情而已，稍纵即逝，而前前后后羁绊人心的是永恒的亲情。两个小伙儿仿佛均在他心里通了关，然而剩下的考量，纳摸还是寄希望于自己的闺女，希望她能够根据自己最真实的想法去抉择。

夕阳西下几时回？今个儿落下明个儿升。肤色一黄、一白的二人，在暮色降临之时消失在了人群中，他们方才的对话也“哪儿说哪儿了”，被熙熙攘攘过往嘈杂，冲淡在了大都市的璀璨华灯之中。

烹大夹

关键时候，二哥腿肚子直转筋儿，已经跑不动了。可这最后的一千五百米，才是真正属于他自己的测试。之前跑过的几悠儿，不是替代王五，就是假扮赵六。光知道帮别人提高成绩了，这下子轮到自个儿，也果真闪腰岔气儿般地掉了链子。

“加油！二哥！”

“二哥不要掉链子！”的呐喊声此起彼伏地传进他的耳朵里，但是腿肚子该抽筋来还是得使劲抽着，上气不接下气的状态也还得持续着。唯见他右手用力向下插住腰，左手也同时用力向下按住肚子，像是在极力阻挡由腿、脚不断传上来的“逆反情绪”，以防止大脑由此妥协而向各个关节儿发送停止的信号。

“二哥！加油！”遥遥相对的两个场地上，分别站着为二哥摇旗助威的小伙伴们。他们目光炯炯，坚定不移地相信二哥的实力。

只要一息尚存，对什么都可抱有幻想。二哥的奔跑速度与持久耐力，在他们的印象里是经得起考验的。因为他们都认为，二哥三下五除二地就能把这好几个人加一块儿的六千多米，轻轻松松地跑完。

此时的体能测试已过半，太阳也已悬到了半空中。二哥的脚虽然还在跑道上，但是魂已落在了身后。他的身子越跑越堆，在操场上映现的侧影也越晃悠越抽抽儿。小伙伴儿们不识闲儿地在为他呐喊鼓劲，但是那魂魄已离开了二哥的躯体，要去与身后的影子合体，也要倾倒在一旁，成为观众席的又一位看客。眼看二哥原先坚定且从容的模样要被放弃的念头所吞噬，一阵热风拂过他那拧巴的骨头节儿，喘气的汗毛孔，加之脖子、胳肢窝、腿掖子等，二哥更想偏离跑道，急需找个地界儿凉快凉快，歇一歇。

王五和赵六不意外地从人群中及时冲了出来。他俩手里一起拎着网兜儿朝即将迈不开步的二哥奔去。

“二哥，你的救兵来啦！”体型稍胖的王五一边喊着一边伸手去掏网兜儿里的“救兵”，并顺利地将救兵递给了身姿稍显灵活的赵六。

赵六见机行事，他准确无误地将手里接过的“救兵”投放进了二哥的裤衩里。

“哎哟！介嘛玩意儿啊！”

真是神奇了！二哥的屁股犹如被点燃的火箭，急速赶超了日升月落、时间飞逝的速度，霎时获取了神力般地转了几圈之后，抵达了终点。

小伙伴儿们无不对这个超高速感到惊讶，竟然比之前跑的那些圈儿的用时还要少得多。他们乌泱乌泱地来到二哥的周围，搜罗其身上的机关，其中一个手快地一把拕起了二哥的裤衩，大声叫道：“哇！这是嘛呀！鲜活的河蟹啊！”

是啊！王五和赵六这俩小子，利用河蟹的蟹钳夹住二哥屁股蛋子的原理，好让二哥疼得到处乱窜，以达到提速的目的。可是果真灵验的同时，二哥涨红的脸上写明了要把他俩给“炖”了，“真是太可气了！”对此，他俩可是早已做好了准备的。

“二哥，我们知道是这河蟹的钳子夹疼了你，所以咱今晚就给它烹了！”

这天晚上，他们拿准备好的葱丝、姜丝、蒜片炝锅，下入河蟹大夹肉，颠抖、煸透、烹佐料，再继续颠抖、煸炒，既给二哥解了气，又为二哥捧出了一道鲜美的烹大夹。

对于二哥来说，这等待是值得的，因为其味道真的鲜美无比，能瞬间驱散他的疲倦，而疼痛也伴着鲜味儿被忘得一干二净。

银鱼紫蟹锅

冬令四珍：铁雀、韭黄、银鱼、紫蟹。铁雀是麻雀的一种，冬天捕食后用油烹，是下酒好菜；韭黄炒鸡蛋就不用说啦。韭黄简直就是冬季时蔬界里的大众情人。银鱼是一种北方美味，最常见的吃法是用银鱼蘸蛋清置油锅中炸；紫蟹是蟹的一种，虽小但蟹黄丰满且肥；将后两样儿凑到一块儿，成就了津沽传统冬季筵席汤馔的“银鱼紫蟹锅”。将津门冬令年菜“四珍”中的银鱼、紫蟹与别样清香的雪里蕻荟萃于同一汤镬。上桌时银鱼通体银白，飘溢着独有的香气；紫蟹色呈银红，饱含着难以言表的鲜美，二品可谓珠联璧合，交相辉映，其汤水翻滚，恍如鱼游蟹嬉，水草摇曳，无论色、形、味、器，均独有韵致且不同凡响。

可现如今，金眼银身的银鱼与盖紫肚白的紫蟹，均已难得一见了。

二十世纪八十年代初，即使小伙儿不嫌弃，她也总是臊不搭（臊不搭：害羞的样子）的，在小伙儿跟前羞涩得抬不起头来。她承认二人的年龄差是个问题，更何况她之前有过婚史，且还带着个五岁的男娃娃。

小伙儿的毛病除了花钱太涩（涩：吝啬）之外，就数色大胆儿小了。既然有了毛病，婚恋状况肯定是要受影响的。在他所度过的二十八年的青春岁月里，这两个被众多女性朋友们总结出的毛病，就像司机师傅突然踩刹车，汽车猛然停住，叫车上的乘客全趴下了似的，感情也就因禁不起摔打而纷纷告终。

就在小伙儿经历着感情的空当期时，他的情感随着漫天雪花飘啊飘，飘进了由她精心挑选，亲自下厨而准备的那锅由金眼银身的银鱼与盖紫肚白的紫蟹，共同熬制的汤里。

但在当时，她不知道自己能否得到小她四岁男人的认可。而她能做的只是单凭个人的想象力，去挖掘自己想要的，并朝向那个目标，试着努一把力。

“你这挨个将银鱼挤去了眼睛，还有这剁成正方形的紫蟹，也都挨个去了蟹脐和蟹腮，真是要花一番工夫才行啊！”小伙儿夹了一块儿蟹、一条鱼，摆在盘中，仔细端详着它们，乐呵地说：“有你这样的女人，天下的男人才能幸福啊！”

这话没有注重修辞，却能一猛子扎入女人的心坎儿里。果真，她笑了，那是阳光灿烂般的笑。继而，她又为小伙儿续上了一碗热汤。

其实打远镜头瞧去，这一家子中有男、有女、有娃娃，可谓其乐融融！可待小伙儿喝完汤，抹抹嘴儿连头也不回地就走了。娃娃困了，躺在床上睡着了。桌上剩的银鱼仔蟹锅的热气也已散尽，刚才那一幕温馨的场景也只留她一个人独自守候。

稍纵即逝的年华，经不起掐指一算的推敲。小伙儿松开手指，叹息自己三十八年未婚未育的窘况。而她呢？再次来到了市场，才发现由于餐饮业大量的需求，银鱼与紫蟹在市面儿上的数量急剧减少，她只能任由鱼贩子们拿簸箕扤起的一收儿，称完递给她时，还不忘以大爷的口吻来上一句：“来晚一会儿，别说这些掉腿儿烂头的，你连点儿腥气哄哄的味儿都闻不见！”

也别说那些年头，人们的腰包都渐渐地鼓起来了，随之而来的大吃大喝现象，几乎每天都在各个富丽堂皇的大饭店里上演着。那时的小伙儿也成了老小伙儿，步入了自己的中年时代，但他还是会想起她，八成是因那银鱼紫蟹锅！所以他挑了一个大雪纷飞的日子，哄着女人，为的是让其下厨做饭。

“你这眼光是不是退步了啊！紫蟹跟银鱼可都没头些年个头大了！”

女人松弛地叹口气，便将心窝子里的话掏给他。他说得没错，十年的感情线上，叫人从体内的精力到外在的容颜，个个都比头几年的风光减分了不少。她无期限的等待中，每每得来是他没有未来的承诺。

这回，老小伙在离开前也撂下一句掏心话：“你有孩子，所以你应该懂孩子的心思，而我也不过是个长着成人面相的孩子。”

十年，掐指是算不过来有多少秒、多少分、多少小时、多少天、多少周和多少月的。但无论到了什么地方，也无论在何时，只要小伙儿需要有人陪，她是唯一有需必应的守候者。她怕给小伙儿的家庭带去负担，就隐藏了自己的行踪，她怕耽误小伙儿的婚恋观，便保守住相思的秘密。按照传统思想来看，一个三十大几，离异且带着男娃的女性，是不受大众家庭所能轻易接受的存在。她无助，像个病人一样，想找到一个收容所被收容；她无奈，犹如没头苍蝇般地企图通过乱撞，碰到属于自己生命中的一份幸免；她无辜，多次想向小伙儿倾诉她的心声，可万一小伙儿醒过味儿来将其视作不可接近的对象时，她又该如何是好呢？年轻时的她，曾认定自己的潜质能够成为别人眼中的稀缺之物。她想到自己将来会是个特别美好的存在，然而，实际上那些她曾以为能温柔相待自己的人，伤她最多。

能够和你面对面地坐在一起，听你心喜地讲话，听你动人的笑声，该是要多甜蜜有多甜蜜的生活啊！女人约老小伙儿出来告诉他昨晚自己做了一个心力交瘁的长梦，说她梦见他们住到了一起，但每天吃饭时，老小伙儿总要刻意地躲开她坐。不管她如何刻意地设计桌椅摆放的位置，刻意地制造温馨的氛围，刻意地待到开饭的那一刻，可老小伙儿的身旁就是没有留给她坐下的位子。于是，女人有天下定决心，在原先的位子上多摆放出几把椅子来，却没想到吃饭时还是一把不剩，老小伙儿告诉她，家门口有几个老头在打牌，见他们没有凳子坐，就将这些多出的椅子们搬了出去。她说着说着，眼眶湿润了。老小伙儿知趣地为她擦干了泪，抱住她说："这些终归都是梦啦，别瞎琢磨了。"

她推开老小伙儿，浑身流着汗，全身都在抖。老小伙儿舌头、眼睛、耳朵全都变得不灵了，他脑袋瓜子热烘烘地，便没想太多地带走了女人。

隔天，女人又独自返回了家中。理由很简单，老小伙儿想吃银鱼紫蟹锅了。作为一个单身汉来说，家里是不会备着锅的，更何况一个处处精打细算的吝啬鬼呢？但是这一回的亲密接触，叫她已经渐冷渐寒的希望逐渐回了温。

这年过得可真快！这不，女人自己带大的男娃娃已经二十五岁了。他有了事业，也有了媳妇，让女人当上了婆婆。而老小伙儿脸上的皱纹，也让他荣兴步入了将近知天命的年纪，由老小伙儿正式变成了中年男。

这天，儿子儿媳要回家吃饭，她满面春风地迎着飘雪，将步子缓缓地挪进了市场。随着时代的变迁，新生事物的兴起，市场的开拓搭乘上了物流发展的这趟急速车，从而有了新的活力与生机。虽然江南空运来的紫蟹与太湖周转来的银鱼，与原有的本地食材比较起来，多少令人有些遗憾，但却能填补空缺。她挎着菜篮子，挑选到了整个市场最鲜的紫蟹和眼睛最亮的银鱼。到家后，她先将提前一天泡好的雪里蕻码放在锅底，再把处理好的银鱼与紫蟹码在其上，旺火烧锅，注入高汤烧沸，并自始至终地保持银鱼与紫蟹的形状不散、不乱地各自成熟在锅里。

中年男这天也到场了，他先尝了口汤，又夹了一筷子蟹块儿嘣罗（嘣罗：吸吮）起来："看来现在只能等孩子们回来，我才能有如此的口福啊！"

儿子听后便说："叔，您嘛时候娶我娘啊？"

儿媳附和道："对呀，叔，你俩嘛时候结婚呀？"

中年男撂下筷子，窗外的夜色伴着雪花降下来，星星颗颗地显亮了。他对面这位一直守寡的女人，竟还是觉不出自己是那寂寞的守卫者。哪儿去了呢？激情，早已是不复存在了吧！哪儿去了呢？岁月，终归是一去不复归了吧！哪儿去了呢？承诺，中年男的承诺只会留在今日，他梦里自己臆想出来的那个既年轻又没有过婚史的妻子，或许正在不远的前方遥望着他呢！饭后，中年男还是抹嘴就走，但今天与以往不同，儿子儿媳留下陪着她。他们要守在母亲的身旁，尤其当她老了、倦了、疲惫了，孝顺才是照亮人间路上的那颗最亮的星。

其实，十年当中，女人相过亲，可遇到的都是与自己有雷同经历的男人们。离异丧偶，被孩子拖累得分不清白天黑夜，因而急需一个帮手来分担自己的苦。她曾尝试过作继母的滋味，果真是又苦又涩的，无能为力。因为她活得真实，不善于伪装。而这十年过程里的中年男呢？继续奋斗在相亲告吹，再试，还是相亲告吹的征途上，仿佛无穷无尽的死循环，难道抠门与色大胆小是爱情的拦路虎、绊脚石吗？可他坚定地不改初心！他要再来、再试、再争取。在女人六十二岁生日那天，中年男还是如期而至，去女人家里吃银鱼紫蟹锅。中年男喝汤吃鱼，待锅内食材所剩无几之后，才对女人说出了有关生日的祝福语。

她忽略了细节上的不合拍。没错！女人很有心路，那天的她管男人叫了声爷们儿，并告诉他一条紫色的发圈儿束在发上能叫人显得年轻十岁，再穿上洁白的婚纱，一位老姐姐就可以顺利变身成小姐姐了。中年男眼神里暗淡无光，虽说他应和了女人的叫喊声，但却未能生出给女人披上婚纱的念头。

又是经不起的岁月流逝……六十二岁的婆婆欢喜地当上了奶奶。她依旧兴致勃勃地推着购物小车去了超市，不过，如今市面上的银鱼与蟹的品种，着实会让她的两眼在老花镜底下转悠半天。时下真可谓没有你买不到的，只有你想不到的。奶奶正准备扯下塑料袋儿去自选鱼和蟹的时候，小手包里的手机却响了起来，是儿子在外头订好了桌，唤她直接下饭馆吃饭去呢！

奶奶、儿子、儿媳、小孙子，对了，还有一个老头子，他们围坐在一起。不一会儿的工夫，服务员便端上了一锅冒着热气的银鱼紫蟹锅。

这个老头正是当年的中年男，还是跟之前一样，他先是尝口汤，在嘴里咂摸两下滋味儿："哎，不如你们的妈妈做的味道正宗呀！"

儿子笑了，儿媳笑了，小孙子也可爱地咧开小嘴咿咿呀呀。奶奶抱起孙子，叫儿媳多喝银鱼紫蟹锅里的汤。儿子领会老娘的意思，即刻起身照顾媳妇喝汤的镜头也随即映入了老头的眼里。

整整三十年，日复一日地给逝去的每天翻着篇儿，但老头依然吝啬，也依旧色大胆儿小。仿佛他在这一刻才意识到，除了面前这位白发苍苍的奶奶，没有一个姐姐肯愿意为他守候，肯包容他的毛病。但幸福来得突然，逝去得也尽在意料之中。这天晚上，老头照旧吃完撂下碗筷，慢慢悠悠地抹抹嘴，然后缓缓地起身，缓缓地走掉了。他身后是其乐融融的一家子，而他身前是白雪皑皑的远方。

浆子

尹姐搬起一块大石头，将还未发芽的豆子全都压在下面了。又过了时日，豆子发芽的长势就能将大石头顶起来了。于是尹姐把这次豆芽顶大石头的奇迹，又讲给了围过来买浆子的过客们。其中就有人问她：“这里头到底包含了什么人生哲理？”

尹姐答道：“我宁可做个有生命力的渺小之人，也不愿做个能压人一头的懒人。”

是呢。如果你的衣服被身上的肥膘撑破了，脸上的褶子明显说明岁月不饶人的现实了，且旁人的眼光也叫你觉着自己可有可无的时候，那么有人就会像尹姐她娘似的，成天到晚把别人要害死她的话挂嘴边儿了。其实尹姐最明白，那是因为她娘早已放弃了自己，任由时间去耗磨姿容与身心。她娘早已是一身的肥肉缠身，面容丑陋不堪，什么事儿都指望着现成的，恨不得从早到晚只干一件事儿——刷抖音。照尹姐的总结来看，归了包堆就两个字儿——太懒！

懒是天生的嘛？反正自从尹姐记事儿起，不管干什么，她娘都嚷嚷自己冤得慌。还说自己嫁人生娃娃的过程，已将自己的体能耗尽了。就这么地，尹姐她爹开始烦了。小则摔筷子砸碗，大则拽着家里一大一小的两条胳膊，不论她和她娘如何挣扎，身上都会由此挂出彩来，她爹也为了这一时的痛快而发狠，使劲儿地拖着厮打。因此尹姐打小就落了个只要碰她胳膊，她就打哆嗦的毛病。可是她娘依旧是什么也不干，并怪罪尹姐的降生，为自己带来这许许多多的痛与难。

为了逃避现实，尹姐 18 岁就嫁给了一个能给她提供洗澡和睡觉地方的男人。要说男人很是一般，但那时候的尹姐没得选，只要能尽快走出自己的原生家庭，对于她都是解脱的路儿。男人的思维简单，造娃、生娃、养娃的流程一个也落不下。尹姐也明白，如果她不想做出什么改变来，那只有随着男人一道加倍地老化。可就在这种活法儿里，尹姐她娘还是过来搅局了，并依着自己的邪性劲儿，来给闺女姑爷找事儿添堵。因为待在家里，她娘经常会被她爷们儿打骂，所以她乐意来尹姐家留宿。可尹姐的男人毕竟不是大财主，家里的地方本来就小，加上尹姐她娘一来没事就吵吵狗男人的话题，述说她爷们儿有多糟，有多渣，而这就逐渐地将尹姐男人的心，推到了门外，进而找外面的女人快活去了。

是啊！没辙！眼前这位娘为什么是自己的娘？！娘家房子里的老爷们儿为什么是自己的爹？！这事儿给谁也摆布不了，谁叫自己赶上了这样的爹娘呢，是啊~这就是命。

尹姐心中有恨，但她把这口恨气只怨在了“懒”字上，因此她白手起家，开了这家豆浆店。每到早晨不到6点钟，店门口打出的牌子上写着：浆子的量有限。经常不到上午10点钟左右，她又要竖起另一块牌子，上面写着三个字：卖没了。

她卖的浆子就是那么畅销！味儿纯且浓郁。因而牵动了附近百姓成为常客的心。谁都愿意花同样的价钱，买到真材实料的好玩意儿。在她的老主顾中，有人曾问她：“你为何不再卖点儿别的。”而每当遇到类似的问题时，她总是乐呵呵地答道：“为了保证质量，就这还忙乎不过来了呢。”因为别说家门口的老主顾们了，就为了她做的这口纯真的浆子味儿，真有冒险把车停到马路边儿上，冒着被交警开罚单的险，也喊着能喝上这么地道的浆子，花200块钱都值的远道儿吃货们。

这天，一对儿貌似夫妻相儿的男女，来到尹姐的摊位前。待排到他俩的个儿时，男人却背过身子，拿打火机点了根烟，女人一边向后捋着飘逸的长发，一边说：“你这儿就只卖一种口味的嘛？”

尹姐笑着说：“就一种浆子。”

女人听后怼了下男人的胳膊，撇嘴儿就说：“你大老远地开车带我来巡店，就只为了这破浆子啊！”

男人点了下头，嘬口烟，“在大众口碑里，都快把这儿的浆子夸上盘山了。”

女人朝后面排队的人群瞅瞅，又说：“这玩意儿再好，也不过是一碗浆子啊！”。

这时，后方有不耐烦的声音发出来，“我说哥哥姐姐，你们快点儿行么！后边儿还有人等着上班了啊！”

女人圆脸上的小眼睛懂事似的直眨巴，但却没了贫气的闲心，忽地一下正经起来说：“这嘛破玩意儿！还值得排那么老长的队！”刚才发声的人群中，又有叫嚷的声音出来了，说这浆子有喝一口能叫人挪不开步儿的神奇魔力。女人到此挺起胸脯，拍下 1 块钱，叫尹姐先给他们来上一碗尝尝。

男人的烟没抽到烟蒂处就被掐灭了，先尝到浆子的女人，她那小眼儿一挤，从眼角缝儿里流露出无法想象般的心服口服。并向排在后面的人群，表达了道儿远的遗憾，若是今后每天早晨，能来上这么一碗浆子的话，那生活岂不天天都是快乐的么。

天津人的情感里，确实有股对家门口味道的情怀和挑剔的冲劲儿。倘若你家楼下的煎饼馃子里夹了火腿，香肠，甚至肉松，他们会大力吐槽这种像是遭邪教诅咒了的食物。倘若嘎巴菜跟老豆腐用了同样的卤子，他们便会鄙夷不屑地互嚼舌根子：“介家没戏啊，你就瞅着吧，保准儿干不长！”还有像什么馅料里有致命的邪味啦；什么云吞就是一碗面片儿汤啦；为了小成本地发家致富，而往浆子里兑水啦……就这些情况下的穷嘟嘟，用不了几天的工夫，肯定就没人过来买你的账了。

尹姐踏实实干，任劳任怨，从豆子的拣选再到盛出的每一碗浆子，她亲力亲为。别看每天 6 点钟营业，可在这之前付出的辛劳，只有日月星辰能为其见证。她为了打赢这个“懒”字，坚持不懈地天天如此。再说她男人坚决地不管不问，觉着自己的生计能靠简单的劳作维持下去。男人的个头儿也就凑合地说成 1 米 65 吧，干巴嶙峋的体格子，按说长相有点儿愣头儿青，可相处过来才知道这小子果真靠不住。

刚完婚那会儿，男人还知道体恤尹姐的不容易，让尹姐跟他安安静静地过了些年月，但后来他就变心了，找了个野女人，随后左胳膊文着龙，右胳膊文着比卡丘，慢慢地就跟活明白了似的，特别地能糟蹋钱。

尹姐的浆子铺刚开业时，男人只来过一回。之后再来就是要钱，要完钱还不给家里的孩子花，当时的尹姐为了战胜心中的“懒”，咬紧牙关独自坚持着生意，而视线里同时出现了男人跟野女人的嘻嘻哈哈，这叫尹姐最终选择了离婚。

“你行啊！长能耐了啊。生意干得不错呀！自己还把娃娃养的壮壮实实的！”的确。俩人离婚以后，儿子归了尹姐，男人每回来探视时，总会来上那么一句调侃。

而尹姐呢，冲他笑着说：“人只要肯干，就一定能过上好日子！”

是啊，为了生活，尹姐每天起早贪黑。可想而知，单靠自己的力量去拼，得有多少大大小小的事儿呀。可有时别人说她不容易，她还反驳，说是原生家庭给她培养出来的这股拼劲儿。她说如果没有她那样的娘，就没有她如今对“懒”字深恶痛绝的斗志。做事不偷懒，认认真真地对待每一颗豆子，出来的浆子就是极品。

某天，一位老姐姐来到尹姐的摊位前，跟她耍起了脾气。

这位老姐姐一上来就嚷道：“你这破浆子白给我，我都不喝！”

尹姐笑着摆摆手，让其靠边歇会儿，好给后面的顾客让让道儿。

“你甭来这套，瞎摆嘛手势！比你做浆子好喝百倍的人，有的是！后面排队的这些人，照我看啊，都是你请来的托儿！”

后面排队的人群里，肯定又有发声的了，大家一致认为这位来了就闹事的老姐姐，应该被警察逮走。

然而老姐姐指着尹姐，回头冲着人群叫嚷道：“瞧她长的那副不孝顺的样儿！整天就知道做浆子！她也不管她爹怎么虐待她的亲娘了！”

在人们好奇的表情下，尹姐送了老姐姐一碗浆子，便说：“您老说那么半天的话了，应该是口渴了。喝口浆子润润嗓子。告诉您吧，我这浆子除了解渴，还能叫人心情好，不信，您了试试看。”

老姐姐果然口干舌燥了，咕咚就干下了一碗浆子，抹抹嘴竟然笑出了声。旁人之中，有人看得眼发直，有人看得一脸清楚，随后，人群中就有了相应的交头接耳。

“刚那位老姐姐是谁呀？”

“总来的一位老姐姐。”

“是每回一来就白喝浆子的那位老姐姐么？”

“是啊，不知打哪家精神病院跑出来放风的。”

“这不散德行来的么！”

“估计是撒癔症了。”

到此，这事儿就算平息了。天津人好凑热闹，议论时大家老么能穷惹惹（ré二声）了，凑一块儿说道说道，但事儿过了马上就能停。不再追究，不再往根儿里琢磨到底是因为嘛！

今天照例不到 6 点钟，被尹姐摆在店门口的招牌吸引来了只馋这一口浆子味儿的老顾客。也依旧是不到 6 点整，尹姐穿得素净，脸上洋溢着笑容，招呼着邻里邻居的，一同开启了一天的生意。仅为了这一口纯正的浆子，人们可以端着锅，举着盆儿，大清早地从各处奔来，但嘴里还会嘟囔着市井风情。

是啊！在天津，不管你多吹胡，或是整出各色的门道儿来推销你的吃食，终归要看这味道地不地道。对天津人来说，那一口打开食欲的味道要真是不对了路子，就算再怎么吹嘘，再如何打广告宣传也是白扯。即使亲爹亲娘来了闹一通，也没人理。

芫爆鸭丝掌

一个鹰钩鼻子，一个塌鼻梁，要是姐俩儿匀匀就好了。鹰钩鼻子是姐姐，姐姐吃东西狼坷（狼坷：狼吞虎咽），不细细品就急着往下咽，但只要吃饱就绝不会动第二下筷子。塌鼻梁的是妹妹，妹妹吃东西细嚼慢咽地咂摸滋味，可就算吃饱了，桌旁有她在，就不会留下剩饭粒子。姐俩出生时差了几分钟，姐姐觉知（觉知：感觉到）是自己的鹰钩鼻子抢先露头占了先，对此，妹妹真心不认头，她认为自己才是当姐姐的那块料儿，怪就怪当初在娘肚子里时，被同胞姐妹踩踏了自己的鼻梁骨。而这也正是她总倔嗒（倔嗒：生硬地顶撞）姐姐的原因。

会考试卷、模拟试卷、综合试卷、考前练兵、模拟实战、终极挑战犹如多咔嚓（咔嚓：长时间地煮、熬）会儿，煮烂糊点儿好吃的味道，忍耐食欲的性子，必将经得起时间考验似的，姐妹俩人终于盼来了大考过后的假期！

妹妹提议一早动身去北京一日游，适逢假期，姐俩儿可以选择错峰出行的工作日，于是转天的周一清晨，她俩搭乘由天津直达北京的高铁抵达了目的地，下午又拎着北京烤鸭坐回城的车到了家中。

姐姐经过中午的一顿狼吞虎咽，对晚上还被摆上餐桌的烤鸭子，心里多少有了排斥。妹妹不像姐姐，她开始踅摸（踅摸：搜寻物品）家里的存项儿。这不，她发现了一把香菜和一袋无骨鸭掌后，就将远程捎回的，那早已被片成薄片的烤鸭肉再改刀切成丝，将熟鸭掌中间一切为二，香菜梗切成段儿，另将葱丝、蒜末、咸盐、味精、胡椒粉、绍酒、醋等兑成了碗汁儿。

姐姐见势问妹妹：“说吧，你这是要炒鸭丝、烩鸭丝，还是扒鸭掌呀？”

妹妹好似大厨附体，便胸有成竹地答：“芫爆鸭丝掌呀！”

姐姐一听，忽地想起了二人曾经下馆子享用过的，借用那鸭丝酥脆和那鸭掌的软韧，一道凑成的咸鲜微辣、干香腴美、清口不腻的，并运用传统的“芫爆”技法，即以香菜为唯一配料的爆炒技法，烹制而成的美味佳肴。

“妹子，你炒得熟嘛？”

“姐，烤鸭、熟鸭掌跟拿起来就能生嚼的香菜，它们仨本来不就都是熟的了么？”说着，妹妹将油锅置于火上，听到滋啦一声食材下油锅的动静，姐姐的鼻子也显了灵，先于妹妹闻到了这由鸭丝与鸭掌混搭香菜梗而爆出的香滋味。

有了这不是菜谱上印着的，而是经过烹制而呈上的芫爆鸭丝掌，“鹰钩鼻子”便顺势干掉了两碗白米饭，“塌鼻梁”也照例就合着剩下的饭菜填饱了肚子。

不久过后，高考的成绩出炉了。妹妹如愿考上了理想大学，而姐姐呢？正在捶胸顿足，五官挪位，吐沫横飞地悔不当初，怪自己如此地粗心大意与不审清题意就作答的败笔！

考上大学的妹妹很高兴地提议下馆子吃饭，姐俩就在揭榜的当晚选择了原先去过的宴宾楼，还点了这道做法正宗的芫爆鸭丝掌。

姐姐经历了一天落榜的低落情绪后，对这桌热腾腾的饭菜，没了丝毫食欲，妹妹却开始细心揣摩芫爆鸭丝掌中各种调料的配比用量。葱丝、蒜末适量，咸盐、白胡椒粉和醋在其中的比重应该一致，绍酒的用量多，味精应该是点到为止。

姐姐扬起自己的鹰钩鼻子问妹妹，“你那么认真地专注这道菜，有必要嘛？轻轻一闻不就知道里边儿都有嘛调味品了么！”

妹妹指着自己的塌鼻梁对姐姐说：“我鼻子天生没有你的灵，所以对于事物，才要有份更加认真的态度呀！”

忽然，姐姐仿佛从中领悟到了自己失利的原因。在接下来的岁月里，她不再过分信赖自己的嗅觉有多灵，而是塌下心来，跟着妹妹一起学做这道芫爆鸭丝掌，加之其本身所具备的敏锐嗅觉，她先妹妹一步就调制出了5克葱丝，5克蒜末，2.5克咸盐，2克白胡椒粉，2克醋，15克绍酒，1克味精，5克芝麻油的正宗碗汁儿。

转年的终极挑战又结束了。姐俩再次往北逍遥游，不同的是，这次回城的北京烤鸭子是由姐姐亲自下厨，并烹制出了常食不厌的芫爆鸭丝掌。对着自己完成的这道菜的品相，姐姐挺直了自己的鹰钩鼻子，塌鼻梁的妹妹也打心底地感叹出了一声：“姐姐，你真棒！”

哦，对了，或许姐姐的鹰钩鼻子，从母亲体内一探出时，就昭示出她将来要走的人生路线，那必然要与闻味道的事业扯上关联，因为在那结束的第二次上榜的名单上，仍未留给写入姐姐大名的空当儿。后来，她选择了调酒师的职业，并多次获得国际上的各种奖项，甚至于大学毕业找不到工作的妹妹，也参与进了姐姐的事业中来，成了姐姐创办企业里的一名普普通通的塌鼻梁员工。

甜拌 / 咸拌屈屈菜

小姑子在该嫁人的时候，继续剩在了家里，她跟着哥哥嫂嫂一起过着自己单身的日子。一直被哥哥嫂嫂看作个小嘎巴豆子的她，有一天，在其工作岗位上，制止了一场小绺（小绺：小偷）的偷盗行为。故事发生的当天，外面下着绵绵细雨，前来接替小姑子上晚班的同事，过了交接班的时间也没能出现，就在这个等待下班的时刻，一个陌生的身影出现在了她的面前。

“还有屈屈菜么？”

“有。”

“你给我拌份屈屈菜。”

“要甜拌还是咸拌的？”

屈屈菜是天津地区一种野生植物，也被称为“苦菜”，一般是在清明前后多被人们采来食用。

“甜拌的。对了，甜拌的调料里都有嘛？”

“有麻酱、香油、白糖还有醋。”

“哦，那咸拌的呢？”

“麻酱、甜面酱、香油。”

“价钱都一样吗？”

“都一个价。”

“那好吧，你给我一样拌一份。”

小姑子开始忙叨起拌菜的活儿，她先将清洗干净的屈屈菜切成寸段，然后放在一个专门拌菜用的不锈钢大盆里，依次加入各种调料后进行拌制，就这样完成了两次操作。

夜空有星星就显得格外静谧，可雨天里的星星跟人似的，都躲了起来。这夜晚的嘈杂之音不断，在室外的大环境中，可以凸显出来的让人聆听的律动，也要受到其他频段里的杂音干扰。小姑子把拌好的成品直接放在了收银台上，接着，这两份屈屈菜被两只手轻悄悄地取走，跟手菜品随着那人的移动，一起隐匿到了屋内一处不起眼的角落里，一处通常不被人轻易察觉到的地方，或许那里也正是摄像头照不到的一处角落。

小姑子仍待在收银处，但她凭借自己平日理货的经验，对货架上摆放物品的包装、重量、体积等信息的熟知，便能轻松通过接触它们时所发出的响动，了解那人到底取走了什么：一个三明治、一听啤酒和一盒自煮火锅套餐。其实店里有两台自动收款机，顾客们可以不用来找小姑子结账。小姑子还要忙店里其他的活儿，就是目前暂时还不能由机器取代的，比如通过瞬间和人的接触，就能大致判断出此人会不会顺手牵羊。

接班的同事终于来了。推开店门，他便将室外的嘈杂连同风风火火的赶路相儿一并带进了店里。小姑子正歪斜着头，盯着那一处不见人影，但却不时传出响动的角落。而换上制服的男同事，将目光朝小姑子身上的某处闪去的同时，迅速又清晰地道出了一声："你辛苦了！"

"你也辛苦了。"小姑子将歪着的脑瓜子正了正，眼神瞟向同事说道，"外面的交通状况，看来是又堵得一塌糊涂。"

"外面这雨下的，也没个停的时候了。雨天路滑，司机们各个小心谨慎地不敢给油，因此轱辘们都蹭着地面前进。我出来时没考虑到这雨天儿，没想到耽搁了那么久才到地儿。"

小姑子对同事露出牙齿嘿嘿地笑了，这一笑意思是让对方不要把此事放心上。

同事心领神会地说："你快走吧。开车路上注意安全。"

小姑子的眼神移回了刚才的角落里，稍微皱起眉头说："你提到车，我想到的却是我的车该验了。"

"上回不是说你的车已经验完了吗？"

"没有，还没验呢。我打算明天去验车。"小姑子十分自然地张合着嘴，但不错眼珠子紧盯的模样，却着实挑战了一把机械形式的摄像头，"您嘞站住！您嘞别走！"突然，这盖住所有杂音的极具冲击力的叫声，使那人情不自禁地抖了起来，只见那人扭过脸来对着收银台，像是压制了半天的情绪，一刹那在小姑子与她同事的耳边爆发出来："你干吗叫我！我可警告你呀！我可有心脏病！我现在要是在你们店里倒下了，看你们怎么收拾残局！"

“您手里的东西还没结账了吧？可您这步子已经跨出店门口了啊！”

那人同时也听到了小姑子的笑声，但这笑的气场在那人看来能助推他在海河里游个来回。

经过核实，那人确实没有将这一甜、一咸两份的屉屉菜结账。

“不就是区区的两份屉屉菜么？你们至于么！而且这菜有苦味儿肯定影响销量。都到这点儿了，卖不出去还不主动赠送给客人！我看你们呀，这叫不会经营！”

那人的说辞让小姑子以一种儿童游戏中，边发声边拍打自己嘴唇的方式，进而制造出的“哇哇”的声响，以此对其唱了反调。

转天上午，小姑子去验车，她一到检验地点，就顿时慌张了起来，因为前来提她车去做查验的身形跟昨天那人的简直是一模一样。

那人瞧见小姑子的瞬间就笑了，这笑里同样带着强劲的助推力，使小姑子也感到了一种能叫其在海河里游上好几个来回的气势。

果不其然，小姑子的验车过程并不顺利，她的车子在那人极度刁钻的眼神下，当然要出现诸多项的不合格。因为这些“屉屉”的问题让没能通过验车，取得合格证的小姑子，回家后喊来嫂嫂为她拌上了一大盆的屉屉菜，以便能及时为她的身体清心去火，方才遭受的那些小问题而判定出的不合格，简直是太区区了。

锅贴儿

锅贴儿，要说哪里做得好吃，多数情况是自己家里做的吧！但自己家门口的津味锅贴儿店，也能叫你将吧唧（吧唧：拟声词，双唇开合作响，此处寓意着食物的美味可口）嘴的动静响彻整个街道。无论是在正式还是非正式的场合，吧唧嘴的动静其实都会招来别人嫌弃的眼神。不过，习惯了被人叫作“吧唧嘴”的黄大爷，管它什么嫌不嫌弃的，反正好吃才是硬道理。

平头百姓上当就一回，事儿过去就算完，可也有那种想起来就瞎吧唧几句嘴的现象。这里的“吧唧”是形容爱发牢骚，身患叨叨疯儿（叨叨疯儿：指唠叨起来没完没了的）的毛病。然而这种说辞可与我们的男主人公“吧唧嘴”不同，他是纯粹地在那儿吧唧嘴儿，只为表明嘴里的饭够口儿了，别再搁盐了，尤其淡巴嘴儿吃的既当主食又当菜的锅贴儿。“吧唧嘴”吃锅贴儿不像别人似的，口咸了还就点儿饽饽，或者拉面什么的。他吃锅贴儿，只蘸醋。

“吧唧嘴”没老婆没孩子，打光棍儿打了四十多年，这也叫那些热衷红娘事业的老姐姐们，把他的个人资料遗忘在泛黄的求偶名单里了。但他不痛不痒也不犯愁，成天一个人吃饱了全家不饿。他不多赚一分钱，没有额外的开支。他的独单还是当年老爹老妈使出钉子户的硬抗实力，讹来的。他的交通工具就是路边儿的摩拜、小蓝或哈啰。他到点儿上班，按点儿下班，平时的伙食非食堂即外卖，偶尔想改善一下的话，就会跑去自己总下的那家饭馆儿，点上一盘肉三鲜的锅贴儿，再来上一瓶酱香型的小鳖子，一口酒来一口锅贴地吧唧着嘴儿，啧啧啧地不禁自嗨：“说走咱就走啊！你有我有全都有啊！风风火火闯九州啊！”

这天一早，“吧唧嘴”接到了个通知，说是单位的某某人外出办事，告事假半天儿。这个某某人正是经常排挤他的，且暂时被分来与他干一样活儿的狠角色。领导叫“吧唧嘴”多分出一份神儿来干两个人的活儿。“吧唧嘴”是个闷头肯干，听领导话的家伙，为此他一直忙乎到下班，连中午饭也没顾上吃地把活儿给干完了。领导看在眼里，认可在心头，他叫“吧唧嘴”晚上跟他到外面撮一顿大餐。听到领导的指示，“吧唧嘴”脑子里的容量全被煎好的锅贴儿给占满了。因为中午没休息，一到下班点儿，“吧唧嘴”身上的那条紧绷的“链条”就全松开了，他累得拾不起个儿来似的打卡下班，等领导招呼自己去吃饭（拾不起个儿：身体疲惫不堪，难以支撑）。

下了馆子，一般谁请客就谁来点菜，但唯独今儿个“吧唧嘴”多插了一句嘴说自己不吃别的，只想吃锅贴儿。领导笑着为他斟满了酒，说：“老黄啊，我一直想跟你单独出来坐一坐，可老是忙啊忙的没抽出空儿来。趁这次机会，你想吃嘛就点嘛，你说了算！”

“吧唧嘴”的嘴生来就是管吃饭的，所以自然不会溜须拍马一类的嘴上功夫，更不可能有女性的那种吸引神力，将上级的魂儿引上了身，从而奠定了人际交往上的人情关系。既然不会来各式各样的套路，那么为了迎合领导的爽快，“吧唧嘴”自然一仰脖、一跺脚地把眼前的这杯酒一饮而尽了。干完酒之后，他想不出来接下去要和领导说什么，配合领导上演哪出戏，同时他脑袋瓜子里当前所装的，很自然地就到了嘴边儿：“服务员，锅贴儿现在就都上了吧！”

“素三鲜、肉三鲜，一样儿各半斤；南瓜虾仁和韭菜肉的，也一样儿各半斤；羊肉西葫、牛肉胡萝卜、猪肉野菜、猪肉茴香、猪肉莲藕和猪肉白菜的挨样各三两；特色麻蛤、鲅鱼、鱿鱼韭菜跟鲜虾韭黄的挨样儿二两，对了吧！”服务员对菜单进行的二次核对，语速放得很慢，明显为的是提醒客人再考虑考虑，锅贴儿是不是点得太多了。可事实情况是若没有领导出头，“吧唧嘴”哪来的这般好口福，能够在一顿饭里吃遍所有种类的锅贴儿。没错！他是照着菜单挨个儿都点过来的。

“现在公司效益不景气，人多活儿少。上头的意思就想通过裁员来缓解压力。”领导唉声叹气地拍了拍“吧唧嘴”的肩膀头子，接着说：“其实你比我在单位待的时间久，资质也深，所以目前效益的不景气，你应该比我看得明白。”

“吧唧嘴”正准备吧唧吧唧先端上来的几样锅贴儿时，却被领导的一通的拍肩膀给止住了动作，他皱着眉头，泛出苦笑，不知该如何叫停领导的这番激情。“我说这次的大裁员是不是也有我的份儿啊？”“吧唧嘴”索性地这么一说，正印证了他心里咋想嘴上就咋说的真性情，不过此时他也不免犯起了嘀咕，按说如若眼下真被解了聘，那么他还能到哪儿去度余生呢？就拿招聘面试这一项来说，他的政审肯定是一道坎儿。虽然他已多年不跟自己的爹妈走动，也是由于当初的拆迁闹事，让自己也背上了不积极配合政府工作，在群众中产生了负面影响的黑锅。再说他那个爹，当时还因动手打协调员被拘留了8个月。这些不讲道理的示威，不拿捏火候的宣战，不求分寸的撒泼、闹事，在群众眼中也是自讨没趣的做法。政府积极做着城市的规划工作，你偏要出来浑不懔，那么势必会成为反面教材，不仅影响到解决自己的实际问题，还容易往自己履历上添油墨画重彩，可谓得不偿失。“吧唧嘴”天生胆子小，又怕沾染是非，因此他不出击，不搞小动作，听喝儿办事，上头叫咱干吗，咱就干吗。事后他还另起炉灶，跟敢闹事挑衅的爹娘彻底划清了界限。

领导对着那些摆不上桌面的锅贴儿笑了，那仿佛是个无奈的笑。是的，这些后来被端过来的盘子已经挤不进这桌现有的空间里去了，而已经上桌的盘子们，又都不愿拼拼凑凑地为后来者腾地方。

“吧唧嘴”看到领导的笑脸，心里更是发了毛，他忽然想到听说某某人为了转正，就去陪大领导们的太太打麻将，为了升职加薪，能舍掉重金去运作，请领导吃饭、下棋、环游世界……他立刻又想到自己的能力，每次真就想去学学这某某人的精明劲儿，但如果自己买了礼物想去送礼，估计只会说：“这是礼物，我只想保住饭碗，所以这礼物就送给你吧！”或者“我可以陪你老婆打麻将，只要您能给我口饭吃就成。”显然，如此一来反倒是将自己的傻气冒了个十足，所以“吧唧嘴”在想，自己会不会成为桌上的那些已经被吃得差不多，就算剩点残羹冷炙也有被端走的可能吧？

由情绪与感情牵制的事态发展，是一种无法预知将会发生什么的刺激体验。“吧唧嘴”这边大汗淋漓地嘀咕着，领导却品尝起了各种馅料的锅贴儿。正是伴着领导这不温不火的咀嚼声，“吧唧嘴”的心里更发怵、发毛。他勾勒自己没了工作之后的种种惨状，与爹娘断了道儿，自己又没某某人的精明油滑和敢言敢闯敢打拼的本事，那日后别说下馆子点锅贴儿，就连汤都可能都要喝不上了。况且自己马上就到了知天命的岁数，因此目前这个饭碗必须保，不能丢。他扭动了一下嘴唇，立马就对领导坦白：“我在单位毕竟是元老级别的‘文物’了，对这份差事也有相当深厚的情义，我离不开它，它也离不开我。我和它看来是要共度今生了。”

“哈哈哈！”领导笑出了声，他给“吧唧嘴”夹去一个锅贴，安抚灵魂般地放声说：“我说老弟，专心吃你的锅贴儿吧！”

朦胧的尘世，笼罩的暗夜，如同原始的肉欲，孤独地静待黎明的到来。

转天，某某人提交了辞职书。这个在“吧唧嘴”眼里的狠角色原来早已心知肚明自己的不被待见，昨儿个的缺席，其实是主动去办理相关离职手续去了嘛。“吧唧嘴”仍不明所以，像自己这样整体不邀功、不势利，每天按部就班地干活儿的主儿，怎么就能被留下了呢？而那位争强好斗，看似拥有能抢夺单位里大部分人职位的实力的人，甚至可以威胁到领导座椅的奋斗派，怎会就会离职了呢？“吧唧嘴”胡噜胡噜自己摸不着头绪的脑瓜子，还是跟以往一样踏踏实实地干着手里的活儿，且到了下班的点儿，拎着包就往回家的路上奔。有些事自己想不明白就不要去纠缠，只要继续过着照旧的日子，你安好，我安在，也许就是活生生的现实世界。不过，这天下班以后的“吧唧嘴”，破例连着两天下馆子，并且点的锅贴儿也比以往的时候，多了不少种的馅儿。

木犀汤

“你是不是拿我当成了软柿子，好捏咕（捏咕：糊弄，摆弄）是么？”

实情是这么个事儿，道理也是这么个理儿。但佟姑娘硬是要装上铁嘴钢牙，软硬都不怕了。

自小，佟姑娘家里气氛中的“佐料”就多。父亲制造出的尽是渣，母亲呢？反正跟过七八个男人，分分合合，至今的感情状况也依然没稳定。知道她家中这些情况的人，一般都不会当面跟佟姑娘提起，因为一提她就浑身抽搐，吐白沫倒地的状况也时有发生。或许面对生活，这个刚脱离怀抱儿（怀抱儿：指婴儿时期）阶段的她，就迎来了人间的混混沌沌。母亲的出轨，父亲的搞瞎八，使得家没个家样儿，生活一团糟。面对生计，佟姑娘自小很懂得打理，柴米油盐酱醋茶，样样都装进脑子里。她节约，她算计，她是个早当家的娃娃。但即便如此，如今这个年过三十的大龄剩女，在面对婚姻，面对男人时，老是打不起精神来。若是问她能不能乐观一点地去面对，她的回应中隐约透露的言外之意是：一个人过吧，省事儿。

这不，部门经理又找佟姑娘的麻烦去了嘛！其实佟姑娘跟高小姐都是这位经理手下的普通员工，二人不论入职的时间，还是工作的内容，理应得到同等的待遇。可是佟姑娘的生性好似容易被当成个软柿子来捏，出了状况自然就都得找她来扛！哎，谁叫人家高小姐的爷们儿是公司里的大头目，而佟姑娘至今谁也没攀附，况且还是个单身呢。

瞧啊！小眼巴嚓的部门经理，只有佟姑娘单独在时，才露着尖酸刻薄的相儿，念叨起来：“明儿个的任务若是交不上去，你以后就别来上班了。”

听到这话的佟姑娘，到底使不使出她那铁嘴钢牙的力道呢？她抬起头，看到墙上的挂钟，17：00已经是下班的时间了。那么还用多肇什么话呢？直接拎包走人呗！虽说今日事今日毕，可这毕竟不全是自己要去干的活儿。同样是工作的负责人，为嘛高小姐就可以不见踪影了呢？因此，她能下班，我也能下。佟姑娘无视小眼巴嚓的表情，这种反应使得经理突然怒火中烧了，他上前拦住佟姑娘说："既然话儿赶话儿地说到这份儿上了，明儿个你干脆就别来上班了！"

按说这位"小眼巴嚓"原先跟佟姑娘的关系还不错。传言在上下班的路上，佟姑娘曾经搭乘过他的车。当俩人渐渐地熟络了以后，"小眼巴嚓"还介绍佟姑娘跟自己的母亲认识。话说人家的母亲很正常，该结婚的时候结婚，该生娃娃的时候生了小眼巴嚓，并营造出了一幕幕家庭祥和的气氛。佟姑娘记得当初到他家拜访时，他母亲很擅长用虾干下料儿来熬汤，像什么菜叶汤、芽菜虾干汤、萝卜丝汤、冬菜汤、菠菜汤、豆腐菠菜汤，这如上所述的每道汤中都会放虾干。但佟姑娘最爱有虾干参与的，还要数是那木犀汤。为此，"小眼巴嚓"的母亲告诉佟姑娘，鸡蛋漂在汤面如木犀，打高汤，下粉丝、木耳、虾干、黄瓜，调咸淡，再甩进一个鸡蛋，待蛋穗浮起就做得。做此汤既省时又省事，关键每次将其端上桌，佟姑娘都能喝三碗。他母亲还告诉佟姑娘，有机会待她从老家拿来上好的虾干以后，熬出汤的成色会更诱人，味道能更鲜美。佟姑娘听罢，便立刻期待起了这天的早日到来。

"不来就不来！你以为自个儿是皇上二大爷转世嘛！瞧你那一副贼眉鼠眼的倒霉德行！打个晃儿照照自己吧（打个晃儿：短暂停留），整个儿就是趋炎附势、阿谀奉承、溜须拍马的一派走狗代言人的形象！"佟姑娘骂起话来，不打奔儿，不口软，像这种冲肺管子（冲肺管子：说话噎人，使人生气暴怒）的气话给小眼巴嚓着实来了个大憋气！

急促的呼吸声使氛围更加凝重了，佟姑娘不住地抬头往挂钟上瞟，时间也就在她的视线中嘀嗒嘀嗒地往前颠儿，17:10了,17:12分了,17:13了……小眼巴嚓一直在运气、回神儿。终于，他眼睛缝儿里又射出一道有杀气的光，佟姑娘竟能够对此完全屏蔽。她随即背上挎包，直奔公司大门口，冲向了回家途中会经过的那家农贸市场。也许她此时心里惦记的事情太多太杂，一时缕不顺，不顺理还乱。就这样，她将所有事情抛在了脑后，只想赶紧来到一家商户前买食材。是的，在佟姑娘心里排名第二的汤，是氽乌鱼蛋，此汤的味道极其鲜醇，谈到做法也容易上手，事先将乌鱼蛋下勺，见开控出，如此反复焯烫两遍即可；接着坐勺打汤，下乌鱼蛋，放调料，撇浮沫儿，这也许是此刻佟姑娘最需要的恢复汤，是能够缓解她一天在外疲于奔命身心的良方。但是，乌鱼蛋这玩意儿平时不好碰，基本每天都处在供小于求的状态，难道今儿个也是早就卖没了？

“卖没了，刚卖没的，就在你来的前几分钟卖没的。”

果真，佟姑娘又只好当啷着胳膊，耷拉着脑袋离开了商铺，慢悠悠地走回家，她一到家就打开冰箱这个小宇宙，想象着自己进入了宇宙的浩瀚之中，那里面应该有被塞得满满当当的食物，她便可以从中抓出些什么来立即果腹，不过显然，她的想象力过于超现实了，现实的冰箱里面，有几个看起来已经萎缩的桃子、一个火柿子、几小袋榨菜和速食的味噌汤外，还有几枚蹲在冰箱侧门储物盒里的，距离好远的红白皮儿鸡蛋。

好吧，只好这样子了。她将火柿子取来洗净去把儿，接着用开水一烫剥皮，一剖俩开，鲜红的柿子汁从内部溜了出来，她继续将被分割开来的柿子切成薄片，管它熟不熟呢，一锅水将开未开，其上就浮着待熟的鸡蛋跟火柿子了。她呆呆地站在那儿，不愿看见鸡蛋与火柿子在滚水中成熟的过程，因为一想到滚开的节奏，她满脑子里浮现的全是怒吼中“小眼巴嚓”的声情并茂。

不！我要重来！她眼睛使劲盯着已经走到 19:30 的表盘。忽地一下脸上打皱儿了起来，浑身上下的衣服也跟着打皱儿了起来……她使出全力抬起头来的时候，看到的却是公司墙上的挂钟，上面显示的时间竟然是 16:30！

好了，废话不多说，她立马拉上高小姐来到了厕所，对其讲述了目前工作形势的走向。高小姐听后自然是拍着胸脯安慰她。就在这短短的半小时内，高小姐联系到了自己的爷们儿，叫爷们儿给下属下达指令，跟手下属将上面的意思传递给了下下属，下下属亲自找到了“小眼巴嚓”。

16:55 分，佟姑娘跟随高小姐的步调，顺利地从部门经理质疑的眼神边儿上溜过，17:00！佟姑娘也能顺利地按点儿下班啦！当这回再次来到市场时，她顺顺利利地买到了乌鱼蛋。但是当她在家里刚做好了这道汤，手机屏上就显示了“小眼巴嚓”的来电信息，紧跟着就是正常的通话：

“喂？你到家了嘛？”

“早到了，你有嘛事儿？”

“我目前手头上的工作，单靠自己一个人已经忙乎不过来了。哦，对了，我妈让我叫你去我家吃晚饭。她说有上好的虾干做的木犀汤。”

佟姑娘撂下电话，对着热气腾腾的氽乌鱼蛋吹了好几口气也没凉。承认这点打击不算什么，因为她心里最惦记的味道还是那碗木犀汤。

不！要重来！我要重来！继而她又在使劲儿发着功，忽地一下脸和衣服又都相继打起了皱儿……她还是一抬头，公司墙上的挂钟？没错！显示的时间回到了当天的 16:30。

这回佟姑娘没有去找高小姐，而是重新审视工作过程中前前后后的因与果。17：00 一过，高小姐还是一个人兴高采烈地走出了公司。不过，佟姑娘并没有要走的意思，她留下来安抚好了小眼巴嚓的情绪后，便跟他一起迎面直击需要被解决问题的要害。承认异性相吸也好，或是说两个人的力量总比一个人的大也罢。经过二人整整两个小时的苦战，那任务的条条框框终于被缕顺了，道理也可以讲通了。

终于完活儿了！可已经是这天的 20 点钟了，佟姑娘搭着小眼巴嚓的顺风车，来到了他的家中。迎接他俩的是那位和蔼可亲的母亲，她为这对辛勤工作的人儿端上了一桌丰盛的菜肴，其中肯定包含着那道，佟姑娘一直满心期待的木犀汤。

北塘虾酱

一年一度的高考季结束了，小肖怀着满腔期待，在父母的陪伴下走进了大学校园。她的随身物品中，少不了的是那瓶瓶罐罐的红、白和灰色的虾酱。那可是她家饭桌上，每餐都必不可少的佐餐伴侣。俗话说，上有天堂，下有苏杭,除了北京,就数北塘,而虾酱正是他们北塘人家维持这份势头的必需品。

白虾酱、麻线虾酱、对虾头酱，对于嘛是嘛味儿的区分，小肖对同寝室的，来自五湖四海的宿友们，曾进行过详尽的讲解，也同样引来了她们咸的淡的，一波又一波地扯咸淡。没错，这是让小肖始料未及的环节，大家伙儿理应在相识之初抱有的一份拘谨与客套，在她的这间寝室里，完全被褒贬之外的恶意弄得全然变了味儿，也许妒忌和矫情才是女生之间真诚相待的情义。

小肖这个姑娘口味算是重的。因而才会遭到寝室里另外三人的排挤。她周身自然释放出的，不用刻意去掩饰，便随时飘进你鼻孔里的，正是那股腥腥臭臭，且仿佛立刻把你拽到鱼市上的味道，进而招致了女生们在肢体语言上的嫌弃。

四张床位各自被女主人认领后，小肖发觉自己的床位紧靠大门，且直接对着屋外的风。这是另外三人通过精心安排，给她留下的一个冬天吹冷风、夏天招热风的“灌风宝地”，这一处显然是屋里最不理想的位置，也是她们摆明着不愿同她一起“糗虾酱”。

伴随这头一幕并不友好的相识相知，小肖独自弓背屈身躺在床上，并思考：自己带来的北塘虾酱，在天津找不到第二份，为嘛这数一不数二的味道却给自己招来了灾！

人在巨大的困惑面前，无法接受既定的现实。小肖此时不愿放下最初的满心期待。她看着别人三五成群，结伴出入，自个儿只能守着虾酱一起隐藏。然而，如此的事态发展也实属必然。

“咱们仨一起去吃饭吧！我请客！”又是一句很日常的消遣台词。但小肖把她们仨的这个行动，看作是排挤自己，且无视自己的存在的行为。显然，她的虾酱味儿与其余人等的体香格格不入。可小肖认为虾酱不被她们认可，只能说是没缘分，而她们不懂得去挖掘虾酱的滋味是一种遗憾。小肖依旧坚持吃虾酱蘸馒头、就干饭、和面条，也依旧是等到屋里只剩她一人后，她才打开那份来自家里的不舍。

只要我能拥有自己的小天地，遭人冷眼也未尝不可。一罐虾酱，让自己与室友划清界限，小肖逐渐地承认了自己的与众不同。是的，大一升大二的阶段中，小肖比她们仨提前恋爱了，或者说她比她们更受异性欢迎。俗话说得妙：大学不恋爱，人生有缺憾。这不，女生之间的妒忌和矫情也会因此愈演愈烈了么！

人心隔肚皮，小肖的早出晚归，叫她们得来了可乘之机。“是呀！凭什么一大清早就到宿舍门口接她，而且一陪就是一整天！好吃好喝供着她！”“是呀！凭什么给她买这买那！明显她的手机换了，身上的包包和服饰的款式多了，还有总背回来看片儿的笔记本电脑，想必也是那男生给的吧！”“对呀对呀！凭什么一个在糗虾酱罐子里‘泡’大的下三烂，能迷住了男人的魂！”人睡腿，狗睡嘴（人入睡则不动，狗入睡则不吠。“睡嘴”与“碎嘴”谐音，暗骂喋喋不休者），她们仨的嘴里就这样把一个姑娘歪曲成了一个狐媚别人的贱货。

这天晚上，下晚自习归来的小肖刚一进屋，方才还热热闹闹的气氛瞬间变得凝重起来。小肖一如既往地配合这帮戏精的表演，默不作声地从储物柜里悄悄拿出一罐虾酱，跟手麻利地躲进了自己的小天地。小肖明白她们仨正在列考试的复习提纲，而这种沾利益的事儿，向来是要把小肖，这个被她们认定的异类排除在外的。不过小肖也并不在乎，因为只要有虾酱的陪伴，她并不孤单。

大三的结业考试前夕，小肖的炕单子和被褥子被不明原因地泼了污水，然而这一次，小肖没有再忍让，她发飙发威发怒了，但她毕竟势单力薄，后来也因这次的事件，小肖最终离开了那间宿舍。

待大四毕业时，小肖回忆自己这一年的经历——大三升大四的时候，小肖的男友带她走出了大学校园，不是修学，更不是放弃学业，他要带着小肖开启走读的征程。没错！大四的新学期一开学，他们二人便每天不辞辛苦地从驻地出发，经过一路的长途颠簸抵达教室上课，再到下课后，二人回到他们在校外的驻地。但是当时他们二人的举动，并未受到别人的关注。到底是小肖住到了男友的家里呢？还是她单独租房子住了呢？毕竟从小肖家到学校的距离，若是每天折返势必有些不切实际。然而谁也无心去过问，更没人愿意去关心一个曾在宿舍里，揪住女生们的头发，大声呼出“我到底怎么惹你们啦！”的女生，这举动在当时同学们与老师们的眼中，是被摒弃的野蛮与无自知之明的行为。

时间来到了大学的毕业典礼上，小肖与男友顺利取得了毕业证书，也都纷纷找到了各自就业的方向。其实他们就是普普通通学生潮里的一个分子，并不突出，谁也不会纠结他们选择离开宿舍的大环境是对是错，是好是坏。但可以肯定的是，小肖仍会向外界推销自己家乡的虾酱其富含多种人体必需的微量元素，既天然纯正，又可增进食欲，堪称“北塘海味一绝”！这种美妙的食物，并不会因宿舍里刮来的“风波”而减少“产量”的。

曾经处在其中的小肖，看不清里面的是是非非，但走在多年以后的人生旅途上的她，再回头瞧瞧，那段不愉快的过往，也不过是某处风情中的一道过眼云烟。

大桥道

交易地点：大桥道。
交易嘛呀？

交易你可以交易的，交易你不想交易的，交易你不可交易的。

事发的前一天，即将驾鹤西游的“会来事”见到了仅在银幕中才出现过的大天使。只是这位大天使给他的感觉并不魔幻，也不梦幻。对于眼前这个普普通通的胖子，胖子？哦，不行！大天使又管自己在世上的称呼叫“花来着”，这个名字很容易将其带入吃货的境界。（花来着：指各种物品都来一点儿，例如：各种凉菜，咱花来着，各来半份儿。）因为每次“花来着”在那品类繁多的食物前，就老是惦着各样儿都能来上一些尝尝。加之其偏好甜食的食性，一来二去，就对什么汤圆、粽子、月饼等的甜味馅心类的吃食，品道出个凭嘛你家卖的就好吃。

“会来事”早年喝过洋墨水儿，他留洋归来，相继办了企业，搞了投资，曾抓住过市场经济中的前沿商机。他也在股市界嘿儿唬（嘿儿唬：虚张声势地吓唬）过那帮擅长套牢别人的敌手。在商场上的战争，虽有胜有败，但总体的输赢趋势，老是专门对他开恩。至今，他买过游艇，雇过保镖，并也觉着自个儿身边的那些，愿意为自己挺起孕肚的女人们，大多也只是痴迷于擎现成儿（擎现成儿：不劳而获，吃现成的）的大富大贵，于是他厌腻了如此这般的情感游戏，然而他不论面对异性的纠缠，还是同性的称兄道弟，向来看破不说破，这就是“会来事”所谓身在江湖的处事门道儿。

“目的不就是要征服他们么，其实事情也不像你想的那样复杂。”满头白发的“会来事”对这位体态臃肿得已经显出滑稽样儿的花来着说，“我选择了一个脾气最暴躁的女人，而当初自己的想法是，只要能和这样的一个女人过日子，那么我要再去接触别人，还会有难度吗？”

或许除了必须要执行的任务之外，“花来着”对人世间的兴趣只有甜食。每次降至人间后，无论手头有多么忙的活儿，他总会义无反顾地走进点心店，以“花来着”的方式来点儿这个，再来点儿那个，为自己的体重，再多增加些重量。反正“花来着”并不在乎自己的体重，因为当其由直立行走的仪态，于肩膀上再生出一对大翅膀后，无论多出多少斤的重量，他坚信自己总能飞起来。

听完“会来事”刚才那一段的人生感悟，“花来着”装作认同地点了点头，而他希望自己现在已经抵达了那个要与人间灵魂进行交易的，事先约定好的场所。他希望能尽快见到那位售卖各种糕点、话梅果脯、膨化食品和小碗冰激凌的老姐姐，希望能从老姐姐手里接过各类食品，且十分热切地希望自个儿已经开始嚼着它们了。

但他现在要开始工作了，他对“会来事”的灵魂说：“你有一次可以重返人间的机会但是必须要跟我做笔交易。”

“会来事”没再多虑，他直接问“花来着”：“你那交易的玩儿法是什么？”“花来着”告诉“会来事”需要交出自己可以做交易的、不想做交易的和不可以做交易的三样东西，再依据这三样东西的价值，决定能否换取真身 10 年的阳寿。

于是“会来事”寻思，愿意交易的事物很好找。要知道天津人好面子，求顺当，宁可欠债也舍得花银子解决问题。而这次，更何况对于腰缠万贯的“会来事”来说，简直可以拿去充当手纸擦屁股的钱，随便去交易一下，岂不过于轻松。接着，这个灵魂琢磨起那个不想去交易的东西，到底能是什么……

男人立足于世上，绝对不会完全脱离开权力的斗争。“会来事”喝的洋墨水，就是他曾经留洋时的学费和刚走进商道时的资本，那会儿全是依仗自己老爹权力而相继得来的好处。再到后来，他投资的盈利保障，也都脱不开权力的协助，他获得商机靠的是权，打击对手靠的是力，再附上他那副会来事的脸，与背后撑腰的权力相得益彰。况且，那个被其选中的最暴躁的女人，起初也是拿自身的权力降服住的。

现在对于一位将要离开人世的人来说，失去所有的权力也无关痛痒了。不想终结生命的“会来事”，忽然发觉权力是第二个可以拿出来的赎金。

时间，这个可怕的催命永动机，在“会来事”的身边不停地敲打着时钟。正在这时，她出现了，用其带着温度的身体趴卧在了他那如僵尸般冰冷的身边，并倾注自身全部体温抱起了“会来事”，陪他唱起自己接近尾声的人生进行曲。

也正是在此刻，“会来事”的灵魂出了窍，他迅速地定位到了大天使“花来着”的方位，同样随风飘到了那个约定好的场所——大桥道的门口，以灵魂的形式见到了他。不过这次，大天使“花来着”浑身上下揣满了各式各样的零食。

“怎么样？带来你三样交易了嘛？”

“会来事”的灵魂淡定地向大天使点了头，便立刻交出了钱财与权力。

“那么……”等不及甜食诱惑的大天使将买好的糕点开了包，不按次序地，胡乱揣进嘴里嚼着、嚼着的满足感，自然拖延了工作的进程，“会来事”的灵魂也正好得以有了再度思考的时间，他似乎在怀疑自己的人生信条。

女人！是的！“会来事”觉得自己确实爱上了她。她最暴躁？显然是让他们终成眷属的伪命题。那种极具表现力的放荡不羁、心直口快，与有嘛说嘛的善良，实在是诚心诚意。虽然叫嚷起来是嘈杂的，可心思却纯粹、单纯的形象，深得“会来事”的心意。每次她吵过、喊过、闹过之后，还是要为“会来事”提供一个家庭的港湾，身为某某董事会的常任这个、常任那个的“会来事”，只要身子回到了这座港湾，就能心无杂念地平静下来。他甚至要向女人撒娇，要赖皮，女人却自始至终给他一个充满亲人感的拥抱。

大天使嘴里的糕点终于被全咽下去了。他擦去嘴边的渣滓，跟手从嘴里蹦出一句话，这动静打断了“会来事”灵魂的思绪：“其实最后跟你作抉择的事物就是爱与生命。说白了，交出你认为不可割舍的爱，你就能再次回到身躯内，续上 10 年的活头。但若交出了你的命，你就跟我走吧！”

想必种风的人们，收获的是风暴，种草的人们，收获的是粮草，种爱的人呢？收获的是生命的意义……灵魂最终交出了自己的命。

女人抱着“会来事”的尸体痛哭流涕，她的哭声引来了各方人士的到场哀悼。

大天使指引着灵魂，且带上他朝思暮想的零食，飞离大桥道。可不知为嘛，经反复地拍打翅膀就是飞不起来，不论如何地尝试，翅膀震动的幅度如何加大力度。这时，搭乘在大天使身上的灵魂突然笑了，有可能是附着在灵魂深处的爱意增加了分量，也有可能是大桥道里卖点心的老姐姐对大天使动了人情味儿，这不，在称点心时，老姐姐自言自语道：“介小胖子长得真可爱，鸭蛋圆儿的脸儿，一笑还俩酒窝，胖乎乎的叫人越看越爱！”这不，挨样儿就多给大天使来了一些，说不定正是依着这些情绪而多给出的份额惹的祸呢！

十八街

到过重庆磁器口的游客，定会在两个陈氏麻花的选购摊儿边徘徊几悠儿，要么全买来尝，要么随大流儿择其一，再要么赶上哪家算哪家。如若是位对家乡十八街情有独钟的天津游客，去到前面瞜一眼，再试吃试吃小碟子里的碎麻花儿，或许还没等咽下时就会说：“这嘛破玩意儿，跟咱的十八街比起来，可差远了啊！”

十八街，天津名牌食品桂发祥麻花的俗称。因桂发祥麻花店的所在地，当时隶属天津市六区十八街公所管辖而得名，其同“狗不理”“耳朵眼”连起来，俗称天津著名民俗食品三绝。而天津民间工艺三绝，指杨柳青年画、风筝魏的风筝和刻转刘的刻转。实际上那食品三绝分别指的是麻花、包子和炸糕。

包好豆馅儿的炸糕温油下锅，勤翻勤转，炸出的炸糕金黄爆“刺儿”，炸糕外皮酥脆不艮，内里柔软糯黏，虽说创始人刘万春的炸糕铺坐落在胡同口，但因着其外焦里嫩、个大色正、豆馅细甜爽口且物美价廉的特征，所以深受津城老百姓的喜爱，又因糕与高同音，寓意步步登高，为图个吉利，但凡生子、庆生等，百姓们都将其视为必购食物。

狗不理包子的制作从选料、制馅、和面、初调、放剂、擀皮、包制到蒸制要经过八道工序，蒸出的包子不黏不瘪，褶形清晰，口感是皮儿既柔且韧，馅儿松散流油，咀嚼起来鲜香不腻。因此才有了包子有肉不在褶上的这句民间对这份手工制作技艺的敬仰之词。

天津桂发祥十八街麻花始创于20世纪初叶，在海河西侧窝棚区一带，刘老八开了一家麻花铺。他在不带芝麻的白条和带芝麻的麻条中间，夹上了一条含有桂花、闽姜、核桃仁、瓜条、青红丝等多种小料的酥馅儿，首创出了风味独特、香甜酥脆、久放不绵的什锦夹馅大麻花，不仅有着拧成花式的造型，更独具什锦配料的甜而不腻，形成了与众不同的津门什锦大麻花的独特风味儿。且依据大麻花被拧出的造型来看，在此种被拧成的一股劲儿里，也暗含着制作者们打骨子里迸发出来的一种上乘的力道。

王三奶奶是愣神儿家里新雇来的一位老姐姐。她来自河北省，据传，她所在的地方，当年也有位年轻时到天津做女佣的老祖宗，传说其会扎针灸，又熟知很多民间偏方，常为穷人看病不收费，深受民众爱戴，因此，为了纪念这位传说中的人物，也会扎针灸的她就为自己起了个相同的称呼。当王三奶奶把洗好的衣服拿出去晾晒时，就要由大臂连动小臂带动胳膊肘与手腕儿，跟手一咬牙，再一跺脚，和那瞬间憋红胀圆的脸与发狠儿咬紧的牙冠一起，使遍布在身体各处的肌肉组织，有力的出力，没出力的造势也要渲染出浑身上下拧成一股绳的力道。并顺势将衣物人为制成桂发祥十八街大麻花的形状，进而才能逼出吸入衣料中的水分，最终达到速干的效果。而老是爱在一旁待着的愣神儿，也在那一刻愣巴睁地为王三奶奶加油、鼓起劲儿来。他愣了巴叽地喊起“好”来，八成是从王三奶奶使出的那股狰狞劲儿上，寻找到了娱乐性：确实像一场人与衣服较量的实力对抗赛！但王三奶奶却乐乐呵呵地从嘴里“呜”地吹出一阵“风”，算引刮出了今儿个这出戏的主角——风驰女。于是愣神儿走到了王三奶奶跟前儿，期待她要讲出的故事当中的精彩段落。

话说 1984 年 9 月 25 日，中日合作生产的第一辆“天津大发”牌汽车在天津汽车制造厂诞生。于是“要发家，买大发，发发发！”的火爆营销态势也席卷进了雇用风驰女的那家公司里。20 世纪 90 年代初，20 多岁的风驰女刚考得驾照，就开着“黄虫”猛然横空出了世。而这一朝油门踩到底，也就跻身出租业界如约而至，准时抵达的头一号了。她只要俩手往方向盘上一搭，整个人的精神就“突”地一下子抖擞起来，犹如超级赛亚人的变身，一个嘛也不含糊了的愣子，就地诞生了。

给油儿，弯道超车，紧贴着别人的黄大发不打转向灯地野蛮并道，算好时间差，车轱辘画出诡异的曲线，左右左或是右左右，又或是无规律地超越马路上频频设障的其他“黄虫”。当一次次地令自己满意的车技炫酷结束后，她自然会带出自己的车子是实至名归“领头蜂”的傲气劲儿来，这是对自己玩命耍酷的一种不谙世故且四六不懂的私自认证。当然她也会思考，毕竟驾驶的是一辆方正的车身及平头的造型，形如黄油大面包的车体，到底也开不出什么花样儿来。但同时风驰女也并未间断地继续踩离合、挂挡、给油、收油儿、抬离合、摘挡、点刹……地炫着车技，因为毕竟开车载乘客挣钱，才是自己的本职工作。

“你介人开车可真够拧巴的。哪有这么开车的！我介要送礼的大麻花，估计全都得碰碎了！”几乎快要横倒于后排座上的乘客，随着车子一直不停地左右打晃儿着身体。

风驰女从额头上方的后视镜中无论如何搜罗，也没能对视到乘客惊恐的目光，于是她又来了一剂猛刹车，待车子停稳后才回过头，与刚“跳”上车时的兴奋感不同，那位已经跪倒在地上者的脸色既不乐观，也不美观，只见他从靠着驾驶座后方的一个隆起的大鼓包上（那个大鼓包是由于车子的发动机布置在前排座椅底部，而在座椅后方形成的一个凸起物）撑起了上半身，忽地抱怨道：“你赔我刚买的大麻花！”

其实，开了那么长时间的出租，风驰女没少让自己的这股拧巴的劲儿给坑。多少回地吃亏，咽了，下肚，一消化，然后照犯不误。

说话的工夫，王三奶奶盆里的衣物也都晾得差不多了。她扽下了胳膊上被囥得老高的套袖，下意识地拍打拍打身上的浮土，闭上嘴冲着太阳伸了个懒腰，像是身子有些乏了，就想到此结束与愣神儿的交流。

愣神儿跟错过了什么精彩桥段似的，突然十分果断地拽着王三奶奶的套袖并往一个方向上使劲发力，在他可劲儿的央求下，王三奶奶看到了一个已被拧成大麻花形的套袖。随后，愣神儿从王三奶奶的嘴里听到了在那暴风雨来临前的平静之中的虫叫声……

“您别急，别急，咱们开盒看看到底碎了多少麻花？”

“我这专程去的桂发祥十八街，没承想岔子却出在了打车返程的路上！”

“您先消消气儿，我真是对不住您啊！”风驰女以这种口吻跟乘客对话时，手肯定是不摸在方向盘上的。她急忙下车，拉开手感有些生涩的侧滑门，从乘客脚边儿端起一盒大麻花，先是在耳边儿轻轻摇了摇，才说：“我觉得没嘛问题，您若想打开的话，咱就逐一打开检查看看。”

由于要赶火车，也由于风驰女的态度温和，再加上从她嘴里最终蹦出的一句免掉车费的话，叫这位乘客的火气随风成了过眼云烟。不过彩云易散，当风驰女的双手再次搭在方向盘上，她的两眼又开始冒出火光，非认死扣儿地要跟马路上凡是带轮的一决高下。

愣神儿又因王三奶奶嘴里呼起的一阵风提起了精神。因为故事中的这位女主角撒疯儿（撒疯儿：无缘无故或小题大做发脾气）的时机到了。她一下子挂到了四挡上，迎着对面一辆大公共不减速地冲了过去，她想到自己是直行，因此路口的左拐车辆必须在那一刻让自己！

风驰女在那瞬间，同样是憋红脸、胀着眼，同样是发狠儿式地咬紧牙冠，也同样是召集出浑身上下的那一股拧劲儿，有力的出力，没出力也要造势一搏，最终，她闭了眼！

对面的公交车司机也忙慌了，其急忙往右边儿打轮，可应急的反应速度，五成以上还得看老天爷当时的情面，但这次老天爷明显出去旅游了，因而一场交通碰撞事故不可避免地发生了。

黄大发简单平庸的设计并不禁撞，所以车体肯定是报废了，那么乘客呢？还有被其一直抱在怀里的麻花们呢？想必是该住院治疗的住院治疗，该粉碎性毁掉的粉碎性毁掉。还有那肇事的风驰女呢？她周身上下的骨头错位脱节，扭扭歪歪地不成人形，真像是把自个儿活生生地拧成了一团大麻花。倒也别完全否定，当时能动的还有她的眼球儿呢。

这场事故造成的损失，在刚被医治好的风驰女身上，压上了沉重的债务。至此，风驰女背负起了更为艰辛的还债生涯。

“生活为嘛总是那么难呢？”王三奶奶接连叹了两口大气，又对愣神儿说：“还不是因为自己年轻时离叽劲儿一上来，不管不顾地毁掉了自己的后半生。并有的还要在那火拼的岔道儿上尽情散德行，而后就是无休无止地偿还！”

愣神儿这会儿也不再愣神儿了，因为他突然意识到了，面前这位有股子拧巴情绪的，刚才叫他佩服无比的60多岁的老姐姐，应该就是这个故事中的女主角，因为她一贯是靠着给自个儿浑身扎针灸来恢复行动力，并也告诫家中所有开车出行的人们，手握方向盘时，不要像当年的自己那样，让路面上的人们有时刻遭遇三长两短的悲惨意外的可能。

槽子糕

“据传乾隆皇帝及慈禧太后都很爱吃天津卫的槽子糕，尤其喜欢在早膳时食用。根据清廷内务府文献记载，当时皇宫内的御膳房精心制作的槽子糕，除供宫廷食用以外，另作为祭祀祖先的专用供品。”

“那些御膳房的点心师傅，都是从天津卫招聘去的吗？”穿得体面的张怯生瞪大了眼睛，他没想到被大轿车拉来的这拨游客，提了一个自己没想过的问题。

站在食品柜台后面的老姐姐，虽然有副天生贫嘴鸹舌的相貌，但此时也不愿帮忙解围，她只想不言声儿地待在一旁看笑话。这样的尬局面就叫怯生脑壳里僵住的细胞活分不起来了。游客们被带到此景点，自然是要品尝当地特色、询价购物。怯生被同程而来的导游拍了下肩膀，说：“今儿个你头一天上班吧？这年头啊，嘴上功夫行的，都更乐意看热闹去了，”他扽了扽怯生身上的绶带说，“还是等有人问价，卖你自个儿的玫瑰露酒去吧！”

的确，怯生长了颗实轴儿（实轴儿：形容朴实无邪、无心机）的脑袋瓜子。从小到大，没少被坑人专业户惦记着。对于有些事儿，他事后倒是琢磨过味儿来了，可多数情况下，却仍是他至今没能达成人家满意的遗憾。比如有人说，如果他能连续吃下二十块儿槽子糕，在不就水的前提下，说话那人就代表所有人服他。也别说，那天站在一群生人面前的怯生，还真没有不自然。于是他跟那人约定，转天就在此时此地，他会带来二十块儿槽子糕，要让大家一起见证自己的奇迹。

槽子糕也称作鸡蛋糕。小圆饼状的槽子糕，顶部棕红，底部微黄，入口嘛？想听实话的话，那吃起来的感觉是真心噎得慌。 如果你咬了一大口，那么被槽子糕传达的感觉，是它自己扎扎实实的，有必胜把握地利用自身回弹的张力，将你的口腔直至嗓子眼处的通路，噎个水泄不通。这种情况下，倘若你手边儿有杯水，肯定需要借助水流的冲击力，把槽子糕布下的阵势冲掉。不然你就得有强劲分泌唾液的本事，方可一点一点地从这堵似的感觉中走出来。

“唱戏的是疯子，看戏的是傻子。”转过天来，赶来看好戏的必须带点儿死轴的傻气，而赶来赴约的怯生呢，也必须再多点疯劲儿。再说昨儿个挑头的那个肇事者，没想到今儿个人家没来，倒是又有半截儿插一杠子（中途插手介入）的替代者自人群中嚷嚷道：“走过路过的不能错过啊！都过来瞧好戏喽！这人能不就水地，一口气吃掉二十块儿的槽子糕！”

怯生真是好样儿的，当外人瞎嚷嚷的时候，他垂头合目，似睡非睡，那神态真有点儿得道出山的高人架势。好了，一块儿、两块儿、三块儿，第七块儿时，还好他只是忍不住地咳嗽两下，然而脸上爆出的青筋明显有些张牙舞爪地满面生了，而且大喘气的频率也越来越高。当他拿起第十块儿时，身边儿有个姐姐出声劝他不要太难为自己了，咽不下去就喝口水吧！

怯生那歪七扭八的面容，早已顾不上与五官正常的人进行情感交流了，看得出的是他正竭力地与下至食道上至牙缝儿的糕体抗争的大无畏精神，且还要与接下来的糕体们继续打硬仗。

随着唾液量分泌的速度被软绵体们击溃，他咀嚼的速度也逐步进入了静止态，他好像一头上过斗牛场的已经奄奄一息的公牛，艰难地浮动自己的上下颚，好让草料下肚，以便做个饱死的鬼。

不一会儿，几个围观的老姐姐同时发声了，她们劝阻怯生还是适可而止为妙。眼见怯生的脸鼓涨得通红，虽说在挑战不可能的路上，就算布满叫人透不过气来的艰辛，也要以憋足了斗争情绪的毅力支撑前行，这种毅力会让人觉得既勇猛又奇幻，但终归感到快被噎死的不是别人，正是不管不顾后果的毅力坚挺者。

大轿车的引擎启动了，导游也停止和大轿车司机继续扯闲白儿，他倦怠地伸着懒腰，招呼游客们上车，准备开往下一个景点继续观光。一直不哼不哈的那位老姐姐，突然对怯生说：“小伙子，你今儿的任务不是推销玫瑰露酒么？跟人家讲槽子糕，不多余么？”

怯生一摸脑袋瓜子，藏着笑意地说：“我有个私心。”

老姐姐打了个哈欠，随口便问：“你有嘛私心啊？”

跟手，怯生摆起了谱，将思路拉回了那个当年，当怯生眼前还有六块儿槽子糕时，周围人等中，原先那些制止过他冲动的呼声，也转到了加油助威的阵营中：“加把油，加把油！还有六块儿你就挑战成功啦！”但是怯生似乎用光了今生储备的唾液淀粉酶。是的，那些日常咀嚼过程中，潺潺流淌在口腔中的唾沫，在眼下怯生的分泌器官中已不复存在。

店里老姐姐见怯生又不作声了，而是接连往下咽吐沫，于是她便嚷嚷出了到目前为止最大的音量：“快说呀！”怯生终于再次出声了，可是声音却比方才唯唯诺诺了不少：“当年我……不就水地一口气吞掉过二十块儿的槽子糕。”

事实情况回到当年，有位小姐姐忽然从人群中钻出来，利用巧劲儿先是避开了众人的眼神，利索地将剩下的那几块儿槽子糕，唰的一下给变没了。跟手，她又利用自己巧嘴儿八哥的能耐，“呼啦”一下子膨胀了人们热情：“哇塞！二十块槽子糕全吃啦！那他可算是咱天津卫美食界的又一奇葩！”

最终，人群在热闹的说说笑笑中散去了，但是留在每个人心中的，是一项全新的战绩：天津卫有人能一口气不就水地吃下二十块儿的槽子糕！

“是真的嘛？你当年一口气吃了二十块儿槽子糕！换谁这么吃不噎死啊！原来要不说呢，你刚才就是想跟人家显摆自己当年这个段子呗！”

怯生听到老姐姐做出的结论，脸上略带出了几分尴尬。或许方才的他就是作为一个普普通通的本地土著，在见到有外地的游客来津旅游，只是想推销一下自己家乡的特色呢？

傍晚，怯生回到家中，见到了自己的爱人。那人正是当年挺身而出，帮他解围的小姐姐。妻子听完怯生今天上班的经历后，满脸笑容地说：“亲爱的，我知道你的心思。你爱着自己的家乡，希望家乡的特色能被越来越多的人所熟知，将来家乡的发展能越来越好。”

是啊，当年这位小姐姐也正是看上了他为人实诚，才愿意嫁给他为妻的。

如今，在天津这个到处蕴藏美食的大都市里，光点心的花样儿就举不胜举。若人人都能像怯生似的，在惦记着自己享有口福的同时，也满腹激情地愿意向外推销自己家乡的人、事、物的话，那就必然会为城市受欢迎指数的提升，注入点点滴滴的助推力。

天津的人气儿靠“土著”们维持以外，更需要外来人气儿的续足。那么即便你表达的能力有限，不也有像怯生那样的例子，得来了世间的真爱么？

愿在新一线城市排名第七的天津，在不久便可以加入一线城市的序列的企盼，不再遥不可及。

豆哏儿糖

当熟悉的味道涌进喉咙，那富有年代感的滋味让人回味，这种笼络人心的感受促成时下商家们热推的一个潮词儿，叫作“老味儿”。刘军这天携妻带子走进了天津记忆博物馆，在他们仨走出展馆的必经之路上，瞧见了纪念品商店里售卖的各种记忆中的“老味儿”，在许许多多花花绿绿包装袋儿的召唤下，他最终为孩子选择了一软、一硬的两袋豆哏儿糖，付款后他选了一根硬糖含在嘴里，那滋味儿瞬间将其带回了童年的那段回忆。

“快跑，快跑呀！”刘军的眼珠子里尽是胜利之光。他用不着扯脖子叫嚷，或怒视别人以杨威，而是淡淡地微笑，轻轻地哼歪一声，便能拿小朋友们当猴耍、当驴踢。他打小儿长得黑不溜秋，这使他自带了很好的隐身效果，可以在晚上“作案”，引发街坊邻里的鸡犬不宁。“介谁家倒霉孩子干的？！”；“缺嘛德了，还有人生出介种混球儿来！”；“真缺了八辈儿德了！”其实刘军的“作案”手法并不高明，拔拔人家自行车的气门芯儿，或是拿几件人家晾外边儿的衣服，蹭蹭这儿、抹抹那儿，完事儿再给人家挂回去；或是往人家院子里种的花花草草上浇泡尿，完事儿在同伙儿“快跑”的提示音下，一溜烟儿地逃之夭夭。但也有人曾说只要他愣劲儿一上来，八匹马也拽不回来，可是单看他那小体格子，身高也不够，体重也轻飘飘的，这也算成全了他那“攻其无备，出其不意”的先天灵活条件。他曾击倒过比自己高出几头身的大哥哥，也有过不服输地擦去鼻血，继续保持战斗姿态的时候。然而他班主任却说出了一句大实话：按三岁看大七岁看老的理论来预测，不管刘军将来的发展是好是坏，未来，当他走在大马路上，获得被警察叔叔查身份证的待遇，肯定比别人要多得多。这话透露出他自带一种混星子气质的潜台词。而在当时，母亲惩治他的唯一办法，就是将他关在小黑屋里不给吃也不给喝，且这一关就是一整天。

假小子在班里是刘军唯一的同伙儿，她会在刘军被关小黑屋期间过来探望他，捎带脚为其带来一把豆哏儿糖。假小子的父亲原先是卖豆哏儿糖的，因此她口袋里也总能出现豆哏儿糖。也正是这及时赶到的豆哏儿糖，才能叫刘军挨过饥饿难耐的一天。

要说友谊是人间最宝贵的财富，那么诚挚的友谊算是人生中的一笔巨款。这不，经过了友谊的见证，刘军的人生里从此就存入了需要其一生守候的珍宝么！

班上的卫生委员是个胖妞儿，具体名字刘军回忆不出来了，只记得那人的肚子像一坨正在融化的奶油冰激凌。同学们看来，这人走起路来老是呼哧呼哧的，一屁股坐下去有吨级般的威力。当初，刘军觉得她就是一坨大肥肉。

这天，胖妞儿依仗着自己那身赘肉的蛮力，向刘军下了战书："刘军，以后你不许再给同学瞎起外号了！尤其是我！不许叫我一坨大肥肉！否则，"她酝酿了半天的情绪终于升华了，因此抬高了几度音量说，"我一屁股坐死你！"

有时妄想就跟打了一针鸡血似的，它能给你短暂的冲劲儿，但过后却要清醒地面对现实。

果然，有种冒险叫玩悬儿，有种威胁叫盯着点儿的，有种洒脱叫不着调，有种霸气叫倍儿愣，有种挑战叫作死。刘军二话没说，先是从九地蹦到了椅子上，又从椅子上抬高腿一跃，落在了课桌上："来呀！你要是今儿个不把自己挂灯管儿上掉下来砸死我，你就得对全校同学喊你是一坨大肥肉！"

胖妞儿不住地搓手、吸气、吐气，并连续抽搐着身上的肥膘儿，在面对这个抢占高处，已经高出自己一头的身位，像从暗黑世界里逃窜出来的小黑鬼儿，她心里打起了鼓。当场屈从就范？不能！不能叫自己如此败坏了名声。她思来想去，用肥嘟嘟的大手掌"啪"地一拍桌子，仰头朝着刘军呐喊到："你敢跟我比吃东西嘛？！如果你赢了，我就站在操场上喊出你刚才的那句话！"

天津人会用"二"来形容逆情悖理者，如"二把刀""二巴巴""二愣子""二二乎乎""二不棱登"。瞧！怎么样？没形容错吧！刘军一个猴儿急地后空翻，从桌子上跳到了地面上，跟手也"啪"地一拍桌子，说："比吃嘛吧？怎么个比法儿？"

成天胡吃海似的胖妞儿已经露出了胜利的微笑，因为此刻她想到的是不管比吃嘛，刘军你这小身板儿，就算再来几个你，也不是我的个儿！也正在此时，假小子出现了，她从口袋里掏出两袋豆哏儿糖，摆在了二人面前："你俩就比吃介个吧，"她拿眼瞟了瞟刘军，又瞧了瞧胖妞儿，"你俩就比谁先吃完算谁赢，在场的大家伙儿给来作个见证。若卫生委员赢了，刘军就不许再给同学起外号了。若刘军赢了，就依他刚才说的来。"说完，假小子的眼神儿又飘向了刘军跟胖妞儿，“怎么样？你俩同意么？”

“我没问题！”

“来吧，谁说比赛开始吧！”

假小子举起一只手，在手迅速落下的同时，喊出了：“预备，开始！”

胖妞儿身上的“鸡血”像是又被续足了，三下五除二就干掉了自己面前的一袋豆哏儿糖。再瞅瞅刘军这边儿，只见他那满口的牙都愿意付出全部报废的牺牲精神，但也没能抢在胖妞儿吞完最后一根糖前，嚼完第一根。

同学们跟着假小子一道欢呼起来：“卫生委员赢啦！”而胖妮儿呢，她没有跟着同学们的兴奋而欢喜，她意犹未尽地伸手取了一根刘军的豆哏儿糖，送嘴里“嘎嘣”一下，歪着大脑袋瓜子说：“你介个怎么那么硬啊！”话虽如此，但依照比赛规则，刘军以后就不能再给班上的同学起外号了。

那天放学后，假小子跑来找刘军，可刘军满脑子里想着要找她报仇。他想扭转乾坤，他想杀鸡儆猴，至少他要对这个给自己来了个下马威的同学，来个厉害瞧瞧。所以他开口就说：“你是找死来的吗？”

假小子头一次露出了女孩儿那般甜甜的笑，随后便说：“老大，这次挑逗太明显了。倘若软的给你吃，判你赢了，那么多同学看到了全过程，你岂不又要被老师训，被你妈关起来忍饥挨饿了嘛！”

刘军滴溜儿转了下眼球，又说：“这么说，你还是在保护我喽？”

“对喽，老大！小不忍则乱大谋嘛！”

“哈哈！好一个小不忍则乱大谋呀！”刘军嘴里含着的那根豆哏儿糖已经不剩嘛了，但他脱口而出的这句话却瞬间传到了妻子的耳朵里。

“你还记得那事儿呢？”

“可不记着！那可是见证咱俩友谊与信任的关键事件啊！”

妻子笑了，带着十足的女人味儿笑了。他们二人看着自己孩子的嘴里正一边儿一根地插着一软、一硬的两种豆哏儿糖，软的一嚼就烂，硬的太费牙口儿，但二者都弥漫着豆香，在嘴里各有各自别样的滋味儿。

橘子瓣糖

当我还是黄毛丫头的时候，压根儿就没想过什么雨伞巧克力呀（用彩色纸包着，外形如小雨伞的巧克力糖）；卡笛那呀（豌豆做得特别脆）；跳跳糖呀（放舌头上有点麻酥酥的感觉，原先还以为它是川菜）；魔鬼糖呀（含在嘴里能使你舌头变成红的绿的紫的蓝的），还有爆米花啦，棉花糖啦，麦丽素啦，以上统统都是人间美味！这些小食品勾连着我回忆童年时光的甜甜蜜蜜。每当自己嚼着小食品时，心里那个美呀，这种感受真没必要用语言去形容，因为甜在嘴里就美在心头。回忆那些带有年代感的柜台和橱窗，那时那刻吃到什么不重要，享有的是一种天真烂漫般的简单满足。这是经历过岁月的磨砺以后，才唏嘘感慨的人生美妙阶段。

在人生每个阶段总会有些困惑。想一味地坚持自己的那一套理论，以为就算涵盖了人间真理，其实只是自己一味认为的所以然。但更邪乎的是当事人不会轻易意识到自己的问题，为了保全个人面子问题，即使遭到质疑或诋毁，有些人也会坚定自己的认为，而往往这种坚持还被当事人看作是一种幸福。简直是猪一样的幸福。

有天，我再次见到离异后独居的雨哥，他前妻就叫自己的坚持认为，毁掉了他们的这场婚姻。记得雨哥的前妻说，女性的地位就得高高在上，在家教育自己的爷们儿，出外管钱，然而就在这种女性“强权”的日复一日循环之下，雨哥终于让家里下了一场“大暴雨”。他回忆当初，就表示有种逃出荆棘丛的解脱感，犹如获得了新生。自此以后，雨哥便依着自己的内心想干什么就干什么了。

雨哥有一家网络代购的实体店，经营着国内外的小食品。我在众多纷繁的花样品类之中，寻到了自己小时候最钟爱的橘子瓣糖！雨哥大大方方地抓起一把送给我，我因此就为他的头顶上，脑补出了一圈光环。雨哥燃起了烟，对我吐口烟圈儿，然后笑眯眯地说他女儿长得特像我。是啊，这可以看作是雨哥对他女儿的思念。自从离婚后，女儿跟了他的前妻，所以他们父女俩就只能偶尔地见面了。

自现代社会发展以来，女性们的地位的确是高了，她们开始大力推崇男人们的“三从四得”：太太出门要跟从，太太命令要服从，太太说错要盲从；太太化妆要等得；太太生日要记得；太太打骂要忍得；太太花钱要舍得。这也许跟女性们的小性子使然有关，必须要得到男人们的娇惯。雨哥说前妻很聪明，可她的聪明劲儿全使在要这些小手段上了。那时候他俩只要一吵架，前妻就要不依不饶，变着花样地叫雨哥认识到自己在家的地方极低。可哪里有压迫哪里就有反抗！这婚姻的亲情也就这么一步步地维持不下去了。

不知是什么原因，我对雨哥家的女儿，留有颇深的印象。虽说只见过那娃娃一面。就在那次的探视机会下，我俩在雨哥的实体店里见到了，这娃娃才6岁，可已在面相儿上表现出了成熟的假象。她告诉我吃糖的后果，尤其瞧我不住地往嘴里塞着橘子瓣糖时，娃娃说那里面全是人工添加剂和色素！

我说自己从没把人工添加剂和色素当回事儿过，娃娃就劝我千万别给自己的身子找病受，还列举了一大堆积少成多的事例和最终导致不治身亡的案例。这些说辞明显跟一个6岁娃娃的思维毫无牵扯，再想想自己当年6岁时的童真与无邪，这娃娃到底遭遇了什么呢？茅盾先生所说，一场空欢喜以后的苦闷比没有过那场欢喜更加厉害。所以我就不信这娃娃但凡把橘子瓣糖含进嘴里，会再把糖给吐出来，然后咬牙切齿地说自己不喜欢吃！于是我把手里的橘子瓣糖分到左右手上，告诉她左手的糖块儿硬，含在嘴里的味道浓且不易化掉，而右手的糖块是一嚼就粘牙的软糖，吃着有趣还酸酸甜甜。随着我的话语一落，娃娃的表情显然有种抬手想去摸的小心思。我二话没说，就将这一软一硬质地的橘子瓣糖放进了她的手里，并对她讲述自己把这两种糖同时放在嘴里的初次体验。娃娃紧接着就照做了，这跟是闺女就变不了小子类似，是娃娃的简单快乐就变不成大人的复杂心思，嚼着糖果的娃娃，露出了开心的笑脸，她说与我的结识是自己遇到的开心事！随后她叫我一起再吃些软和硬，两种质地的橘子瓣糖。

一直在旁边观看我俩交流的雨哥，好像从没见过这种温情似的，他说出了我将来定会是个好母亲的话来。但因为交往的时间有限，我跟娃娃也仅限对于橘子瓣糖的认同之交，不过就因这一回来自娃娃由心头甜出来的甜蜜微笑，却给我留下了十分深刻的记忆。并且她竟然在临走前，还说想要再跟我一起吃橘子瓣糖呢。

雨哥在不久后的某个雨天，向我告白了他的爱意，他说我不像他的前妻似的，有强烈的控制欲，和我在一起，他总感到身心的轻松和愉悦。两口子过日子么，相互扶持，在互相依赖的前提下，还应给对方留有独立的个人空间，不能无时无刻不强调别人要怎样服从自己才算合规，这样的话最终导致悲剧也在所难免。

悲剧？就跟家大人管着娃娃，自小不能吃糖似的吗？就像雨哥的女儿，明明跟我小时候有同样的童真无邪，却还得背负着大人的信条，做大人想让她做的事儿？

雨哥的前妻可能认为自己这样都是为了家人好。毕竟生了娃娃就得管娃娃。除了应尽到负责娃娃的吃喝拉撒睡之外，还有教育的义务。但教育不等于限制，不等于阻碍娃娃们内心的夙愿，蒙蔽娃娃们单纯的好奇心、过早的泯灭娃娃们从小的美妙童真，像许多大人一样没了自我存在的感知。

在我和雨哥的婚礼上，我俩向来宾们撒的喜糖正是橘子瓣糖。在我们的婚礼上，我拥抱了雨哥的女儿，她穿着很漂亮的小公主裙，骄傲地向自己身边的小伙伴儿们讲解着，这一硬一软的橘子瓣糖到底有何区别，并拿出一块糖塞到我的嘴里，笑嘻嘻地认可我是她的亲人了！

罗汉肚

传统凉菜罗汉肚，系将猪臀尖肉、鲜猪肉皮等制成的美味馅料，酿入猪肚内酱制而成。其原料富含完全与不完全的蛋白质，尤其是肉皮的胶原蛋白在与猪肚、猪肉凝为一体时，呈现半透明半紧实，且弹性十足的凝胶状，使成品饱胀圆凸，酷似神话中宽宏大量、能容世上难容之事的大肚弥勒佛，故名罗汉肚。

妇人缝制的装钱小布袋，可以穿在裤腰带上随身携带，这样一来，平日里攒下的私房钱都搁在腰里挎，使着方便。妇人的爷们原先是摇煤球儿的，直到机制煤球诞生，人工摇煤球儿的工种彻底被淘汰，妇人才不得已养活起了她的爷们儿。

别说在社会上混出什么名堂，对于一个妇道人家来说，但凭出力气的本事想挣得粮饷，跟那些五大三粗的老爷们儿相比，自己算是哪根葱！可妇人的爷们儿对此却一言不发。他宁可成天跟炕单子上的虱子们为伴，也不愿出去亮亮自己那身大汉的身板儿。于是妇人要出力就得长力，她最爱拿罗汉肚来长力气。每当收工的时辰一到，她便心心念着那切成片儿、薄而透明、松韧醇馨，越嚼滋味越出，越出越给力的罗汉肚。回家的路上，她要用腰里挎去支付这顿饱餐，并确保到家之前，将这品色褐红、酱香味浓、咸香醇美的罗汉肚连嚼带吞地一点儿不剩。

妇人的爷们儿终归舍不掉家里当家的头衔，他要霸占妇人拼命赚来的血汗钱。毕竟身大力不亏，好歹是个有膀子力气的大老爷们，因此当和颜悦色索要无果之后，他便立马收起笑容，采用暴力进行掠夺。爱情创造共生的信仰，但爷们儿从不愿意付出，妇人就老是觉得委屈。一来抵抗不过他的暴击，二来相信男子历来的家庭地位，妇人只得交出了自个儿风里来雨里去，或是顶着艳阳高照，或是浑身盖满雪片，进而得来的辛苦钱。

这天，腰里挎的钱凑够了个整数，就让妇人全给了卖罗汉肚的金师傅。金师傅姓金名鼎，老实憨厚。他从起家到如今，能把买卖做到左邻右舍的意识里，也实属真刀真枪地一直比画着来。金鼎的境遇恰巧与妇人类似，他有个光支嘴儿不干活儿的媳妇。打二人结婚那天起，媳妇从没有个媳妇的样子，甚至连知冷知热的感叹词也懒得对金鼎发。但是金鼎不怨命运的安排，他认为自己的幸福全包含在了这个看似单一，却内容实足的罗汉肚里。

金鼎接过妇人的腰里挎，他明白对方是想付清接下来半年罗汉肚的钱。但这小布袋的外观着实的娘娘们们，搭在金鼎的身上怎么看怎么也融不进他的感觉里，怎么挂也挂不出女人的味道来。所以金鼎立刻将刚挂上的布袋收起，且藏进了暗楼儿里的某处。这地方位于商铺的顶棚下，是用木板架起的隔层。

话说暗楼儿既可以储物又可以睡觉。就在当天，金鼎的媳妇连招呼也不打地翻身一跃就上了暗楼儿。或许是因为小儿啼哭的吵闹，一种成天在家哭哭咧咧的噪音，烦得她只想出来躲躲清静呢？或是因为家中老人的无聊起腻，成天在家转转悠悠地不算完，还要去招呼街坊邻里来家里搓麻将，叫她看着就心里起火。

“这是哪个臭娘们儿的玩意儿！”媳妇横眉怒目地责问金鼎。

金鼎先是一愣，因为媳妇向来不愿出现在他的店铺里，她嫌弃金鼎的活儿又脏又累，说什么给肉皮刮毛，片去内层的油泥、油脂和清洗的步骤叫人发呕，接下来的切、腌、酿、烧、酱等的流程，也真叫一个烦琐麻烦。在媳妇的观念里，自家的爷们儿就得在外头辛苦挣钱，且挣来的钱也都理应供养家里的婆娘。

营造人们相安无事，其乐融融氛围的，也许正是撒谎；引发人们厌恶、嫉妒，失落、仇恨的正因，也许就是直言不讳。

“住咱前街的！原先那个烧煤球的，我是想说他媳妇儿。”

“他媳妇儿怎么啦？”用一，从无，可生万物。瞬时，金鼎媳妇的想象力打开了，她恼羞成怒地嚷道：“难道你俩私通！你俩背着我搞瞎吧！哼！难怪啊说不显山不露水之人蔫主意大呢！看你成天老蔫儿（老蔫儿：寡言少语、性格内向的人）地做事，可真没想到你惦记起别人家的婆娘来了！快说！你俩发展到嘛程度了？是不是先把我杀了，再将她扶正的心都有了啊！”

金鼎瞅着已经暴跳如雷的媳妇，脑袋里还寻思着她为嘛此刻会出现在店里，至于他媳妇句句带炮轰的话语，他根本就是一头雾水地不知其所以然。

世界上没有两片完全相同的叶子，却有两个性格雷同的人。此时正跟金鼎媳妇并肩作战的，就是妇人的爷们儿。他气急败坏地抽出裤腰带打妇人的身子，嘴里还不停地骂她是个骚娘们儿！也就是在事发的前一天，他趁妇人外出上茅房的工夫，无意间发现了她的裤腰带，也顺势瞅见了裤腰上的小布袋，不过还没来得及数清钱数之时，妇人回来了。

“昨儿系你裤腰带上的布袋儿哪儿去啦？！不说打死你！”惊人类似的恼羞与成怒，能够让爆燃的气氛在这个家里重现。

打外边儿累了一天的妇人，显然不能再做出什么抵抗了，她害怕爷们儿不住上升的势头，自个儿的身子也逐渐被他抽打遍了。人不可能是钢铁筑成的，尤其是一个早已精疲力竭的妇人，她身体的承受力到达了极限，她倒在了血泊中。然而爷们儿冲她不依不饶地喊着“别装死”，对她不予反应的身躯又补上了两下狠狠地抽打。那么妇人真落到姥姥不疼，舅舅不爱的地步了吗？家里不容，外头拼命，实在地委屈至极！

爷们儿打乏了之后就开始喝酒，因为气儿不顺，也就接连不断地续上干，续上干，直至把一看成四，将四念成十，嘴里像是含着条鲶鱼，呜里哇啦地混沌开来。突然，一个拿着小布袋儿，气焰熏天的妇人找上了门，她将自己的脑门、嘴、下巴、耳朵、鼻梁，以至后脑勺儿，完整地全息投影在了爷们儿的眼眶里，谁知那爷们儿仍有把子力气，于是再次挥举起了裤腰带，即刻击中了妇人的要害，仅这一下，真的仅指着这一下，那妇人毙了命。

此后，金鼎依旧经营自己的买卖，妇人也时常会在一天的劳顿之余，过来买份罗汉肚充饥饿扁的肚子。二人之间，一个是买主，一个是卖主，他们心中都存着对这个完整罗汉肚的依赖，因此各自撑起了围绕它过活的小日子。当然除了做罗汉肚的交易外，二人没有任何多余的交流，甚至连金鼎的媳妇什么时候出的殡；那个原先烧煤球儿的汉子什么时候被押送、经候审入大狱，再到后来执行死刑的结局，也都成了他们各自脑子里逐渐被淡忘的空白。

炸果仁

“这天又闷又热，横是要下雨了吧！”

夜儿个黑晌儿加班，溜儿溜儿干了一宿的老黄，嘴里嘟嘟囔囔地快步钻进了地铁站。（夜儿个：昨天）（黑晌儿：夜晚）（溜儿溜儿：整整）

“好嘞，下吧下吧！赶我到地儿的时候雨停就成！”

其实老黄每次下了班，并不会直接回家，而是先要赶去“赌场”捞一笔“金”。这个看似是为他赢“钱”开设的地界儿，是个专门给人们斗蛐蛐儿的公园。园子里总有那么几大位以斗蛐蛐决胜负的玩家，但是不管输赢，人家就为图一乐。老黄是一位资深的看客，也是边看边支嘴儿（支嘴儿：看下棋或打牌时，从旁给人出主意）的老人家，那么同样不管赢多少“金”，这个“金”字儿代表的战利品无非就是 10 块钱一大关（一大关：最高限度）的炸果仁。同样，卖炸果仁的老爷子也时常输掉自己用来营生的商品，但即便有如此“惨重”的战绩，那位老爷子也仍不服输，依旧会认为自己具备最会预测斗蛐蛐儿结果的好眼神儿！

老黄和这群老玩伴们达成了一致，只要躲开紧张忙碌的都市圈，进到这个充满休闲味道的园子以后，自己想是多少岁就是多少岁，自己想叫什么就叫什么。于是一位得有 80 岁往上的老爷子对自己就有了小青年的自称，另一位看着 30 岁出头的小伙子，让旁人知道了他名叫老头乐。炸果仁的老爷子称自己是二姨夫，他也是为这群人发放“赌注”的“大财主”。没错！人们欢声笑语，其乐融融，各自压着各自手中的那一包炸果仁，围在斗蛐蛐儿的主场外围，你一言，我一语的，他也紧跟上一句句的战况解说，接着各自又都愿赌服输地，你交出你的一包炸果仁，我输掉我的俩包，他赔掉他的三包。如此一来才有了紧张与刺激的欢腾劲儿。

今儿个大清早，老黄走出了地铁站，天空果真如其所愿地作了美，方才进地跌站时感受到的那又闷又热的天儿呢？可能双手抱拳作罗圈揖地提前退出了气象舞台。就这样，老黄深深地吸了一口带着雨后泥土般清新的空气，舒适惬意地瞟向了正忙乎摆摊儿的二姨夫，其正在拿报纸将凉透了的炸果仁一一包裹好，分装是进行商业兜售前的最后一环，在这之前要用温油将泡胀、舒展、控干水分后的果仁炸制八成熟，捞出控油，倒入大盘内摊开，待全部炸完后还要撒细盐，拌匀、晾凉。

炸果仁又酥又脆，还香得很。老黄惦记着这种口感，于是他专程先到二姨夫耳边吹吹风："你这炸果仁是上半场就输给我呢，还是让我再陪你看会儿下半程？"

"我说'黄世仁'老爷，您了还想搜刮我的炸果仁啊？这回想吃拿钱买吧！"

"不是我不想掏钱买，是你不给我这机会啊！每回你说哪边儿赢，结果哪边儿的果仁想当然地进了另一边儿的嘴。"

二姨夫瞅着老黄满脸的肯定，跟手就递去一包炸果仁："老兄，今后别再揭我短儿了，这包果仁算我收买你。"

老黄今天的状态不是很理想，刚下了夜班儿，眼下他只想要要贫嘴，找找乐子，可没承想二姨夫还挺配合他的随口胡来。于是他接过这包炸果仁，心里也随即长了草。这一刻，满身倦意的他想到了赶紧往家去，他馋每个夜班后，老伴儿为自己准备的那半斤红星二锅头，就着这一包炸果仁的饱足感，之后再往炕上一躺，舒舒服服地补个太阳晒屁股的觉。

想着想着，美着美着，老黄脚底下开始拌蒜，身体前后左右摇晃了几圈儿，又蹦跶了几下踢踏舞，"扑通"一下倒地不起。人们的视线瞬间从蛐蛐儿们的竞技场转移到了老黄身上，不会儿的工夫，120 急救车上的担架就把老黄的身子移走了。

老头乐果断地说老黄犯的是心肌梗死，小青年儿沉着地摆摆手，毫无掩饰地说这情况他之前也体验过，睡眠不足或是空腹的原因，加之步入老年后的一堆常见病，若是哪根血管突然找不着北，拐错了弯儿，这人呐！可能在眩晕之中就成了老年痴呆，或是将人生游戏走到了终点。二姨夫不管人们议论出的情况谁更具有权威性，他只顾着方才被老黄一晕而随手抛出去的那包"黄金"，忙着捡起来，且成了新一轮的赌注。然而结果如何呢？他果真又十分慷慨地递出了这包"黄金"出去，并没有半句的不服输。

一周过后，老黄的身子痊愈了。他走出医院的那一刻，想到的竟然还是斗蛐蛐儿。看来独自在家喝酒就炸果仁的偏好是次要的，他还是钟情于走进园子，跟老哥们兄弟们一起分享“黄金”的全过程。人么，活着图一乐是会活着的诀窍。俗话说，年轻人的任何犹豫都是脑子不好使的原因，老年人的任何犹豫都是身子骨衰落的表象。然而在这座园子里的人们，不论谁的脑袋瓜子好使不好使，谁的腿脚灵便不灵便，反正人人都愿赌服输，绝不怨声载道，再退一万步讲的话，输得再惨再出圈儿，范围也不过是那一车的炸果仁么！

嗡儿嗡儿糕

“售者担高凳，一端置小火炉，一端置木柜，中实米制面及糖等，木甑中空，活底，以面及糖置甑中蒸之，顷刻即得，推其底，则糕自甑上出，儿童颇喜之，盖以其现做现炊，甚有趣也。”这是《故都食物百咏》中对甑儿糕的描述。每读上一回，我脑海中就会跟进一段童年景象：“嗡儿嗡儿”的汽笛声一闹，当年，七八十年代出生的娃娃们会从胡同小巷里跳窜出来，不会儿的工夫就簇拥在了吆喝“熟哩儿——糕”的前后左右。娃娃们拍手、嬉笑，欢实（起劲，活跃）的一副副姿态，如同过年围观烟花爆竹点燃的时刻，一种掏心窝子的欢腾与喜悦不言而喻。然而这一刻，娃娃们是因着“嗡儿嗡儿”的起因，一屉顶一屉的白糕，被涂抹上豆馅儿、白糖、红果等酱料之后，所共同燃起的兴奋点。没错，嗡儿嗡儿糕即熟梨糕，别名又叫甑儿糕或者碗儿糕。

今儿个故事主人公的名字叫万俟司马，只是名字的字数当年被父母起得多了点儿，要说此人就是个普通人，没有帝王将相的风范，更没有旷世才子的风采。他有稳定的工作，有房有车，有老婆没孩子，在一个和风煦日的周末下午，他开车带妻子出去找地界儿凑热闹，不久后在一处人多密集的场所，首先找到了车位，车停稳了才能放开手脚地吃喝玩乐。

“老公，你快看！”万俟司马扭过脸来，沿妻子手指的方向上，透过后挡风玻璃瞧见了一堆人。

“干嘛的？”他转回头，关音响、合车窗、熄火拔钥匙、拉手刹。

妻子已将整个身体扭向了后方，拿膝盖跪在副驾驶座位上，试图看得更真。

万俟司马伸手拍了下妻子的屁股，笑着说：“我说，甭费劲了，咱俩下车到跟前儿去，能看得最真。”

“是卖嗡儿嗡儿糕的！”妻子突然兴奋地说，迅速地将身子扭转回来，在副驾座位上端正的坐姿像个小学生，“小时候跟同学总在放学路上买嗡儿嗡儿糕吃，记得那会儿正是在这附近，是一位大爷推车卖的。你说现在还会是那位大爷么？”

妻子的话让万俟司马咽了口唾沫，吃了个惊。他脑海里马上浮现出一道算式题：假如当年妻子只有 7 岁，加上可以被称作大爷的 50 岁年纪，可眼下妻子已经 28 了，28 减 7 加 50 等于……于是他心想：也并不是没有可能性。人家伍迪·艾伦 80 多岁还拍《摩天轮》呢！接着他才对妻子说：“走，咱下车去一探究竟！”

夫妻二人手牵手地朝车尾的方向前进，向人头攒动的地方跟进。

谁承想果真又是一位大爷，不过此大爷非彼大爷，相似的制作器具，相同的制作手法下出品的一屉顶一屉的白糕，霎时从每个成年人的眼神里带出了少年时的稚气。

妻子笑眯眯地望着大爷，因为周围人一句接一句的抢话，使她半天没能插一句嘴。的确！一到周末人多的时候，一个人忙乎生意，肯定有些忙手忙脚。这时，等候的人群中，有个声音替大爷回答了刚到来者们的疑问：“十五块钱一份，一份六个。”

“啊？！”妻子瞪大了眼睛，张开了大嘴，大声嚷嚷道：“这玩意儿现在卖十五了吗！合着两块五一个？！”她跟一旁的万俟司马使了个眼色，挤了下眉头，又说：“头些年鼓楼那边还卖五块钱一份儿呢！”

万俟司马配合着妻子的气场，扬了扬声调说：“你说头些年，不得有个十来年的光景了嘛！”

“哪有啊？！”妻子两眼冒着不情愿的肝火，露出一副遭遇物价上涨的痛苦相儿。然而宇宙不是在一片叹息声中不断膨胀下去的。这时，妻子选择了离开。

“咱走吧，我不想买了。”

“别啊！十五块钱就当买个小时候的记忆。”

“小时候的记忆？！两毛钱一块儿啊！”

妻子猫磴心般地落了俗：“妈的，谁叫这个糟老头子（指讨嫌的人）卖这么贵！是那么值钱的玩意儿么！”

万俟司马拿食指抵住了自己的嘴唇，对妻子“嘘”了一声。可没想到，妻子却开始了不依不饶：“还不许我骂街了是么！本来就不是什么值钱的东西。卖十五块钱六个，他为嘛不去抢银行。妈的！”

“最后一句不文明。”

“反正我说东，你就说西；我说白，你就说黑。我现在就说妈的！”

“不许这样！我老婆讲文明懂礼貌！”

"就妈的！"

"注意素质！"

"呸！"

"你吃枪药了是么！"

"你吃火焰喷射器了！"

就这样一句跟上一句的暴躁，叫本是出来寻乐子的夫妻俩瞬间垂头丧气。万俟司马想挽回局面，他喘了口大气，又稳了稳情绪，说："咱出来是玩儿的，不是出来找不痛快的。咱们一起好好的，别闹别扭了成么？"

妻子噘起了嘴，双手插进口袋，迈着大步独自行走，万俟司马跟随其后憋憋屈屈地低头前行。在接下来的半个多小时里，夫妻二人陷入了沉默之中。

云彩的光影、绿树的摇摆、喜鹊的鸣声、行人的笑颜，在情绪低落时看来，一切都是烦扰。

他俩沿着马路牙子一前一后地走着，生生走过了卖点心的，卖芝麻、油酥烧饼的，卖粉肠子、玫瑰肠儿的，还有像什么卖烤鸡、烧鸡的，炸串儿的，炸素丸子的，卖老城里果仁儿、切糕、萝卜糖的……

"老婆！"万俟司马打破了僵局，"咱俩吃刨冰去么？"

"可我只想吃嗡儿嗡儿糕。"妻子终于从六神无主的神情里挣扎出来了，她沮丧的面容上带出几分不舍与难过，"我真的想吃嗡儿嗡儿糕了。"

"要是刚才咱俩在那等的话，估计现在都进胃肠道了！"万俟司马坏笑着说。

"可是价钱有点儿贵得离谱了吧！那不就是米、糖和食色（色素）么！"

"那好，假如我现在给你米、糖和食色，你能自个儿做出来嘛？"

"不能。"

"是啊，你自个儿做不出来，又嫌人家卖得贵，不就只剩流哈喇子了么！"

"其实你这种思维逻辑是无懈可击的。"

转回过几个街角，夫妇二人再次回到了原先那个卖熟梨糕的摊位。在他们离开的这段时间里，人流量只增未减。万俟司马拉住了妻子的手，二人默默地排在了队伍的最后方，当轮到他俩个儿的时候，万俟司马从妻子的眼神中捕捉到了来自童年时代那至真、至纯的满心期待。

橙子酪

那年冬天，姑娘们时兴穿烟色条绒棉袄，戴橙色围脖儿（围巾）。她姓卢，自称卢大小姐。她没儿没女，且考虑过往前走一步。于是她对王八头挑明了心意，但这个长期被妻子戴绿帽子的男人，却顿时萎了（指打不起精神，萎靡不振），他不想跟卢大小姐产生进一步的瓜葛。他自卑，他是俗话中所说的软盖儿（软盖儿：暗指“软盖儿王八”指妻子和人通奸，而对方有权势，男人则忍气吞声不敢发作）。

跟王八头的妻子头回见面时，那婆娘身穿烟色袄，系橙围巾，这身儿装扮叫卢大小姐说成是有点搭配的概念，但仅是追逐潮流不易跑偏罢了。自然，那婆娘也瞧不上卢大小姐那一身儿中式旗袍。春夏天半袖儿，秋冬天长袖儿，身材是人中的瘦高挑儿，跟自个儿那胖墩儿爷们儿简直凑齐了高矮胖瘦这四个字！卢大小姐喜合，就是喜欢和别人待在一起，而她的爷们儿总是不在家，且这一走有时就是两三年。渐渐地，她利用闲暇开始发掘自身的潜能：铅笔素描、彩铅素描、圆珠笔素描、钢笔素描，总之在各种笔杆子下，都有她爷们儿的那张圆滚滚的大饼脸。可是没过多久，其中的一张比较写实的画作，就被永久地挂上了墙。

爷们儿的离去，叫卢大小姐曾一度伤感地认为，自己的命运就该这样。可是就有那么一天，她撂下了画笔，拿起了麦克风，她要在 KTV 的包间里唱出心中的苦闷。接着，出现了不过是贯穿各个包间过道上，如此转瞬即逝地擦肩而过，可就是如此合情合理地路过、抬头、对视，感到似曾相识，就接续上了她与王八头的故事，从此二人有了体会彼此心灵创伤的机缘。

卢大小姐回忆说自己与王八头真是一见如故，他俩之间的相识相知，将各自的情欲逐级升温，但是二人均缺乏大胆表达的勇气。王八头提到自己妻子说他没囊没气，生性闷骚，态度冷漠，就算把他撇到女人堆儿里，都不用担心他会解开皮带，脱掉裤子。卢大小姐每当听到他谈及妻子的事儿时，便情不由衷地点上一首《Darling》，她不是跟以往似的，自言自语地唱给自己的耳朵听，而是要向王八头倾诉，唤醒他真应该动容起来的男子色心。王八头因此被感染了，他盯着卢大小姐身上的芥末黄长袖旗袍，不住地投以色眯眯的目光。这次的情感互通之后，王八头主动来到了卢大小姐的家门口，并上楼为她做了他唯一擅长的一道甜品——橙子酪。

橙子酪清爽开胃，并富含维生素，美容滋养。但是卢大小姐每次只品尝却不去询问制作过程，因为她有信心自己不必学，将来总会常吃到。

可是那天的头次见面，王八头的妻子上来就给卢大小姐脸上添了个大巴掌印儿，叫卢大小姐一向关心的智齿问题彻底解决掉了。是的，那婆娘的激劲儿把她的智齿给打掉了，不仅如此，卢大小姐还遭到了言语攻击，那些措辞里所包含的羞辱，让同样也在场的王八头根本抬不起头。

这就是命啊，赶上这么一个横竖不懂的婆娘。谁都没咒儿念了吧，我说怎么样？傻了吧？没有傻。卢大小姐可真有抵抗的情绪在呢。她把旗袍下摆碍事儿的部分生生扯下来，一条长裙即刻改成了短款。

至此两个女人一起拥有了满头蓬乱的头发啦，一鳞半爪的美甲啦，扭转变形的身躯啦，面颊、胳膊、脖子上被“雕琢”得深浅不一的抓痕啦，这些解释得通的词语，能使二人从各自身体内部发泄出来的怨气，得以用这样的词汇描写，形容得既到位又全面。

这正是女人之间富有纪实感的殴斗画面：揪头发、互抓互挠，连带脚底下跟进的踢、踹、蹬等一系列小动作。然而在这一幕幕的互殴当中，两个女人如同找到一个入口，说办你就不费二话地制造出一片真空，尽力在其中还原厮杀、打斗的动作与表情。其实这二位离王八头很近，而他的头脑在这真空的外面，就是不愿探进去。

打着打着，一方开始心绪茫然，一方开始焦躁不安。当两个女人都开始注意到包围着她们的这一“真空”之外，有个对此无动于衷的男人，而为了这个没良心的家伙，如此的大打出手根本不值。

王八头的妻子一边捋着早已没了造型的红头发，一边比画做出了停战的手势。按说卢大小姐的嗓子还真能撑得住。自从开战以来，她便一直叫嚷着，到了竟然还能发出声儿。这要源自她的腹腔通过胸腔、喉咙、舌头、短缺的牙齿，源源不断输送出去的气力，且从“臭婊子”最终改口嚷成了“冒傻气”（冒傻气，形容人言行幼稚可笑）。或许这两位女士感到的局部疼痛，叫二人想借此痛作为抛弃王八头，和不愿抛弃王八头执念的一个了结。

王八头的妻子最终整理好时尚的穿戴，并拎起旅行箱离开了他们的那个家，且伴她同行的，就是原先早已暴露行迹的第三者。卢大小姐的嗓子经过那次的事件差点儿喊废了。不过，这也算是给了王八头一次好好表现的机会。他每天都会待在卢大小姐家里，给她洗衣做饭收拾屋子。当然了，还要为她奉上那个清水加冰花、加橙汁，见开，挂芡，并不太稠的橙子酪。

熘松花

跟一本名为《老天津》的书中记述的类似，张缓棋的姥姥打其明辨是非的时候，就爱对自己的孙男娣女们念叨想要在天津搂上“大”银子。可没点儿背景，没点儿本钱，没点儿造化的境遇下，此种设想就是白日做梦。虽然在天津卫，好歹做点儿嘛就能养家糊口，但是要想成功，并没看起来的那么容易。别看人家有钱，进进出出高档消费场所。但一样的能耐之下，人家能成，你就未必能成。为嘛呢？人家走运字儿了呗！常言说道：谋事在人，成事在天，却又有许多不正当的事儿，谋也不在人，成也不在天，靠的就是运气。碰上好运气，飞黄腾达；赶上倒霉，一败涂地。姥姥的意思表述到此，才引出了她常会挂嘴边上的那句话：“人不能和命争！”对呀！该是你的，怎么也跑不掉；不该是你的，劝你提早就甭多想了，还是该干嘛干嘛去，如此一来可以算是个聪明人。如今，张缓棋的姥姥已过世多年，为此，他的伤感之处还在于这辈子应该是不会再见到这位老人了。因而他会常常思念起老人家和那道熘松花。

人生隔世，涣然入梦。梦境里的张缓棋，还是一位天每天儿（每天、成天）闹着要吃熘松花的小屁孩儿呢（对小孩子的戏称，带轻蔑意味）！可眼下的他只会在院子里招呼来几位老相好，下下棋，品品茶，真成了一个提前退休在家养闲在的人儿了。要说张缓棋下棋的路数，可谓是走一步棋后不算数，要么悔棋，要么再来，完全耍无赖的套路。可他家的院子大，种出的花草树木，全都到了能叫人竖起大拇哥夸赞的地步。再看着他每日招待友人的茶水，冻顶乌龙、信阳毛尖，品品他窖藏的湿度、温度均事宜的酒类——葡萄酒、金门高粱，或者茅台、五粮液、剑南春，又或是逛逛起居室内的古董文玩，让你我他的心总惦念着他的一份诚挚的邀请。在他达到此种境界之前，谁人能知作为人人眼中的大成功，只会用一句“人不能和命争”来笑谈过往经历呢？张缓棋说得没错。在走过、路过的这四十多载岁月，他的人生信条向来如此。

在张缓棋的大宅子里，厨师的形象总是被新到者更替着，原因只有一个，做不出张缓棋记忆中的熘松花，那就只有被解聘。就算你是擅长勺扒类的，擅烹河海两鲜，擅炸溜软硬飞禽，或是因菜施用，以配色和谐悦目见长的金牌厨子，熘松花是唯一的过关菜！不仅张缓棋爱吃，他的妻子小莉据说也吃过原版的。那时姥姥一眼就相中了，这个不会给张缓棋招来麻烦的丑姑娘。当初姥姥拿定主意撮合他们成婚，正是因着小莉面不露骨、脸圆耳肥、鼻宽唇厚、下巴有肉这么一副旺夫发达的好面相。姥姥在小莉初次登门拜访之日，为他们亲自下厨，做了那道平日里张缓棋点名都不给其做的溜松花——先将松花剥皮，改成菱角块儿，再处理辅料，滚上面粉的松花在下油锅之前，还要抖一下浮面，让松花上的面糊均匀。至于如何让松花蛋在视觉上幻化出抱上料汁儿的效果，张缓棋可谓是一声叹服。然而眼下还有更令他叹服的情形，就是爱妻小莉的长相，真是越来越水灵，越长越耐人寻味了。

有时候选择就意味着放弃，既然选了，就得定，就得义无反顾地不回头。关于张缓棋婚恋方面的选择，要说姥姥的力量功不可没。老人家当年的执意，其实不单是选中了小莉的旺夫相儿，而是这个没人愿意选择的长相，却成了日后张缓棋走运的援助力。照如此分析来说，姥姥的信念里也有转运的事在人为。

果真，张缓棋未娶小莉以前，人生处处想“缓步儿”。比如落榜之时；大家伙儿聚众殴斗被派出所儿拘留之时；觉得自个儿前途迷茫，便想投机取巧，待上了贼船以后的被骗之时；光指着瞧见的一个漂亮背影儿，继而尾随其后，追出二里地后才发现对方的正脸，原来是位满脸褶子的大娘之时……并且他还惦念过那个长相俊俏，但就是拜金败到坟墓里的女人，可现在想想当时那些得来不易的银子，真都往那个女人身上打了水漂儿。

跟小莉结婚以后，张缓棋放弃了自己原有的杂念，脚踏实地，兢兢业业。在此期间，小莉成了他背后港湾中得力的贤内助。夫妻二人搭伙过日子，且这小日子过得果真是越来越红火。但唯独一点就是小莉做不出姥姥那熘松花的味道，毕竟她只吃过一次，而且在那次过后，姥姥的身子每况愈下，在他们二人向老人保证今后一定要携手之后，老人笑着合上了眼。这就成了姥姥离世后，两口子所共有的一个心魔。

这次请来的津菜大师制作出的熘松花，从品相上就给人一种软嫩而香，酸甜咸鲜的视觉冲击。张缓棋忍不住诱惑地夹起一口放进嘴里，闭目入定去搜寻在他心中的原版滋味，然而他再一次地皱起了眉头。当他放下筷子时，小莉跟手也尝了一口，她寻思这个味道应该是大厨动用了全身解数，跟其他厨师一样，已经倾其所有的能耐于料理之中了。

或许原先，在张缓棋总是不济的命运里，这道菜提供给了他转运的契机。之后，此菜自然失掉了魔力，丧失了原有给予他那动情至深的体会。又或许就算是姥姥再度显灵，并将魂魄附在一位厨子的身上，那个失掉了原先滋味的熘松花，没准就是命运转化后的有得必有失。不论如何争取，它就是以前那个张缓棋命里才有的菜，而事到如今不再是这位张大户能拥有的了。

到此，张缓棋叹服出了第三声："人果然不能和命争。"

姐姐，您那么一大口不得噎死啊，懂嘛叫半口么？”接着他又对九妹讲起烧茄子的故事来了，“茄子皮儿不削，切成一寸多长的块儿。像划腰花似的，往茄子皮上打花刀，越细越好，入油锅炸。锅里不必搁太多油，当茄子皮炸到微焦、发黄时，锅里的油会比之前的多，茄子先生懂得先吸油后吐油的省油道理。把炸好的茄子捞出，往锅里放一部分的蒜末和肥瘦肉一起翻炒，再将炸好的茄子回锅，加酱油，急速快炒装盘后，撒上另一部分蒜末和芫荽。”

石头说着，撇起的嘴里，又留出了空当儿，他燃起了烟，摆出一副玩世不恭的样子，往那满脸写着不屑的九妹方向上随意地瞟着。按说人性的一个最特别的弱点，就是当事者迷。论颜值，讲实力，石头够不上九妹择偶标准的下限：一个连自己的身高都要怀疑是否能到达一米六，长相要跟动物世界里的灵长科儿的打擂台，每月的工资还得拿出来还债的主儿，让宋九妹也开始觉出自己当初，对要跟他一起过的执念，到底是出于何打算？

“既然都说明白了，今后你就照着我讲的法子烧茄子，懂了么？”此时，石头的五官四肢连同他的脑筋，像大爷一样摆在那儿，作威作福。

“你嘛意思？”九妹向他抛出了个意味深长的笑，她灵动的丹凤眼，直挺小巧的鼻子和红润外朗的唇形，这五官从不给表情添乱。各个部位各司其职地为观者呈现出一副灵动的气象。

坐享其成，往往是好吃懒做的托词。石头连续打了两个响嗝，应验了他时常会在九妹面前谝出的那一句：“这都是酒劲儿引来的‘屁篓子’！”那是他自己认为的，多么会招人顾恋的坏嘎嘎儿的风度。他向来只愿坐在那一处，因为随手就能够到一瓶未开封的酒，哼唱跑调的曲子，眼看着就坠入到自己营造的那片自嗨的、酒气熏天的深渊里。

宋九妹吃完汤泡饭，收拾了自己那副碗筷儿，心想：零就是零，一就是一，嗜酒如命就是死性不改，有点儿钱就全去买酒了，一次一瓶灌到底儿，从来不留“养鱼”的杯底儿。他这个烂泥糊不上墙的倒霉玩意儿！

“小时候喝汽水，尝到了这世上的甜蜜，如今喝烈酒，明白了这世道的真实！所以不喝酒，怎能叫我逃脱这个清清楚楚的世界呢？”石头得意地继续仰脖灌着酒。

“我对酒精过敏，所以一辈子不沾一滴酒。”

“那你这就叫人生有缺失！”

宋九妹端起石头剩下的那碗汤泡饭，毫不费二话地将饭碗里的汤喝净了，而石头却颠着脑袋，斜着脖子，打嘴里散出一股股的酒气来：“你这烧茄子的味儿本身就有问题，再加上水，就更不是给人吃的饭了。这样分析，我要是真把你给娶了，有些事儿上还真叫我不省心啊！”他说话时的语气虽然阴阳怪气，但始终保持着乐乐呵呵的表情，这让宋九妹极度反感。

人一旦叫酒劲儿拿上了魂魄，就必然失了态、忘了正形。石头这会儿又愣巴睁地说：“快说你爱我！完事儿咱俩试试活儿。”

宋九妹狠狠地睖了石头一眼，转身走进了厨房，瞧见了两个表皮发青的茄子。然而举着酒瓶子的石头，对于九妹做汤泡饭的事儿感到理所应当，对于九妹的不声不响，他也表示出对这段感情的无关痛痒。

鸡里爆

谁都不知道这个女的是从哪里冒出来的。她身高一米八，体重不用计，因为从上至下地打量一遍此人，其整个儿就是一个大麻秆儿。

音乐节一开场，台上台下就呼唤起了她的名字："大垛！大垛！大垛……"没错！大垛是乐队里唯一的女吉他手，也是队里体长最长的成员。其余的像主唱啦，鼓手啦，键盘啦，贝斯手啦，平均身高不过一米七。

灵魂与身躯之间的距离并不遥远，因此我们的存在便能如此地！伴随灯光依次打在乐手们的面孔上，一个大高个儿——细长的脖儿，大长腿，身上挎把吉普森吉他的大垛，从舞台上蹦来跳去地开始了自己的个人秀。她在舞台上的行迹毫无规律可言，她那上半身穿着一贯庄重妥帖的燕尾服，下半身也一如既往地裹着黑仔裤，加之一顶雅色的礼帽，如此一齐示众，跟其旁边逐个亮相的四位男士们，却各个挂起了一副白皙水嫩的小生相儿，他们一致性地穿着苏格兰式的格子短裙，上衣的装扮俨然花枝招展的，配搭大垛的一身干练体面的裤装，这样的组合即为这个乐队敲定了独树一帜的调子，于是大家伙儿们一道传颂开了他们乐队的名称——杂耍儿场。

随着刘宝全、白云鹏、金万昌、乔清秀、花四宝、戴少甫、高五姑等一批杂耍名家的相继辞世，天津的杂耍儿场就逐渐走向了衰落。可是这些前辈们万万没有想到的是，时隔一个世纪之后的舞台上，又萌生出了一派摇滚悦动的新气象。

天津杂耍，容纳了如河南坠子、山东梨花大鼓、北京单弦等地方曲种，并加以改造升华。而大垛他们的乐队，也是集合了雷鬼、说唱、爵士、英伦等多种形式，并耍出了他们独具个性的摇滚气场。

按说女的跟男的站一起，本身就容易显高一公分（厘米），何况这一位本就高出伙伴们十公分的大垛。每次他们演出结束以后，哥儿几个都会收工到外面的脏摊儿上庆祝一番。而这时，你会看到他们的餐桌上，总会点上一盘鸡里蹦，刻意也好，故意也罢，此菜无论意义还是味道，都叫他们爱不释口。鸡脯肉和里脊肉分别洗净去筋，均切成柳叶片，然后各自加料腌制，再各自经油锅划炒控油，最后鸡片遇里脊，鸡片雪白，里脊雅致，是一道吃起来特别香、嫩的下酒菜！

乐队里的鼓手曾经想跟大垛交往，因为他认为自己是乐队的这帮白肤色伙计们当中，最具竞争力的男人。他拥有这个说辞是因着自己分布得很体面的肌肉群，和拉高了平均身高的体长，所以能自认为自己可以取得大垛目光上的青睐。起初，他主动接近过大垛，主动献过殷勤，但是频频未果而终。因为终归大垛太瘦了，她认为鼓手的一条胳膊能顶她两条大腿捆在一起的粗细。她怕倘若他们日后发生了矛盾，自己会有缺胳膊少腿儿的危险。最后，她十分妥善地处理好了他们二人之间的姐弟同盟关系。这不，鼓手又在为姐姐挑拣鸡里爆中，最符合姐姐口味的里脊肉片了么。

其实大垛在婚恋观上，并不挑拣。她明白自身的高度，本身就能够屏蔽掉部分介意身高差的世俗人群了，加之自己那么瘦的身板儿，弱不禁风的样子，又叫另一些担心瘦女人怀不上娃娃的大妈们，嗤之以鼻了。

还有一个重要的原因，就是大垛长相很难看，属于不用咂摸（寻思，辨析，品味）滋味儿，便可断定没鼻子没眼儿类型的五官长相。所以她不敢仰视那些比自己长得还高的帅气男士们。在她主观钙化的观念里，那些高大挺拔的形象是不会看上像自己这样又高又瘦，还如此丑陋的女人的。

我们既无力作恶，也无力为善，那就让我们心中的怒火燃烧起来吧！这届的音乐节即将拉开序幕，以大垛为主力阵营的杂要儿场又要彰显他们的风格，在舞台上尽情要一把各自的激情。“我们并不希望改变你们对我们弱点上的观念，也不希望由此引发热捧与跟风，只是希望在我们前进的道路上获得该有的掌声与喝彩。”继而台下的粉丝们真情实意地狂热高喊了起来，大家欢呼着大垛的名字，并叫嚷着，想要杂要儿场再次返场。因为大垛的模样与其余男性成员相比，的确差别太大，可唯独这样的不一样，才使得他们的乐队有了一种另类的鬼才魔力。

是不是杂要儿场要解散啦？这是真的嘛？因为时间久了，人们什么都能适应。乐迷们开始了议论纷纷……可不就是因为这季音乐节上，大家意识到了大垛竟然露出了大长脖子与大长腿上的雅色，穿上了超短裙，而那几位一登台就裙装掩身的哥儿几个，却都套上了长裤子。他们舞台风格上的转换，不得不叫大家质疑这么多年来，杂要儿场一向男穿裙子，女穿裤子的风格，是否因着什么突发状况，导致了仿佛像是在终了之前为大家伙儿来上一次大反转？

但在随后的记者发布会上，大垛带头发了言，她挑明只要自己的真身还存在，杂耍儿场就不会散伙的信心。此刻，其他人等均给予了至真至诚的助阵拍手声。

除了瞬间即逝的圆满时刻，整个现实对他们来说都是不完整的，这次的风格变换就是为了带人们进入一种全新的视角，或者在行为序列当中，打破常规，以求得张张的意外面孔对他们的重新审视。其实杂耍儿场这支乐队的全体成员希望看到自己的乐迷们，喜欢的是他们的原创音乐，而不是通过浮夸的外在包装而引来的眼球儿追捧。

原来是虚惊一场，大家以为杂耍儿场的突然改变，会是重蹈百年前历史车轮碾压过的痕迹——就此宣告此路不通，就地解散前的最后疯狂。但是他们在这场演出结束以后，再次聚到一起的庆功宴上，在所有的菜品之中，还是照例有那道鸡里爆。不论火候怎么爆，如何去爆，鸡脯肉跟里脊肉的各自鲜明的特色，依然能叫人一眼识别出其们所具备的潜在实力。

炒腰花 & 爆腰花

“狐黄白灰柳”中的“狐”指狐狸，“黄”指黄鼠狼，“白”指刺猬，“灰”指老鼠，“柳”指长虫。这“五大仙”好不容易凑一起，正商量着去吃点儿什么呢。

灰最近总是混迹在东西南北火车站的边儿边儿沿儿沿儿，因此向大家伙讲了一下自己的感受。灰说：“车站卖给外地人的煎饼馃子是拿白面摊的；吃了掉在地上的炸糕碎渣子粘牙不说，还糊嗓子，更是难以下咽。不过，那些应该是拿玉米面或豆面，在热铛上烙得微微起痂之后，再裹上韭菜、鸡蛋、虾皮馅料的烀饼子，市内六区倒是少见，大多是打火车上下来的外乡人，自家里带到路上吃的口粮。”说到此，长期盘踞在蓟县（现蓟州区）山林的柳也表示赞同。柳说：“天津人爱吃鲫鱼、拐子（鲤鱼）、胖头（胖头鱼）和厚子（草鱼），但只要一走进蓟县农家院儿，就全凭农户们的安排。比如水库鱼吧，没有几个城里人会追问水库鱼到底是什么鱼，因为炖好了被端上桌的鱼，单闻味道就能判断出，比他们在市场上常见的那些鱼类要新鲜、绿色、无公害。好似农户们挑选的食材都集天地之灵气，汇日月之精华了。”

灰体会出了柳的那种吃不到的遗憾。人类嘛，处于食物链的顶端，可以得到其他动物得不到的至臻美味。柳正吐着信子，做水平波状弯曲，使弯曲处的后部施力于粗糙的地面上，再由地面的反作用力助推身子前进，眼看着就离灰越来越接近了，此刻马上叫灰意识到了自己的生命有危险，急忙逃窜到了白的身后，在白那浑身竖起的棘刺后，躲藏了起来。

白，体肥矮、爪锐利、眼小毛短，比灰的优势是遇到敌害时能将身体蜷曲成球状，将刺朝外，从而保护自己。不过此时的刺儿上面，扎的尽是臭鱼烂虾。民间谚语中，那个给鸡拜年的黄鼠狼，受不了白身上散发出的气味儿，一手掩住鼻子周围的白色区域，另一只手阻挡住了猛然杀气外露的柳。黄笑眯眯地抚摸柳的鳞片，夸赞手感光滑如玉，跟手又跟柳聊起走地鸡与下蛋鸡的区别来了。

一直泰然自若的狐，听着黄与柳对鸡种做的详尽分析后，深感自己境遇与之前的大变模样。不过狐还是倾向于大城市的喧嚣，而那些远离闹市区，隐匿在偏远森林、草原、半沙漠、丘陵地带的树洞或土穴中的同类，或许已是一个正等待时机出山的狐仙。

这次五大仙的齐聚一堂，正是这位仙风道骨，兼备了敏锐的视、听、嗅觉的狐所筹划的。可即便拥有令人类叹为观止的修行，狐仍一步不离地待在白的近旁，不是因为成仙后的道行可以屏蔽掉难闻的气味儿。而是狐狸尾巴根部的臭腺，随时散着刺鼻的味道，因而凑一对儿，谁也不会影响谁的心情。在狐的带领下，黄白灰柳在这个月黑风高之夜，来到了一处位于市中心的繁华地段儿。早已耐不住饥饿的这五大仙，白起头，先是跳进一个大型垃圾桶里，寻找残羹剩饭。白的此举勾起了黄、灰、柳的馋虫。

“原来白身上的味道是这样得来的啊！”狐淫笑着说，“毕竟咱都成仙儿了，因此不能只吃垃圾了。奉劝大家伙儿都应该变一变饮食观了。头些年，我也曾靠着一桶桶的垃圾活命，但如今想来简直叫我唏嘘。”狐的话带来了一阵飕飕的凉风，叫一旁的灰就像吃了烟袋油子的柳似的，一个劲儿地打哆嗦。因为灰的脑子突然变清醒了，想到自己已成仙的事实，但为什么还被写进了“小老鼠上灯台，偷吃油下不来，喵喵喵，猫来了，叽里咕噜滚下来”的歌词里，被人类传唱了呢？是的，没错！灰的打哆嗦是一种泄愤。

要论这位狐大仙的形象，绝不能跟其同类混为一谈。其尾巴尖端的白毛果真可以迷惑人类的视听，尤其对那个钟爱古代神话剧的，来城里的打工仔。他每天在刷盘子洗碗之后，就偷偷地摸进厨房取来些被特意留存下来的吃食，随后便去到预先约定好的地点，守候着狐大仙的到来。

今个儿款待狐大仙的吃食里，有道形如麦穗，口感特别嫩，味香、色白的下酒菜。不过还是在那个约好的地方，但到场的食客却是五大位。打工仔从不与狐交流，他每每都会躲到角落里窥探，因为不久后他还得回去继续干活。

白，胆小易惊，况且在这般熙熙攘攘、车水马龙的繁华地段儿，又嗅到了近旁的人间气息，立刻团成了一个刺儿球，裹进钢刺般的外衣下，嘴这才发了音儿：“这么白不呲咧的吃食，莫非是人类拿我的同类做的？”

黄与柳的表现力一致，带出一份既来之则安之，不紧不慢，不慌不忙的神情，估计这会儿正对这盘白物垂涎欲滴。

灰从白的身后蹿跳出来，凑到此菜跟前，眼睛眯起，双颊鼓胀，耳朵朝后，胡须则聚成一团，查证起了这盘吃食的门道。

又是半天不动声色的狐打破了大家伙儿的节奏，可狐一张口不是去解释此菜的来由，而是叮嘱那四位仙儿，待会儿如若吃不下了就不要硬吃，吃饱了就不要吃到吐，因为吃食有的是，不要有那种吃了这顿没有下顿的忐忑之念。

在黄借机问此吃食到底是拿什么做的时，老谋深算的狐一向流畅又清晰的思路却在此刻卡住了壳儿。狐琢磨着，这到底是炒出来的腰花？还是爆出来的腰花？因为炒与爆有时不尝，单就外观上辨认，会是一头雾水。

正当这个纠结的当口儿，打工仔出现了。他又为其们呈上一道吃食，随后一边微笑，一边报上“炒腰花”的菜名。

狐动用自己尾巴尖儿的魔力，叫打工仔魂不守舍地继续道出了炒与爆技法的区别。

原来炒制的腰花，不用碗汁儿，备好的佐料与配菜依次下入锅中，与主食材一起翻炒直至成熟。而爆出来的腰花，需要上火时一瞬间的成熟，因此爆之前，那个事先需要备好的碗汁儿必不可少，它要在那一瞬间与腰花一爆即成。

从这样精准地抓住炒与爆的要点来看，打工仔在平日里没少偷着学技艺。打工仔说完，即刻又消失在了人潮人海中。

白倒是不在意吃食是炒还是爆，其所关心的是食材。当听到是腰花之后，白才安心地大快朵颐起来。

夜更深了，月光在数以万计的灯火下显得尤为暗淡。可街道路灯下，仍还是人声熙攘，川流不息的一番景象。也许人类正试图用这种昼夜颠倒的生活方式，达成自己想要修道成仙的一种境界。就像五大仙那样，在无数盏灯光自上而下的投影里，忙着果腹而蓄积能量，成就自己忽现忽闪，想来则来，想走就走的从容洒脱，不再承受那徘徊于人类生活圈儿边缘线上的命运了呢。

鸡粥哈士蟆

远眺星空，也是为了守护我们脚下的大地。那个早已开始的，对当下生存环境的忧虑，是属于这个蓝色星球上物种们的共同话题。是啊！我们人类要把眼光放长远，在我们还未找到承载人类文明的下一个家园之前，在星际探索还未完成之际，我们仍是地球的唯一主宰者。

每年的夏秋时节，雌哈士蟆的输卵管内便生长出大量大小不一、不规则的胶质块，其色外黑内黄，形似橘子瓣，泡后如棉花瓣，其质细腻，嚼之黏滑，因此我们管它俗称为“哈士蟆油”。随之便应运而生了几道大菜：氽哈士蟆（油）、芙蓉哈士蟆（油）、冰糖哈士蟆（油）、清汤哈士蟆油和点击率最高的鸡粥哈士蟆（油）。

经过这样那样的尝试，哈士蟆早已成为罕见的两栖蛙类了。我们熟知它们春季上岸早，冷天冬眠晚，且耐湿耐热耐寒的习性。故而在它们冬眠将尽或快要苏醒的时候，将它们的种群一网打尽。如今天津的厨师们为衬托、突出哈士蟆的珍贵，会取上等配料中净白的鱼骨、深红的火腿、褐色的冬菇、牙黄色的冬笋，与那柔嫩鲜美的鸡茸搅炒成粥状，并以牛奶调成的淀粉勾芡，如此一来，全菜色味倍增，滋味香醇。

天麻麻亮（天麻麻亮：指天刚有些亮的样子），云鹭就起来了。他是个喜欢征服与挑战的男人，活在世上要的就是这种激情。云鹭这天又要赶早去补蛙了。他的特异功能帮其精准定位两栖蛙类的出没位置。这不，他没费多少工夫就逮到了一只雌性哈士蟆。

“放过我吧，人类大人。”

"你怎么知道我懂你们两栖蛙类语言？"

"您若是不懂，也就没有咱们接下来的沟通了。"

对方言语至此，云鹭突然觉得自己的脑力受到了这个低等生物的诋毁，即刻露出凶残的龅牙，张牙舞爪地说："要怪也只怪你们是这座星球上的原住民！"

哈士蟆的心理和生理上，一致性地反映出怕死的状态。原先它瞧见过同类惨遭人类灭杀的场景。一个个嗜血如命的人形背影，纷纷揭下了伪善的面具，杀戮它们这群原本生活在这座星球原生态环境中的，本能好好生存下去的土著族群。

"你们人类来侵占我们的地球，为嘛就不能跟我们和平共处呢？"云鹭不愿跟雌蛙做过多交涉，因为他这一天的工作，毕竟还是很繁重的。例如，回去后他要进一步研究如何将"哈士蟆油"中的蛋白质、糖类、脂肪、维生素等制成人体所必需的，能在地球上维持生命迹象的营养补充品。并且，"哈士蟆油"对补肾益精、润肺养阴、补虚退热，治疗虚劳咳嗽、神经衰弱、病后及产后虚弱等具有一定的药用疗效。

"求求您了，人类大人。在我体内存在着的，也是自己辛辛苦苦孕育出的子孙后代，请您给它们一个生存的机会吧！"雌哈士蟆不停地恳求着，声音也逐级增强、加大，使得云鹭将要去取其性命的手，忽地静止在了半空中。

"你们的繁殖能力实在太强了，如果我们人类不去捕杀你们的话，将来你们会依靠数量的优势，将我们人类再从你们的地球上赶走。所以我们要把你们的数量控制在合理的范围内！"

这时，不用说，雌哈士蟆满脑子的托词。至少它也想要在这生死一线的时刻，争取到一点改变命运的机会，好使它输卵管内已经跃跃欲试的小卵子们，来到本应属于它们自己的星球。毕竟天下的娃娃们都是一样的，欢欣雀跃地来到世上，要亲眼见证世界的美好。

"你若放掉我，我就告诉你一个关于地球的大秘密。"

云鹭听到此，心中便带出了戏剧化的表现张力，他微微挑眉，动动嘴唇，笑起来的脸庞很假却很应时应景。他的手松开了被抓紧的雌哈士蟆。

从前自外星球逃难来的人类族群，为了能顺利地延续生命，继续繁衍、成活并生存下去，必须适应眼前这座即视的蔚蓝星球所蕴含的一切。所以人类需要俘获地球上现已存活的生命物种，并从它们身上获得开启地球未知领域的探索密码。因此当下，一个正向云鹭示好的雌哈士蟆，提出了要放出一个有关地球的大秘密，那么这会不会又将成为人类探索未知领域的一项重大发现呢？于是，云鹭定睛注视着雌哈士蟆。没错，它在竭力地排卵，不由分说地竭尽全力。云鹭开始怀疑自己方才做的决定，继而他又动摇了自己的脑力是否不敌眼前的这个两栖蛙类。

明明是两个独立事件，一个是找机会繁殖，另一个是找时机捕蛙，但这二者被认为是前者的结局会遭到后者的影响。换句话说，它证实了因果关系的必然性。

“你是不是在拖延时间？！”

“你知道恐龙是怎么灭绝的吗？”

雌哈士蟆的一句问话，将云鹭的思绪带进了那场白垩纪的大绝灭。那是地球历史上第五次，也是最近的一次生物大灭绝事件，发生在距今 6600 万年前的白垩纪末期，标志着长达 1.6 亿年之久的恐龙时代的终结。人类学说推断在这座星球上发生的这场灭绝事件，是由一个或多个原因造成的。例如：小行星或彗星撞击地球，或者由于长时间的火山喷发使大量灰尘进入大气层，进而遮蔽了阳光，降低了植物的光合作用，对全球的生态系统造成影响。也有少数人类认为，这次灭绝事件是缓慢发生的，而灭绝的原因是逐渐改变的海平面与气候。云鹭不愿跟雌哈士蟆拖延时间，就言简意赅地回答道：“地球的气候变暖导致的呗！”

雌哈士蟆大笑道：“你大错特错了。”

“那你说是怎么回事？那时候你们的族群也存在着，你们的历史课本里，应该都有相关的记载吧！”云鹭穷追不舍地逼问道。

雌哈士蟆像是放下了紧张戒备的情绪，缓慢地说道：“其实恐龙跟你们人类一样，也是从外星来这里逃难的种群。只不过你们这些从外星球来的生物，都有个共同的弊病，就是竭尽全力地挖寻我们地球上的资源，想从中得到自保且得以延续下去的物质，但你们的体质终归是不属于地球上土生土长出来的，就算再适应也会产生排异反应，就拿你们人类永不停止的衰老来说吧，其实就是在获得供养的同时，肌体内的排他物质所导致的副作用。”

云鹭盯着已经卸下一级防备状态的雌哈士蟆瞧，他找准了恰当的时机后，一个猛扑就将其捕获在了自个儿的网中。他对这只奄奄一息的雌哈士蟆下了狠手，取出了其未排净的卵子，心想着要如何拿它去做一道味道鲜香而微甘，滋补营养，最适合宴请宾客食用的美味佳肴。

石头门坎

“我已经俩月没来血（来血：旧指女子来月经）了……”她的话让男人的脑子里头马上乱了营。由于他不清楚这个平躺在炕上的女人要给自己下什么套，于是男人即刻提上裤子，穿上外套，跑出了房间。

又叫他给跑了。起身坐在炕沿儿上的女人，不想再去抚平揪起疙瘩来的情绪，她也无法将失望和那些堆至嘴边想要骂出的街，存在唯有自己可感知到的思维深处。人活着，就该有属于自己的发泄渠道，而不应为了迎合常规的伦理，撇开了挖掘的铁锨。“这个不是人揍的，不是玩意儿的渣男！”（不是人揍的：詈语，谩骂对方是禽兽；不是玩意儿：詈语，意为人格很差）女人加在男人当头的一个“渣”字，这个“渣”里必然夹带着强烈的利己欲，并且为了实现完美的“渣”性，男人势必要拥有冷血的态度，挑起不负责任的大旗，守住没有人性的节操，并问心无愧地在达到目的之后，跟手就要蹽（蹽：放开脚步走，跑）起来。也正因为这样有这样的兽心与兽性，便可带来一股狂放的狠劲儿，就像那总也沾不到荤腥儿的饿狼，一旦接触到了肉，定要摆出一种架势，即便吃不到也要露出一副凶残相儿。这种极富视觉冲击效果的饿狼扑食的画面，对于身体饥渴的女人来说，那一刻的她并不排斥像饿狼一般的男人。然而，对这看似无果的后果，女人也要开始行动了。

这个女人叫石头，她丑得一塌糊涂，加上肉头（肉头：指人体或物体丰满而柔软的样子）过了的身躯，别说招人喜爱了，就连嫌弃她的眼神，别人也不愿意给她。没见过石头的人，当听说她长得如何叫人反胃时，心里不乏泛起好奇的心思，且想方设法要去探个究竟，好见识见识这位跟美丽怄气，跟可爱呕逗的人设（呕逗：开玩笑）到底是怎样的出品。与此同时，那个白天和石头一起在后厨工作的男人，对此只有一句话来形容，那就是此女长得素素净净。

石头一向素颜示人。长成嘛样儿就是嘛样儿，化妆品们一次都没能在她脸上发挥制造特效的机会。白天，在阳光的照射下，石头会全面展示自己无死角的丑。到了晚上，她一般不出门吓人，只会躲在家里嚼着薯片看韩剧。不提长相的丑俊，石头还是有番强于常人的事业心的。没错！她要包包子，包素馅儿的大包子，包大个儿的素馅儿包子，且是很多种素馅儿的大包子。

“你年纪轻轻的，就惦着这样混下去，混到嘛时候算是一站呢？”这是石头遇见男人后不久，对他说过的一句话。男人叫门坎，最初是只身一人远离家乡的北漂儿少年，可他漂着漂着就被挤出了五环以外，接着，辗转到了那座城市的四郊五县，再又流落到了毗邻那座城市的另一座城区。最后，他干脆就落脚在了这座似乎与世无争，市民们看似各个好贫、好吃、好数落别人干吗嘛不行，吃嘛嘛没够的大都市。

初来乍到的门坎，有天在路边儿结识了卖大素包子的石头，他们经过交心，达成了努力奋斗的共识之后，便将心思扑在了张罗素包生意的日程上。

判断门坎的为人处世，要按白天与黑天的划分为限。因为白天的门坎，老是跟女人似的扭捏、含蓄，尤其见到生人会格外地腼腆，没有老爷们般的豪爽与敞亮劲儿，给人的感觉就是此人很适合默默无闻地蒸包子。但当黑夜来临之际，那个白天的门坎完全变成了另一个家伙，他狂野撒欢儿，坏嘎嘎儿的（坏嘎嘎儿：调皮、爱搞恶作剧的人），他那跟铁棍儿似的体型，到了太阳落山之后，就跟打了鸡血一样地活力四射起来，犹如被孙行者豁腾起来的金箍棒，这要是真砸在某人的身上，岂不要了那人的亲命！这黑白的交替，仿佛指认了他名字“门坎”二字的由来：跨过了这道黑白天为界的门坎，此人就如此匪夷所思地摇身一变。

石头与门坎的包子生意越做越红火，包子个头越来越大，素馅的种类也越来越多，除了最开始放绿豆菜、香菜、花菜、馃子、香干、面筋、粉皮、木耳、麻酱、腐乳汁儿的传统馅料外，后来又增加了诸如茴香鸡蛋、香椿、胡萝卜等其他馅料。白天的石头丑不堪言，但与门坎的娘娘们们，像是天作之合（娘娘们们：指男子说话、动作、性情像女人一样）。可到了晚上，后厨就只剩石头一人留守，而门坎呢？他自然要去代替白天招呼食客，迎来送往的伙计，忙叨起前台的待人接物事宜，且并不怯场。渐渐地，门坎在夜晚便融进了周围人等的闲聊中，就在跟一帮一伙人的议论声中，门坎将大家伙儿们的呼声，传进了石头的耳朵里——蒸大肉包子吧！起初，石头很强烈地反对，虽说门坎白天依然是不言不语地听从石头的安排，但唯独到了晚上，他势必会到躁动起来。于是他要大骂石头丑得邪乎，死性得要命！为什么有能够多挣钱的机会却不抓住呢？只认准没有荤腥味儿的大素包子呢！

经过三番五次地争执不休，最终石头没辙，只得低头认怂。但她还是会坚持蒸素馅儿的大包子，维持着店里的营生。日子一天天颠倒地过，矛盾翻过来倒过去地积攒着。然而自私与利己的偏执，叫人不得不付出一种叫作失去的代价。终归人不像机器似的，能够始终如一地启动、关闭，再启动，再关闭。人是有忍耐限度的，一旦忍耐到了崩塌的份儿上，有的人五人六地离开（人五人六：指趾高气扬，装模作样的人），有的哭天抹泪地做着毫无意义的挽留。

果然，一个夜色茫茫之中，门坎消失了。石头并不怨他，她倒是认为门坎做出了男子汉般的让步。他的离去表示肉包子不再坚持，素包子才是赢家。但出乎意料的是，隔天深夜里，门坎又回来了，且多带回了一身的酒气，这时，他要石头做他的女人！

石头的素净与丑是与生俱来的。虽然早已到了婚配的年纪，但她骨子里深埋的那股激情，叫她不想简简单单地敷衍了事。丑归丑得明显，素归素得至臻，可激情是明显和至臻的原动力。石头信赖白天的门坎，但她更喜欢夜里的他，因此那一夜，他俩合拍子地走进了屋，躺在了床，二人搂着、抱着、激情着，继而迎来了门坎第二天的再次消失。待到两个月后的那夜，门坎蹽起大步逃到了石头家的门外时，他的胃里正翻江倒海地运转着酒精同肉包子的结合物，这使其情不自禁地吐了一地。是的，离开石头的门坎，成天大酒大肉地果腹，这叫他眼下吸气吐气之间，时常会飘出一股股未经消化的食火味儿。他这时又忍不了地朝外振出好几声的骚嗝声。

此时，石头慌忙地走出屋外，她见到门坎的窘相，没有迟疑半步地一把向前搂住了他："回来吧！门坎，店里需要有你在，我跟肚子里的娃娃更需要你！"

今夜的门坎想通了，他清楚地意识到不是石头需要门坎，而是门坎需要跟石头一起来过。

石头与门坎的故事就讲到这里吧，因为结局想必到过他们家店的食客们都有所了解。"石头门坎"的结合体成了他家的一块金字牌匾，挂在了他们的店门口。他俩从那天夜里就成了一家人，白天的门坎离不了石头，石头更离不开夜晚的门坎。随后，二人管他们的娃娃叫石头门坎，借着大素包子馅儿的味道，石头门坎便成了他们家的心头肉。

津门涮肉

天津卫的涮肉有回、汉之分，回是指回民开的涮肉馆儿，汉即为汉民的生意。除了这种大体上的区分外，就是蘸料一家一个味道。别看人人皆知芝麻酱、花生酱、韭菜花酱、腐乳、虾油等配料，但这其中的比例，谁先加谁后放，哪种配料需要事先做嘛样儿的处理，才能加入的门道儿，各家的老板指这张罗自家的买卖。

范辙是涮肉的忠实爱好者，虽说谋生的手段不在行，但对于涮肉里的门道，他可是样样懂行。今年已过而立之年的他，之前每每带妹子下馆子必定要吃涮肉。可并不是每个妹子都爱吃啊！再者说，在他的好几个前任中，究竟有几个爱吃涮肉的，他果真也不知道。只不过是他爱吃，他就带着人家去吃，根本没想到人家恶心他的原因里就有这么一条儿。

“男的比较能凑合！”范辙笑眯眯地对现任一边说着，一边把七上八下涮10秒的鲜百叶夹进蘸料里，还不忘来上一句，“要是把羊肉片撇锅里去煮，一看就是打小吃麻辣烫长大的娃娃。”

一旁的妹子瞧见他动作娴熟地涮肉，一时搞不懂这人说话的逻辑。男人能凑合跟吃麻辣烫长大的娃娃之间，到底有什么前因后果呀？！不过就在这头一次的饭桌上，妹子也没有多言语，她只是听范辙自己在那“唱戏”。然而正是这种东拉西扯，想起嘛就是嘛的言行举止，却给妹子留下了此人办事无计划、无规则、随心所欲的初印象。

那么这头一回就带妹子下馆子涮肉的经历，让范辙的恋爱再一次有始无终了吗？不假。人家妹子确实是不乐意了，说自己不能将终身大事放在一只没头苍蝇身上，随之到处乱撞。此言说得有些过头了嘛？不假。虽说范辙在厂子里上班，成天干的是不费脑子的差事，即来一个螺丝就将其按进能对得上孔的眼儿里，如此反复操作直至下班。如此工作一天下来的他，势必觉得自己活成了一台机器。为了使自己回到做人的爽快情绪里，去痛痛快快地吃一顿涮肉，就成了他津津乐道的日常习惯了。

两盘手切的羊肉，一盘新鲜的百叶，冻豆腐鲜豆腐拼成一盘儿，店家自制羊肉丸的这些点餐品类，是他一走进店门，老板就会默契地叫服务生去为其准备。别看范辙也去汉民开的涮肉馆儿，可他就打心里认定回民做的羊肉丸子更好吃。

“嘛玩意儿！又没成！？”范辙的大姨叫道。

“是呀，只跟她下了一次馆儿，也算是叫我省钱了。”范辙微微笑了笑。

“你就不该带人家姑娘去吃涮羊肉！”

“我也点烤串了呀！”

“涮羊肉、烤串，人家女孩子家的一般都不爱吃。”

“是呀！男的比较能凑合。”

以上的对话被嘟嘟听到了，她是上门来为大姨推销保险的销售员。可这说话多中心，且说东道西的毛病落在嘟嘟身上就是挣得业绩，获取更多客源的职业素养。说白了，干他们这行的，你如果不能说、不会说，跟客户套不上近乎、拉不上关系的话，别说试用期了，可能连上一天班都是煎熬。想法子搜集客户的个人信息，只能通过攀谈，或像这种送到嘴边儿来的话题。于是，嘟嘟张大嘴巴就说：“谁说女的不爱烧烤涮了，我每礼拜都得来上两三顿的解馋呢！如要能天天吃的话，我也不会腻。”

听到有位妹子能有如此的饮食取向，范辙的眼睛瞪圆了不少，他很开心地要和嘟嘟盘盘道。只见他二人开始说起哪个区的哪家涮肉馆子是老味道的传承；哪家馆子的肉没得说，随去随能保证品质；哪家馆子的小料儿是由稀到稠地越和越有味儿，而哪家的小料儿一直和一直是稠的。

“我口味偏重，一般每次都要来上两碗的小料儿。”范辙听到嘟嘟的这句话，便不住地点头称赞。因为这没什么不好意思的，吃涮肉费涮料，不能说明吃的就多，只能说明妹子注重每一口的咸淡儿都得够足。蘸少了底料，只是食材涮进铜锅清水里的本味，就达不到吃涮肉的复合滋味了。而店家们自制的蘸料，不仅是有个咸淡味儿的调剂，还应咸而不涩、鲜而不淡，咸鲜互补，以致让食客们吃进嘴里的每口涮肉都能更香，更适口。

“对呀！涮肉不仅要吃锅里涮的，还得讲究出锅蘸的那一碗蘸料。”范辙在嘟嘟有来道去说着的间隙，插了一嘴。二人四目相对，像是遇到了知己。

说着聊着的话题始终没离开涮肉，因此范辙的兴头又起势了，他摸了一下嘴唇，问嘟嘟服不服，接着就说自己想当年就咬定不服，然后就被同行的哥儿几个强行扒下裤子，露出状如西瓜的屁股。

“啊？你不服嘛呀？”

“一头羊的四条腿肉全片成羊肉片子，他们跟我比试能不能一顿全吃了。”

“那看来您是输了。”

“对呀，我肯定得输呀！赢了的话，还能让人家扒裤子嘛！”

“哈哈哈哈！”一阵的笑声就连嘟嘟自己都觉得发自内心，要说她无论走到哪儿都是一副笑脸。笑容即是名片，也是她多年混社会的心得。但凡一笑，别人就算摆出多么嫉恶如仇的死脸子，也不会啐一口吐沫溅你脸上，除非是天上飞的鸟，排泄的时候不往下头看。

“跟哥哥你聊天真是长见识啊！懂涮肉中的门道，识涮肉中的火候，有对涮肉的浓厚情结！你会吃，而且真会吃啊！”

“嗨！男的比较能凑合，天天吃涮肉就能活一辈子！”这次当范辙说完这句口头语，他的眼神瞟向了嘟嘟，仿佛要在那一刻争得这位妹子的首肯。没想到果真心想事成了。嘟嘟连声称赞范辙的男人味儿十足，且不住点头地向他的洒脱致意！

于是，范辙与她牵……不是这个牵手的“牵”，而是签字画押的“签”，他因为涮肉的情结，跟嘟嘟签了好几份保险单呢！

天津点心

古人善于寄情于景，托物言志。一位在如此“月上柳梢头，人约黄昏后”诗意中的感性女子，却只好对着月亮，寄托些许感情上的寂寥与忧愁。归巢的鸟儿，尽管是倦了，还须驮着斜阳归去。如若双翅一翻，去寻些甜甜蜜蜜的情愫，则需要带上自控的意识，尤其对已婚的人士们来说，社交上的异性缘最好别有。

蜜三刀大我三岁，我俩是普通的同事关系，但他的嘴是出了名的甜甘儿（甜甘儿：嘴甜，说话使人舒服），能把他身边儿的人哄得美滋滋，估计他爱人当年就是如此登上了他这条破船。开始我只拿斜眼瞟着这个白话蛋（白话蛋：喜欢夸夸其谈的人），然而突然有天我们之间出现了投机性的话题。再到后来因为我的离职，我俩的情义有了进一步提升，产生出了男女之间所谓的友情。

“蜜三刀哥，我想写一篇关于咱大天津的白话文儿，若说到最具代表性的建筑，你最先想到的是哪？”

蜜三刀说：“建筑物可多了去了，咱这地界儿古今中外全有涉猎，你具体想写哪方面的？”

“这样说吧，北京的四合院儿、上海的石库门、重庆的吊脚楼，那咱天津最具代表性的呢？”

“写咱天津的建筑？不有那么多牛逼大哥的宅子了么！袁世凯、梁启超、张学良、冯国璋，还有什么庆王府、静园儿一系列的。但我还是觉着写天津的建筑不如写一写咱的海河。”

“说到了海河，我就想到了架在海河上的一堆桥，比如解放桥、望海楼……”

“你先等会儿！望海楼不是桥啊！这样吧，我再给你长长知识。其实咱们的火车站，比如说北站吧，虽然民国期间比不了人家重庆、南京的，但我觉得也很好。当时天津还是挺摇的，因为咱这儿不仅跑火车，还有码头文化，所以说那会儿就连上海人都跟着咱学怎么耍酷，如何时髦呢！”

“蜜三刀哥，你说咱俩以后会断道儿（断道儿：本指道路堵塞不通，后比喻亲戚或朋友决裂、绝交）吗？”

“断道儿？怎么突然间说这个？”

“不是说男女之间不会有真正的友谊嘛？关键我是怕……”

“怕什么？”

“怕影响到你的家庭。”

他拿起桌上自己最爱吃的蜜三刀，揣进嘴里细细品了一番甜滋味后，笑模丝儿地对我说：“随便你吧！我怎么都行。”

是啊！人生路上会停多少站，上来下去多少个路人，或是遇到多少个路牌儿，我反正心中没有个准数。但当陪你的那人要下车时，即使你们有了情义，也要坚强地互相说拜拜。很多事儿不是依着自己的性子发生和进行下去的。但究竟会怎样？能如何？无关事儿，无关他人，无关对错，也无关始末，倘若你仍在路上，那么前方一定就有你的下一站……

接下来是我与萨其马的相识，一个月前，我们还是在手机上利用某软件的无意摇摆功能而搜索出的附近的陌生人。

“你在家写作？不用上班多美呀！不像我似的，每到假期的最后一天晚上，脑子里就全被‘明天不想上班’充斥着。”

“那你就在假期的最后一天别起床了，一直躺到转天早晨，到那时你就该想：‘哎呀！躺了一天两宿，也该换个姿势待着了，不如赶紧出被窝上班去吧！’这样一来不就摆脱不愿上班的从众心理了么！”

“你可真够哏儿的！”

萨其马长了个富态相儿，他是一个容易让糖和油脂附着在身上的人，且生性是个软包子。最初看他磨磨嗒嗒的样子时，我总是在笑，仿佛那是他最擅长的表演秀。他不光内核的设置是柔软可欺的，外表皮也像软柿子似的一捏就瘪。可是当他有次吭吭哧哧地向我发情的时候，我果断与这个在家备受老婆夹板儿气，出来想散散德行的男人断了道儿。

白皮儿是我的前夫，在我俩离婚还不到一个月的工夫他就再婚了，不过这也足以证实了他比较高的人气指数。

其实我早就从周围的女人堆儿里，打探过白皮儿的日常德行。他可进、可退、可攻、可守。得亏他眉飞色舞的实力有限，不然的话，在勾搭良家妇女的道儿上还能更上一层楼。

“懊恼当初没把自己内心最好的一面给你看！”白皮儿突然约我出来，急着对我说，“实在后悔在离婚协议书上签了字！”

我摘下墨镜，不张扬地露出了天生丽质不加修饰的笑：“咱俩离都离了，所以干脆就认了这个好离好散的结局，面对现实吧！”

人的最高处世境界是不妥协却能适应现实，然而当我说完这句话时，白皮儿落下了来自心窝的泪。

核桃酥和江米条，一个圆，一个像棍儿的体型。二人站在一起，或许只有天津人才知道他们原先配合起过井盖儿（马志明的一个相声段子）。

原先二人均潜藏在我朋友圈儿里。他们哥俩儿是做代购生意的。核桃酥是客服一，江米条是客服二。核桃酥总在线上，江米条老是奔跑在路上。通过我几次上门自提货的接触，大概能体会到核桃酥那圆嘟嘟的胖与江米条细挑挑的瘦所形成的原因。核桃酥的屁股是死死地粘在椅子上的，就连需要移动身体的时候，他都不会离开臀部的支撑物，而是做着转椅滑过来溜过去。他能整天对着电脑屏幕看，能少动一下，绝不动第二下的结果就是逐渐四肢退化，成了一个球状体。但是江米条跟他不同，在自己不出国代购货品时，他会在屋里颠儿颠儿地小跑过来，小颠儿过去，仿佛总有一份充满电量的活力在。他们二人均已婚，却因为工作的原因，与自己的另一半相隔两地。跟核桃酥有吃有喝有游戏的满足欲不同，江米条每次看向我的眼神里，带出的是一种擅长抛媚眼儿的，无师自通的调情把戏。他是个情种么？难道哪儿有猎物，哪儿就会有移动的荷尔蒙？尽管我每次刻意地闪躲，可也没能拦住江米条主动给我发来的信息。

“我明儿就出发去西班牙了。头回你要的东西，我这次全部给你背回来！而且我要免费送给你。”

“可无功不受禄啊！”

“我喜欢你！你愿意跟我么？”

“那你媳妇儿跟孩子找谁去呀？”

可能是他一时编不出散德行的话了，但我也更愿意相信他那是做贼心虚后的无地自容，可越是觉得简单且容易逃脱的情况，越容易在将来变成老得被提及的，不得不示众的负罪感。

转过天来，江米条离开了核桃酥，核桃酥再次深陷了网络游戏的世界，最终无法自拔……

俗话说一日夫妻百日恩，我与白皮儿在餐厅曾遇见一位老人过寿宴，那脸上映现着福禄寿喜的永远美满与子孙满堂的幸福，于是白皮儿借机念叨起了我俩的旧情，他靠近了我，并一把搂住了我，且从他面庞上止不住掉落的眼泪，也顺势碎了一地……

他叫绿豆糕，一直备受着煎熬，他妻子一直处于出轨状态。也正是在我离婚，白皮儿再婚之后的转天，我撞到了他的车上，而后我被他及时送往了医院。

“试图联系到你的家属，但拨通你手机上‘老公’的电话，他说自己跟你已经没有关系了？”

“对，我们离婚了。”

“对不起，被撞的人应该是我！我真该……”

“别说了。你撞完我没逃逸，就不是坏人。”我慢慢地从病床上坐起来，我看着他，他看着我，我们相面、相鼻、相口、相耳、相痣，似乎看到了悲伤中的另一个自己。

世上终归有黑暗、有寒冷，或者黑暗与寒冷一同夹击袭来，使得自己的灵魂也陷入苦苦挣扎之中。然而不要认为重新振奋起来，并用还未枯竭的力量逃离枯萎生活的人们来自童话世界。那天我推开了白皮儿，并对他说：“离过一次婚的人，还怕离第二回么。既然你跟现任的妻子过不下去了，就再找个人重刷自己的人生，但放手了就没有然后了。”

单从白皮儿如今的面色瞧去，已没有了原先喜兴的红晕，但我不愿去想象他失掉容颜背后的真相。离开了白皮儿，我走进了绿豆糕的世界，还原了其在我儿时封存的印象里，那本该拥有的黄灿灿、软绵绵的勾人魂儿的贪恋。

我与绿豆糕结婚的当天，蜜三刀、萨其马、白皮儿、核桃酥和江米条也都到场了。在人群当中，他们各自施展着让自己受欢迎的花招，透露出一丝丝甜蜜蜜的亲和力，在这喜庆祥和的气氛下，我顿时觉得他们的样子，看上去都很惹人爱。

大梨糕

翁大少口刁的食性家喻户晓，你瞧，虎子为他递上一串糖堆儿，他只瞥一眼，觉得果儿不一般大，就顺手拽了。虎子跟着就从裤裆里掏出一块黄黄的糖饼，当他再次递过去的时候，不光救了急，也让日后成天带着它出门的翁大少，回回不摔大马趴（往昔街面上有流传“大梨糕吃了不摔跤”的说辞）。

虎子是传说中藏你家后院里的武林高手。当要单打独斗时，其实他谁的个儿也不是，但是他有项绝技，就是比“不怕痛”和“痛不怕”还要更来劲的“怕不痛”。不是说一个人的认知水平越高，脑子越好使，那么使他痛苦的事儿也就越多么。因此对一个纯粹傻贝儿贝儿（傻贝儿贝儿：傻瓜的诙谐说法，指言行愚笨、缺心眼儿的人）的虎子来说，他对于痛，便是来者不拒。

翁大少这回又要煞后（煞后：退缩在后，不抢先）了。没错！有好处就出头露脸，遇到危险就煞后是翁大少的专长。这回的事端，让他首先扇了虎子一个大耳光，这一扇能将虎子体内挨打的兴致激发出来。然后他会立刻躲到树荫下，边嚼那又黄又脆的大糖饼，边看虎子挨打不喊痛的好戏。这不，那帮正骂骂咧咧的同伙儿，一气呵成地就把梗梗着脖子的虎子围了个密不透风。接着他们就朝把肩膀一横、嘴巴一撇的虎子脸上，施与了接二连三的重重耳光。终归，人脸上的肉连着筋与骨，筋骨又直通到脑神经的痛弦上，叫虎子不得不抱头蹲下，接着他的胳膊、后背和腿脚，又分别迎来了新一番的拳打脚踢。由于各路组合拳脚都没落在自己的身上，“事不关己，高高挂起”的翁大少将嘴里又香又脆的甜蜜传递到了脸上，他笑模滋儿地直为挨打的虎子叫好助威！

脸上挂彩、身上淤青的虎子一回家，便见着了他的娘，但在他娘的眼眶中，只有整天熬的那一口大锅的糖水。她会心里有数地往锅里加入起子，糖水又会在起子的作用下蓬松发酵，经冷却晾凉，最后变成了大发糕一样的，中间带小蜂眼的一块块糖饼。虎子娘说自己没文化，不知道管这玩意儿叫嘛好，于是利用一次契机，她管这玩意儿叫上了“抗摔饼”。

就是事发的那天傍晚，虎子呆傻傻地站在那儿，因为家庭的中心仍是虎子娘聚焦的那一口糖水锅，但透进屋内的一束光线，却照在虎子满是血、泥、土、灰的身上，瞬息间虎子娘瞟过去的余光看到了这一切。

倘若人傻傻地站在那儿，心会被一束束冷眼之光刺穿，且身形也将被遗忘所吞噬，之后连哭泣都是临场的即兴发挥。更何况虎子并没直言过痛，凭他的这一能耐，每次跌跌撞撞地回来，想象他走在既黑暗又迷离的路上，从未哼歪过一下的景象，他的娘也逐渐没有了见景生情、潸然泪下、哭哭啼啼没完没了之类的反应。不难过，不叫冤，虎子娘一向平静地等待往糖水里加入起子的最佳时刻。

其实要说虎子的不怕痛，得益于他换过好几任的爹。他独自进了屋，七扭八歪地倒在了炕上，却没有即刻闭上眼睛，他瞪着眼寻找在那炕上，经过几任爹所留下的痕迹：烟痕，酒痕，还有被药渣子、鲜血、体液等印出的色比较重的各种痕迹。大概是痕迹的颜色与气味都趋于了一致性的暗淡，虎子便也搞不清他们往他家里来当爹时的先后次序了。可他毕竟还是期盼有个爹的家，因为如此一来便有得到疼痛感的好机会了。

虎子娘此时也进了屋，她翻看虎子的身子时，竟然发现了一块儿沾满血的，可形状还完好的糖饼。虎子娘抱住了虎子，像是在她此生头一模儿出现的灵光乍现，每一块倾注自己身心之力的糖饼，打今儿个起有了一个响亮的名字——“抗摔饼”！

转天在街上的叫卖声中就多了一个新的叫卖声——吃了我的抗摔饼，走路不摔跤，事业不摔跤，生活不摔跤，常吃抗摔饼，干吗都不摔跤喽！

话说翁大少的爹，虽说身上当啷着不少的玉佩，可他还是不愿舍弃偷鸡拔烟袋的老毛病。每每他要来虎子娘那方寸之间的小店儿，搞点儿偷手类的小动作。瞧啊！这次顺手拿回家的糖饼，叫他多了几分新鲜感。只不过在将这个抗摔饼掰呀掰地最终揣进自己嘴里后，那种对于新鲜感觉的探知欲马上又消失了，因为还是那个老味道！

这天，虎子被翁大少派人送回家后，又是一身伤地直接回了屋，一进屋他就倒在了炕上，但他一上炕就马上发现了遗落在炕上的一块玉佩！他琢磨从不肯踏入自己家门的翁大少，为何这块玉的背面儿刻有一个他家“翁”字的印记！

虎子娘还在屋外熬着糖水，表情却是在无聊和凝重之间像个钟摆似的，不停地来回转换，不是无聊，就是凝重。虎子想喊娘来问个究竟，但他四肢无力，身子发沉，且怕不痛的痛早已找上门来的情形下，让他更看重于这份痛所能带给自己的片刻欢愉。世事起伏不定，所以才会碰到各种境遇，虎子明白自己替翁大少站在那群穷苦人的面前，接受本应打在翁大少身上的那些痛，这些替人挨打得来的痛，足以抵消原先那些父辈们在外欠下的债，虎子便乐在了其中。

那日以后，虎子娘天每天儿的叫卖声，引来了很多路人的非议，他们有说虎子娘的糖饼神了，有说虎子娘的糖饼只是个糖饼，但是更多的人还是要说虎子娘为了多卖钱在吹大梨！因此大街上又多了另一种叫卖声：吃了虎子娘的大梨饼，说嘛都叫吹大梨喽！

然而这次翁大少的爹并不表示对此的新鲜劲儿，他还是照常关顾虎子娘的方寸小屋，不过在他这次走后不久，虎子娘的小腹逐渐鼓了起来。

翁大少比虎子的优势在于，他不缺娘。有回他伸出自己那双白白净净的手，对着虎子说要跟他比试比试拥有过的娘的数量，绝对接近双位数。虎子也同样亮出自己脏得早已洗不净的手。确实，虎子之前有过很多的爹，可现在只能认输。翁大少摆出的十指里，在几个缩回去的当中就有虎子娘的妹妹，原先嫁过去只是为了图口吃食，肚子圆了，身子就能撑起来地活下去。于是虎子娘就把这个看似更为轻易的活法，让给了自己的亲妹妹。虎子娘一直靠着熬糖水的勤劳双手供养着家里的男人们。他们却不能甘于闲心，并要在这个不太平的年代里，去当给别人制造痛苦的“大神人”。他们之中有去制造赌博痛的，有去制造酗酒痛的，有去制造烟瘾痛的，有去淫乱场合，试验多种病毒合于一体的终极痛的。这期间，虎子娘还是对着自己那一口糖水锅，慢慢地熬啊熬，她没有阻止任何男人的脚步，也没有多于熬糖水的精力。她能见证的，就是一个个倒在炕上的尸体。

翁大少的爹后来很少来虎子娘的这间方寸之屋了。虎子和虎子娘的炕上日后又多出了一个小娃娃。虎子娘说她长得很像自己一奶同胞的亲妹妹，但她不愿将那已经逝去的影子，带回到这个正躺在炕上，咿咿呀呀学语的女娃娃身上。

虎子仍天天坚持去为翁大少挡枪口。只是屋里炕上多出了这个小妹妹以后，让他外出时多了几分牵挂。后来翁大少一家被官府给抄了家，跟着，在那里面住着的全部喘气儿的活物们，一夜之间都不见了踪影。而不巧的是，那晚跑去搭救翁大少的虎子，也从此失去了踪迹，虎子娘对此仍不做任何反应，还是对着自己的那口糖水锅熬啊熬，渐渐地脸上就熬出了蜂窝状的坑坑洼洼。再后来，虎子家的女娃娃长大了，她接管过自己娘的生意，继续着那口大糖锅每日的生生息息。但她心思灵动，好吸取新的，也好改变旧的，便有了日后大街上，买卖大梨饼的繁荣景象。她随后又把自己娘多年坚持不变的“抗摔饼”，叫卖成了如今耳熟能详的“大梨糕”。

山海关汽水

终归是线索太少，就写不成一篇文章。在即将迎来离职一周年纪念日的头天晚上，我接连起开了几瓶山海关橘子味儿汽水。当还未叫集中在喉咙里的膨胀气流冲出口腔时，我继续努力回顾着、挖掘着那些曾经任职时的记忆片段。没错！我想利用这一晚上的时间，以回忆性的文字从头至尾地描写一段上班岁月中的经历，并视之是一种被赋予仪式感的终点。说实在的，在过了这一年之后，我对前单位的记忆，真的有些模糊了。

一年前的这个夜，我身上背着坚定与不坚定。在前单位这个人与人相处的圈子里，我已感受到了自己的独立个体意识。是的！只有糊涂蛋对生活总是笑着的，我的脑瓜子是清醒自己未来要干什么的，于是转天，我坚定地公开了自己的辞职报告，这就叫周围的看客们以局外人的姿态开始揣测我将要走的路。我记起自己那天，是以很明白的口吻告诉他们："离开此地的，都是好样儿的！"

"咔嚓"，瓶中滋出的气儿助推着橙色的液体不断向上涌动，我急忙张开嘴裹住瓶口，且一仰脖儿就灌了半瓶进肚，跟手一股气体顶上口鼻腔，它们应是早已做足了冲出去的准备，那是从胃里鼓秋出的"火力"，其震颤过食道，颤动过喉咙，最后以一发"嗝"的响声，自内而外地爆发出来。

"舒服！'嗝'的一声果真是爽快！"我又自言自语道，"痛快！由内而发的痛快！"接着，我又对着印有"山海关"字样儿的玻璃瓶念叨："有哭的就有乐的，有好的就有坏的，但我对你今生的依赖，算是离不开了。"

"大梨不是吹的，泰山不是堆的，火车不是推的。你若不去努力工作，光靠嘴吹乎自己以后能行，末了看你指嘛养活自己！"我娘的眼睛红得跟烂桃一样，还不住拿手去揉，揉着揉着便挤出了泪，“你爸早跟我没感情了，虽说他如今趁钱趁房趁车子，但他不趁大度！自私到了极点！”她的双眸子里，闪现着许多过往的仇怨，这就使她灵动且活分的眼神，丰润白皙的肤色，饱满精神的面色都提前下了岗，那一头原本乌黑的秀发也提早褪色。呈现在人们面前的，是一副自暴自弃的态度：“我告诉你吧，我的宝贝闺女！女人不能没有自己的事业。你妈吃的就是这个亏！当年我为了照顾这个家，辞去了工作，可事到如今呢？你爸嫌弃了我，背离了我，想想看我这一辈子就是他的一个保姆！”

她说着说着，脸上出现的分泌物逐渐多了起来，由起初的泪花扩张到了鼻头拧出的一团清涕：“人在做天在看！人欺天不欺我！我坚信，”她咬着后槽牙，“他抛弃了一个失业的妻子，必定没有好下场！”

我娘的现身说法是在提醒我，作为现代女人来说，拥有一份稳定的工作是有多么重要。她向我摊牌了自己没了工作以后的境遇，倘若遇到一个富了就忘本的男人，或是就算跟一个不忘本的在一起，但吃人嘴软，拿人手短的道理也是口口相传的警句。回想至此，我又开了一瓶山海关，咕咚咕咚地一饮而尽。

“嗝~”，你也会这样！当不换气儿地将瓶中的汽水，紧跟着就是一声“嗝~”！此气儿一出，爽！真爽！简直太爽了！

我曾经跟他亲切地对视过，他也曾经跟我单独拼桌吃饭。曾经那些透进前单位食堂的光线，照在我们二人的脸上，也产生过一种甜蜜的交际感。就在曾经那时，在叫人挥汗如雨的午后，他会跑到前单位旁边的小超市，为我带回一瓶山海关汽水儿。偏好菠萝味儿的他，每每递来开好瓶的，都如金灿灿的果实，这也曾一度让我偏好了这种颜色，因为它是承载着温情的载体。

但是我俩都很清楚，热恋的章节是会缓缓地、渐渐地落下帷幕的。于是有天，他对我说：“大家同在一个单位里任职，如若搞不好闹僵了的话，日后还得成天抬头不见低头见的，多尴尬。”

其实我一直构建着对未来美好生活的遐想，并从这份情绪中带出喜相儿来面对枯燥的大环境，我听了他的忠告后，对他说：“那你的意思是我们还做回普通同事。”

他点点头。比起俩人一道起起伏伏的变动，他或许更愿意自己一人坚守无风无浪的安宁。对于如何下决心去改变生活轨迹，经营起更优质的生活状态，到了该动真格的份儿上，他选择了当缩头乌龟，又或许那心头，早已跟我娘似的，挂起了那个名言警句——这年月向哪迈出哪一步都难！

离职后的我举目四望，想到了独自潜入深闺之后，像流沙一样的时间冲刷掉往昔的痕迹，让曾交往过的你我他的一切化为脑后的尘埃，因为那些曾拿铅笔绘出的你我他之间的交情，会很浅地在无意之间成为交际镜头中的数秒回放。从你我他交往的近镜头里，确实可以剪切出数秒的情深意切，且定格数秒地拍下人间温暖的剧照。但你的离开，这些温情与剧照即会被下一幅既得利益的定格所取代。

我又启开了一瓶山海关汽水，努力回想被遗落在脑洞中的那些往事。顺风顺水，练不出船老大！我仍是那个我，那个曾经关注自己的学业与事业，并希望得来个双丰收的我。所以在前单位里，有像我这样勤奋好学，并逐渐完善自我的存在，就有那些已把无聊的一天当作每一天去度过的人。他们日复一日地被冗繁的重复性工作所包围，然而他们中的大部分人，还都琢磨着如何在工作时间里摸鱼。他们还要去叹息岁月的不饶人，在每天将要逝去的夜里，有些将会变成触摸不到的东西，但究竟是什么，谁也不去想。

“嗝～嗝～”又是两声的痛痛快快！紧跟着，我思绪里蹦出了那位说话老是直不愣登（直不愣登：形容直来直去，不拐弯抹角）的小媳妇。话说就因为她的不圆滑，时常会遭到别人的屏蔽，甚至有些人说从她目光里散发出来的都是傻气。她干活不讨巧，能够任劳任怨，但能力也不出众，于是，有人会嚼舌头地排挤她，说庆幸她是进了不那么明争暗斗的大家庭的怀抱中，这要是去了人家私营的圈子，还不得一过试用期就遭开除，过上疲于奔命却吃着一趟趟白搭工夫的亏。

即便是个偌大空间的工作场合，流言也会一传十而十传百。当初我跟菠萝味汽水男也正是被这般汹涌迸流的口水接力赛，在这些近于真相却又毫无意义的闲言碎语中，促成的一段人人皆知的办公室恋情。

这天，那个说话没把门儿又左右不逢源的小媳妇，电闪雷鸣般地冲我嚷道：“好汉不挣有数的钱！跟咱自己单位的人搞对象！你不干等着将来吃糠咽咸菜么！再说了，”她那邪乎劲儿一上来，可真叫观众们看着过瘾，至于她身上带出的傻冲傻冲的劲头，根本不会背离任何人的视线，“我觉着咱单位就没有个正儿八经的老爷们儿，一个个的都娘娘们们儿的，跟男子汉的真性情根本拴不上扉子！”瞧见了么！这一句话得罪了单位一半儿的人。

小媳妇的谈吐，能让习惯茶呆呆的人们扑哧地寻了乐子，但同时也免不掉招来碎嘴子们的议论，他们上嘴唇儿碰下嘴唇儿地咂摸滋味，仿佛存心要给出头鸟棒打一锤，不过历经岁月敲打的我，对此早有了免疫力，你们说你们的，我该干吗干吗。于是我对小媳妇还正冒着愣劲儿的眼神说：“萝卜白菜，各有所爱。咱这儿的姐姐们身体分泌荷尔蒙的激素水平，确实比男同事们要高，日后你习惯就好了。”说着，我就瞧见了手里一直攥着黄颜色汽水瓶的他，可打瓶口处冒出的液体已经将他的裤子浸湿了。

大家抱着混吃等死的心态，不过也难怪，在前单位里不用担心被炒鱿鱼，且可以有保障地过着那看似一个萝卜一个坑的安稳日子，那么人们的激情呢？自然会随着重复出来的倦怠感而越来越颓，越颓也就无所谓什么浪费生命了。

除了真性情的小媳妇外，加上辞职的我，留在前单位里的其他大脑，几乎全想着耗到退休就是胜利！

当初离我办公桌很近的四个姐姐，她们会凑巧地同时渴，同时饿，同时憋得慌去厕所。她们当中岁数最长的陈姐，在面对我这个“初来乍到”的新人时，会摆出一副欢迎的热情，老练世故地邀请我加入她们的组织：“以后咱们大家在一起，同吃同喝同上厕所吧！”

年龄次之的，亮出一副斤斤计较相貌的杜姐，最初对我的态度上，多少会附带一些提醒：“既然来了就是一家人，但是一家人在一起过日子，也得分个先来后到，长幼尊卑！”

这时，年纪最轻，仍抱有明显挑逗心思的梁姐，非要最先睐我一眼再说：“来这儿上班的，谁没有个凭关系之说，所以进门就先报上名来，以免出嘛幺蛾子（幺蛾子：无事生非，无中生有，耍花招）！”。听到此，我扑哧一下笑了，因为我觉得她是在给自己打上惹祸上身的预防针。

貌似亲切温和、可敬可亲的邓姐，却在这头一次见面时，仅仅在一旁冲着我一直笑。

经过日后对我的细心揣摩，她们四人也放下了警惕的心。继而维持着四人之间浮于颜面上的快乐生活。而对我这个性格独立，宁可独来独往的小势力，陈姐和邓姐会依然与我进行些许的客套问候，但杜姐与梁姐则是针尖对麦芒，但对此我并不反感。因为我要强调，自己确实不愿参与进她们为了耗磨时光，而成天一起叽叽喳喳的，表面上看似和谐，实际上却是过河拆桥的塑料姐妹花儿的组织团体。但也不可否认，在我坚持做自己的道儿上，确实也珍惜过小机灵曾给予过我的陪伴。

“领导好！这是刚从咱小卖部里买的山海关汽水，您也解解渴吧。”在众多想要巴结领导的嘴脸下，最先抢到这句台词的小机灵，露出了明显的一副得意相儿。

但领导还是露出叫人琢磨不透的笑脸：“我不渴，还是你们自己喝吧。”

到此，这群常在一起嚼东扯西的中下层员工，纷纷地针对自己平时付出的“业绩”跟领导攀谈起来。有的说只要领导发话的事儿，就是当务之急要完成的任务；有的说领导的心里跟明镜儿似的，只要自己任劳任怨，领导是会认识你的；在有更多要表达的言语袭来之时，却在人群中，出现了一个已将领导的餐具摆好，饭菜呈在面前的人。至于领导要坐到哪儿，小机灵早已精心安排好了，就是能让领导的腿脚伸开的位置。

小机灵是我心中的能耐人，他也会指导我的行动做派，毕竟我对于他来说，是一点儿威胁力也构不成的底层社畜。

其实想想看，在一个大环境里，你的相貌长得得有多惊奇，才会被日理万机的领导记住呢？你的声音得有多敞亮，才会使大忙人驻足倾听呢？再说，那些真的不抱任何幻想与希望的人们，也或多或少地在必要时，想让领导承认自己过往的功绩，甚至在关系切身利益的关键时刻，也得亮出些“一哭二闹三上吊”的绝活儿，叫领导看着没辙。

但毕竟是权势把控着人际关系的风向标。哪里的人脉通、路子硬，哪里才会有像模像样的亲切与热情。离职整一年后的今天晚上，不知是什么原因，我会选择山海关汽水来作为我仪式感的象征物。紧接着，我又开启了一瓶汽水，之后又连续打了三声响嗝。这越积越厚的过往岁月，终于积满了整整的365天，回想一年前的那个蜷缩在沙发上，木巴唧唧地对着没有关心问候消息的手机屏，正蒙蒙噔噔的自己，今天的我要把自己从那段记忆中拽出来。是啊！好马不吃回头草，河里没鱼市上看！因此，那个一年前的我，在一年后的今天，寻来一瓶瓶属于自己钟爱的橘子味的山海关汽水，并扬起头颅，叫那液体自由澎湃地注入体内，并将一年前的愤怒、悲伤、沮丧、委屈、难过，伴着声声有节奏地打嗝，全部释放出来。

“嗝～”的又一声，叫我的思绪转回到了此时。正是有一年前那晚的决定，才叫我的生活中充满了新希望。望着桌子上好几瓶已经被开启的山海关汽水，我停止了继续努力回顾和挖掘回忆中的那些片段。将此刻爽快的情绪融进自己对未来生活认真且干劲儿十足的态度上，并相信自己能够抱着梦想，做个活生生的存在。

炒金银丝

说到底，包括我在内，我们谁都觉得自己这辈子应该不会有事的吧，也正是靠着这么可怜的想法，不愿异乎寻常，标新立异，出圈儿地狂癫。

老实的姑娘“软包子”，打小儿就逃不出那帮自认为最牛的混混儿的欺负。待她长大以后才发觉，自个儿是一堆银丝里黄澄澄、亮闪闪的金丝，因此她决定此生锋芒毕露。于是，“软包子”成了旁人眼中的疯姑娘。

既然要疯就要疯得天衣无缝。她要在大马路上狂踩着小碎步从世人眼前划过，犹如京剧里的旦角，以一言不发式的肢体语言，告诫不爱看她的人们都躲自己远点儿。据传，直接使她彻底疯掉的诱因，是从她口中复读出来的“炒金银丝”。这本是道津门的特色菜，是拿分量相等的羊里脊肉和鸡脯肉分别切丝儿腌制、上浆，煨好之后再分别炝锅、颠勺、炒制，最后装盘，将鸡肉丝和羊肉丝各推至盘中一侧，呈现黄、白两色分庭抗礼的局面。但当初的“软包子”去到一家餐馆点这道菜时，非要求拿一成的羊肉丝与九成的鸡肉丝混杂着盛盘，如若不合她的意，她就坚决不付给店家钱。这么一来二去的，就叫她与这家店的小老板之间的冲突愈演愈烈。

发抖音，上直播，餐馆小老板配合着她演绎了一出出的闹剧。从这位貌美如花姑娘的开场白开始：“凭嘛就得按照既定的菜谱炒金银丝？怎么就不能根据食客的要求，炒一份不同寻常的金银丝来呢？”，这引发着来自网上网下不断的争议。不久，这名涉嫌扰乱公共治安的姑娘就被警方带走了。但这家店的小老板也因对姑娘大打出手等的暴力行径，被警方依法拘捕了。

这下子姑娘果真登上了新闻，且跻身到热搜榜单中去了，但也不排除有人会说她放着好好的日子不过，为嘛要造出此等出圈儿的事来呢？难道只是为了博世人的眼球？

其实小老板联想不到，当年自个儿聚拢来的那帮混混儿，被他们一度列为头号欺负对象的“软包子”，正是如今这位尤物般长相的姑娘。在她精心寻找到这位小老板之前，姑娘经过涉世不深的社会探险，已证实自己所存在的这个世界上，发生任何事情都不会带有任何的感情色彩。事不关己便要高高挂起，什么由内心链接上的那些形容感情的词汇，都是经过事后处理，被人为添加上去的概念。人嘛！都是朝着怎么对自己有利，怎么去考虑事物发展的高级动物。

不久过后，小老板的父母来了。他们一见到姑娘，就喊出了十几年前，曾遭自己儿子为首的，那帮混混儿欺负的姑娘的名字。他们对姑娘表现出了自她认知以来所不曾涉及过的，人性里面那至真、至善与至美的德行，并希望姑娘不要撤回任何指控或起诉，他们认为自己的儿子罪有应得。

“这么好的一个大姑娘，要是能成为咱们的儿媳妇该有多好呀！”小老板父母的这句话拍打去了沉积在姑娘芳心上那厚厚的灰。回头想想这些年，她被同龄人无视、欺负、排挤，自然总要低声下气地，使自身形同无物。姑娘擦去了成长中辛酸的眼泪。确实，曾在她身上发生过的那些事儿，叫她觉得世界对她并不友好，这才加速了她想要抗衡的斗志，跳出本该毕业、找工作、结婚、生子的寻常人生路线，憋攒一肚子的火气，让自己“炸”起来。这场风波的结束曲，令热切关注的人们并没有想到会奏响得那么早。姑娘撤销了对小老板暴力殴打自己的各项指控。小老板的父母在厅堂，跟所有人共同见证了满脸挂彩、身上带伤的一位妙龄少女，提出自己那天喝多食言，又不小心跌入沟渠的呈堂证供。

小老板被当庭释放了。

“告她！我们要告她！”

人们不得不承认一波未平，一波又起的曲折性。小老板的父母当庭拿出证据。是的！他们要往姑娘的伤口上面撒盐。他们指控姑娘危害公共治安，无理取闹，蛮来生作！砸碎了他家儿子赖以平静生活的饭碗。

“炒金银丝本来就是被大家所公认的黄白两色均分的丝，可这位被告为何要强逼我儿炒一盘子白丝，再在其中点缀一缕黄？这不是找茬砸人家的买卖，又会是嘛？”这一句当庭陈述，经那两张起褶皱的嘴唇，完整地呈现在了在座人等的思维中。姑娘一眼不眨地盯着这对老夫妇看，她想必是在找寻不久前的至真、至善与至美的痕迹。可今儿就是今儿了，没空再排演出真善美的假惺惺了，在他们看来，这是一场有今儿没明儿的战斗。

姑娘不言不语，低下了头。她的表现让众人觉得她承认了自己的罪行。后来，她被判了半年有期徒刑。出狱后，她来到了这家已无往来人烟的店门口。

路人甲说，这家店的小老板几个月前就无踪迹了；路人乙说，他们全家或是搬到其他地方做生意了，但具体去了哪里，路人丙、丁也都跟着摇起头来。

这位又高又瘦的，浑身带着疤痕的姑娘，此时突然喊出来一声：“炒金银丝！”至此，这个词成了她从早到晚都要挂嘴边上，而且只要见人就会扬起声调的一句话语。或许她认为，这是自己对世人最友好的表露心声的方式了。

与大多数人的行为举止不同，那些被寻常人矜持或封锁在内心里的张狂，有些人以狂笑、吼叫的方式展现在大庭广众之下。正如姑娘这类人群，他们在所有不友好的眼神回应中，会觉得自己的行为有故事。

奶皮酥

传承天津卫糕点铺的油要用好油，面要用好面，鸡蛋要用好鸡蛋，该用蛋清不用蛋黄，该用油不用水的老传统。这个由鲜奶、鸡蛋、小麦粉、白砂糖等原料制作而成的老味儿奶皮酥，既可作为零食，又可当正餐，深受各年龄段儿人群的喜爱。奶皮使用纯鲜牛奶调制，其中含砂糖，浓浓的奶配上甜甜的糖，在酥酥的糕点上，如画龙点睛，就叫刺儿了巴叽（刺儿了巴叽：说话带刺儿，使人听了不舒服）的“臭大姐”总想买上一斤，好解掉馋瘾，续充肌体能量。她只吃奶皮酥上面的那层奶壳儿，一兜儿的小点心常常被剩下的就是那些不完整的嗑有牙印儿，且酥碎得掉渣的糕体了。

树牛儿、蚂蚱、屎壳郎，还有臭大姐，它们对当下的孩子们来说，都是很少能见到的昆虫了。但是树牛儿、蚂蚱、屎壳郎的生活空间有局限性，树牛儿赖着树，蚂蚱离不了草丛，屎壳郎老是跟屎起着腻（起腻：指纠缠不休），如此一来，它们就没有沾染人类神气的机会了。不像臭大姐，它之前是一种在人们视线里频繁出现的虫儿。臭大姐周身黑灰色，体内带有难闻的气味儿，就因着它的“毒气弹”味道浓郁，很多人见到它都会选择绕行。某次，当臭大姐在街上闲逛时，遇到了一位善良的小伙子，于是它爬到了小伙子的黑皮鞋上，跟随他回到了家。小伙子平日早出晚归，家中有位上年纪的老奶奶。小伙子很孝顺，每当下班后，都会给老人稍上份可口的点心，但老人的牙口不好，对于那个很钟爱的奶皮酥，就只好光吃下面的酥，而上面的奶壳儿在多数情况下会被留在兜儿里，之后撇到阳台去。臭大姐寄生在小伙子家的阳台上，开始是因为小伙子的善良，后来是因为它相中了小伙子的容颜，和不嫌弃它体味儿的那份假想出来的体贴。臭大姐白天躲在阳台偷偷地注视老人，它默默陪着老人吃喝拉撒，并得到了老人丢弃在阳台的那层奶皮儿的喂养。渐渐地，它身子上的臭气消失了，并随时随刻地沾染着人类的神气。不久后，奇迹出现了，它长出了人形的头和身，不加粉饰地白嫩嫩的如牛奶一般的肌肤。没错！它变成了美丽十足的大姑娘，嫩嫩的脸晶莹洁白，透着粉扑扑。是花，都得开，是美丽的大姑娘，就必定招人喜欢。

这天，小伙子推门进屋，瞧见了老人，又瞧见了一位妙龄的如鲜花般绽放的美艳姑娘。枝子上的玫瑰，大清早香气芬芳，它一冬盼着春光乍现，近旁的花朵含苞待放，却能凸显它的一枝独秀。你问她为何如此这般地又艳又香，无非是为了要在和煦的阳光下尽情绽放，鸟儿在一旁歌唱出了它的心花怒放。小伙子晚出早归，时时惦记要与姑娘缠绵厮守，他将暖心的爱给了姑娘。此后每当他下班归来，总会买上两份的奶酥皮，一份孝敬老人，一份带给姑娘。姑娘陪伴着小伙子与老人，幸福地度过了一年的春夏秋冬。

每天，姑娘都会梳洗打扮一番，以最美的姿态迎接小伙子的归来。她体恤小伙子的艰辛与劳累，并无时无刻不替小伙子分担忧愁，尽可能地操持家中一切的琐事。日后，她真把小家经营得井井有条，但时间久了，小伙子回家的时间却变得越来越晚，甚至是夜不归宿。也因为有她在，小伙子不再分出心来照顾老人，那么老人的生活，渐渐地全靠姑娘来服侍。一年过后，姑娘开始怀疑小伙子曾经的善良，她逐渐意识到，小伙子对自己的关注，也无非是她这身儿时时刻刻都在散发的奶味儿体香。对于这份上天的恩赐，她渐渐地产生了私心，虽说她的心思并不坏，但是，她此刻此时想要追求那份至上的，所谓的做自己的女王。

她毕竟有个臭大姐的身世。上天的眷顾是有额度的，有得即有失，有给即有弃。在被她所吸取的人间神气当中，一副大大的、毫无情面可讲的损嘴，有天突兀地挂在了她那奶白奶白的脸上。

“你说话别老是得理不饶人，如果照这样下去的话，以后别人都会躲着你走，不会有人愿意理你了！”对于小伙子的这句忠告，姑娘针尖儿对麦芒儿地抗争。

由此地据理力争引发了俩人的争吵不休，直至后来的越闹越僵。一次，当他俩都在气头上时，姑娘羞辱小伙子道：“真不知你是大舌头，还是舌头短人半截的主儿。怎么嘴里老跟含块儿热豆腐似的！就凭你这样的先天条件，劝你以后还是别张嘴跟人矫情，要不一张嘴准得露怯！再者说没有气度、没有担当、只知道索取的人，简直就配三个字儿——真猕人！”

小伙子气急败坏了，这回真是原子弹爆炸的级别，他把姑娘打骂着踹出了家门。

没有了小伙子作依靠，每天那奶酥的供应也就没了踪影。接着，姑娘身上的肌肤颜色开始发了灰，后来又在这发灰的基础上，出现了大块大块黑色的斑。

她没法子，只得自个儿出去打工挣钱，像什么24小时的便利店里值夜班的活儿得干，白天沿街看人脸子搞推销发传单的活儿也得干，黑白天儿地刷公厕、收垃圾等的脏活儿累活儿重活儿都得干。她只为在得到工资的那一刻，刨除房租和一切日常开销后，将所剩余的那点儿钱财，去到点心铺换来自己心心念的奶皮酥，得以还原那早已逝去的水嫩且白皙的肌肤质地。

大块大块的黑斑已占据了姑娘身上的大片区域，如纯奶一样白白的肤色，缩成了局部的斑点穿插在由黑与灰为基础色的皮肤上。姑娘没日没夜地辛劳，让她的那张挺厉害的嘴茬子也没了厉害的底气。消沉了，她整个人逐渐逐渐地消沉了。发臭了，她浑身上下逐步逐步地发臭了。

有天，她拿着工资跑进点心铺时，遇见了当年那个小伙子。然而如今的她浑身上下早已失去了当初的光鲜靓丽，剩下的仅是一股股的恶臭气味儿。因此小伙子定是一眼认不出来她是谁。姑娘奈何不了情感迸发地要往小伙子身边儿靠，小伙子克制住嫌弃的眼光，不住捂着鼻子直往边儿上逃。她向前靠靠，小伙子随即往边儿上躲躲。她使劲地嘬牙花子（嘬牙花子：遇棘手事儿，眉头紧蹙，咂嘴沉思），终于，她忍不住张开了嘴说：“我是臭大姐！”

小伙子先是愣住了，他不敢将此声音与眼前这番景象相匹配。他听出了此声音是属于从前那个她的，但就是不解声与人形竟会如此的天壤之别。接着，他又是往后退了几步，沉思了片刻，才说：“你怎么变成了这副模样？而且满身的臭味儿叫人恶心至极！”

臭大姐伸出手，将自己方才买的奶皮酥递给了小伙子，笑着对他说：“这世上最美好的事物，其实看不见也摸不着，因为没有事物是完美的，因此要靠心灵去感受，去珍惜眼前的这份美好。这份奶皮酥，你带回去给老人吃吧。”

说完，她转身就离开了点心铺，从此再也没有出现过。

肉片烧茄子

清代，无论大、中、小学还是军事院校，一律叫作学堂。如北洋武备学堂、北洋水师学堂、官立中学堂、民立第一小学堂等。清朝灭亡后，学堂一律改称学校。

“小呀嘛小二郎，背着书包上学堂。”旋儿姐对着自己家的二胎唱着儿歌。俗话讲，人头顶的发旋儿，一旋儿横，俩旋儿拧，仨旋儿打架不要命。那么旋儿姐头顶四个旋儿，是不是该称为女中灭霸了。

话说她生这个二胎的时候，是恰巧赶上了国家放开二胎政策的那个月份，提前几天生就得被罚款。旋儿姐不是独生子女，她爷们儿也有亲弟兄，所以这个二胎的到来，让他们一家子都认定了这个娃娃会选日子，于是旋儿姐就此认定二胎将来会是成大器之才，为此她倍加重视对二胎的教育，打二胎一出生就给他报上了什么早教的、学前的、特长的等各种的班。而今到了二胎上学的年份，在步入校门之前，旋儿姐的期待感让她那多年不开动的声带震颤了起来，竟然没想唱出来的声儿惊到了所有在场的人。

“哇！老婆你还会唱歌呀？”旋儿姐的爷们儿说。

其实如若大儿在场的话，他估计也会是这种反应。

自从有了二胎，大儿的角色由原先的小皇帝变成了小奴才。“去！给弟弟拿尿不湿。”“弟弟渴了，还不赶紧拿水过来！”“弟弟哭了，快去哄哄弟弟去！”如此的使唤声，在家庭中可谓是司空见惯。

如若哥俩儿起了冲突，大儿总是遭到旋儿姐的拳打脚踢。理由很简单，谁让你大呢！在旋儿姐的脑子里，大的就得让着小的，大的就应该给小的做榜样。

即便都是小娃的错，也得打大的娃，谁让大儿人大力气大，打架占上风呢！这些种种的不公平，大儿都能忍，可唯独一样儿大儿忍不了，那就是二胎不吃烧茄子里的肉片，对此，旋儿姐表示今后只做素烧茄子。

“妈，可我爱吃烧茄子里的肉片儿啊！您为嘛不给我做呢？”

“因为你弟弟不爱吃。”

“他不爱吃您就不给我做了，是么？”

“他比你小嘛！你得让着弟弟。”

“凭嘛？”

至此，旋儿姐不再理会大儿，继续炒着锅里的素烧茄子。把“茄子烂软，肉片香嫩”的后半截干脆省去了，仿佛漫威电影《复仇者联盟》里的灭霸，将地球上的一半生命活生生给灭掉了似的，让人绝望。

大儿闭眼回想着原先旋儿姐打大油、炸大料瓣、下肉片煸炒、炸熟面酱的流程，不免落下了眼泪。

今儿个晚饭仍是素烧茄子，那么明儿个给大儿去学校带的饭呢？也必然就是这道素烧茄子。

大儿当晚留了个字条给旋儿姐：“如果您问我离家出走时一定要带上嘛，我会告诉您是卷纸。我不能叫它静静地待在卫生间里，等着别人把它变成臭烘烘的垃圾。我要让它跟我一起浪迹天涯。”旋儿姐拿着这张字条，也竭尽全力寻找过大儿，但是最终还是失败了。此后，二胎成了家里的独子。两个儿子的家庭领了独生子女证。

旋儿姐悲伤过，失落过，悲痛欲绝过，整个人也老了十几岁，可这些以付出自己容颜为代价的悔恨，最后在二胎入学的那天，让她求得了一丝心安，或许可以由此收拾心情重新面对生活。那个上了学堂并荣升为小皇帝的二胎，也更能感受到旋儿姐对自己的唯命是从。

“妈妈！”

“陛下有何吩咐？”

“我想吃当年哥哥一直想吃，但没能吃到的肉片烧茄子。”

旋儿姐立马照着二胎的吩咐，买回了肉片和茄子，但当她这回打大油的时候，满眼里却全是思念大儿子的眼泪。

荷花鸭子

上桌前，在荷叶四周摆出朵朵的红的、白的鲜荷花瓣，鸭子如卧荷花丛中，造型尤为生动。如若选用白色荷花瓣，则素雅高洁，若配以粉红色花瓣，则娇艳多姿。再论此菜的肉质，那可真是肥烂不腻，且暗含着荷叶的清香，馅心有质感，醇厚香润。

姐妹俩是这个再婚家庭中由同一父母所生的，因而姐俩又可以称作一窝儿里的姐妹花。她们的父母可谓是反复地结婚、离婚，离了又牵手的一对“倦”侣。而这次他们一家四口外出就餐，是在父母再次提出离婚前的又一次家庭散伙饭。

姐姐被叫成了十六，妹妹则是十二。单就字面儿上的意思来说，姐俩相差四岁，但不论是从外形还是内在上去品，她们都比同龄人要懂事听话得多。在这次家庭聚餐的话题中，也涉及了姐俩将来要跟谁过的问题。因为在离婚协议书上，明确注明了夫妇二人平均分配家中的所有财产。当然，在他们看来，子女也属于家庭财产中的一部分。

他们点的头道菜正是荷花鸭子，眼下正经服务员的手端上了餐桌。妹妹的眼神比姐姐活分，一下子就指着这次围摆在盘中的荷花，是红与白相互衬托的结合。姐姐于是伸手取出其中一朵红得最艳丽的花瓣儿，插在妹妹的头发上。妹妹拍手欢颜，并学着姐姐的样子，也为姐姐的头上增添了一抹晶莹透亮的白颜色。

“十六给我，你带走十二吧！”父亲打断了母亲脸上正对着姐俩儿洋溢出的笑容，进而叫母亲又生出了敌对的眼神。

“凭嘛你带走十六，给我十二呢？”

“那你意思是让我带走十二呗？”

姐姐和妹妹此时并不关心父母争夺赛的结果如何。她俩一起凑到这道荷花鸭子跟前，闻着荷叶的清香味儿，姐姐随即就为妹妹夹了一口肥烂的鸭肉，这叫第一个尝到鲜的妹妹高兴得合不拢嘴。

“十二和十六，反正一人一个，不是说谁先挑完了，剩下的那个给对方，而是要公平！公平！”

“公平？怎么个公平法儿？要不你先挑，完事儿挑剩下的那个给我，那就省我的事儿了。”

妹妹无动于衷地看了一眼挂在父母脸上的狰狞相儿。她默不作声地为姐姐也夹了这道经过各种高档原料调制馅心，然后填入脱骨整鸭内而成的美味佳肴。姐姐尝到了妹妹夹来的这口鲜，姐俩儿便一同合不拢嘴地笑了。

“不是谁先挑，谁后选的问题！两个女儿，咱就不能这么轻易地下决定。按说两个都各有各的好，所以选择时就得公平，不能随便那么一说就完事儿！”

“那你说怎么办吧！我可没工夫跟你在这耗时间。”

“跟我耗时间？我还没计较自己这么多年跟你在一起白白浪费掉的时间呢！”

“哼！我耽误您的时间啦！那就实在是不好意思啦！这次离了之后，咱俩就得彻底地结束。谁也别想还会跟对方有什么转机的未来！”

“你说的嘛呀！我还跟你有未来？哼！扯这种不疼不痒的咸淡，真是吃饱了撑的没事儿找事儿！”

“你说谁吃饱了撑的了，你说谁吃饱了撑的了！”

“跟你这种人在一起啊，吃嘛嘛没走味儿，看嘛嘛都走样儿，听嘛嘛都燥起来，干吗嘛都烦得没完没了！”

这时，再瞧姐妹俩儿正干什么呢？姐姐拿筷子破开了整只鸭子，将内部馅料中可见的火腿、莲子、干贝、鱼骨、海参、冬笋、冬菇和熟白肉依依挑拣出来，放入妹妹的小吃碟里。妹妹看到鸭肚子里暗藏了多种“玄机”，很是惊喜，接着那份惊喜转成兴奋，兴奋变成欢乐，欢乐弹在脸上发出了“咯咯”的笑声。

“说说吧！咱是今儿个把这事儿给定了，还是走律师调解的程序，要不然还跟头回似的，闹到法庭做裁定。”

父母同时以仇视敌对的眼神怒视着对方。此刻他们谁也不松口，因为不管当下哪一方先吐口和解，或是做出退让，那么另一方都要吐出嚣张的气焰，认定自己的威力势不可挡。

而还在分享这顿美餐的姐妹俩儿呢？瞧着父母的怒目相视，只能无奈地笑笑。妹妹这时先起身离开了座位，她上前一把拉住姐姐的手，姐姐也随之起身，姐俩二人便一同消失在了不远处的祥和之中，继续享受俩人在一起的欢乐时光。

糖炒栗子

十点钟一过，糖炒栗子的店门口才算走起了人流儿。对于 9 点一营业就赶到门店前的顾客们来说，还有一番等待炒制生栗子成熟的过程。自然人群中就有不愿等且着急买到栗子的人，因此那些被装在密封袋儿里，外包装上印有“保质期 12 个月”的栗子仁就成了随到随买的商品。

春夏季节还好，一晃当到了秋冬时节，但凡叫穷惹惹瞧见顾客当中有选择购买即食栗子的人们，他一定要冲上前，对着急买塑封包装栗子的家伙们来上一句：“这季节不买现炒的，不就真成了缺心眼儿的了么！”

周围人听了穷惹惹的话都不吱声，可大家都听得懂，因为穷惹惹也是拿应时应景的食材认了真的，且自觉对外界说了句大实话。但唯独那掏钱的人却在大多数情况下，只会心地一笑，露出一脸的恕难从命。可不是么，老天津卫买东西，向来不捧没真材实货的招牌。吃花生总惦着鼓楼下张二家的，或文庙前亮着“大头”的摊位；吃南糖要去东门里的永源斋；吃元宵要找户部街的祥德斋；吃月饼要买毛贾伙巷胜兰斋的；吃芝麻饼要寻东门一品香的；吃大小八件要认春德涌的；吃糖炒栗子，要吃就首推东门牌坊下郑三炒的。不过这年月之下，掏钱买即食栗子的顾客会摆出一副知足的模样，随即用手捂住嘴又说：“如今的栗子再炒也炒不出原先的味道来了。买不买现炒的其实都一样。”

哦，原来如此！人家这样随便掏钱就买，是以此表达对吃不到老味道的惋惜啊。

“郑三的糖炒栗子只能是个传说。”这不，刚赶上热栗子出锅的顾客，在付钱之后一边嗑着栗子一边就说。

排在队伍后面的顾客接上了这位的茬口儿，“这家的栗子味儿还算行的，嚼在嘴里挺甜的。”

嗑开栗子皮儿的一位又说：“在咱这儿干餐饮的商铺，都快被外地人统治了。咱本人啊，吃苦受累富起一辈人之后，就不惦着叫下一辈的人再受勤行的累了。”

随后队伍里又传来了话语声：“外地人勤谨（勤谨：勤劳，勤快），本地人光顾着啃老本。要是不指着人家外地人的吃苦耐劳，咱本地人都得被活活地饿死。”

排在队伍后面的顾客中有位白发苍苍的老人，只见其刚要伸手指着他们说出什么时，却欲言又止了。因为这会儿穷惹惹出现了。他跟着起哄架秧子的气势，在一般人眼里是显得不可一世的。穷惹惹欢呼雀跃地边拍大腿边击掌，扭着屁股晃着脑袋瓜子地嚷嚷：“没错呀！没错呀！现在不讲究挂什么招牌了。本地人干活儿的辛苦不愿叫子孙接手。当初创建牌子的苦也就埋进祖辈的坟里消失了。上辈儿人不找后辈儿人的麻烦，要不成天被这牌子拴着，也真是件叫人没日没夜地守候着的苦差事了啊！”

刚刚那位老人到目前为止并未开口表态，因为人家摆明了一副吃过见过的老饕相儿。今儿个十点一过就开卖的糖炒栗子的热乎气儿，不会儿的工夫就窜到了每个顾客的面上来。

“来，下一位，您来多少？”

“来 10 块钱的吧。”

“兜儿别系啊，要不一捂的话，栗子皮儿就不好剥了。”这声音像是那位一直不搭腔老人发出的，这叫站一旁的穷惹惹马上抬头去寻老人的嘴，但瞧见的却是老人倾身探进橱窗的身形，而此动作一出，也叫里面售卖栗子的人机械性地说：“来，下一位，您来多少？”

“这玩意儿可搪时候了。虽说东西好是好，栗子养人，皮脆易剥，软糯可口，可一次少买点儿，毕竟栗子不能当饭吃。”穷惹惹冲向那位老人的背影说。

穷惹惹心头起了急：这老人为嘛不搭理我呢？这时打自己身边经过的顾客撑开了兜子，一股热腾腾的气息扑面而来，且从里面被人拿出了一颗深棕色，油光锃亮的圆乎乎的栗子。穷惹惹的注意力集中到了这颗栗子上，同时耳畔仿佛又传来了老人的声音：

“剥刚出锅的栗子，只要打当么间儿拿指甲盖一划，再沿两侧咔嚓一挤就能开。正规的糖炒栗子应该用特质颗粒圆形炒砂和麦芽糖来炒，为的是让栗子受热均匀，不易焦煳，不易爆裂，火候掌握好了，栗子壳儿拿手轻松一捏一拨就掉，其实剥栗子也是种享受！”

穷惹惹瞪圆了双眼去瞅刚才的那位老人，像是一种激动，又像是在动情，“大爷！您这些话说得在理呀！”

可那位白发苍颜的老人还是拿后背对着他。穷惹惹直勾勾盯着人家上下打量，于是他急了，“大爷！您老看着懂行！但为嘛就不能正脸儿瞧着我说话呢，好叫咱爷俩儿也正视地聊一会儿啊！”

老人依然不吱声。只是缓缓地从售卖窗口转过身，一步一挪地往前迈出了步子。

“您是耳背了吧！”穷惹惹愣了巴叽地朝老人嚷嚷：“我说大爷，您是不是就爱自言自语呢？”

此时从售卖窗口探出个头来，冲着老人缓缓前进的方向上，喊出了一句：“大娘，找您的钱，您没拿！”

啊！穷惹惹总算琢么过味儿来了。人家是大娘，管人家喊大爷，人家理他才怪呀！

活见鬼！真是活见鬼了！方才那个动静到底是谁发出来的呢？明显是个大爷的嗓音啊。

按说穷惹惹一天的任务就是劝人别买即食装的栗子，并伸一把手拦住正要掏钱的顾客，着力地大声嚷嚷一句，“您着嘛急呀，也就再多等儿分钟的样子。这成袋儿装的栗子能跟现出锅的炒货相提并论嘛？”

顾客一准儿是被穷惹惹给唬住了，有的真就收起了钱，排到了队伍的后面等起来。可还真别说，仅过了 5 分钟，又一锅热栗子咕噜咕噜地滚落进了一个大笸箩里。

“听我的没错吧！我待这儿十好几年了，这是劝住了多少人别干傻事！”穷惹惹说着又谝了起来，他知道怎么在群众中造一番声势。没错，这十好几年的光阴，他为打这儿路过买栗子的顾客们，递上一句劝阻，叫人家多等等，再等等，只要你肯闲着等，最易得的口福才能享受得到。

以无业游民自居的穷惹惹，论其外在条件，真就长成了一副有膀子力气干活儿的身板儿。粗壮的胳膊根子加上敦实粗壮的大腿根儿，如此五大三粗的体格子怎就找不着正事儿去做呢？

对此没人能理解，也没人多过问他，只会对老杵在那儿闲着的穷惹惹点点头后说拜拜。

信心是一种意境，穷惹惹相信自己有信心，因为即便是寒冬腊月里，他也能蜷缩着身子度过一个令自己懒散的一整天。

晌午十分，过来买栗子的密集度疏松了。穷惹惹背着手，晃荡着身子想找个地方吃午饭。不过今天，他被手机铃声止住了脚步。话筒那边儿传来的是爷爷病危的通知。

穷惹惹随即赶到了医院。

地，保祯察觉出一旦跟对方交上朋友之后，那些热衷于称兄道弟的哥们儿就陆续地开始患难了，今儿个你缺钱，明儿个他没饭可解饥饿。总之保祯在家做熬鱼的锅里，那些鱼的种类随着交友的数量见多而变得越来越小，也越来越杂到叫不出名字来了。

头些年前，保祯确实有个跟他摽把儿的（紧密结合，关系硬）兄弟，但由于这位兄弟的工作原因离开了他们所在的城市，二人从此便不得不承认，如果久不相见，最亲密的关系也会随着岁月的流逝逐渐地生疏。其实当初保祯有个像样儿的大名，就因为这个兄弟“保祯，保祯”地叫响，后来连他自己都忘了自己的本名。但是保祯仍然记得这个铁哥们最爱吃他做的熬鱼，尤其是家乡的熬鱼、甜面酱和酱豆腐，这些玩意儿到哪儿你都复制不出来。想到这里，保祯的脸上露出了一种真心的、不含杂质的思念之情。

“保祯，保祯，这回你再借完我钱，等我周转开了，就连同上次的，还有上上次的一起还你！”一个看似确实需要得到保祯帮助的兄弟，毫无掩饰地描述出了自己的窘境，“妈的，弟兄我真成条咸鱼了，翻不了身了啦！”

保祯也是刚到家，他烧热油锅，准备将大红塑料兜子里的鱼儿们，收拾也不收拾地往热锅里倒。“噼里啪啦”的一阵阵响动声，跟放鞭炮似的，驱赶着小鱼们无法往大锅外面逃。

“说话呀！你到底借不借给我呀！我都算好日子了，今儿个是你发工资的日子。”

保祯镇定自若地熬鱼，急得锅外面的这条“咸鱼”的嗓门越嚷越大。

接着什么八角、葱姜蒜、甜面酱、料酒、醋、酱油的，一概省去，保祯直接往锅里加了水，咕嘟咕嘟地熬了起来。“咸鱼”不甘心，他跑上前把住保祯的胳膊，冲着保祯大声嚷嚷道：“你不嫌腥气啊。嘛也不搁，就这么干熬啊！”

保祯开口的第一句话却是：“钱都让你们拿走了，叫我拿嘛买佐料啊？”

“咸鱼”歪头纳闷：这个月我不是头回张嘴找你要钱来的么，怎么这么快，你又没钱了？

保祯对他那失望的脸色说：“来我这要钱的‘咸鱼’可不止你一条，和有些‘鱼’比起来，你‘游’的速度算是慢的了。”

没错！游得快的，这会儿应该正在海河里逍遥地戏水呢，而游得慢的，此刻全在锅里熬着呢。

宫保鳕鱼粒

对于宫保鳕鱼粒这道菜，在津菜馆子的菜单上屡屡能见到它的身影，但每次我都错过了。饭店炒好端上来的菜，不就是给嘛吃嘛儿吗，你总不至于喊来服务员问问食材在那儿买的，菜价多少钱一斤吧。可是在天津，真就有对菜价深度算计的大能人。

“服务员！服务员在家了吗！”

“来了来了，您还想来点儿嘛？”

“还来？你给我掏钱啊？”

“不是，我说您到底想干嘛吧？”

“我不想干嘛啊。”那个眼神儿一直没从我身上挪开的客人，拿筷子敲着碟子又说：“你们家这道宫保鳕鱼粒才卖二十五？我说这愣充鳕鱼的油鱼，到底多少钱一斤进的货呀？”

他的叫声令坐我对面的孙李回头瞧了瞧，孙李回过头来，朝我动了下眼眉说：“那人为嘛老是朝咱俩这桌儿看呢？”

“他可能是个斜眼儿。”我说。

孙李下意识地点了下头，回头再次确认，“嗯，他就是个斜眼儿。”

这时那个服务员姐姐像是有些着急了，她用盖过斜眼儿几倍的音量喊道：“我们家的东西宁可赔钱卖，也不可能以次充好，欺骗顾客！所以没有真凭实据就别在这儿胡说八道，免得出门闪着舌头。”

“啪！”一声拍桌子的响声震向了四周围。随即坐在斜眼儿邻桌的一位大爷，手里攥着的一头四六瓣儿大蒜，就跟着这声躁动掉到了地上。

“你一说话就闪舌头！你们全家说话都闪舌头！”斜眼儿使出拙劲朝我狠狠地瞪了几眼。估计此刻若是店里来了一个要胳膊根子的混星子，抡圆了拳头就得照他脸上那么一挥，兴许就能把他的斜眼治好了。

“有戏没戏全在脸上，有神无神全在眼上。我说大兄弟，你说得这么热闹，倒是拿正眼儿瞧瞧我呀。哦对了！你一直是在跟我说话呢，对么？”

“啪！啪！”又是两声砸东西的响声，而刚刚脸儿乎贴地面上找蒜的大爷，还好这次学精了，把四六瓣儿全含进嘴里了。

“把你们老板叫来！”

“你找我爷们儿干吗？”

“嚯！瞧你这话说的，难道你就是老板娘喽？”

“老板娘兼服务员，怎么地了！”

“不怎么的，我还以为你是刚打路边儿招来的，还没弄清自己行儿，就敢跟客人这么说话！”

这时，我若是加进景物描写，或从旁观者角度来评论的话，是不是略显有些突兀了呢？好吧。那咱还是继续听在买卖道儿上混迹多年的姐姐是怎么解的围吧。

“不吃咸盐不咳嗽，我说大兄弟，你这是打哪儿来的邪火，没找到合适的地方撒，跑我们这里撒邪火来了是么！”

“你们全家都有邪火儿！”

“我们全家人都还没招恨到，让人想挥拳头打架的地步。”

“啪啪啪！”三下连续地拍桌子声，叫大爷嘴里的四六瓣儿蒜一下子全吐了出来。

“出去沿街打听打听，谁家的宫保鳕鱼粒也没这么既量大又便宜的。你家的价钱就是叫人怀疑，用的东西肯定有猫腻儿！”

“只要行得正不怕小鬼横！”

斜眼儿正要连啪四下桌子时，旁边儿的大爷终于开口了，“小伙子你再拍桌子了！”大爷拿筷子也敲了下自己桌上的那个盛着宫保鳕鱼粒的碟子，说：“我在他家吃这道菜也有些年头了，一直就是这个味儿。而人家好几年不变菜价说明嘛问题呢？忠厚不赔本儿，奸猾不赚钱啊。”

店里这时从四面八方传来了食客们的附和声：“是啊！”

转过头去瞧热闹的孙李，这会儿也回过头来对我说：“对呀！咱俩也点了一份宫保鳕鱼粒，为嘛还不给咱上啊。”

我的注意力全集中在刚那位嘴里嚼着大蒜，目光炯炯有神的大爷脸上，他大口大口地嚼起了大蒜，伴着蒜味儿的笑颜像是一种生活智慧，给人一种我嚼我的大蒜，你嫌有味就别碰的淡然。

“我说，”孙李瞧我没理他，再次强调了一遍我们的宫保鳕鱼粒为何还上来。

“确实。”我简短截说。

“要不要催一下？”

究竟是什么东西在左右着我的反应力呢？是想象还是一向不愿使出的情商？我没有再理会孙李的催促。

但是他也没有放弃地又说了一遍，“要不要催一下？我看咱俩也吃得差不多了，要是再不上咱就退了吧。”

有时就算说了也等于白说，但白说也得说。孙李的视线已由原先的平视变成斜视，就算我在接下去的情节上十分配合地与他交流。

“好吧！你不吱声，我叫服务员过来吧！”孙李再次回过头去，连续叫着：“姐姐，姐姐。”同时斜眼儿的视线总算从我们的方向上移走了，但声音却朝我们的方向上扑来，“你瞧着吧！估计人家那桌准是吃出嘛毛病来了！赶紧快过去找挨骂吧！”

这时那位姐姐重重地跺了下脚，似乎像是在撒火。随后她就朝我们这边走来了，并回头朝斜眼甩出了一句，“冷汤冷饭难咽，冷言冷语难听，不过也见多不怪，林子大了，嘛鸟没有！”

“姐姐，姐姐，我们打半小时前就点了宫保鳕鱼粒，现在做了么？”

服务员姐姐微笑着说：“我去给你们催催去。”

斜眼儿竖起耳朵听我们这边的情况，他仿佛又抓住了什么话柄，脸冲向别处，并拿筷子夹住一块鳕鱼粒对我们喊道：“就这破玩意儿，一般进大饭店里怎么不也得要你个几百几十块钱的，其实味道也都这意思，我图个便宜尝尝就得了，还真不如来碗嘎巴菜泡棒子面窝头吃着安心。”

来这家饭馆儿吃饭的客人逐渐地多起来了，一张四人坐的桌子已经到了加座儿的程度，孙李把不方便打包带走的汤菜全装进了肚里。他打了一声响嗝后，就沉浸在和我们拼桌的其他几位食客的吃相上。

“抱歉了啊，刚出的那盘宫保鳕鱼粒是今儿个最后一份儿。”服务员姐姐露出歉意的表情大声地说。

“哦，其实我们也都吃饱了，改天来再点吧。请给我们结账。”

孙李掏出手机，刷了一下姐姐挂在胸前的二维码，将整好的钱付给了店家。

“没吃到就下次再来，反正这菜点的人多，量走得也快，能保证每次来吃到的食材都是新鲜的！”

“嗯，没事儿，你们家菜的味道真是没得挑啊。所以肯定还会再来的。”

“呵呵，谢谢了。您二位慢走！”

突然，斜眼儿举手，眼睛冲向了别处对我们嚷嚷：“记着下回点份鳕鱼粒儿上回当啊！”接着突然，“啪”的一声，一头蒜分毫不差，正正中中地砸在了斜眼儿的那对斜眼儿上！孙李赶忙扭脸一瞧，是刚才那位大爷的出手！随后大爷镇定自若地说道：“我叫你再败坏这道宫保鳕鱼粒！知道么，我闺女家炒的这个味儿，可是我专程拜访鲁菜大师后，再经琢磨，研究，反复尝试才得出的独家秘方！多年不涨价就是因为来的人多了，叫薄利多销成为可能！”

炒肉丝

蒜苗炒肉丝、豆角炒肉丝、香葶炒肉丝、掐菜炒肉丝、雪里蕻炒肉丝、鲜黄花菜炒肉丝、海带炒肉丝、苤蓝炒肉丝、青豆炒肉丝、白菜炒肉丝、柿子椒炒肉丝、榨菜炒肉丝，等等。估计你也无法一一还原出这些时蔬跟肉丝搭配出来的味道，或许在你看来有些菜并不会出现在你家的餐桌上，但凡是刚被报出来的菜名，都是螃蟹家的家常菜。

“螃蟹”俩字儿，市内六区读作“páng xiè”，到了咸水沽说成“pánghài”，听葛沽人的发音却是“pángkēi”。但不管怎么喊他的名字，只要冲他发出一个“páng”的音儿，他会立刻回头寻找发音源。没错，他打小儿就就习惯了别人叫他“螃蟹”。

螃蟹的大姑成天换样儿地给他炒肉丝，不是因为螃蟹有多爱吃肉，而是螃蟹的大姑父在某个肉联厂当职工，且专门站在切肉丝的这条生产线上。每天产出的肉丝，多到数量上没有精准的计量，所以他家每天炒菜用的肉丝也就从未缺过。

孩子丢了，有人说是叫“拍花的”（“拍花的”就是用迷魂药诱拐儿童的犯罪分子）给拍走的。当年螃蟹也被“拍花的”给拍中过，他的父母都认为自己失联的孩子，应该是有去无回了，便在找回螃蟹之前又生下了一对龙凤胎。但螃蟹得益于他的名字，小家伙的身手实在不同凡响，他那双手双脚如同被赋予了螃蟹钳的硬实力，连连破了“拍花的”们所设置的重重关卡，最终跑回了父母的身边。可他家的条件不富裕，一想到多个孩子等于多了张吃饭的嘴，他的父母就急得发了愁，犯了难。因此，螃蟹才被寄养在他那个不能生育的大姑家。

螃蟹除了腿脚的硬实力之外，还有项特殊能耐。他可以指认出谁是“拍花的”。别说，他指认的方式也很特别，就是将已经下咽到肚子里的菜，刨去肉丝全都吐到“拍花的”脸上。今儿个是消化成液体状的蒜苗，下回或许就是被胃酸浸泡过的发酸、发臭的雪里蕻，总之无论螃蟹怎么吐，你从对方的脸上总也见不到肉丝儿。

由此一来，警方通缉令上的那些被缉拿归案的犯罪分子，脸上除了该有的鼻子眼儿外，多了像什么蔫吧的香葶啊，酸臭的掐菜啊，腐化的青柿子椒啊……

早上起床，他就是螃蟹，普普通通的名叫螃蟹的少年。吃过早饭，他穿好了校服，带上大姑给他炒的肉丝菜直奔校园。在学校他仍被叫作“螃蟹”。他在一天的学习时光中，最期待午饭里每天换着样的各类炒菜，并会期待明个儿又会是什么样的菜配肉丝。

放学后，他又变成了协助警方办案的“螃蟹”，不再是普普通通的人物了，因为他要面对那些凶神恶煞的坏人。他要召唤出自己的超能力去对付他们。

这天，当“螃蟹”离开派出所后，总觉得眼前不时发黑，膝盖软软的，自己的身子像摊泥似的说摊成一堆就能立马倒在地上。那么，刚刚到底发生了什么情况呢？在一个生不出孩子却渴望孩子的家庭里，男人跟女人几乎是没有希望地经营婚姻生活，在这样的情况下，有些人就放手一搏了。

被警方带出的一个人，脸上半面露着可怕，半面透着可怜，拥有这张脸的妇人，嘴角边仿佛正在叨咕着什么，而她的内心也正如脸上显示的一样惊慌所措，慢慢地，她被带到了白炽灯下。

“大姑！”沿着“螃蟹”伸出的手指方向，刑警们的视线全部聚焦在了这位妇人身上。

在一盏聚光灯与几盏白炽灯的照射下，只剩这位妇人的身影。其他人等都走出了监房，而此时投射在妇人脸上的光影尤为惨白。

跟以往一样，被铐上手铐的妇人被带进了审讯室，那里也经常会由“螃蟹”进行二次指认。每每当面对可恶的“拍花者”时，“螃蟹”会使出自己的必杀技，喷恶人一脸的“污秽”。但这次他默默地站在了一旁，静静地看着妇人的脸。

妇人看到“螃蟹”后，并没有言语什么，她倒像是个母亲，露出盼着娃娃们找到好归宿的慈眉善目。

“大姑？你是这孩子的大姑？”

“是的。”

“那么就是说头些年的绑架案，你也参与了？”

“是的，我参与了。”

“绑架你自己的亲侄子？”

“我没想绑架他。”

“对我们如实交代！”

“我当年只想通过这样的渠道找一个适合做我娃娃的人选。可没想到，当时却发现了我侄子的踪迹。他那时很小，于是我竭尽全力地营救了他。”

螃蟹的眼睛一眨不眨地盯着大姑瞧，同时嘴里不停地涌出了各种炒肉丝的味道。

“这孩子有超能力的情况，你知道吗？”警察回头看了一眼“螃蟹”后问。

“警察先生，这孩子患有一种先天性的脑炎，可我不愿意告诉他这个事实，所以我将他所需要服用的药物混在菜中。为了缓解他食用药物之后消化不了时蔬的副作用，我每天都换着花样儿地给他做炒菜吃！”

“螃蟹”听到此，他的胃部突然感到不适，肠道也跟着翻江倒海了。这次他跑去厕所解决了不消化的时蔬，但对于自身过目不忘的那些记忆，他仍抱有很多幻想，或许那些经历就促成了他的不同寻常呢。

拔丝“沙果”

做拔丝山药还是拔丝“沙果”，不是看料备得足不足，而是糨子的期末考试成绩及没及格。再看糨子他爹，也简直是装着一脑袋糨子的厨子。客人点拔丝香蕉，他给人家做成了拔丝葡萄；客人点拔丝板油，他给做成了拔丝丸子；客人点拔丝莲子，他出锅了拔丝果仁，客人点拔丝芋头，他端上了拔丝南齐鼓。可是他每次回家拔的都不会错，因为家里没有餐馆的料全，而只想吃到拔丝“沙果”的儿子，除非门门儿功课都及格，糨子他爹才会打外面捎来百果、冰花与桂花，再为糨子的全及格助个兴，添个彩儿。

糨子爹成天在餐馆后厨叼着烟卷转磨磨儿（转磨磨儿：漫无目的地转圈儿），等着食客们点他的拔丝类的拿手菜。除了拔丝这项技法外，糨子爹做嘛嘛不熟，但也因为他这拔丝水平无人能及，且在饭店中的点击率还算比较高，餐馆的老板才留下了他。

糨子的不懂、不会、不敢和不会装傻充愣，都不是装出来的，而是他压根儿就不会说瞎话。每次考试不及格，他都要第一时间跑回家跟自己爹说实话，虽说自己馋拔丝“沙果”好久了。

拔丝“沙果”用到的食材是山药，将山药洗净，蒸熟，剥皮，截去两端，用净白布把山药挤成泥，往里面揣进同样蒸熟的面粉，反复地揉呀揉，山药泥最后要被揪成小剂子。瓜条、元肉、葡萄干等百果切成小丁和桂花一起掺入豆沙馅儿，再把豆沙馅团成小球，包入事先揪好的山药剂子中，用手捏成沙果形，青梅条做成沙果把儿。好了！接下来旺火，热勺，温油，一同配合着软炸“沙果”，火候掌握的成与败，直接影响“沙果”最后仿生的色与形。将炸好的“沙果”在盘中摆好造型，接着另起锅，原勺打少许清水，下冰花，用微火熬化，本该是待糖汁儿能用筷子挑起糖丝时立刻浇在“沙果”上，但是糨子爹不使筷子，他此刻要使出自己的绝活儿了，只见他眼光一闪，鼻尖微动，两耳一颤，便立马起勺即成，并从嘴角轻轻弹出一句话：“上桌时带一碗凉水！”

每逢糨子期末考试的头天晚上，糨子爹都带些山药回家，他觉得能以此来激励糨子的拼劲儿，希望糨子借着能不能吃到拔丝“沙果”的念想，从而一鼓作气地顺利通过转天的考试。他也会在头天晚上坐油勺，把山药炸成金黄色，原勺倒白糖，糖化成糖稀裹山药，抖勺，出盘，行云流水，一气呵成。并同样手一份，嘴一份地（形容会说能干）对糨子嚷嚷一句：“上桌带一碗凉水！”

糨子打小的味觉里也只有“拔丝”菜的味道。他没见过自己的娘，也没见过自己的爷爷奶奶和姥爷姥姥。他一直跟着自己的爹，他爹也一直靠着拔丝的手艺，养活着他们爷俩。

当初就算再苦再难，他们爷俩的手心也没朝过上（手心朝上指乞讨，因为手心朝上就像是乞讨、求施舍了）。自从社会上开始了病从口入的健康宣传后，紧接着又掀起了减肥瘦身，减脂减重，以瘦为美全民热潮。而在当时不论年老年少的男男女女们，都加入了“减肥降脂”的队伍中，大家每天推崇健康饮食，计算每日摄取的热量，计较油脂，糖分和卡路里的摄入，且由此发起了全民健身总动员。有追求的人必定能道出许多的理由，大家也依此作为科学依据，摒弃掉了那些只顾眼前解嘴馋，空有视力却无远见，不为自己身体做长远打算的生活态度。于是，“糨子”爹的菜就遭受了民间的冷落，被健康爱美人士说成减肥的大克星了。因为他的拔丝，指的就是糖与油。在此之后的每天当中，“糨子”爹叼着烟闲在后厨傻等着，而见此情形的老板的心里也活动了起来。不多时日之后，老板提出了计件拿钱的主张。“糨子”爹由此就正式跌进了贫穷的坑。

原先“糨子”爹每周会带着“糨子”去水上公园划船，买棉花糖，共度美好的父子时光。可现今他们爷俩只要在家就闭门不出。“糨子”直接捅破了他爹压箱底儿的秘密，并表示愿意同爹一起分担窘境中的缺衣少食。

再到后来，这阵子“减肥降脂”的风潮像是吹过去了。就像任何事物的一时兴起，具有阶段性的流行趋势似的，这阵子狂刮，且有大批的人去追逐着，待到铆足的劲头撤掉之后，一开始跟风追逐的情绪也就势必淡了，浅了，不再上心了。所以“糨子”爹的拔丝菜品，在餐馆里又被食客们热衷地点起来了，并因为长期忍着不吃的缘由，这阵子一来就闹着要吃拔丝菜品的声势，火爆得叫老板的脸上笑开了花。这样一来，“糨子”爹正好得着了计件赚钱的实惠。俗话说三十年河东三十年河西，“糨子”跟着爹再到水山公园时，除了照例的划船和买棉花糖之外，“糨子”还能得到一件山寨版的欧特曼。

上的斑马线、路标、和那虚虚实实的行人影子。他启动了车子的引擎，沿着常在记忆里穿梭的路线，驶向了父亲的别墅。

“吴妈，我饿了！快给我做些吃的来！”披着外衣到门口为其开门的吴妈随即问他想吃什么。

“蛋啊，肉啊，菜啊的，给我搭配着来吧。”

吴妈立刻转身进了厨房，从冰箱里拿出掐头去尾，内脏已祛除，且封冻着的面鱼。她的内心是有数的，因此她先将鸡蛋打散，放入调味料打匀，嫩青韭菜切小段儿再与面鱼、蛋液搅打均匀。

少爷羔子一进门就四仰八叉地躺倒在了客厅里的沙发上，不一会儿的工夫，他竟然睡着了。

一股浓郁的韭香窜入他鼻子眼儿的瞬间，叫他一个激灵地睁开了眼。可眼前除了这盘热气腾腾的面鱼托之外，还有他的父亲。

“我妈呢？”少爷羔子说话的时，夹起一大块的面鱼托就放进嘴里大口嚼了起来。

这时父亲从吴妈手中接过了给他温好的酒。面鱼托佐酒是不错的搭配。同时，吴妈又为少爷羔子端来了现烤的饼，面鱼托佐饼更是常见的吃法。但父子俩却都没有急着嚼急着咽。

“爸，我妈呢？”

“你妈走了。”

一只准备伸手抓饼的手悬在了半空中。

“凡事皆有可能发生变故，所以永远别说永远。”父亲的目光移至吴妈走远的方向上。这种下意识的情感流露，让少爷羔子将嘴里嚼了半截还未下咽的面鱼托，一下子全吐了出来，立刻他也把头对准了吴妈的方向，并大声叫道：“吴妈，你这是要齁（齁：过甜或过咸，刺激喉咙）死我吗！”

吴妈矮小又瘦弱的身形，又出现在了这对父子的视线中，她手里多了一杯刚为少爷羔子斟来的凉白开。

吴妈的顺从让少爷羔子感到的却是一种深不可测的心计。他想到的那些成天顺从的笑脸，恐怕都是用来消除他警惕感的招数。

“可怕，好可怕！”他像是从父亲的眼神里看到了什么，顿时无助、慌张、并焦躁不安起来，“爸！您要想明白外人们多是冲着咱家钱来的！”

想必此刻，少爷羔子所说的话，完全是针对身旁的吴妈去的。那个多年的老妈子毕竟比自己母亲的岁数要年轻，且懂得如何温暖到他人的心。

吴妈比父母亲的岁数都小，当年少爷羔子的祖父祖母觉得吴妈人长得可人疼，就将吴妈认作了干闺女来养。吴妈也没怎么读过书，学也没怎么上，一直就跟着他们家，且一直做着自己分内的事儿。伴着父亲的学业有成，结婚生子，继承家业等一系列人生大事件的完成，吴妈也渐渐退去了青春年少的清纯。她没有嫁人，也没谈过恋爱，从少爷羔子降生的那天起，就担当起照顾小少爷日常起居的角色。总之，吴妈才是他心中从小到大，伴他成长的一位称职的母亲。

少爷羔子不喜欢带刺儿地甩闲腔，他掷地有声地说："就算是从小把我带大的人，就算是对我向来施恩的人。但是她若是真想叫我把吴字儿的姓给去掉了，直接管她叫妈，我心里是绝不接受的。"

父亲的手明显地抖动着，并将端在手心里的酒洒向了地面。大概是深夜太过静寂，房间里人们的喘息声尤为清晰可辨，但大力吸气与吐气的频度，也愈发提示了人的肉体要与灵魂一道，对别人做出表态！

"你没有资格说这些！更没有资格干涉父母的婚姻问题！"父亲的手没有停止颤抖，这叫守候在一旁的吴妈，赶紧为父亲取来了治疗心脑血管疾病的药。由此举动得来的"情"，是亲情，反正不是爱情！少爷羔子又在自言自语地分析着。

"孩子啊，你想多了。我跟你爸没有你想的那种关系。"吴妈瘦弱又短小的四肢，使她不得不多往前靠近了几步，她贴到父亲的近旁，才将药递到了父亲那发颤的手里，"你爸心里有你！这不今儿个晚上的面鱼就是他亲自去市场买的。他知道你最爱吃这个，盼你能回来，因为这个季节的面鱼最好吃。"

对于幼年时的少爷羔子来说，父亲的角色是缺席的，而母爱又是从吴妈那里获取的。少爷羔子的生母是教科书样本的大家闺秀，自从门当户对地嫁进了父亲的家里，母亲就单摆浮搁（单摆浮搁：放在表面，明处）地处理着面子上的人情世故。少爷羔子的生母并不爱他的父亲，而父亲也知道她有自己的梦想，因为久居深闺的限制，母亲一直被禁锢着腿脚。因此，当她终于有天可以爆发内心的叛逆，于是她果断地行动了。父亲说的离开正是她的人生选择。

如此鲜美的面鱼，竟会是父亲外出买回来的？少爷羔子不太相信这个事实，他认为这个味道应该就是由吴妈从头到尾去完成的。即吴妈先从外面买来面鱼，然后回家摊成面鱼托，这跟他儿时记忆中的场景相一致。

"孩子，其实每年这个季节，你爸都会在百忙之中抽出时间，给你去买面鱼，回来再叮嘱我给你做。"

少爷羔子对此惊呆了。在他脑子里的父亲形象永远只会工作，而母亲呢？总是静默地待在远处，真没想到她的离开是如此的反转自己的认知！

难道有些事并不是按常理出牌的嘛！

"爸！我原以为别人跟咱好都是冲咱家钱来的。也正因着钱财的诱惑，才锁住了他们的腿脚，让他们不忍离去。"

"我曾经也有过跟你同样的想法！"

“那么说您现在的想法改变了？”

“嗯！人与事，还是患难见真情吧。”

服过药后的父亲克制住了发颤的手，接着他为少爷羔子夹去了一块面鱼托，“快吃吧，吃完了去睡觉。”

隔天，少爷羔子家的股市出现了历史性的大崩盘。再又过了几天，少爷羔子的父亲因突发心脑血管疾病而离世。又再过了几天后，少爷羔子家的全部家当被变卖抵债。再又恍如隔世般的，吴妈也离开了那个家。

又是一年的某个三月天，寒风依旧强势地对生长中的万物扬着威。而在外打拼了一整天的“少爷羔子”拖着疲惫不堪的身子，拿钥匙打开了自家的房门，随即从房间里飘来了面鱼托的味道，且正等待他回家的，还是那个熟悉的瘦弱且矮小的老身影。是啊，吴妈一直惦念着少爷羔子，她不计报酬地要来照顾少爷的生活起居！这就是实情。

蒸茄泥

天津早期的盐商，对于文化艺术是浮皮蹭痒——水过地皮湿，点到而已。而当下这个词语用来形容事故出现后的责任一方轻描淡写、敷衍搪似的行为。

茄子去把、去皮，切成不厚不薄的圆形片儿。上笼蒸烂，出屉，控出水分，码入盘内。将麻酱加盐、水泄开成粥状，浇到茄子上，另捣蒜泥放到盘内，吃时拌匀。此菜是三儿下馆子必会点上的一道菜，现如今有了大棚，不分四季，茄子常吃常有。

三儿今年本命年二十四周岁了。他高考参加了六届，均白白着地接受了落榜的现实。他甚至听老师的建议学理改学文，后来又改回学理科，可无论怎么地折腾，到头来还是榜上无名。按说二十四岁的同龄人群中，都有当爹当妈的了。可是今年的高考，三儿还是报名参加了。连他常去的那家餐馆儿的老板都想顾他当店员了，因为不想让他再高考了。人么！该到嘛时候说嘛事儿，大家伙儿都觉得三儿该到了赚钱养家的岁数了。

可是三儿的性格属于“浮皮蹭痒”类型的。别人都不太清楚他这些年是怎么过来的。一个大小伙子光是高考的开销，想必在这六年的积累中就是一笔不小的数目了。那么他的父母到底是干什么的呢？他的家人支持他的复读行为，到底因为什么呢？可是真就没人知道实情。

6 月份的 7、8 号两天，跟其他日子似的肯定会到来。但正是在这种临近“大战”的时候且多半是在夜里，那些黑暗中的活跃思维能使人失掉了方向，只是消极地感受外界因素所引发的各种压力。那时的思维会担忧不能与不会，叫人无法安眠。又是类似每年考试前的睡睡醒醒与醒醒睡睡，不过这次，对于二十四岁的三儿来说，他可以说服自己：幸运是一只蝴蝶，要是追逐它时却想也不能地得到它，但若是悄悄坐下来稳住心思，特别当无所谓的时候，蝴蝶也许会飞到你的身上。因此他第七次走进了高考的考场。

下午五点考试准时结束，头一个走出考场的三儿被在外炙烤了一天骄阳的家长们拦住了：

“请问这位老师，今年语文考卷儿的作文题是嘛？”

“这位老师一看就是教理数的，要不就是学理综出身的，是吧老师！”

“嘛对嘛呀，这老师一看就是教外语的。老师您是那个考场的监考员？”

“我说你们都被太阳晒伤眼了吧，哦！这出来就一定是老师么，人家没准儿还是校长呢！”最后发言的这位家长，扭捏出讨好人的眼色，冲着三儿微笑地喊道：“校长您好！”

三儿既不作声也不理会。他满脑子里不是个人形象上的老成或是显老，他想到的是雪白、蒜辣、酱香，软烂的茄泥。他费力地推开这几位上前围堵他的家长们，毫不掩饰地亮出了自己的准考证之后，调头直奔向了总去的那家饭馆儿。

“老板，给我来份儿蒸茄泥，再来三碗干饭。”

老板接到点菜指令后，并未急着招呼传菜，他快步走到三儿的身旁，问道：“你这次考的行么？题难答么？都会做么？胜算的把握性大么？”

“考不过，明年接着考呗。”这句犹如“水过地皮湿，点到而已”般的洒脱，叫店里的人们，不单是老板与服务员，就连食客们也都惊呆了。

“还考？！”“你都多大岁数了，还考啊！”“是准备要让自己的人生只有高考么!”

三儿不再作答，坐在那里静静等着上菜。

一年四季，春夏秋冬。我们喜爱美好的东西，但没有因而至奢靡；我们喜爱智慧的事物，但没有因而至迷失。对于三儿来说，他反反复复地走进考场，可以算是对高考的深度迷了，使他也因而达到了某种意义上的癫狂。

“你家人还支持你考，是嘛？！”这是当三儿再次落榜以后，义无反顾地来到复读报名现场上，被问及到的话。三儿没理会这个看似正常的询问，而实质是在否定的劝阻。他低头填好了复读申请，并提交了上去。他将要在300多天以后，参加自己的第八次高考。

真的算是勇往直前的人，会找准自己的人生目标，然后从始至终地往前奔跑，并保有担负得起任何负面情绪的心态。十二年后，也就是三儿的第三个本命年，三十六岁的他时下仍在备考中……

记得在三儿的第二个本命年十八岁时，三儿的俩姐姐相继从外地赶来为他第一次参加高考加油助威。三儿在家里排行老三，十分受爹妈的宠爱，他不仅是家中唯一的男孩儿，还是最小的那个娃娃。这不那晚的家庭聚餐中，娘为难得团聚在一起的家人做了丰盛的茄子宴：三鲜扒茄子，油盖烧茄子，虾仁烧茄子，炸熘茄夹，菊花扒茄子，且样样都有样样的色、香、味儿。

大姐拍手以示对娘那精湛手艺的赞美之情。二姐忙乎着为他人夹菜，时不时夹自己嘴里品品味道，确实叫人赞不绝口。

三儿并不热情地瞧着大家的热情，且在嘴里嚼着各道茄子做成的菜。其实在这不久后的一场车祸中，街坊邻里的男男女女、老老少少都拥到了街头，比赶集还热闹的场面，因为那一刻能让人们见识到，倒在血泊中的恐怖，和那个仿佛要失去全部家当的肇事者悲号的模样。然而对接下去发生了什么，大家如今只能说出那个被撞伤孩子的名字叫作三儿，和因车祸丧命的妇人，是他的娘。

事故发生之前，三儿被娘用自行车驮着回家，一路上，娘那望子成龙的劲头一直让她不专心于马路上的车来车往。她时不时回头瞧着三儿，念叨着高考前的最后一次模拟考试，并对再次挂科的三儿痛斥道："你要是高考挂科的话，那你真就是个茄子了！而且你这个茄子只能蒸，把一个大圆茄子放锅里蒸！因为嘛呢？茄子形状圆如鸡蛋，蒸能保证茄子的形状不散，也就寓意你考了个大零蛋的意思呗！"或许娘说话时太投入了，没承想竟会撞上一辆急速驶来的大货车，娘的应急反应就是保护三儿，于是她倒地并溅出一汪血泊，三儿被活着埋在了娘身下。

"三儿！"

就在这么一遍遍地呼喊下，三儿某日终于睁了眼。通过医疗的救治，虽然人的身子没有损坏的地儿，但他脑子里的形态像是转化成了蛋形的茄子状，致使他出院之后，除了蒸茄子什么也不不认。

其实这些年里，那个肇事者没少赔偿三儿家的损失，包括三儿考试时的命运不济，也都怪罪于那次事故所造成的创伤。一年又一年，人们平平淡淡地过日子，三儿也默不作声地游走在众人眼中的疑问里，比如像什么这么大的岁数还高考？怎么他一张嘴就是大蒜茄子的味道？怎么家里供他读书备考那么些年，对于一个普通的工薪家庭来说，他们家倒地因为车祸落了多少实惠？

肇事一方的轻描淡写与三儿一家人的敷衍搪塞，经过岁月的向前进展，也就没人站出来指出什么谁讹谁啦；谁碰瓷儿谁啦；谁的脑子有毛病啦，谁又是谁今生的冤家啦，等等。

今年已经三十六岁的三儿，高考那天还是坐在了考场上。这可能是他的过法儿。一条备考之路，无头无尽无终局，看来像是能够从中收获满足，或者得到相应的不白活此生的满足感。而考得结果如何，将来会步入怎么的人生征途，对于他跟他的家人来看显然并不重要。

高考，对于如今的三儿来说，只是每年值得自己去打怪，从中获得乐子的一场游戏罢了。

肉丁炒辣豆

小哥与小姐姐是在一次网上交易中结识的。小哥在微信朋友圈儿里天天上传的青酱肉图片深得小姐姐的喜爱。

精选上好猪后腿肉切成方块肉坯，入罐，将细盐每天一次地分七次撒在肉坯上腌制，晾三天后入缸加酱油、大料、小茴香、花椒、甘草等浸泡八天。再将处理好的肉坯取出晾干洗净，开水下锅，以适当火候煮制成色泽酱红的青酱肉。

二人在网上做了一次成功的交易后，小姐姐如愿地尝到了肉丝分明，入口酥松，风味独特的美味。小哥从小姐姐身上也赚到了银子。也正是因为这种买卖关系的构建，二人建立了初步的信任。

“看不上，不中意。近日和我相亲的几个男的，我都看不上眼，不中意。”某天夜里，小姐姐忽然在朋友圈儿上发表了自己的小情绪。小哥点赞的心形符号抢占了“沙发”的位置，除了点赞之外，他还在下面发表了评论：

“我 95 年的，不知道该叫你姐姐，还是妹妹？”

“我比你大一岁，我 94 年的。”

“哦哦，那看来以后我还是得管你叫小姐姐了。”

这一来一往的信息，拓展了二人被局限在买卖关系里的角色。原先他们彼此想要进一步了解对方的念头。在后来的发展过程中，果真实现了线下见面。同样也证实了小姐姐所说的，她的身高比小哥高 1 厘米，她的腰围比小哥少一圈儿，且小姐姐那稳重成熟的性格，也确实要比小哥看似年长一岁。但是目光中先动情的还是小哥。

“第一次吃饭，我请你！”

“不行，我是你姐姐，还是姐姐来吧！”

“我是男人，出来吃饭哪有叫女人花钱的道理。”说着，小哥便把二人的饭钱给付了。

“那好吧，头回你请，下次姐姐请你。”这位小姐姐觉得，在比自己年岁小的人面前不埋单的话，多多少少会令自己难以消受。

“下次也不用你来。”小哥像是看出了小姐姐的心思，他深情款款地望着小姐姐，似乎碍于世俗的眼光，才不敢释放自己放浪不羁的天性，便在心里道出了：“你的内心跟你的人一样，都好迷人！”对啊！婀娜多姿，知书达理，且还懂得体恤人心，哪个凡夫俗子能不为之动情呢？小哥偷偷地打量小姐姐的脸蛋儿和身段儿。这张脸庞上的“装修”是简约朴实的，这体态上是骨感挺拔的。小哥确实对此深度着了迷，但还没到两眼发直、神魂颠倒的地步。他前后左右地侦察着地形，以免小姐姐在行走的途中会有磕碰的危险；无时无刻不体察对方的表情，以免小姐姐会有口渴疲倦的状态，除此之外，小哥还安排行程路线，帮小姐姐拎包，哄小姐姐开心。而小姐姐此刻也欣然接受了这一切的贴心服务。

“青酱肉是你自己做的？”

“不是我做的，是我妈做的。”

“阿姨的手艺真是盖帽儿了！”

“你的意思是说我妈做的好吃？”

“对呀，盖帽儿不就是形容极好得意思嘛？”

小姐姐歪着脑袋，上下打量着小哥说：“难道你不是天津人？”

“我是呀！”

“那你为嘛不懂盖帽儿的意思呢？”

“因为我认为我妈做的饭里，最好吃的应该是肉丁炒辣豆！”

“肉丁炒辣豆？”

“是的！脆辣咸鲜香，而且特别下饭！”小哥在他们二人见面的头一回，就主动伸手拽住了小姐姐，并将她拉到一处安静的地方，才松开了对方，小哥拿一只手比作了一把切菜刀，另一只手好似娴熟地附于案板之上了。

“土豆洗净刮皮，切成三分见方的小丁子块儿；鲜辣椒洗净去把、去籽儿，切成三分见方小丁子片儿；炸面筋、香干，均切成小丁子块儿；肥瘦肉同样地也切成三分见方的肉丁。”

小姐姐惊讶道：“你切得好么？”

小哥肯定地说：“我只会比画。”接着，他刚那把“切菜刀”又变成一把大铁勺，而另一只手也正抵住一口大铁锅，转眼之间，水勺坐开煮熟青豆，焯了一下土豆块儿，然后水勺转油勺，打底油，下肉丁、辣椒片儿煸炒，下面酱，葱末煸熟，再下面筋、香干、土豆、青豆、烹酱油，加盐，添汤，翻炒，挂芡，淋花椒油，颠勺出勺。

“哇塞！”小姐姐听得来了兴致，击掌欢呼道，“你为嘛不在网上卖这个肉丁炒辣豆呢。”

“这道菜做起来见功夫啊。但卖的话也只是个咸菜的价儿。”

“可是我真是想吃啊！”

“那你来我家，我叫你吃个够！”

小姐姐急忙点头，小哥也露出了心情超爽的表情。

此番的约会，叫二人相互之间的信任度又升了一级。

一周过后，小姐姐真就去了小哥的家。小哥的母亲端出了那道叫小哥引以为傲的肉丁炒辣豆，他们一家人热情款待了这个年长一岁，高一点儿，腰身瘦一些的小姐姐。

比起现在那些红头发，黑指甲，说话办事没正形的年轻人，小姐姐的外形长相和谈吐举止深得小哥父母喜爱。年龄上大一岁，被其父母看作是小哥抱上了金鸡；高度略高一筹，被他们想做是为了子孙繁衍播种下了长高的基因，而偏瘦且婀娜的体态呢？这自然让他们觉得具备如此身段儿的姑娘来配自己的儿子，可真叫人笑嘻嘻，乐不够，样样有，样样都值了！在小哥父母的热烈又紧锣密鼓的撮合下，二人的关系进一步升温，并最终喜结连理。

不是说所有人都看起来寂寞么？因而人们会用自己的方式想尽办法地排遣寂寞。你看，小哥跟小姐姐开的这家小饭厅里的寂寞指数，明显为零，尤其在饭点儿，这间不过十来平方米的夫妻小店，会迎来新老食客，他们纷纷竖起大拇哥，赞美这道由小姐姐首推的肉丁炒辣豆盖饭的味道。

清拌粉皮

“其实最疯狂的爱情，归根结底也不过是一种转瞬即逝的性冲动。你会相信真爱嘛？”

二十世纪六七十年代，天津人把自行车、缝纫机、手表并称为“三大件”，成为衡量家庭富裕的标准。只要备齐了这三大件，可以说你就有了能够婚配的资格证，什么真爱、爱情与婚姻的顺序一概不被提及。即本应该是婚姻前提的爱情，和叫爱情愿为之心心相印的真爱，均被现实中的财力、物力、实力这三把大力刀给阻断了。

据说扬州的“三把刀”指的是厨刀、剃刀和瓦刀，天津地界儿里，旧时回族群众谋生的三样工具，也有如此的三把刀：牛羊肉刀、泥瓦刀和切糕刀，对应着他们常从事的三种职业即卖牛羊肉的、泥瓦匠和卖切糕的。因此一把宰羊，一把砌墙，一把卖切糕的回民三把刀，揭示了天穆回民的物力、财力和经商的实力，且大多数回民是靠着这三把刀当中的其中一把起家成气候的。

人称“三合油儿”的家伙，姓甚名谁已无人记得了。酱油、香油、醋三者混合，是吃凉拌菜必不可少的一味调料。三合油儿也是天穆回民区里的一个买卖人，只不过他不使刀，他总不离手的是一盏铜楦。往楦内擦一些油，以手勺舀粉粥倒入楦内，手持楦放入开水锅内一转，使粉粥在锅内转匀，烫熟成皮，再连楦放入冷水盆内，将粉皮起出。食客到来时，用汤盘，每盘放二张粉皮之后将切成丝的黄瓜放在粉皮上，最后浇上三合油儿。

光瞧三合油儿的摊位处在“不哼不哈”的犄角旮旯处，就知道他做的买卖不入流，但夏季除外。然而他整天都显现在人们眼里一副闲不住的身影，他没事

什锦砂锅

砂锅排骨、砂锅豆腐、砂锅白菜、砂锅羊散丹、砂锅牛尾、砂锅大肠、砂锅鸡块等一系列亦菜亦汤、味儿美、料全、香烂，又能保持温度，且汤醇适口的经典砂锅类美食，叫识路子（识路子：善于领会其中隐含的奥妙）的圣宝贝不管春夏秋冬，都爱点来吃。

天津的十样杂耍包括说、学、逗、唱、吹、打、拉、弹、变、练，集各种技艺于一堂，于是就出现了杂耍场。新中国成立后将十样杂耍划为两大类，说唱类包括鼓曲、相声、评书等的归入曲艺；演技类的分别归入杂技和魔术。圣宝贝从小就跟着父亲变魔术，就是那个耳熟能详的大变活人。“变”是由父亲来表现，而变出来的大活人就是圣宝贝。原先一场演出下来，所有的演出费都归由父亲保管，可逐渐地，由于圣宝贝的脸蛋儿越长越成熟，加之平时结识的酒友的前来捧场，小费的数目也成了爷儿俩相当可观的一笔收入。父亲心疼着圣宝贝，所以每每得来的小费，由最初的部分到后来全部都交给了圣宝贝，父亲一贯的宗旨是闺女要富养。

钱多了，圣宝贝的小心思就多了，她平日里的娱乐项目也跟着一帮酒友们多了花样儿。酒友们要一起国内游，酒友们要一道国外游，游着游着，这个适婚年龄的圣宝贝就遇见了能够就伴儿（就伴儿：做伴）过日子的那个他。

经过富养成人的圣宝贝，自她交友之初父亲就放心，因为父亲明白他闺女不会跟自己一样，轻易就感恩别人的好，从而上了感情的“迷糊床”，因为这不仅会耽误自己的精力，更是一种不分好赖地“饥渴”式社交。自小，圣宝贝就深知父亲既当爸又当妈的辛劳，并也生怕自己将来走错路。一直到了二十六岁，她才把自己的第一次给了那个男人。但令其没想到的是，自己做得这既周全又慎重的选择，最终使自己成为一大波儿比自己还年长人的嫂子。是的！男人比她大15岁，但就是人品端正，懂规矩，讲体面，且最最最关键的一点，是他俩的脾气秉性合得来。俩人在一起做事儿的步调一致，行动的点儿踩得准。圣宝贝不喜欢的方方面面，男人知道体恤，且给予最大程度上的理解和包容，相应地，男人的一举一动，圣宝贝看在眼里，也能容得进去。

圣宝贝跟父亲的巡演结束了。老是磨不过别人面子的男人，在大家一致念叨着嫂子长，嫂子短的话语声中应承下来。毕竟大家都是多年的酒友了，他们就是要去男人家里尝尝那个传说中的砂锅什锦。

没错。这个“牛”是圣宝贝当年“吹”来的。每回一开桌，圣宝贝总会举手示意加份砂锅来暖暖胃，并总要在服务员端上砂锅时，来上一句果真没法跟自己做的那个砂锅什锦来媲美。

看来，这回巡演归来，也真得“真刀真枪”地比画起来了。菜谱就在她的身旁。圣宝贝自己做吧，不要惦着宠爱自己的爹和体恤自己的男人能在这时候变一锅热腾腾的什锦锅仔出来。菜谱就在她眼里：水发海参，熟白肉，熟白鸡，水发玉兰片，水发冬菇，火腿，水发鱼骨，油发鱼肚，熟虾仁，熟白肚，油菜心……

料儿都备齐了，但刀工确实很糟糕，圣宝贝浑身燥得慌。她想脱开“嫂子”的担当，从那站没站相，坐没坐相，走路歪不横狼的举止上，回归到一个被人忍着让着纵容着的圣宝贝。

“一会儿人们就都到了！”男人的话叫圣宝贝无话可说。没辙，谁让自己选择了当别人嫂子的人生呢。

不一会儿，酒友们纷纷到场，桌椅、碗碟，家居陈设倒是井井有条，随后男人开始感谢大家伙儿的远道而来，接着是老丈人的隆重登场。只见老人双手擒拿着块儿大黑布，一个华丽的转身紧跟一个精气神儿十足的亮相，黑布随即自然从他手中飘落，轻若羽毛般地罩在了桌子上，在一盖一撩的瞬间，圣宝贝娇滴滴地手捧一锅热腾腾的砂锅，将美食与姿容一并展露在了众人的视线中。

一阵掌声之余，人们闹唤着要尝这企盼已久的味道。

“嫂子，快！快！快让我们尝尝您的砂锅什锦吧！”

“我们大嫂做的砂锅果然跟之前吃的不一样！真是太美味啦！”

即便水发海参换成了黑木耳，熟白肉换成了午餐肉，熟白鸡换成了白切鸡，水发玉兰片换成了冬瓜片，水发冬菇换成了平菇，火腿换成了玫瑰肠，油发鱼肚换成了油面筋，熟白肚换成了豆腐丝，还有直接被省略掉的水发鱼骨，然而酒友们认为自己吃到的嫂子料理，是最正宗的什锦大杂烩……

男人送走了最后一个酒友后，茶呆呆（茶呆呆：无精打采）地对她说：“大家伙儿都夸你是他们的厨神嫂子呢。”圣宝贝对此不作声，反而撅起了小嘴巴。这个由砂锅带来的“荣誉”，假如也归为记忆的范畴，那么估计再被人提起时，她也仍会不以为然。男人明白她的心思，于是他学起了这道什锦砂锅……

别人在打盹时，她的眼仍要睁着，她要注视着四周，等待父亲随时发来的信号。作为父女俩的他们，需要这个即便历经多年，依然不可马虎的默契配合。但在父亲眼里，她永远就是自己的乖乖宝。别人眼中的嫂子形象，在男人看来只是伪装出来的角色扮演，在婚姻生活中的他们二人，早已抛开了在众人面前那个既定形象，在男人心里的她也永远是个可爱宝。他要为这个从小被宠爱惯的圣宝贝，在家关起门来，捧来一份由他独家秘制的什锦砂锅。

炸铃铛

篓子（篓子：用竹子、柳条等编成的器具，后用来比喻人）帮好久好久没在街道小巷露脸（露脸：现身，露面）了。

关于他们，人们当年能叫得出来的名头，如臭棋篓子、笑话篓子、话篓子、酒篓子等，仗着在道儿上多年混迹的影响力，招来一群小混星子们，三天两头聚到一起吃吃喝喝。这帮人自称他们只是穷惹惹或瞎惹惹，但群众则说他们是会扰乱治安的一群不安定因素。

没酒喝了，酒篓子会提来一大桶不明来历的酒精，完事儿再拿水兑成酒。喝高喝多喝吐了之后，随便就开始噪声刺耳地扰民了。酒菜缺了，话篓子会借由“宁吃飞禽四两，不吃走兽半斤”的由头，提议炸铃铛。“铃铛”是天津人对铁雀头的别称，因其圆而小巧，形若玩具上的小铜铃铛得名。以蛋油糊将铁雀头沾匀，油炸至熟，佐以花椒盐，其外皮松脆，内里雀脑软嫩如脂，味香咸适口，佐酒，猛吃快吃。填饱肚子了，随时就能开始倒买倒卖，圈地盘儿收钱，邪的歪的腥的臭的嘛都沾一沾，惹一惹。

每当炸铃铛上桌，笑话篓子会在一旁笑话那小小的铃铛，到底比麻雀、家雀好在哪儿！这笑话会让话篓子每每不厌其烦地当众解释：“铁雀爪黑，羽毛暗褐，而麻雀、家雀体型较之偏大，爪浅灰，羽毛褐色。”说到底铁雀不在市内群居，因此难得一见且不好逮。

臭棋篓子只管摆出他那一桌棋子，招呼各方各界的“臭棋”志士们一块儿消磨时间。话说他是篓子帮的大拿（大拿：掌实权的主事者、负责人），虽说平时其他人等胡吃海塞，没眼力见儿地开玩笑、逗乐子，他自个儿哪怕饿得前心贴后心几天，也谁是谁非的不计较，爱憎贬损的不露于外表，可前提是别碰他的棋盘，因为他心里头最记挂的俩儿字就是“将军！”可他老也没有将二字说出口的机会。

这天，臭棋篓子感到自己的棋局占了上风，正当他要打开音量，炸出那俩儿字的时候，这盘棋子却被突然造访的一伙儿人马给掀翻了！

“这是要干吗！你们要疯是么！拆台来也不扫听扫听这是嘛地界儿！”没等臭棋篓子动嘴，话篓子把此种形式下的大致概念先声张了出去，可这气势明显压不倒来者的气势。

“你们被举报捕杀、贩卖国家级保护动物铁雀，今儿个人证物证俱在，你们跟我们走一趟吧！”

原来，一位在附近饭店用过餐的张先生，对店内小黑板上推荐的“今日菜肴”曾多次疑心：炸溜软硬飞禽？酿飞禽？雀渣？这不会是早已被列为益鸟类的铁雀吧？于是张先生有天点上了一盘雀渣，可就算是被剁成黄豆般大小，形若碎渣的小丁，也叫这位资深的津门老饕一下子辨识出原材料的果然不假。

笑话篓子听到此，为这事儿，他不得不搭腔：“好么！难道说你真舍得把去了身子的铁雀脑袋炸了，喂我们这些干吗嘛不行，吃嘛嘛没够的兄弟们？你这到底安的是嘛心？！”

话篓子反倒是笑了，这反而叫众人感到惊讶。因为他从不以任何表情包代替言语上的表达，并且大家都以为自己的大哥，那个对别人但凡破坏自己棋盘的臭棋篓子，理所应当持有的易燃易爆的火气，在此时此刻却不见了踪影。

经过话篓子的坦白，他一人对涉嫌猎捕、贩卖国家保护动物铁雀的罪名供认不讳。因而也只有他一人被判刑，入了大狱。这么一晃 15 年过后，篓子帮的故事在群众的意识里皆已荡然无存。仿佛很多年前的，即便是亲身经历的感触，也像是被挑拣出了正常思维的范畴，被送至了精神病院的档案室里封存了。这天午后，一位爱将自己的服装颜色按藏蓝、深蓝、警察蓝、学生蓝、毛蓝、天蓝、湖蓝的深浅排序的犯人，经过 15 年的关押，终于走出了大狱，但除了他自己还能说出自个儿的名字叫作话篓子之外，没人知晓或理会他。

平时见不到的邪乎（邪乎：反常）事儿，叫近些年习惯穿“蓝”的话篓子都赶上了。他去过了原先的篓子帮旧址，并试图接触到了因酒精中毒和悔棋厮打等致伤致残的那帮兄弟及其家属，但无一例外的，均巧舌如簧地婉言将他拒之门外。就连那个前女友也已拖家带口，且她那长子的身高，眼下也已经快逼近话篓子的高度了。

话篓子不抱怨这些物是人非，更没有在心中搭建仇恨的基石，他将诗人赞叹道的，与银鱼并列为佳肴美味的铁雀，写进了自己出狱当天的日记中：树上弹来多铁雀，冰中钓出是银鱼，佳肴都在封河后，闻说他乡总不如。

“是啊！这道美味在津门饮食业界已无人涉猎了。”邻桌的食客端详着他的这身蓝问道，“你是不是服过刑？”

话篓子抬头看到这位食客，马上接话说：“敢问您有特异功能嘛？能从人山人海里瞅见谁蹲过大牢？”

食客穿得体面，但也一眼能辨出是个吃货，因为他的身上到处都印有新鲜的菜汤儿。

“你是不是人称话篓子？”

话篓子眼珠子定睛一亮，便答道：“莫非你就是当初举报我的那个张某某？！”

的确，从岁数、性别、大体的相貌来判断，这二位显然冤家路窄地凑到一起了。

食客含蓄地笑说：“如今猫跟老鼠都和平共处了，知道为嘛么？”

“为嘛？”

“现如今哪儿都是摄像头，不用谁举报，你在公共场所的一举一动就全被记录下来了！”

“照这逻辑来看，就算我找个没人的地方打你，也能被录上？”

“假如你没再牢里待够，你就打我吧！”

话篓子又一次笑了，在此之后他好说歹说要跟张先生交个朋友。接着在张先生的资助下，话篓子用鸡头、鸭头替换了铁雀，炸出了放大版的炸铃铛，并在此基础上又开发了多种禽、蛋类的菜品，生意越做越大。不论新旧友人来访，话篓子总会笑面相迎，依然一身蓝衣着装，不过人们当下更乐意称呼他为微笑篓子老板了。

炸段宵

“你们可是不知道没事找茬儿打架，无事生非，无理取闹，能叫人有多头疼。我媳妇儿就叫折烈，她没事儿时也得找茬儿跟我吵架。”大清早就开始吐槽的李大哥，论其是否真敢拿出硬碰硬的功夫，若是在自己媳妇面前，那也全是花拳绣腿。刚才他的话语中所提及的“折烈”二字，是形容他媳妇邪了门般地爱犯小脾气的性子。这个被天津人所熟知的口头语儿，专门针对没事就爱挑起事端的行为。过去，将这词儿按在他媳妇的称呼上，可以说是众望所归。

一般饭店晚上打烊后，会把当天的折箩（折箩：酒席结束后集中倒一起的各种剩菜）卖给下层顾客。但饭店吆喝“卖折箩喽！”毕竟不雅，于是就给折箩创了个新词儿，叫作合菜。

“我的车好像快没油了，我这人也跟快散了架似的，即将化为尘埃飘散。”李大哥一边自言自语一边打开车门，拖着疲惫的身子回到了家中。可迎接他的他媳妇脸上，却是被那张注入了很丧很丧的邪性劲儿（邪性劲儿：指非同寻常的劲头）。

李大哥对着那张脸说：“您了介又是想干吗？”

没错，还没等李大哥把屁股落进沙发里坐稳，从他媳妇自个儿甩闲话到二人对骂，从单人动手到双人揪巴（揪巴：扭打，厮打），从站着开打到全身折个儿（折个儿：指滚打在一起），从拍砖、抡锹到脑袋开花的各种流程，就在李大哥的脑海中跃跃欲试地演绎了起来。

李大哥辛苦上了一整天的班儿，可他媳妇在他的眼里，应该就是可劲儿地闲着无聊，甚至无聊到在家挠了一天的墙皮。因为他觉得媳妇肯定认为上班挣钱就是爷们儿该干的事，而作为女人的自己，只管想着如何花掉爷们儿挣来的钱就行。至于理应夫妻双方共同分担的生活琐碎，按照现状来看，他媳妇心情的好坏直接决定了是否可以在好好地料理家事、做完饭之后，还能以笑脸相迎。其实照这样的情况分析，若是李大哥在外面搞了外遇，或者挑头婚变，对照这种不工作光指着自个儿爷们儿在外打拼，回家后还不给好脸儿的媳妇，还是可以得到大家伙儿理解的。

“你介个不够做儿的玩意儿！一回来就跟个大爷似的！嘛也不管，嘛也不问。我真是倒霉催的遇上了你这么一个歪瓜裂枣儿。”（不够做儿：詈语。斥责其人寡廉鲜耻，人品低劣；玩意儿：詈词。谩骂行为不端的人；倒霉催的：运气不好，自找倒霉；歪瓜裂枣儿：比喻容貌丑陋或不成才的人）

媳妇的嘴在他那儿就跟婴儿的屁股似的没谱，一会儿屁屁来了，一会儿尿又来了。她随口喷出的话语里，李大哥专找难听的去琢磨，并还储存在自己的记忆中，达到堆积负面情绪的目的。以至于末了，媳妇也懂了他的无动于衷，于是才使出所谓的必杀技——没事找茬打架，无事生非，无理取闹！媳妇提到的别人家的爷们儿，是不必去提醒地自觉疼爱自己的妻子的。而且她还亲眼见到过别人家的爷们儿下班时，主动为妻子买了甜品带回家。

“甜品？你想吃嘛甜品吧？”连口热乎饭还没吃上的李大哥，居然还有本事抬高嗓门地追问道。

媳妇点点头，并轻轻地从嘴里吐露出三个字。

“元宵？！你想吃炸元宵！你让我这个点儿了，上哪儿去给你买炸元宵啊！”说完，李大哥忽然想到那家卖折箩的饭店。刚刚还需要叫人搀扶才能行走的他，好似眨眼之间恢复了元气，轻而易举地挺直腰板，几个大踏步就跃到了家门口。他穿好鞋子，回头就对媳妇果断地说：“你等着吧，我这就去给你买来！”

刚才还被视作油耗将尽的车子，一时间仿佛也被灌满了油，载着李大哥瞬时移动到了那家卖折箩的饭店的大门前。

“你们今儿个的折箩里边儿都有嘛？”看出服务员带着倦意，且稀释了反应能力的表情，李大哥接着问道，“你们现在管这个不叫折箩，叫合菜了对吧！今个儿合菜里都包含嘛？”他一边给服务员留出作答的反应时间，一边又急着说道，“不管剩嘛有嘛，都先给我上点儿，我都快饿晕了！对了！合菜里面有炸元宵嘛？”服务员没说一句话就离开了，不过，没有耽搁多少工夫，李大哥的眼前就既有了荤又有了素。

李大哥饥饿又疲倦的身子，经过这一道道迟来折箩的“充电”，终于又恢复了精气神。“这些有鱼有虾还有肉的合菜，真是比要看媳妇脸子才能填饱肚子的‘嗟来之食’强多了。”说着想着嚼着咽着，李大哥抬手指着那盒被服务员打包好的餐盒问："这盒里装的是炸元宵吧？"

"不是，这是炸段宵！"因这一字之差，从外形到内容上却是大相径庭。

炸段宵是在切成长片的山药上抹一层豆馅儿，再在豆馅儿上铺一片京糕片，逐层搭配好后，裹上面糊下油锅炸脆而成的一道金黄色的甜品。经过服务员的解释，李大哥如释重负，毕竟媳妇点名要吃甜品，而不管这甜品是炸元宵，还是炸段宵，都得经过油炸，咬开也都是甜丝丝。

"眼下别的事，我反是办不到了，单说吃饱饭就能唱起歌来，你算是找对人了。"你们听，李大哥正哼唱着"我要开花，我要发芽"呢。

欢歌笑语的车程很短暂，李大哥把甜品带回了家。一个人欢愉的自由时光，仅仅作为一种个人的内心体验，反应在他的感情世界中是可以避而不谈的。推开家门的李大哥，此刻的脸色又立马恢复了往常的平淡。

"炸段宵不也是甜品嘛？而且里面有大补的山药和补血的豆馅儿，还有你最爱吃的京糕片儿，这难道不比炸元宵上档次嘛？"李大哥在家里，跟在单位在办公室和坐在办公室的椅子上一样，保留了一丝忐忑的心境。他终于还是怕被媳妇那凶神恶煞般的眼神儿给击垮，因为方才真是又累又饿，但是家里又没有吃的可以续足和媳妇抗衡的体力。然而这次媳妇住了嘴，美滋滋地吃起了炸段宵。

反正不管是好吃还是不好吃，餐盒里的炸段宵连点儿渣都没剩下。到此，媳妇的脸上露出了满足的笑，这叫李大哥的心里多少像是体会到了什么似的。

"是的，我又来了。"李大哥打那天起，每隔一段时间，就会在下班的路上，去那家饭馆点上一份炸段宵捎给媳妇。也正因此举的频繁，媳妇那种没事找茬打架，无事生非，无理取闹的"折烈"生性消失了。李大哥每天一到家，迎接他的那张脸，也由原先的邪性转换成了温柔。并且被收拾干净的房间里，都有飘着阵阵香味的饭菜，热热乎乎地被端到李大哥的眼前。这样的大变化，可真叫李大哥意想不到！因为那一个简单的小甜品，竟会有如此的神奇魔力，不仅治好了媳妇"折烈"的毛病，还让这个家被相互体恤的温情充斥着。

辣子罐儿

辣子似一道屏障包裹着肉馅儿，保护馅料的滋味不易流失。那晚我先直接咬上一口，体会那最纯的原汁原味儿，之后再端起干饭，将其和进饭里，果然下饭！

数年前的我，羞红脸地磨磨嗒嗒，承认自己是在偷懒。老板娘气势汹汹地对我说："你真是活腻歪了！"我的神态也只好极不自然地再朝客人们笑。在我后脑勺对着的方向上，一个正往锅里倒油的厨子，将事先处理过的肉酿辣子罐儿进行小火慢煎，待辣子表面出现虎皮状纹路后再盛出沥油，之后，锅内少量的油花中侵入大料与葱花的香气，迫不及待的辣子罐儿们也趁机跃入锅内，跟自己持平位置的汤汤水水们，伴着"咕嘟咕嘟"的旋律，扭起了康康舞。厨子要在一旁静心等待锅中高潮，好在尾声到来之际，勾芡并淋上香油。

又一盘辣子罐儿出锅了。我继续当着美食的搬运工，为了避免老板娘对我的严防死盯，我要尽快将做好的菜送至客人们的面前。然而有位大姐突然的开口，打断了我的节奏："你们店是从哪儿进的货啊？"她伸出筷子头，跟法医带上白手套，拿着指示棒向众人分析尸首死因似的说，"你们瞧啊！这玩意儿浑身褶多，体形还小，颜色暗绿，其实在没弄熟之前，它的颜色还能更绿，是那种比一般品种都要显绿，是种被加重的墨绿色的辣子。反正复原其原型后，叫人感到这玩意儿很难在市场上碰到。"

在老板娘的督导下，我时时刻刻都铭记着自己在顾客老爷们那儿就是个孙子。"嘿嘿"地一通傻笑过后，我唯唯诺诺地往后挪着步子，假装恭维对方的见多识广。

又是打了鸡血般地完成了一天的进度条。人要在严酷的现实中生存且保持精神上的安定，就要创造一个远离现实，属于自己的世界。我推开了住所的房门，看到的却是厨子的倒头酣睡。

转天一早，我对醒来的厨子说：“等了那么久，终于有可以跟你独处的时间了！”

厨子起身，习惯性地先去刷牙洗脸、擦脸、擦雪花膏，这套全活儿完事之后，他又将自己埋入了沙发，带出倦怠的神情说：“什么独处、相处的，我现在身子很乏。”

追忆几年前，我紧随厨子的身影，不顾踏入家门时两条腿的酸痛，且还奔进厨房，冲进那片属于自己的小天地。抽出刷牙、洗脸、擦脸、擦雪花膏等的一切时间，只为了往肉馅儿里放进油、葱、姜末、盐、味精、酱油再拿香油调拌，临了封上保鲜膜。没错！酿制辣子罐儿的馅儿是我追梦的起点。经过如此反复地烹调操练，我渐渐接近了厨子的手艺。厨子会鼓给我认可的掌声，但也仅此而已。

当我做好了要离开这家店的准备时，厨子自厨房里拿出了一把值得瞜嬉（细看）的菜刀，俗话说木匠的斧子，厨子的刀，光棍的行李，大姑娘的腰。跟许多武侠剧中，得了一身武艺的真传再就获得贴身武器一样，这刀代表着升级。

那时，厨子看着我，我看着厨子。厨子同我兴味索然地放下了刀，我却同他兴高采烈地举起刀。厨子萎靡不振地望着我，我激越昂扬地走出了老板娘的店。

起初，厨子并不反对我带菜刀回家，好比一个刚翻过险峻高山，见证到了与内心预期值接近的人，倘若这时你推醒了他，他会萌生敌意。逐渐地，随着日子反反复复地过，伴着有限度的哑忍临界点的到来，有天厨子终于对着我喊：“够了！”

我不知是否应该顺应厨子的转变，还是力挺自己这边的想法，但乐极固然生悲，当激进的较量到达一个顶点时，也固然掀起意想不到的风波。那天，以厨子抽自己好几个大嘴巴子而告终，我对此深表悲伤。

那晚，我拖着疲惫的身子走进原先被认为的小天地，为了厨子，也是为了自己，我再次开火，起锅，烧了一盘难得的，这个由最初的天天，到每周一次，每月一次，每季度一次，直到如今回家懒得再去碰的辣子罐儿。也是那一夜，吃饱喝足的厨子睡得很香，香到可以把我忘得一干二净，不再纠结与我的争吵，不再顾虑我的敌意，且让常常隐藏在下面的那非凡叫板的才能，得以一时的宁静。

转天清晨，厨子照例刷牙洗脸、擦脸、擦雪花膏，不过这天，一根头发支棱起来，叫厨子感到了它的叛逆。或许是昨夜睡得太沉，或许是厨子脑神经的放松警惕，助长了它的气焰。厨子顺势捋了捋它所处在的区域，但无济于事。因此厨子气急败坏地冲着自己的手上啐了口吐沫，再次抬手，坚定又毫不留情地要将那根挑衅的头发压制下去。到了，厨子赢了。他一抬眼瞧见镜子中的自己，那被明晃晃的镜子映出的我，却正在对此举，做出胜利后的颓废相儿。

我就是那个厨子。

炸素卷圈儿

刚炸好的素卷圈儿，在其金黄的脆壳下透着内馅儿的五彩斑斓。一个卖大饼卷素卷圈儿的摊位前，女人一边打着哆嗦一边见证一位老姐姐的手速。她可以在慌乱中保持稳健：取出一张春卷皮儿，往上面码放由麻酱、腐乳汁和弄均匀的豆芽菜、香菜、红粉皮等的食材，再包裹起春卷皮儿，从外头沾上面糊，向油锅里一丢，之后的操作就由她身旁的大爷去完成了。大爷的动作明显迟钝了不少，除了控制油温、炸熟卷圈儿之外，大爷还负责收钱，找话题逗颏子（逗颏子：“颏子”下巴，借代“嘴”，即斗嘴、逗趣、开玩笑）。若赶上生意好的情形，大爷还须赶紧回家取原料，这就叫趁着大爷离开的空当儿期盯摊儿的人，只剩老姐姐自个儿了……

“小伙子，你要嘛？”老姐姐跟往常一样，机械性地抬头问道。

被问话的这个小伙儿，光看便知是个站没站相，坐没坐相，走路歪不横狼（歪不横狼：形容地痞流氓走路的样子；指不整齐、不平整、歪歪扭扭的样子）的不良人士。他架弄起大花臂，同时又将嘴里叼的烟卷用舌头推至了一边，抛出一副下三烂的神态，对他身旁的女人叫道：“你要嘛就赶快自己说！”

“您单给我拿兜儿装俩素卷圈，我不要大饼去卷它们了。”女人虽说虚岁三十了，可是头是头，脚是脚（头是头，脚是脚：形容面容漂亮，身材匀称），在马路上溜上一圈儿，估计谁们家的爷们儿都得多看两眼，因而小伙儿对女人的态度，会叫人们不解，对待这么一个大美女，为何要如此耍愣耍横呢?

兴许是老姐姐感受到了女人不住地打哆嗦，所以才问：“我这儿还有热浆子和热牛奶，您需要么？”

女人体会到了她的好意，不过却答：“不来了。”

“俩卷圈儿装一个兜儿里还是每个单盛？”老姐姐继续问。

“俩都装一个兜儿里面吧。”女人接着答，之后她公然抬高了分贝喊道：“我打哆嗦就是因为冷！但一会儿就好了！”

这个由女人、小伙儿和老姐姐临时搭建的小剧场，只迎来了短暂的停歇。老姐姐突然发动了做买卖的攻势：“我说小伙子你不来一套饼夹素卷圈儿嘛？我可告诉你，你要是去别处可买不来咱家介味儿！”

女人倒是讲求礼节，她替小伙儿开口告诉老姐姐不必了，他们只来两个素卷圈儿就行。这叫老姐姐不放弃地盯着小伙儿看，她或许宁可降低制作素卷圈的手速，也要再来上一句：“嘛都叫这位姑娘给你代言，你介谱儿（谱儿：派头，架子，排场）摆得可真是够大的呀！”

小伙子接住了老姐姐的话茬子，且为了保存在场的气焰，便先是做出了如下的连贯动作：用地痞范儿将烟头精准地扔在了老姐姐的脚上，接着他不顾周围人等的反应，跟受了病似的使劲往上提拽自己的裤子，叫裤腿儿一时间往上升了好几厘米，这就顺顺溜儿溜儿（顺顺溜儿溜儿：通畅，顺利）地露出了自己脚上的两只袜子颜色：一边是红，一边是绿！接着，他又像是突然感到了一股狂来的燥热，将上半身的防寒服的衣领，由脖子处向后脱至肩部，又移到了背上，再一次顺顺溜儿溜儿地，亮出了其脖子乃至背部的纹身图样儿。接着“咔嚓、咔嚓”地连续两声响，这是左右都要顾及的摆头动作，跟手就是老姐姐的那一声吼叫：“你竟拿烟头烫我的脚！”

十分钟以前，女人和小伙子在他们约定好的场所见面，这是他们的第二次约见。女人曾经是个有夫之妇，小伙儿是个单身主义者。

“打老远儿一瞧就知道是你。你跟别的女人长得不一样，且打第一次咱俩见面之后，我就认识你了。”

“真是一堆废话。”

“哈哈！请你保持住这种心态，别一会儿紧张再犯了怂。”

对了，女人的职业是纹身师。她与小伙儿的相识正是在她开的那家纹身店里。

女人究竟今儿个要扮演什么角色？办嘛事儿呢？她没有直说，却不停地站在那里打哆嗦：“我告诉你呀，我哆嗦不是害怕，是因为今儿的这个破天，简直太冷了！”

“哈哈！”小伙儿仅乐了这一声，然后就又像刚见面似的绷起脸来说：“目前严打黑恶势力，你这店里是天天出品罪犯的形象呀！”

难道说身上的纹身就是黑恶势力的符号了么？显然这个说法是戴着有色眼镜编出来的。其实就纹身师这个职业的暗含属性来说，他们身上也应雕些龙刻些风的，以示自己潜心修炼过这门手艺。可身处此圈子的这位名声赫赫的女纹身师，却孤独地前行着。她曾抛家舍业地练习技艺，但到目前为止，她自己身上一处纹身也没有。假如牛马和狮子有手，并且和人似的能够拿手去作画，那么它们也会对自身的存在感进行神化，绘制出牛形的神、马形的神和头上萦绕神光的圣狮。女人在小伙子的臂膀上就纹上了基督教的灵魂人物——耶稣的头像。那么从爱人如己、赎人救世的深层次去揣摩，小伙儿的内心应该并不恶。

女人被小伙子拽住了手，因此不一会儿的工夫，他俩就止步在了那个大饼夹素卷圈儿的摊位前。

十分钟之后，小伙子瞬间变成恶要（恶要：要无赖）的头号玩家，他像是杠上了哭丧棒，让对视他的人感到恶心："是你的脚主动去迎接了我扔的烟头！"小伙子好像已大踏步地朝着"黑恶势力"的风范进军了。不过他又好像怀揣了那种拼了命也要出名，一定要做个红得发紫的演员梦，就算冷落了在场的观众，也依然不笑场，不忘词地淡定屹立在这座风口浪尖的"舞台"上。于是他撑开了眼眶，以一种居高临下的气势对他们眼前的这位身高不高，体重不重，总之看上去就是一位平平常常卖素卷圈儿的老姐姐嚷道："我告（诉）你啊，老子的烟头可都没长眼！"

在战斗中倒下的第一个要素应该是自以为是。女人同小伙儿一起参与进了老姐姐导演的武侠大片儿中。唯见老姐姐首先运出一口气，接着抓起一个素卷圈叮当五六（叮当五六：形容干脆麻利快）地扔向了我身边儿这位，文着大花臂、出口不逊的……哦，不不不！观众想错了，是这位小伙子身后的一个中年男性。女人刚不住打哆嗦的节奏瞬间放缓了。因为她的任务完结了，接下来就是见证奇迹的时刻：

小伙子身手敏捷地回身夺过了那名中年男性随手掏出的刀，同时从马路上突然蹦出了三个路人，他们各个身怀武艺，且身手不凡，嘁里喀嚓（嘁里喀嚓：形容做事干脆利索）地不但制服了中年男性，还同小伙子齐力逮住了另外两名嫌疑人。同时女人也早已躲到了老姐姐的身后，老姐姐用她那结实的身躯，挡住了前方的一切险情。发展至此，从群众中又陆续出现了几位，叫这些身手不凡的群众演员，一见面须向其们敬礼打招呼的人士。可他们的步伐明显持重了许多。他们之中的一位直接来到了女人的近旁，并亲切地对她说："你的表现英勇无畏，请接收我代表警局向你表示的由衷感谢！"

女人自然伸手跟对方握了握手，但心里却嘀咕自己明明一直都在打哆嗦。随后她听到自己耳旁又响起了一阵赞誉声："真是辛苦您了！您说您老都退休好几年了，遇到这种刑事要案还得搬您老人家出山！"

"哈哈哈！谁叫我不乐意好好在家待着，偏偏好在露天炸个素卷圈呢！"

“就知道您老再怎么鼓求素的，骨子里也不是吃素的。”说话的工夫，老姐姐的老伴儿归队了。其实他并没有离开去取什么原材料，而是在警方的保护下，就在不远处坚定地关注自己爱人的一举一动。

小伙子几步跨到女人的跟前来，在他那并不老辣的伪装下，终于露出了爱笑的一面。他先是为女人行了个军礼，然后才像个大男孩似的笑嘻嘻地扭捏说：“纹身界里的女一号，今儿个谢谢你的鼎力配合啦！”紧接着他系好了那条提拉当啷（提拉当啷：形容下垂的样子，散漫、不利索的样子）的裤子，又拉严实了防寒服的拉链，这叫女人感觉得出，小伙儿的角色扮演结束了。

被制服的几个要犯中的那名中年男性，在他那张被女人指认出的脸上仍略带几分遗憾，像是对未咂摸到的滋味的一种遗憾，因为当其被警方拷走的时候，他恋恋不舍地回头张望着老姐姐的油炸素卷圈儿。这一举动，正像是得知当天不经预约又排不上队时，无奈离开女人纹身店时的画面。

半年前，两个吊儿郎当的混星子（混星子：即混混儿，旧社会的无赖、游民）护卫着一个中年男性走进了女人的纹身店。他们三人的目的是一致的：即为这个中年男性的胳膊上纹个天津美食地图。如此另类的图样选择，叫女人记忆犹新。况且对于自己纹过的图案，女人也不会轻易忘记。至于女人指认罪犯的方式，据小伙子回忆说，在行动前的几分钟里，他发觉女人那天会不自主地颤抖，因此他跟女人约定，如若确认了罪犯的身份，只需说一句自个儿打哆嗦的原因不是害怕，就因为这个破天儿太冷！

炒清虾仁

班主任带领小学六年级的我们秋游长城，回来让每人写一篇游记，其中有一个学生只写了一句：

长城啊，真他妈的长！

因此老师便在下面批阅道：有些人是艺术家，有些是文人；有些人懂让·波德里亚哲学，有些是舞者；有些人是妈妈，有些是斗士；有些人生来注定可以闲坐河边度日，有些天天竟惦着搅局！

是的。老师批评的就是我。一个 11 岁的女孩子。那天晚上我拿着一句话作文跟老师的评语，到爹娘面前添堵。（没辙，谁让就得找家长签字呢）进而导致的后果可想而知，除了挨骂之外，更叫我咬牙切齿的痛，是那原本订好的饭辙取消了！那道让我馋得没法儿的炒清虾仁，借以作文写不好还想吃大虾的话头向我宣告了惩罚

要说我家的炒清虾仁，那可真算是道大菜。逢年过节，宴请宾客都是拿得出手的看家菜。因为虾仁的个头儿确实要选大的，而且我娘在炒制过程中，也不爱放乱七八糟的配菜，像什么胡萝卜啦，黄瓜啦，腰果啦，玉米粒啦，一概不予它们进锅里参和。这菜真是能给长期受馋虫扰乱克制力的我，带去一种切实的慰藉。

然而，我却因昨儿个那一句话的作文，与其挥手告别了。

转天一大清早，我左手拎着浆子，右手举着啃掉一半儿的煎饼馃子飞进了教室。上完早自习，从座位上一跃而起的我，忽地有种想嘬牙花子的感觉，“咦?这是谁洒的红墨水！”一时间，我校服短裤的后侧跟我去用手摸到的那湿乎乎的不明液体，皆是简单又干脆的一水儿的红。

“啊！”我心想：“我这是昨儿个跟父母顶嘴，而招致的内伤嘛？要么就是被我欺负惨的李麻子，对我的反击？不不，他不会的，他含糊我的实力！那就是坐我后排座的姐姐，午饭餐盒里的火柿子汤洒啦？还是，还是人在做天在看？我这老是招一把撩一把的主儿，受众人诅咒，让我得了绝症？！”就这么着，我眼前忽然一麻黑，“扑通”一下子昏倒在了地上。

拉普拉斯假说：原始的球状灼热星云缓慢自转，由于冷却而收缩加速、逐渐变扁。一旦离心力大于吸引力，赤道边缘的气体物质便分离成旋转气环。上述过程重复发生，就会形成与行星数相等的气环。星云的中心部分最后形成太阳，各环在绕太阳旋转的过程中逐渐聚集形成行星。行星也同样出现上述现象，形成卫星。在一个卫星的吸引作用下，在一颗行星上便有了潮汐，被潮汐冲上岸的即是一只只长得肥达噜儿的大虾米，经行星上的人类将它们去壳加淀粉、蛋清、盐抓匀腌制，再在油锅里翻炒盛盘……当抓住白天里梦游机会解了馋瘾我终于又睁开了眼。

“这是哪儿？”我问。

“医务室。”老师答。

我找到一面镜子，揉着眼睛，上下左右地审视里面出现的那个完好的自己：“老师，我本以为今儿个，我就嗝儿屁了呢。”说着我大口呼吸，确保吸饱氧气能为自身带来某种安全感，从而可以面对任何需要面临的残酷现实。

老师只哈哈一声笑，那力道足够的大，仿佛福尔摩斯瞧见莫里亚蒂教授突然复活过来，心中压抑着的无聊之感，顿时被化解开来一样。

“你就在医务室蹲蹲性子！‘嘎小子’变淑女啦，也该有个女孩子样儿了！”

“我怎么了？”我急忙问老师，“我生病了吗？我是快要死了吗？我下面流的是嘛呀？！我是得了内痔还是内伤？”

“哈哈，你来月经了，这是你女儿身的一种正常生理反应，以后你每个月就要用到卫生巾啦。”老师的内心是平静的，因为她说话的语气没有起伏，语速没有快慢，解释的过程里没有顿断，没有犹豫，所以由此我断定她说的不是瞎话。

“那～卫生巾就是尿不湿呗？”我脑海里忽地浮现出小弟被母亲裹尿不湿睡觉的片段，那回我还小心翼翼地将小弟的尿不湿套在了表哥的头上，还思维缜密地说：“表哥每回一觉醒来，不总是嫌自己脑袋瓜子出汗多，像是睡河里似的吗？这样一来，不就省得他有种睡熟后，被扔河里的感觉了吗？”同理，那次也没少挨了一顿骂。

老师走到我的身边，和颜悦色地说：“卫生巾是专给女生们设计的，每月来月事的时候专门防止血液外溢的防护品。”

我又抓了抓脑袋，嘻嘻笑着说：“可这次流血，我为嘛不疼啊？”

“这是女性正常的生理反应，要是跟你打架斗殴，拿板砖砸得头破血流一般地难受，不就崴泥了么！”

老师这样的说辞，是在借机给我下套儿，让我承认自己之前的过错？那个曾经想通过打架证明自己的家伙，此刻下体某部位像是刚被打开的自来水管，“呼”的一股热流，反倒使我的身心顿时舒爽开来：“老师，以后我关心世界和平，不再追跑打闹，不再上课捣乱课堂秩序，并且下课再也不欺负李麻子同学了。”

“你这样想，再付诸行动当然是最好不过的了！毕竟你已经走上通往成熟道路上了呀。不能再像个假小子了！老师看好你哟！”

“也就是说，”我人五人六地稳重起来，对着老师那温柔的目光，问道，“这是每个女孩子都要有的事儿吗？”

“对呀！”老师果断且迅速地答道。

我又追问：“那这种事儿，每月是怎么挑日子来的呢？”

老师俯下身，耐心和蔼的神情令我至今难忘，她微笑着说：“这得分人，每个人的体质不同，尤其刚开始的时候，经期还不是很稳定，因此二十多天，三十、四十、五十天的周期都是可能的。没关系的，今后你若有嘛不明白的问题，随时可以到医务室找老师咨询。”

老师如此这般耐心地为我解答疑惑，让我觉得我们确实需要有个类似的途径来打开这扇“门”，好在科学地了解自身情况之余，甩掉无知和没正形。

“不过老师，”

“你又想干吗？”

“您能给我开个证明吗？就说我这头一次来月经需要补补身子，能不能叫我妈给我来一盘清炒大虾仁呢？”

于是，老师“奖励”我多抄写一遍作业。

馃子汤

“妈，我饿了。”

“我都嘛样儿了，你还让我给你做饭是么！”

每当这时，我都有自己手到擒来的方便食品。伴着母亲歇斯底里的吼叫的尾声，我拿起勺子，一勺一勺地扤着馃子汤。

几分钟以前。

“女人气色保养得再好，遇到一个渣男也完蛋！女人衰老跟男人有直接关系！”母亲嚷道！

我刚刚没费劲地就在厨房里踅摸（踅摸：搜寻物品）到了隔夜的馃子、两个鸡蛋和一罐冬菜。

“无比地抠门！自私透顶！简直没有人性！他还算个老爷们么？！简直不是个东西！”母亲继续嚷道。

我将馃子掰成小块儿，拿出一个大海碗，往里夹了一些冬菜铺底儿，再在上面码放了馃子碎块儿。

“哼！时间将会证明我所说的一切！”母亲奋力地嚷道。

这时锅里的水要沸出来了。

“一个家庭的幸与不幸，得看那家里男人的本事！跟他结婚这么多年，我得着嘛了！整天瞅见的就是他那一脸的穷酸相儿！可人家对自个儿呢，可真叫一个潇洒！得亏钱挣得有数！不然他得拿着钱到处散德行！人家想得开！这真叫我大开了眼界！嫁给了他，真是我这辈子的灾难！你等着吧，等到把我活活逼死的那天，也正是他往家里给你带来后妈的那天！到时候他们成天冲你叫骂！不给你饭吃！叫你没日没夜地整天只知道哭！”母亲竭尽全力地喊道！

而这过程里，锅里的水沸腾了，直往外冒着泡。我将开水冲入大海碗，跟手飞了两个鸡蛋进去，冲向厨房外面说：“妈，咱家还有香菜嘛？”

她根本不理会我的问话，还是在发狠地嚷嚷：“你爸这个狼心狗肺的！无耻下流的！挨千刀的玩意儿！”

这时我走出厨房是为了再问一遍：妈，咱家还有香菜么？

顿时母亲那不争气的肚子，卸下了亢奋的盔甲，把内部实际处于“咕噜”的状态发布了出来。果然母亲也嚷嚷饿了。不过，她看上去还想咬紧牙关硬扛着，从她那憎恶周遭境遇的眼神中，我领会了精神，不再问有没有香菜的事儿了。于是我再次回到了厨房，往那热气蒸腾的大海碗上面淋了些许的香油。

母亲年纪轻轻，脸上就遍布着雀斑、抬头纹、嘴角纹和鱼尾纹了，这些历经岁月的“印章”让我想到：倘若一个人遭到别人的嫌弃，多半还是要先找找自身的问题。但这话我对她是绝开不了口的，因为她的价值观已既定，作为子女的我很难改变。

几分钟过后。

她愤怒的吼叫像是告一段落了，因为她瞧见我从厨房里端出了一个大海碗。

“妈，我拿勺把热气搅和得差不多了，您可以直接吃了。但今儿个汤里没有香菜，咱娘俩就和一下吧！”

几乎是在同时，她的胃跟嗓子，做出了不一致的回应——“咕噜！”与“我吃不下！”

“妈，身子是咱自己的，劝您还是不要跟自个儿过不去。”

回到厨房，我又取来了一把勺子和一个小碗。

“他跟我玩人间蒸发！人家可倒好，该吃吃，该喝喝，该玩玩，该乐乐！现在不知又跟谁在外面浪呢！”母亲说话的气焰明显变小了。

我从大海碗里扤上几勺馃子汤盛入小碗中，并摆在了自己的面前。

“妈，咱们吃饭吧。”

“我都嘛样儿了，还能吃得下去饭么？！我现在看到嘛都恶心！”她几近于要哭出声了。

然而这碗馃子汤，却让饥肠辘辘的我跟见到了爆三样儿溜鱼片、南煎丸子炸脂盖儿、干㸆肉丝大料瓣儿、冰糖莲子上鸭楦儿似的，能立刻抛开一切杂音，全神贯注地吃起来。

“妈，我吃完了，您也快趁热吃吧。”

母亲仍假模假式地不动勺，但肚子却一阵阵地在为她的饥饿报着警。

终于，她拿勺搅动汤水了，顺势开始一口馃子、一口鸡蛋、一口冬菜地往嘴里送。大海碗里的水位线逐渐降低，一个空空如也的大碗底显露了出来。

母亲也吃饱了。咂摸咂摸嘴里味道，她似乎还有话要说，还有街要骂，然而我顾不了这么多了。我要赶紧把这两把勺子、一个小碗跟一个大海碗清洗干净，完事儿还得洗漱，争取能在午夜到来时分进入梦乡。

炒焖子

偶尔刷微信朋友圈，会看到有那么一群人，随时播报自己的动向，随地晒出周遭的景象，随便地向大家展示自己即时的喜怒哀乐。好似自己就是整个宇宙之中，那颗最亮的繁星，因此不想放过任何的展露机会。带有这种思想意识的人们，会认为自身有着无可估量的存在价值。不论关系的生熟与距离的远近，他们总是信奉自己能给别人带去福利，所以要无限扩张自己在交际圈儿里的影响力。但当苏小云接触此类人时，会低头不语，心中暗自道来：这是多么可悲的一群人啊。

“小苏，焖子熟了。”

自小苏记事开始，一碟炒焖子就是色味俱全的生日蛋糕的替代品。每年农历二月二是春耕节，也是她一年一度长岁的阴历生日。

“蒜搁得多嘛？”

“觉着不够的话，自己再去剥吧！”

“麻酱用的是我从网上买的二八酱嘛？”

“是用的那个。”

“虾油浇了嘛？”

“不够自己再加！”

按说每年炒焖子都是苏小云爸爸的活儿，但去年她爸爸走了，这活儿就只好落在母亲头上了。

“小苏，尝尝味儿够咸淡嘛？”

“没炒透吧，外边儿看着是好了但里面还是实心的。”

"是嘛？！"母亲从厨房走出来，拿筷子夹起一块儿擩嘴里嚼了嚼，跟手就吐出了一团被嚼过的凝状物，"看来火决不能开得太大，要不炒的时候太短，这焖子里边儿不熟啊！"她端起碟子要去回锅却被苏小云制止了，

"妈，甭回锅了。这连佐料都给拌上了。"

"没事儿，没事儿，反正把料儿炒里更能入味儿。"

苏小云一下接着一下地比画不要的手势，可也没能阻止母亲的冲劲儿。"滋啦"一声，厨房里陆续传来锅铲碰撞锅子的响声。

苏小云从手机照片里选出一张团缩成球儿，白不呲咧的毛发上凌乱分布着泥和屎的宠物照。并在此基础上，配以一段文字说明：一咬没熟，被回锅的焖子蛋糕！随后，只屏蔽了母亲，点击发送至了朋友圈儿。

十分钟，十五分钟，二十分钟，四十分钟……，她不断确认这条信息底下的留言或是心形的点赞符号。可竟然连一个也没有。她不禁怀疑，在自己这小 400号人的网络联系圈儿里，难道连一位都不肯前来调侃一下了吗？何况在自己巧妙的提示下，对于今儿个是自己生日的话题，连一个秒回的赞都没有了吗？她再次确认被自己屏蔽掉的可看对象中，除了母亲外，并无其他的名称。

"再尝尝这回焖子行了吗？"母亲瞧她精气神儿涣散的样子，和脸上那一副急切想要道尽的酸楚相儿。但那无非是这一年多来，任由孤寂憋出的愁与闷。终归属精豆子的她，马上感知到了母亲的心理活动，便马上恢复快乐的表情，抿一勺焖子擩进嘴里，又抿上一勺擩到母亲嘴里，高声说："妈，您做的这味儿绝对棒！比我之前哪次吃的都好。谢谢您为我精心准备的这份'生日礼物'！"

母亲脸上洋溢出开春儿般的暖意。

是啊。人们不仅有逻辑，还有思想感情。逻辑上能想得通的，思想感情上未必能做到遇凡事的通达开明。感情的特点是变幻无常的，一时的无所顾忌，往往是最会让你耳根子先遭罪的秋后算账。

每个人都曾孤独地站在某处，一线阳光透过全身，瞬息间夜幕降临。当苏小云再度面对她 3 小时前发的那条朋友圈儿时，似乎正是夜幕降临后耳边寂静的大街，已然度过了熙来攘往的高峰时段，她孤独地被众人遗忘了。她知道期待被别人关注是种无法释怀的庸俗，伤心没被人点赞的结果，更是不值当的讨要。可她还期待这种纯粹的庸俗和摆不掉的小心思。但是眼下自己不是社会人了，辞职后天天守着家里的锅碗瓢盆，很难得到外人假惺惺的迎合。因为在别人眼里，苏小云是没有工作的啃老族。

一片从树上掉落的叶子飘进丛林中，这预示着不久也即将进入旱季了。在自己生活的这片"丛林"里，待久了就会成为小小不然一片枯叶。三个月前，苏小云辞了职。靠母亲买的理财，母女二人才算过上了将将够吃够喝的日子。她的

男友向她提出了分手，而那些之前觉得占便宜没够的异性朋友，也悄悄退出了她的视线。同时，在称呼上挂着闺，镶着蜜字眼儿的女伴儿们，也相继与其解除了亲昵称呼。这些经不起时间推敲的人情味儿，就真的渐渐地失去了踪迹。交际圈儿中积攒起来的情谊，仿佛沙漠中的古陶，摔碎一件就少一件，且再也找不到一模一样的成品，然而却毫不在乎地随之而去。

中国古代就有治水不能“堵”，只能通过疏导来解决的人类智慧。这对情绪也是一样，单纯的遮蔽只能让情绪在暗处像野火的灰烬一样，无声地蔓延，并在一个意想不到的地方猛地蹿出凶猛的火苗。

“妈！我不能就这么完结自己的生命！”

苏小云忽地扯下一张纸，并在上面写道：

“此时此刻，我凝望着四周白色的墙壁，想象眼前有面巨大的屏幕，上映着红尘下的氤氲蒙蒙，夜路上的点点光影。我揉着惺忪的睡眼，好似望见了颗颗带着温暖的烛光和那一盘经我母亲反复尝试烹饪出的炒焖子。

虽说已经过了会因此期待、兴奋的年龄，但人间的春夏秋冬，唯有今天，预示着自己一年又一新的开始。

今年只有母亲一人愿同自己分享炒焖子，那么明年呢？”

苏小云闭上眼睛，开始勾勒一副副动图。

她假装自己登上了银幕，兴许成了时下最当红的艺人。可想而知的是，呼啦一下子，她就被簇拥成了个香饽饽！人群里出现了想要与她重归于好的前男友；有拍着胸膛，说早就认定她是自己心尖儿人选的异性朋友；有闲白儿六大堆儿地也要理一理当初与她交往的过客；有拍疼了大腿也忍着痛，亮明其确实因为她取得的成就而“真玩命”地叫好的亲戚的身份；有一来就不见外，直不楞登地嚷嚷着“闺啊蜜啊”的；有睁眼说瞎话儿，说“咱俩命中注定是挚友”的陌生人；还来了一位，支棱起耳朵仔细聆听，把准时机，上来便说：“苏小云，我和你妈复婚，你看行么？”

苏小云正视了这个提问者，她闭眼小声叨咕到了还想吃由他亲手做的炒焖子，但她还是建议此人得先争取到母亲的复婚同意。

在苏小云的白日梦里，母亲也加入了进来，她咽下一口炒焖子，就问：“苏小云，你爸做的炒焖子是不是比我做的香？”

苏小云镇着脸，紧闭双眼，因为在这一刻她毫不犹豫地摇了摇头。

四喜丸子

老觉得回民比汉民会鼓秋牛羊鸡，尤其在午饭时间，你的回民同桌每次打开饭盒，一道道黄焖牛肉，鱼香鸡丝，葱爆羊肉等菜式，会为你的视、味觉带来冲击力，加之人家来上一口后的炫耀劲儿。怎能不激起我作为汉民的斗志，我要说的是，“你们吃过四喜丸子嘛？！”

传统的四喜丸子，寓意人生的福、禄、寿、喜，常作为喜寿宴请的压轴菜。家常的做法是将猪肉去皮斩块、剁碎和荸荠碎一起和成馅儿，再进行搅打上劲儿、调味儿、上粉、团圆、起锅、炸制等一系列烦琐的工序，出来的成品四个一组，配以盘饰，寄意吉祥。

瞧着丸子，我就想来上一大碗干饭，将丸子捣碎和着干饭，一起热乎乎地下肚。夹在洁白米粒中的丰满丸子使人动情，它若对我笑一笑，我会更兴奋地一次贪食掉这一组四个的全部份额。满口余香的回味儿，撑肠拄腹的餍足，就算增重的意识再次经大脑回路的提醒，也阻挡不了我与它产生瞬息暧昧关系的冲动。

老姨家的四喜丸子除了肉馅儿还有肉块儿，除了荸荠还有竹笋，咀嚼起来层次丰富，滋味奥妙。对刚寄到的丸子，我会迫不及待地打开一袋，取出一个狼吞虎咽。

晚归的人们往往带着生活的重压、烦恼走进家门，待坐到餐桌前，且闻到四喜丸子的香味时，我笃定，一切的烦恼都会冲走。

“妈！您买老姨家的四喜丸子啦？”

棕色的瞳孔里涌动的信息向我聚焦过来：“有什么问题么？”

母亲的身体和麻秆儿一词不用 PK 就能完胜。她很瘦，瘦得一碰就散的样子。

瘦得让你总惦着找个极端的词语替换干瘦、干瘪和枯瘠。这就很容易发现挂在她脖子上的那条老是敲击她骨头的发出叮当声的项链。这里不得不先提一句，我脑海里有六个爱逗闷子的伙伴，它们总爱向我提问。它们分别是：何事、何故、何时、如何、何地和何人。

何事问："你老是嘟嘟囔囔着嘛情况呢？"

何故问："你家里为何只有你妈一人带你？"

何时问："你是从嘛时候开始，家里只有你和你妈的记忆？"

如何问："你和你妈是怎么过日子的？"

何地问："你和你妈一直生活在哪里？"

何人问："你的生活圈儿里除了你和你妈之外，还有过别人嘛？"

以上的六个问题，让我的思维总是活跃着。我叛逆母亲时常念叨出的："有上帝在天保佑，所以这个世界一切都是美好的。"

和往常一样，这天晚上我也是一个人坐在餐桌旁，独自吃着米饭丸子。母亲则静静地在屋里做着针线活儿。她一向是不同我一起吃饭的，打我记事以来，饭桌上就只有我一张小嘴巴巴儿的咀嚼声。

"妈，今儿个您能跟我一起吃饭嘛？这个四喜丸子倍儿香！"

"我不吃，你吃吧。"

母亲从卧室走出来，她的脸色非常好看，鼻子、下巴和脸颊上泛着一层柔和的光晕。她的嘴唇晶莹的像果冻，双眼笑不叽儿地看上去亲切又自然："后天就到你 18 周岁生日了，你打算怎样庆祝？"

她的拒绝让我既生气又失望，但也很好奇。虽说母亲一贯可以保持绝佳的气色，可她那像蒿子秆儿般的身材，叫我的圆脸上浮出几许纳闷的笑。

伴随我成长的这 18 年的岁月里，我曾构想出一个父亲的形象，但他老是站在远处，不久，他头也不回地离开了。同时那个老被说成不幸的预言就成真了，随后一切就变得事与愿违。可事实上母亲并没有让我感到委屈，自小我被她精心地呵护着。从早上睁开双眼，营养搭配合理的早餐，就被精心地摆放在每天固定的位置上，随后一个麻秆儿状的躯体就抱起比她看起来要重的"小肉球儿"，（小肉球儿正是我）我拽着她脖子上的项链绳儿，被她按时送到了学校。

校园门口聚集的大人们，全部和母亲长得同一副的模样，表情上带着柔和的神情，齐刷刷地朝我们这群孩子挥手，目送我们一个不落地走进教室。

我不知道自己在这有序的城市里，曾经多少次欲要豁个儿地折腾一番，打破这像是被定好程序的游戏规则。却被随时都会出现的母亲制止了。是啊，我在很长一段时间里对身份和脑子里六个伙伴提的问题感到困惑。到底答案如何？在我成长的过程中，没事儿就研究有关基因、命数和心理方面的问题。我 14 岁那年，开始绘制我所生活的这座大都市的地图。这里面全是街道的定位指南、灰不溜秋的建筑和时间概念超级强的活动体。

在这座大城市里，我从不觉得危险。我坚信自己拥有秘密的隐身能力。因为大人们的行动都特别有规律，他们根本停不下来去顾及别人的感受，也不会去与自己家庭以外的别人有任何来往。我从未见过除了母亲之外的任何亲戚，我的事儿只归母亲管。

我抬头盯着客厅墙上的挂钟，一只咧嘴笑的灰白哈士奇，肚子是钟面，尾巴是钟摆，每滴答一下，狗眼就从左边转到右边，再滴答一下，狗眼又从右边转到左边……不知不觉中，我的饭菜都凉了。枯瘦的母亲便毫不犹豫地去为我热饭菜。

“妈，要不我 18 岁那天，咱俩去……”我头脑里开始搜罗周边的场景，“老姨卖四喜丸子的那家店，据同学们讲，他家炒菜的味道也不错。要不咱娘俩去尝尝？”

母亲摆了摆手，十分真诚地承认自己身体受不住肥汁厚味儿。她端来了热好的四喜丸子和干饭，又一次叮嘱我赶紧把晚饭吃完。

这天晚上，母亲同样把所有事情都严格按照顺序，认认真真地完成——刷碗，洗我换下来的衣物，监督、辅导我的学习，并按规定的时刻，提醒我上床睡觉。我觉得按部就班处理琐事的母亲，就是支撑整个家运转的机器。

每当要幻想的时候，就应当幻想些值得幻想的事儿。在我 18 岁生日的前夜，母亲的笑容里头一次带着一点点的浪漫，她对我说：“明天就是你 18 岁生日了。你去老姨家的四喜丸子店，那里有我要给你的礼物。”

接着这一宿我都没怎么睡，心想：母亲为什么不直接给我，非要到四喜丸子店去取呢？会不会是象征着福、禄、寿、喜的一个超级大四喜丸子形状的玩偶？里面想要什么就有什么，说那是我爹在这些缺席的岁月里，为我一点点存入的补偿？

哈士奇肚子上的时针与分针，呈直线形地显示出早上 6 点整。我爬起床，屋外除哈士奇钟摆的动静外，是种抵达了终点后的死寂，我先是走到母亲的卧室，随后来到了厨房、厕所，最后又在客厅里转了几悠儿，心想：我不是在做梦吧？

对于每个人来说，生活里总有这样那样的情节发生。我推开储藏间的壁橱，体瘦露骨的母亲斜歪在那里。她耷拉着脑袋，几乎丧失了全部的能量。随之而来的是对完成使命期盼的目光眼睛逐渐缩成了一道缝。“母亲”完成了所有预先的程序设置。

我靠近母亲的身旁蹲下，拿手摆弄那瘦骨嶙峋的四肢，这具活动体的“死亡”超越了疼痛，有可能，这一夜当她罗列出各种被设定的指令，逐一审核完成后，才启动了自身的中止程序。不像那些所谓的‘死亡’的恐惧，是通向无秩序的，混乱事故等一系列故障的最终自我毁灭。我轻轻擦拭“母亲”的躯体，感谢其把我顺利地抚养成人。

“我自由了！”一些东西已知，一些东西未知。在已知和未知之间就是那扇门！是的。我奔向了老姨家的四喜丸子店，敲开了店门，我顺利地通过身份认证，拿到了母亲的项链，项链其实是把钥匙，它能打开那家店地下室暗处的一扇大门，走进去，就可以进入到本该属于我的花花绿绿、迷幻紊乱、纷繁复杂，关键是能够纯粹放飞自我的、将一切劳作全都交给机器去干的人类世界。

壁橱里衰弱无力的母亲最终会被一台大型回收机器回收。随着机械“母亲”目光里仅存的一点儿能量红光逝去，那宛如一弯没能吸收太阳能的淡淡新月，在耗尽了自己全部能量之后，就将成为随时等待重新被启动程序，成为某个刚降生于人世间的婴儿的一位新“母亲”了。

2080年夏

天津烧鸡

如今我脑子里存的，对小老姑的记忆已经不多了。她给我留下的，也仅是那些睹物思人的感触。在我刚上初中时，她就离开了我们，而如今，我也到了不惑之年了。

从上幼儿园时起，我对父母的片段记忆竟是神龙见首不见尾的感慨。每到假日，我便是会被寄养到隔辈儿人的家里。而那时小老姑正值花样年华，但由于她患有先天性的糖尿病和脑膜炎，因此就一直没离开过我的祖母家。

小老姑带着这些病，没有顺利完成九年的义务教育，也没有偶遇到什么机缘，可以独立地生活在社会大环境之中。因此每当我一踏进祖母家的大门时，最先迎接我的，十有八九准是小姑。在我童年无拘无束的时光里，她给予我的，是一份挂心的陪伴。

祖父祖母一共生养了八个子女，其中五女三子，我父亲家中行五，听祖母讲在我父亲出生前后的孩子当中，不论是哥哥姐姐，还是弟弟妹妹，除了小老姑，各个无一不是生气勃勃地嗷嗷待哺。在祖母的语气里，会在不轻易地流露出对这最后一胎的否定，“当初是做绝育手术的设施落后，做完也不保险。让我怀了八个月的肚子愣是没觉出来？！”于是到了临盆那天，祖母说她胸中还在不停地发闷，一是对旧时医疗水平不济的埋怨，二来是在这十月怀胎期间，完全忽视了腹中胎儿的存在。三是她一直不愿抛弃的一个念头，即对这个将要诞下的婴儿所产生的“多余”感。

祖父打我记事起，从未给过小老姑白眼儿或是说三道四。他告诉自己的小女儿，这个世界上聪明的人太多了，肯下笨功夫的人又太少，因此成功只会发生在肯下苦功的人群中。小老姑将祖父的教诲谨记于心。她同样也把这个道理，种在了我的记忆中。但是我那极富演技实力的不懂装懂，在她苦口婆心的一番之后，往往也就一溜烟儿地转成了耳旁风。

我父母虽说常常繁忙，但也会忙里偷闲地履行尽孝的义务。加上他们精通油滑处事之术，除了对祖父祖母使嘴上的孝道以外，也会偶尔买些吃食孝敬老人。记得那是临近中秋节的前夕，我父亲拎着一只烧鸡来了。

“小姑，咱今儿个晚上有烧鸡吃啦！”我乐得接连跳了好几个高。

小老姑倒是会打量祖母的眼色，估摸了一下才对我说：“你这着个什么急啊，明儿个才是正日子呢。今天就喝你的棒子面粥吧。”

“不要，我要吃烧鸡！”

20世纪80年代末，烧鸡真就是家宴上的大菜了。只有逢上个是年是节的日子，才会被端上餐桌。吃烧鸡图它个熟烂离骨，香沁肺腑。更多的感受是认准谁家的烧鸡，会用多少种香料调制出独特的腌料香。但对于烧鸡，我只求个吃肉解馋。

果然，祖母从我父亲手中接过包烧鸡的纸包，转身就将其搡进了冰箱里。任凭我百般地闹着想吃，祖母只是淡淡地笑说：“别急，等明天人们都到齐了，咱一大家子一起吃。”

我虽不甘心，但也无力回天。只好默默地喝光我的棒子面粥。以一种填饱肚子的吃相来宽慰我脑子中的饿与馋。

馋肉的动物习性是被深深植入血脉里的。就算经过科学营业饮食的调教，也不免会因馋而睡不着觉。当晚我蹑手蹑脚地来到小老姑的床边，对她耳语到：“小姑，你给我打掩护，我去冰箱里就算摸出个鸡屁股来，咱俩也一人一半！怎么样？”

小老姑一下子从床上起来，她先是蹲地上捂住嘴笑了一阵，接着站起来将背部紧贴着墙壁又是一阵失声的笑，还连续小跳几下，摇摆脑袋几下，摆臀扭胯几下，最后才恢复了自己该有的姑姑模样儿，对我说：“好吧。”

我俩的行动就这样发起了。她挤着门缝认真地观察了一下客厅的情况，然后假装大大方方地走到厅的餐桌前倒水喝。趁机挥动藏在屁股后面的手，向我发出安全信号。我随即蒙住双眼（仅留了一道细细的缝儿），跑到冰箱前，打开、掰下了些什么，便急忙跑回了我俩的“根据地”。小老姑泰然自若地假装咳嗽了两声才返了回来。

“啊！你扯下的不是鸡屁股，是个鸡大腿！”

“看来咱俩今晚的行动是赚到了！”我兴奋地说。

“反正明天被发现烧鸡被偷吃是不好掩盖了。除非……”

我嘴里拌蒜着说：“除非我爸买了只一条腿儿的烧鸡。”

小老姑突然一拍胸脯地说道："明个儿的事儿就包在我身上，现在咱俩的任务就是分赃！"

吃过鸡大腿的我俩一起倒在炕上，用手胡噜着肚皮，觉着无论明天将发生什么情况，为了此刻的这份满足感也都算值得了。人生最快乐的事儿莫过于如愿以偿，尤其对那些还没盛盘，且未被端上桌儿的饭菜，在未经允许而靠"偷食"而得来的"禁果"，对儿时的我们来说，有种特别喜悦的获得感。

我老觉着自己心里装着事儿的空间是有限的，一旦放进一件事儿，也就无暇顾及别的了。例如睡觉！不久前的大快朵颐，使我那一夜里都在牵肠挂肚。我指望我的小老姑，指望着她能在明晚的月圆之夜，把冰箱里那个需要拄拐出行的寒碜烧鸡，变成一只不缺胳膊少腿儿的全乎鸡。

当耳畔哄堂起一阵阵的欢声笑语时，我意识到烧鸡该亮相的时辰到了。首先入席的是祖父，跟着是大伯、我爸和三伯，接着落座的顺序就拿不准谁先谁后了，祖母言笑晏晏地还在张罗着饭菜，在儿媳妇们的恭敬下，她倒也能落座了。但大娘、三婶和母亲她们三，都不能少了相互的礼让，再就找准各自熟悉的位置，妥妥地安顿稳了各自的屁股。我们几个小孩儿还是会嬉戏调皮地挤着争着抢着去坐，甚至叠坐在别人身上，因为既然凑到一块儿就得犯贫耍皮赖。嫁出去的姑们自然也都回到她们的婆家，唯独我们家早已到了适婚年纪的小老姑，是个例外。

年年中秋团圆，家庭聚餐的饭桌上少不了饺子和月饼。饺子馅儿是一荤一素，荤馅儿多是韭菜猪肉三鲜的，而素的呢，多是传统的津味儿素。月饼会依照老传统进行采买，像什么五仁、白果、豆沙、芝麻（记得有回我三伯买了南方那种用肉馅儿做的咸月饼，被我祖母捣碎后煮成咸饭给将就吃了）。菜品的种类不多，可是样样儿看着都催促人上手捏来尝尝。今年，除了烧鸡外，有什么粉肠、猪耳朵、猪肝儿、猪头肉等的杂样儿拼，还有松花蛋啦、炸素丸子啦，偶尔我母亲也会露一手，拌个土豆沙拉啦、拔丝苹果啦、炸本地窄带鱼啦，总之，她即兴发挥的实力是心血来潮上的有嘛算嘛。大娘和三婶每年的主要工作是包饺子，而小老姑所擅长的就是摆桌子拿碗筷，还有端菜和招呼我们几个小孩儿别乱跑，该稳当地坐下来吃团圆饭了。

大伯每年都要带头举杯，重复那一堆历年不换词换句的敬酒词，跟手大家举杯的举杯，端碗的端碗，一同开启了共斟共饮的桥段。父亲放下酒杯，夹起一只鸡腿放进祖父的碗里，再去寻那另一只时，他戛然而止了。

"咦？不对呀？怎么少了一只鸡腿？"

"我拿去了！"小老姑忽然发声了，而我已经有一搭没一搭地小声嘀咕道："是不是被人偷吃了。"

"你拿去了？你拿去干吗了？"

“配方子啊。”

“配嘛方子？”

“做烧鸡的方子啊。”

“做烧鸡？”

“对，平时难得找到学习的机会，这不五哥给提供了么。我到底是要研究研究人家这味道是怎么配成的。”

“妹子，是不是……”父亲的眼神儿瞄向我，“让她给偷吃了？”

我加急了语速，但还是羞愧地底下了脑袋，重复说：“被人偷吃了，被人偷吃了……”

“你看看吓得这孩子都不打自招了！”祖父的嗓门在大人们的取笑声中嚷道，“行啦，孩子吃就吃了吧！把我这个鸡腿也分给孩子们吧！”

“没有 !”小老姑坚定的立场宣告了此次风波并未结束，她好像要为了什么无限光荣而奋力一搏，“我打算下个月就着手去干个像样儿的烧鸡店，为了以后生活别总指着家里！”她的眼神立马冲向我说，“这样以后咱家就不会再有那么没出息的馋嘴娃了。”

被别人顺口答音儿的事儿，小老姑还真就下了十足的苦功。但是她仿佛受到先天的那句“多余”的牵制，在烧鸡店还未走出徒劳且赔钱做买卖的初期阶段，她的身子就忽然一蹶不振了。后来，再后来，在每年喜庆欢腾的节日里，祖母都会在她的牌位前头，供上一整只的天津烧鸡。

凉拌鸡丝拉皮

唱喜歌一旦遭拒，这帮乞丐瞬间变身成耍无赖的恶耍儿。扛上哭丧棒，叫店主人堵心，最后蹭饭得钱满载而归。这到底是个不小不大的营生路子。有人掏钱买“我不给你添堵”，在很长一段时间里让交易的买卖双方共同受着益。

“搅和头”就是这一片儿的丐帮头目，自从有了这种源源不断的经济来源，便叫他娶妻生娃娃，嫖娼搞瞎八（搞瞎八：不正当的性关系）均不耽误。像他这种剜着心眼儿（剜着心眼儿：千方百计，挖空心思）到处给别人捣乱，找不痛快的生性。不仅是在“工作”当中，在生活里的方方面面，让跟其一起过日子的妻子、情妇们也都吃到了苦头。他的妻子并不像别人看上去的那样过着不愁吃穿、游手好闲，并引领拜金时尚、出门光鲜的日子。他管自己的妻子叫臭丫鬟，管情妇叫臭婊子，他对待她们的方式也跟称呼其们的态度一样不上心，看不顺眼就动手动脚，连踢带踹的发狠儿打骂，他的女人们当中，有的曾经就差点儿轻了生。

人要是叫自己在如此一方天地寸土之间，让自身完全成为一个堕落且十恶不赦的怪物的话，那么一旦入戏便无法自拔。什么好与坏，善与恶的界限，都将成为你死后，为你祷告的经文。

“搅和头”带着战利品踹开了家门，先是冲着妻子一顿地叫嚷：“酒、我的酒！我的酒菜，快给爷备齐了！”此话一出，分分钟的迟缓，家里的白墙可能就得遭殃了。什么醋瓶子、屎盆子、酱油杯、夜壶罐子的，不管“搅和头”碰到了什么，肯定是往墙上拽。媳妇因此不敢拖延，因为每次痛快的在家一通闹腾的人都是他，而事后收拾残局的活儿，终归还是落到妻子的头上来。这不一转眼，秋、冬两季的温酒与炸果仁，或是适逢春、夏两季的冰镇玫瑰露与凉拌鸡丝拉皮，眨眼的工夫就已经上桌了。

按说这炸果仁与凉拌鸡丝拉皮，是都能提前备好料，之后便能随叫随上的下酒菜。果仁炸好搁一旁随叫随到，那么拉皮呢？因为有“凉”字开头，所以此菜更不怕凉，就怕放不凉。在“搅和头”到来之前，媳妇就将切好的鸡丝放入碗中加细盐、蛋清，用筷子搅匀，再放淀粉加一些水搅匀煨好，接着将鸡丝下入大开后的热水锅里焯烫，再捞出过凉水。最后将切成条形的粉皮垫底，其上码放鸡丝。那么就只等“搅和头”的一声招呼，此菜便可应付差事般的上桌了。每次吃之前，媳妇只需往盘子中淋入三合油、料酒，撒上味精，另取小碟带上芥末糊。

别说，这个既清香又爽口的滋味，配酒也好，单吃也罢，能使“搅和头”的胃口大开。如此一来，随“搅和头”前脚进屋后脚跟上的紧张空气即被驱散。之后，这位破衣烂衫的醉汉吃饱喝美，且松弛了张牙舞爪的嘴脸，渐渐地入睡，进到了自己梦里的故乡。

“搅和头，搅和头！”一阵阵地呼喊如若不能管用，撸胳膊挽袖子地大打出手就该上演了。敢动粗的此人，肯定是遇到了大祸事。果然不假，“搅和头”刚一睁眼就知自己丐帮手下的几个弟兄，叫不知打哪儿来的一帮野混子们给打残了。但“搅和头”此时并没有急忙显身手，他一边听着来者那上气不接下气地汇报，一边不慌不忙地披上破衣衫，趿拉上破鞋纱袜（趿拉鞋：把鞋后帮踩在脚后跟下），最后顶上一顶破毡帽。他不慌不忙地双手叉腰，一脚蹬着板凳。这相貌不能算作丑陋，衣着不能说成奇特，气势也不能叫作不凡。反正他的这一形象肯定是有要去占便宜的企图了。而刚刚小弟口中描述出来的那个，首先动手打人，并使自个儿的兄弟致残的混子，据说那人当街光着膀子，身上扎花纹龙雕凤的，而且肚脐眼儿以下还扎了一条很宽很阔的腰硬子（腰硬子：宽皮腰带，正中有硕大的方形铜扣）。

“听你说的意思，那人是个练家子（练家子：指习武之人）出身。”“搅和头”拿火柴在脚底下划出了一道火星子，燃起一根刚卷成形的烟，不温不火地说道。

“咱也不清楚他们的底细啊！反正他们这伙儿人过来砸咱们的场子。不躲开就扬言要给咱的人挨个儿（挨个儿：按次序，接连，连续）（开飘儿：喻指头部被击伤，含玩笑意）开瓢儿！这不，听不下去的瘦子、瘸子和歪嘴三人不服气，一出手就被他们一哄而上地给开瓢示众了么。”

是啊！干他们这讨饭的行当，抢占地盘儿是关键。没有地盘儿，哪来的讹人“舞台”，有了地盘儿才能找到饭辙！话说面对现实能给自身提升实力，这看似有威胁的示威，或许能叫饱食终日的“搅和头”有事儿可琢磨了，有招可拿出来亮亮真本事了呢。或许这些常年栖身于“搅和头”身边的乞丐们，正是拜服于他的狠派实力！而实力是在处理事儿上方能见分晓的！

原先如果遇到小灾小难，小场面小风波的，“搅和头”都会对妻子撒顿鲁莽的疯，嘴里动辄就嚷出你们要是没有我，真就连大街上的流浪狗都不如啦，还惦着添新衣裳，连肚子都填不饱啦，什么还能夏天吃冰碗，冬天吃火锅？！，他对于妻子的失声痛哭，“搅和头”会欣然地不理不睬，甚至甩手离去。然而这次，他在家里却逮不到妻子的踪迹。或许妻子学精了，早做防备而桃之夭夭了呢？总之，那盘子还未吃干净的凉拌鸡丝拉皮，一下子被“搅和头”举过头顶，狠狠地砸在地上并流了一地的菜汤子。

是福不是祸，是祸也躲不过。咱们现在要干什么？丐帮的成员们都到齐了。大家伙儿没有什么追求，因此他们就会等着“搅和头”发号施令。

大的行动方案定不下来，就只能靠搜集证据向前推进事态发展。

“搅和头”终于发话了，可却是个疑问句：“那帮混子的来头，你们私底下查清楚了吗？”

丐帮里的大多善于装疯卖傻，腿软倒地抽软筋。依如此的技能看来，若是一个个被拉上台面儿，立刻缴械投降是好，怕是怕甘心情愿地给敌人当铺路的垫脚石。这其中能有几个像瘦子、瘸子和歪嘴似的，勇于让对手开瓢儿呢？对喽，只要您了出手，那就得成全我。这是丐帮人心中成大事的理念！因为你若是打碎了我的骨，斩断了我的筋，那么往后我的吃喝用度，样样就得从对方那里拿出供自己生活的那一份财。这是家有家法，行有行规，道儿上混得有道儿上混的规矩，别让破坏规矩的名声玷污了您在江湖上混的颜面。照此，“搅和头”看得出，那帮出完气就逃得无影无踪的混星子（混星子：即混混儿，旧社会的无赖、游民）们只是别人手中的棋子，他们背后另有高人。

方才去“搅和头”家里通风报信的那个家伙，此时眼神明显的格外活分，他那滴溜儿转（滴溜儿转：形容眼光迅速旋转流动）的眼珠子里，时时刻刻映现着“搅和头”跟他手下的这群小弟们，装疯卖傻的行动坐卧。其中尤为凸显的，还要数抄起鞋底子向他人露出霸气的“搅和头”。每到这时，那个家伙便上前一步拦住“搅和头”将要动粗的架势，并跟他念叨从市面上打探来的小道儿消息，据说生意场上平分秋色的王家、马家、郭家，曹家，进来关系走得很近，四大家之间正心照不宣地结盟起来，以便对抗在路面上撒欢儿的野狗、野猫和野耗子们。难道会是他们雇来的人？但是王家跟郭家的老爷们都在外面保养情妇，那么情妇与情妇之间吹的耳边风，总之是能用钱财换来的消息，叫同样在情场上混得开的“搅和头”确定，不会是那两个馕食包儿（馕食包儿：馕：拼命往嘴里填食、比喻能吃不能干的人）挑的事儿。要想抓出谁是幕后，当然要找最坏，最狠，最阴险的性格了。这显然不会是吃斋念佛的马家人能干出的事儿。那么一合计，目标就对准了曹家的大饭庄。

店伙计瞧见一群不合规矩，直接推门就进的行乞者们，急忙跑去找来了曹老爷。从城市文化来看，北京是京派，上海归海派，天津算卫派。曹老板这卫派的气场十足，他能说，爱说，表达力极强，且好吃，讲究吃，会吃，舍得吃。一会儿的工夫就召唤来伙计把一条大鲤鱼做成三道菜，一半红烧，一半糖醋鱼片儿，头尾熬汤，且依次端到了被“搅和头”指定的餐桌上。

“哥儿几个忙乎晕了吧，来来来，进来就是客。在这甭跟我客气，趁热吃鱼喝汤吐鱼刺儿。”曹老爷一贯笑模滋儿着，无论近旁有什么酸的、馊的、臭的异味儿，他依然礼数不减。

“介大热天儿的，我只吃凉拌鸡丝拉皮！”“搅和头”跟曹老爷过完话，起身就是一掌生猛地拍桌子。这是到了关键时刻要展现自己权威了，他必须突出自己的实力派。其他丐帮队员见此景就得往后捎（指回避，不出头露面），或是大力捧场，随时附和，这是“搅和头”世界里的台面儿。

“是是是，您了说得对！介大热天儿的，凉拌鸡丝拉皮胜过一切。”曹老爷仍是笑着，这不是卑微。懂行的人管这叫作鄙视。

几盘子凉拌鸡丝拉皮稳住了这帮人的情绪，曹老爷便悄悄地走开了，“搅和头”觉着他那是去后方找增援了。但是他不慌也不乱，吃着菜，喝着汤，一炷香，两炷香，三炷香燃尽了以后，他们终于开始动作了。

室外的风依旧按照丐帮进门前的风速持续着。“搅和头”感到了这样的风速，心说：此处并无异常，那么看来不是曹老板从背后设的局，难道自己带的队伍里有间隙?

晚上他躺在床上辗转反侧地睡不着，几次把妻子揣到了九地上。究竟会是谁呢?他想不着边际，摸不到头绪。外面的风声与他如此地近却又如此地琢磨不透，但又真实地存在着。毕竟此时感受到的是暂时不相冲突的耳边风声。

后来队伍成员里的瘦子、瘸子和歪嘴，不明原因的纷纷死掉了。人们都说是“搅和头”的冷暴力，加之没事儿就动手踢人打人的习惯，导致了他们内出血的创伤太多、太严重，最终依据情妇跟兄弟们出具的证词，“搅和头”被捕了。在他行刑前的那最后一顿送行饭上，妻子还是为他做了一碗凉拌鸡丝拉皮。不过现在对于他来说，这位眼前曾经被他使唤的丫鬟，他的妻子，已经成为了之前那个给他通风报信人的太太了，并且他的丐帮也同样由那个眼光独到，脑子好使的报信人给全盘收于囊下。到此，嘴里嚼着凉拌鸡丝拉皮的“搅和头”终于醒过闷来，原来那个幕后最坏、最狠，最阴险的人，竟然会是不起眼的通风报信人!

鲤蹦鲤鱼

勾起猴皮筋儿一弹，仿佛发射过来的飞镖，让我急忙闪躲后才发觉，那皮筋儿仍缠绕在对方的手指上呢！随后，伴着她的一阵笑声，我心想：该轮到我进攻你了。

于是她嚷嚷着叫我放她一马。由这种假殷勤制造出的一派嬉戏玩耍的情景，我俩像是回到了童年时光。那时的她眼泡子老是肿得像三道眉（三道眉：指青蛙）似的，因此大家都叫她青蛙眼儿。而我呢？是班里的“三道杠”，所以当时我被叫作大队长。这些称呼正是我在光阴荏苒放走的岁月里，插上的一个具有检索记忆的历史标签。时至今日也依然如此。

“如今可以真心相待的朋友，真是越来越少了。”“青蛙眼儿”那原先如同秋水般的明眸，已经遭受岁月的侵蚀变得暗淡、晦涩了。她那原先犹如白色人种的水嫩肌肤，也因蒙受过太多的曝晒变得皲裂、枯槁。她的头发、眉形、眼四周和唇线上，虽都有刻意上了“人为装修”的粉饰，但下巴至脖颈处的赘肉真实地堆叠在那儿，叫人能够参透拥有它们的主人，已有超过四十岁的年纪了。脂肪堆积的厚度可以反映步入中年后的油腻。且从她那一条条同衰老抗争不过的皱纹中也可以反映出，她对发生在自身上的时光印记的一筹莫展。

“真是如梦似幻般的岁月如逝呀。好像当你睡醒一觉起来，你就比昨天的自己显老了呢！”“青蛙眼儿”在不断的叹气声中，带出了怨妇的口气，“人生苦短，青春永驻是屁话。只要是个男人就喜欢年轻漂亮的臭婊子！”

听到此，我双颊上自然泛出的红晕忽然消失了，而人为蒙上了一层不谋而合的怨色。我端起了酒杯，想要与她在清脆的碰杯声中，重新找回童年时代的乐趣。

“你为嘛还能保持住柳叶眉杏圆眼樱桃小嘴一点点，杨柳细腰赛笔管万般风情绕眉梢？”她没有理会我的神态，也根本没停下来，絮叨那满满的积怨，“大姐，你知道我么！为了保持身材，每天几乎不食人间烟火了！可惜还是这么胖啊！你到底是怎么保持的呀！？”

“吃完了催吐呗。”

“得了吧，你朋友圈儿里发的那些溜河蟹黄，煎烹大虾，红烧舌尾，扒全菜的，你吃完会舍得吐？”

“我……”

“怎么？！在这节骨眼儿（节骨眼儿：关键时刻）上，你就磕巴啦！不愿告诉我实情了，对么？！”

“不是，我要说我每天运动健身，你肯定要说什么自己天天忙得不行，还哪有时间运动，再让我换成别的解释。”

“青蛙眼儿”瞪圆了眼，好像向我挑战谁能瞪得眼大。“为嘛我的生活就没有那么多自我塑造的时间了呢！”

“不是你自个儿总说，家里成天到晚有一堆堆的事儿，都等你去解决了么。”不知为什么，此刻的我不想与她有任何眼神上的交流，或许是不愿瞧她的青蛙眼儿而再次伤感。记得童年时的我俩只要聚在一起，世界就变成了尽情欢乐的天堂，可如今呢？她脑袋里无所谓，无忧虑，无顾虑的弦儿都失效了，像是伴有对生活的逐渐失望，慢慢地消沉了下去。她的状态像正经历狂风暴雨里的一艘失控的帆船，没了前进的方向。

我瞟了眼手机屏上亮起的 19 点 25 分。这时，她仿佛又被来自内心的焦虑控制了心神。“啪”的一击来自猴皮筋的弹射，正中了我的大脑门儿，我捂住被射疼的皮肤，凝视对面那张歪七扭八的唇形，从这个唇形的缝隙中，正骂着那些拥有傲人、火辣、妖娆身段儿的女人们，她指出这些女子靠着皮囊就是为了狐媚别人家的爷们儿，她诅咒她们生出的孩子各个都没屁眼，且发了不论是谁睡了谁，将来都会七窍出血，没好下场的咒！哎，此刻！我把她看作是一个行乞精神食粮而无果的毒舌怪胎，她那种看待女性的仇视心理，可以用凶神恶煞类的极端词语形容了。我俩那些曾经美好瞬间，那些美好的季节，那些美好的往事，和曾经明亮又纯洁的那个“青蛙眼儿”，都到哪里去了呢？我真不愿将此时的她再与年少的“青蛙眼儿”扯上关系了。算了，或许她是因着我俩从小打下的友情基础，才会如此的出言不逊。我开导自己的同时又看了眼手机屏保上的显示时刻：19∶30了。这时，服务员也终于端上了我俩一上来就点的那道罾蹦鲤鱼。

罾蹦鲤鱼，以带鳞活鲤鱼炸溜而成，因其成菜后鱼形如同在罾网中挣扎蹦跃，故名。服务员趁着热乎气儿，给鱼身浇上滚烫的卤汁儿，热气瞬时蒸腾上来，香气四溢。热鱼吸热汁，“吱吱”声不绝，给人从视觉、听觉、嗅觉上增添了一种自带音效的视听乐趣。

“此中有真意，欲辩已忘言。”我拿起筷子敲击盘边儿，露出了一副跃跃欲试的贪吃相儿。

“我说服务员，你把鱼给我们切了吧，要不怎么下筷儿啊。”

其实“青蛙眼儿”说得没错。相传此菜在制作过程中，是将大活鲤鱼去脏留鳞，并用沸油速炸，鱼身好似从罾中逃脱时，使出最后一口蛮力而上演的一股激劲儿，却被全部定格在了盘子中。全尾乍鳞，脆嫩鲜美。如若想要破坏盘中鱼身的完整性，单凭一双筷子去戳去捅，实属费力没结果。于是服务员快速地把鱼端去肢解开来，待鲤鱼再次被端上桌时，我手机上的时刻已经是 19 点 40 分了。

鳞骨酥脆，肉质鲜嫩，大酸大甜的最后一口连鱼汁儿带鱼肉下肚了，我俩此刻都已酒过三巡，菜过五味。到此我换回“三道杠”在班集体里的组织能力，起头提议我俩该各回各的家了。

转天，在上班的途中，我得知“青蛙眼儿”的丈夫昨晚意外身亡的消息。人命官司，谁能想到这种事儿会摊在昨个儿还一起吃喝的朋友身上呢。其实事发的过程不复杂，她爷们儿被人只捅了一刀就正中了要害。凶器是他们家中的菜刀，案发时间是昨晚上的 19 点 40 分。

没错，正是我俩开始动筷儿吃罾蹦鲤鱼的时刻。我为她出庭作了不在案发现场的人证。并脑补出两处事发时上演的画面，一处是她看着我下筷子去夹罾蹦鲤鱼。另一处是她爷们儿看着凶手拿凶器刺向他的心脏。我吃着挣扎过后被肢解的鲤鱼，她爷们儿诚然也经过一番的挣扎而后倒地喷血。同时，“青蛙眼儿”正借着酒劲儿向我复盘她爷们屡次出轨的经过。当晚，那个被她描绘出来的外遇对象，正与她爷们儿暗约偷期。那么人证、物证俱在。那女人无言以对，当庭对杀害“青蛙眼儿”男人，并盗取他们家中财务的事实供认不讳。

炸网油卷

用剩下的豆馅儿做什么呢？粽子也包了，豆馅儿馒头、年糕、碗儿切、白皮儿等该蒸的蒸，该烤的都烤了。可还有那么一些豆馅儿，要不然就炸网油卷吧！对眼儿今儿个家里来了客，他正好利用这些豆馅儿，向人们展示一下个人厨艺。

他傻站在那儿，只盯着对眼儿的动作，半天不说一句话。平日里他敢于笑、敢于惊讶，也敢于质疑，他的外号叫作“拉拉蛄”。

“我说您这是从哪里弄来的猪网油啊？那可是猪的肠系膜，大网膜堆积的脂肪！往这里头包上豆沙馅儿，再外面裹上淀粉，完事儿那么一炸。好家伙！这样一来热量高得不得升了天。”

拉拉蛄受对眼儿的邀请，比其他客人来得早。这人净身高一米八，体重直飙三百斤，绝对是一个座实的胖子。跟对眼儿一样，好不容易碰上个可心的女子，却因着他的这身大赘肉不光叫人家看着心里发怵，更叫习惯挑理儿的未来丈母娘也找到了反对的理由——这人长得实在太鲁了！

是啊！肥胖影响人们身体健康的基础建设，胖出的部分为人体续添了额外的糖分、脂肪和卡路里，叫人从体型上，容易联想到脂肪肝、高血压、冠心病和糖尿病等的病症，且更容易被人叫成肥胖症患者。“拉拉蛄”和“对眼儿”都是二级职工，家中老娘没工作，需要由他们来赡养。今儿个来做客的四个小伙子也都是如此家境，眼下全都到了该谈婚论嫁的年纪，只不过一目了然的缺陷，就是他们多余的赘肉。

时间已来到了饭点儿。胖小伙儿们陆续抵达了“对眼儿”的家中。说到“陆续的到来”，其实是个非常明智的先后顺序，倘若要是一起进门的话，试想“对眼儿”家的门框肯定得被挤坏了。他们各个拥有大肚腩、大肥胳膊、大胖腿以及没有脖子链接的，直接架在肩膀上的大圆脸，左边？右边？哦不，是横竖左右？是的，不分。他们的体型是正方体似的等距宽窄。

就算只有几个小时的短暂相聚，能跟伙伴们取乐调侃也是挺惬意的享受。有人针对你的体态开玩笑，通过你的笨拙找乐子，并且一呼百应，正如当拉拉蛄带头说起谁能获得胖中桂冠之时，大家伙儿一致推举对眼儿是当之无愧的头号玩家！。

“我们在这大汗淋漓，拖着沉身子来你家串门，你就光请我们吃主食啊！”

“可不又是馒头，又是年糕、粽子的，还都那么甜！咱们现在都是这种体型了，应该只剩啃树叶子的份儿了。”

“对呀！应该戒掉炸的食物了。不过再有新生的肥膘愿往咱身上贴的话，其实也显不出嘛来了。本身油脂就厚实，290 斤跟 300 斤也没嘛区别了。”

“说得也是。但咱们的‘对眼儿’确实是该减肥了！因为对于他来说好吃就行，不管热量的高低，那哪行啊！”

当炸网油卷一被端上来，几个大胖小子的嘴就被美食给堵住了。哥儿几个嘁里喀嚓地就把刚炸出来的一盘子炸网油卷给楦了（楦：指填充空间，猛吃快吃）。

往豆馅儿里加入桂花调匀，外面裹上事先改刀备用的猪网油片儿，卷成长条形再蘸上蛋白糊下油锅炸。当油温由四五成热升至七八成热时即刻捞出，码放在平盘上，趁热嚼在嘴里的滋味最香、最脆、最甜腻。

有人说，如果你很想得到一样东西，就放走它。假如它回来找你，那么它就是属于你的东西，假如它没有回来再找你，那么它根本就不是你的东西。“对眼儿”曾经抛开了食欲，克制自己的食量。可是到头来肥胖还是像挚友似的，对他不离不弃。所以他认定了吃东西跟自己的胖瘦毫无关系。

“拉拉蛄”皱起眉头问：“你要是不减肥，找不到可心的对象，怎么办？”

“对眼儿”舒展眉头答：“那就跟自己的脂肪一起过日子呗。”

其他的小伙伴听了“对眼儿”的话，相继道来：

“虽然你吃的时候开心，而且吃得再多，你自己也无所谓，不搞对象不结婚生娃也不要紧。但家里终归不还有个老娘需要咱来赡养了么。”

“嗯，我同意。所以我现在克制自己，不为别的，就为身体健康。太胖连走路都费劲。”

“我也同意。我胖我的，虽然碍不着别人嘛事儿。但各种由肥膘所招致来的疾病，可不往别人身上找啊。所以还得克制食欲，能减几斤减几斤！减肥”

“你们也别觉得‘对眼儿’无所谓，其实他比谁都孝顺自己老娘，也比谁都渴望过上娶老婆生娃娃的小日子。”

“不是有句话么，当你想要什么的时候，它往往来得迟，而且还附带额外条件。因此坚持就是胜利。”

“对眼儿”在一旁听着他们的讨论，一边继续炸着网油卷。他对今天炸的网油卷的味道还是满意的，他不时地从平盘里拿起刚出锅的油卷儿，先吹一吹，然后就搋进嘴里来吃。

20 世纪六七十年代的这几位二十郎当（郎当：左右、上下）啷当的大胖小伙儿，一转眼都相继开启了各自人生的续篇。“对眼儿”的老娘因为年岁大了，且一直被病魔缠身，她没熬过夏秋之交就永远地沉睡了。当时隔二十年后的再次相聚时，胖小伙儿们各自成了家，生了娃，也纷纷从胖小伙儿转型成了胖大叔。“对眼儿”还是拿手做饭，然而这回他处理那些剩下的豆沙馅儿，选用了别的食材替代原本应该使用的猪网油。同时为了健康与营养，这次“对眼儿”往粽子里添加了大枣和紫糯米，往馒头、年糕、碗儿切、白皮儿里添加了枣泥、桂花、葡萄干、核桃仁等馅料儿，并且在和面时，他还掺杂了各式各样的杂粮面儿。

原先的那位“拉拉蛄”呢？这次带着自己的老婆孩子一起来做客。瞧那娘俩儿一进门后，完全不顾及美丑的吃相儿，也证明了“对眼儿”如今超高的厨艺水平。特别值得一提的就是那道经过改良的炸网油卷，谁能想到他会用竹笙来替代猪网油，炸制这道菜了呢！

来到“对眼儿”家的老哥儿几个聚到一起，便各自倚老卖老地调侃时下的社会现实问题。他们跟二十多年前的自己没区别。态度、立场不更新。尤其成家立业以后，生活显得更加的黯淡无趣，除了横竖一般宽窄的体态，有零有整的体重，有衰有老的容貌，既陈又旧的意识外，似乎很少有新点子来书写未来的新希望。而“对眼儿”呢？终归是没找到对眼儿的另一半。他没有结婚，在这些年里他换过很多工作，也带着老娘到处奔波过。他凭借自身肥膘提供的能量，不断地坚守信念，并在这些艰难的境遇下，接触到了很多新鲜事物。他会因此感到快乐，甚至狂喜。每天抽出三到四小时做美食，天天如此，生活的影像就不会显得太单调。

“拉拉蛄”又皱起眉头问：“你真打算单身一辈子么？”

“对眼儿”舒展眉头答：“没有合适的，我不将就。”

其他人等均默默地望着“对眼儿”，又听“拉拉蛄”还是皱着眉头接着问：“真就非得找到你理想中的女神嘛？”

“对眼儿”冲向大家伙儿乐呵呵。他知道自己几斤几两，他可以对那些“差不多就行了”的劝谏进行反驳，但做人又何必要为难自己呢？

跟自己的这些同好相比，“对眼儿”像是继续走在期待前方美好生活的征途上，他试图改变身边的事物，以获得更多更美好的小惊喜。人的心一定要向前进，不管遇到过什么，经历过什么，有颗试图探索的心思，即便是谈“脂”色变的人们所不愿尝试的炸网油卷，用健康食材替换旧食材，也会有推陈出新，为生活平添新滋味的情趣

“这个竹笙豆馅卷真好吃，回头咱们也回家做吧。”几位夫人相继点头表示认可。

“原版应该是拿猪网油炸的。”

“那样的话可真就没人愿意吃了！想想就油腻的慌！”

“真没想到你还能有如此的改良。”

“对眼儿”对此依然冲向他们乐呵呵。

天津粘肉

馋，贪食也，其实不就是吃不到肉而流哈喇子么。美味“大敌”当前，脑子里顺势发出“馋”的信号，促使你分泌哈喇子（哈喇子：指口水）的量越积越多。如能马上吃进嘴里的话，那像有类隐匿在寻常人堆儿里的，不愿流露情感的死眉塌眼（死眉塌眼：形容面目呆板，无生气，不活泼）子们也许会有怦然心动地哈哈一笑。

每到放长假，李海聊便兴致勃勃地从学校颠儿回家，可当她一推开房门，一种总跟出嘛事儿似的压抑感即迎面袭来。每次她都要猜测原因，但也终归没想出个所以然来。自幼的她就从父母的脸上持续接收着一种死寂般的消沉。

“妈，咱家今儿晚上吃嘛？”

“粘肉。”

“好么！我一回来就做大餐嘛？”

到此母亲也不再发声了。接着的动静还是从李海聊那儿出的：“天津粘肉就数我爹做得香！哎哟哟，一想到这里我都快馋死了！”她做出一副讨人欢喜的模样，不管别人心情好坏，见面就得一通说，“咱家今儿个准是遇到嘛好事儿了，要不为嘛会在这么个不年不节的时候做粘肉呢？”

“你闭嘴消停会儿，行吗？”母亲在一旁突然嚷了一句，接着就独自进到屋里，关上了房门。

十几年前，那是一个春光明媚的午后，一名男子突然“咕咚”跪地向女子求婚，只见女子点了下头，男子随即把一个象征爱情永恒的戒指，戴在了女子右手的无名指上。虽说讨来的爱情不比讨来的残羹剩饭来的快慰性强，但李海聊觉得小时候从长辈那里得知的，父亲向母亲求婚的过程，有着一定程度上的快慰性：夫妻二人皆不善言辞。这种在性格上的一致，可有水到渠成的缘分在。按说李海聊也应该是个“木雕泥塑”，没有生机，罕言寡语式的人物设定，然而她却属上了话匣子。

“好么！我的老爸，不！您真是我的亲爹呦！您这是要与闺女心照不宣地心贴心了么！这真是算好日子的心灵感应啊！说来我也真是想嘛来嘛，今儿个我走在回家的路上，心里就馋着这口粘肉的香，没想到您在家正费时地做这道菜呢。不管说嘛，也无以代表我此刻的激动心情！您了真是我的好爸爸呀！”她说着便走到父亲的身边，给正在粘板上摔肉馅儿的父亲，来了一个大大的拥抱。

天津人喜好口味重的食物，因此和肉馅儿时，会往馅儿里撒五香粉啊，搁葱姜末啊，大料啊，耗油啊，虾油等等。而粘肉的肉馅儿中也包含大块儿的肉粒，经过混合搅拌，反复摔打上劲儿出来的品相，明显比南方的狮子头来的生猛粗放。

父亲在他那冷冰冰的外表下，还给了女儿一个并不生厌，且充满温度的眼神，可他脸上依旧是一派过了收获季节的荒凉气色。这个家的气氛如此的“过季”，没有生机，且原先家里种过的花花草草，也都写实般地枯萎凋零了。李海聊正是在这种冷色调的环境中长大的娃娃。她自小善于察言观色，甚至以父母二人微表情的变化，来斟酌他们是否存在什么不可告人的秘密。归了包堆，这个只有三口人组成的家里庭，却抵得上一个神秘星球般的神秘了。这到底都该归因于什么呢？至今李海聊只能这样解释：现实的发生即是所有可能性的归总。

“妈，我们食堂的饭菜做的越来越难吃了。上回我在盛汤的大桶里，瞧见了一坨近乎鸡蛋形状的漂浮物，于是我走进了它，但您知道那到底是嘛玩意儿么？”李海聊对母亲这张什么也不想猜，什么也不想听的消沉脸色，叹了口大气就接着说：“不知道是谁往里头扔了一大坨的餐巾纸！”

李海聊愣巴睁（愣巴睁：突然）地推开房门，张着贫了咯叽（贫了咯叽：指喋喋不休）的嘴，杵在门框边上穷嘟嘟。叫母亲睽她一眼，然后就转脸扭向了别处。但李海聊仍兴冲冲地朝母亲那里嚷嚷道：“您是没瞧见我们那儿新来的学生，打饭时还硬找盛饭的老姐姐们要这要那。其实他们就不懂便宜是不好占的道理。不过也别说，就算给多盛也是吃亏。不尝不知道一尝就失望啊，给我食堂做饭的厨子真的打死卖盐的了！什么菜都是齁咸的！”

父亲一直在厨房里蔫蔫嘎嘎（蔫蔫嘎嘎：性格内向，寡言少语）地忙叨着。他亮出了自己双臂上结实又健壮的肌肉，试想一下，如若他是个拍武打戏的替身演员，在不露脸的前提下，那么“咔嚓”地一亮胳膊根子，必定会获得一阵阵的碰头儿好儿（碰头儿好儿：演员登台刚一出场，就获得喝彩）。接着，单凭一声“滋啦”的动静，李海聊便知父亲的粘子肉下油锅炸了。正如一位贪吃的大师所云，要手艺的菜，“火候”固然重要，而“使油”尤为关键，冷油、温油、热油，期间由不得一点的疏忽。那油锅倒像是一个满载着诞生的装置，使团成球形状的肉随着时间逝去本色，逐渐焕发出了新的姿态。炸好的粘子肉被放置在了一旁，父亲接着要炒制他的秘制炖料。善于烹饪的人会对自己的配料有独到的见解，往往效仿别人的是无法匹及的非捷径。那么一口大锅，来来回回，翻来覆去地被父亲把玩在手中，并逐渐地使料汁儿与大肉丸子融合到了一起。

“爸！粘子肉什么时候能熟啊？”

父亲扭头瞧一眼储物架上的点心，这样的举动叫李海聊立马明白他的意思是：要是饿了，你就先垫补（垫补：饭前吃点心，以便缓解饥饿）一口别的吧。果真如锅里的成熟度来看还得再等一个半小时。

话说十几年前，男子在那场求婚之前，其实另有萍水相逢的邂逅。暂且称那次的遇见是由馋字引起的。

馋字从食，本义是狡兔，善于奔走。人为了口腹之欲，不惜多方奔走——为了一张嘴，跑断两条腿。为了吃，就可以做到。爱犯馋的女子从打扮上看，相当不落俗套，无论在哪种场合，扮相上的超凡脱俗，也算是一种傲人的本事。馋女子借此引起了男子的注意。那时的男子还是个单身，他相中了馋女子的模样，并投其所好地为她制作自己最拿手的好菜——天津粘肉。当馋女子品尝到了男子的手艺后，便萌生出要死心塌地追随男子的想法。想当初，男子是一个知名乐队的鼓手，风华正茂，热血喷张，不免就招蜂引蝶，但在众女子当中，他选择了那个讲起话来滔滔不息的馋女子。于是有天，男子的鼓点击打得越来越猛，速度越来越快，在一首摇滚乐曲即将到达终点的时刻，男子突然扬起鼓槌抢占了舞台的正中央，竭力要释放出一声呐喊，不过最终也只是动作上彰显出了自由与激情，此处无声胜有声。

在那之后，馋女子与男子同居了，但不出所料的结局是馋女子成天不停地说，男子因此天天如受了病似的，脑子里总是嗡嗡地难受，进而他烦了、快要疯了，他主动提出了分手。如此一来女友的正位才换了新主人。是的，正是那位感情不激荡，不活波，无生气的女子。但一年过后，李海聊出现了，这个被褥子包裹着，送到男子家门外的婴儿身旁，留有一行写给男子的话：不幸的是，我俩的爱情有了结果，但请不要再和我联系了！是啊，如今这个沉默寡言的女子才是男子的现任妻子，但对于这个将要加入他们生活里的新成员，女子自内心深处，多少还是会产生排异心态。

对此，男子放下了鼓槌不再敲了，女子也变得更加的沉默寡言了。

李海聊再次来到母亲的房间，她想用阳光般的笑容去融化与母亲之间隔阂。然而在母亲的眼里，她的言谈举止都像极了那个馋女子！

“妈，我知道爸爸不做粘肉的原因，不是嫌麻烦，就是因为您不爱吃。”

母亲的脸依旧生冷如冰，她对李海聊保持着一贯的排斥与厌烦，紧闭着嘴巴，一句也不吭，而李海聊对此，也像是因着多年的习惯而不以为然了。她接着又说：“妈，您知道我爸今儿个为嘛要做天津粘肉么？”

此时此刻，母亲的脸色上有了疑问，她拿正眼瞟着李海聊的嘴，静静地等待她要说的下文。

“是因为今儿个是我生母的生日。”

正在此时，父亲将盛满盘子的粘子肉端上了餐桌，他脸上有几许的怀念与感伤，或许是因为思念了什么，忍不住地怦然心动了。李海聊急忙跑了过去，在如此死寂且惨淡的家庭气氛里，她豁开了腮帮子，大口大口地吃起既解馋又承载了亲情的粘子肉。

荸荠鼓

平日闭目养神一言不发，连眼皮子都懒得撩起来的沈大爷，年轻时的绝活儿是生嚼带泥的南荠。

南荠，一种水生植物的根状茎。市面上售卖的南荠，表皮多带着泥和土，这样一来印证了商户们所谓的方便储存，二来泥和土可以卖上南荠的价钱。那好，这个“二来”叫爱钱如命的沈大爷萌生出了吃土的念头。他会把买来的南荠，不冲不洗地直接放进嘴，随着“咔嚓、咔嚓”地咀嚼，由唾液混合、搅拌在一起的连泥带土的成分里，逐步掺入水与糖等的多元味道眼瞅沈大爷那面不改色心不跳的神色，就能猜出他吃土的功力练成了。

沈大爷不抽烟、不喝酒，并知趣地从四十岁开始养生。他不信现代医院里的大夫，觉着他们只会拿检测报告说事儿。若是那一条一条数据合格了，就证明患者的一切都正常，甚至整个行医过程中，不多问一句病患的感受，也不多看一眼病人的气色，遗失了老话儿说的望闻问切的功底。因此经行医者们开具的一张又一张的检查单：拍片子，验血、验尿、验便……还真不如回去蒸一锅荸荠鼓，来对抗因头疼脑热引发的小毛病。

沈大爷买来南荠，将其削皮，两头齐平削成鼓状，洗净控干放入大碗，再将冰糖和桂花放浮头，上屉蒸约十分钟。

蒸熟后，沈大爷拿起汤勺，就着桂花的香味儿将其吃了个精光。这样，一来能缓解头疼脑热的小状况，二来又叫沈大爷饱了口福。

现在的人们配合大夫去做的各项检查，跟从市场上挑拣虫洞百孔的绿叶青菜差不多是一个道理：确保万无一失么，宁可信其有么。听买菜的说了什么纯绿色的、不打药的、可以保平安的菜，到了沈大爷手里，他掐着菜，闷闷不乐地说：“首先，不知这些菜省了多少农药钱，却能卖出天价来。仔细看看这菜的品相，其实好的地界儿都被虫子们抢先吃光了！虽说打出绿色无公害的旗号，但是从虫子们嘴里剩下的‘残羹冷炙’！这不明显在拿消费者们找乐子么！”尤其后面这三句，句句戳到商家以盈利为目的的宣传词儿

“我说，大爷，您了要是嫌不好就别买。现如今人们保健养生的意识强，而绿色就代表了环保健康！”

这时，旁边的一位商户也开口道：“您了要是觉得不好就别买，有的是人愿意买这种经过虫子反复蹂躏、啃噬过的菜。这能叫人吃着放心，想着舒心。劝您一句，还是请往边儿上靠一靠，别挡别人的道儿。”

沈大爷肯定因此来火儿了，可他转念想想自己眼下的岁数，马上又闭目养神，一言不发了。这个貌似六七十岁的大爷，其实已经九十六岁啦！

有人说沈大爷是靠年轻时吃土咽泥的功力，打下了身上的脏器钢铁般坚实的基础。也有人说沈大爷多年不就医看病，从而练就一身超强自愈能力的恢复系统。其实不论哪个说法可靠，沈大爷原先是个老江湖。铁嘴钢牙，软硬不吃，头脑清晰，明辨是非，而纵观眼下他的一言一行，明显是颓了，蔫蔫嘎嘎的了。这不，经不住左邻右舍一再寻偏方的请求，沈大爷这天终于公开了自己长寿的秘密。

“治疗小病小灾的灵药，原来就是荸荠鼓呀？！”

“是啊，那玩意儿可比跑医院，寻医问药强多了。”

“可不嘛，咱还以为大爷炼出嘛神丹妙药来了呢！原来就是削了皮的南荠呀！”

跟手就有人效仿沈大爷的做法，给家里发高烧的、打喷嚏流鼻涕的、不停干咳的、蹿稀闹肚子的病患喂食荸荠鼓。但最终，高烧的还是保持在高烧的热度；打喷嚏、流鼻涕没完没了的还是到处地喷溅；干咳的频度没降低不说，由于不及时服药，吐出的少量痰液中竟然带出了血；另有位从大早起就蹲坑儿的患者，拉到魂儿都快出窍了。

一时间，闹得满城风雨的神奇的荸荠鼓，一转眼就成了叫人们唾弃的玩意儿。

“荸荠鼓，什么破玩意儿啊！一点儿都不灵！”

“是呀是呀！吃了荸荠鼓是照样地拉，照样地吐，照样地咳嗽，照样地高烧不退！”

“没错！荸荠鼓按沈大爷的说法就是无敌的了。真是把别人都当成傻子，寻开心了吧。”；“信什么荸荠鼓啊，还是去医院找大夫，做检查。多花些钱买个心安也算值了。”

沈大爷对此表示沉默。因为仔细想一下的人，自然会明白那个曾被碰上天

的“荸荠鼓”终归只是一道菜。虽说有药食同源的说法，但菜即便有食疗的功效，也没有药物的疗效。若能有再细致的人，便能体会到与沈大爷结缘的这道“荸荠鼓”，其实要归结于自小坚持吃连泥带土南荠的经历，这种小概率的脾胃磨合成功事件，其中苦闷，或许能证明沈大爷当初的忍耐没白下。

天津丼

抱着中国馆子没有左忠堂炒鸡，台湾馆子没有台湾拉面的怪想法，我在东京的一家日料店里点了一份天津丼。

记得那天的经历有一处神来之笔。我用日语里的关东腔招呼服务生，只见一名吊儿郎当的店员晃晃悠悠地走到我的桌前，他拖着浑身散架似的躯体，先是给了我一个走过场般地鞠躬。然后我就客气地指了指他家菜单上的天津丼，没承想，那店员转身用一嘴流利的天津话，对里边儿正做饭的厨子喊道："我说，天津炒饭一份儿！"

没错。几次去日本，在被问及来自哪里的时候，我就会报出这道被日本人所熟知的天津丼来充当家乡的名片。回到天津，出入好几家街边儿狗食馆儿、饭庄，和那些聚拢人气的老字号，又或是高逼格的大酒楼，却不好碰到这一道拿蟹肉鸡蛋盖着的，日文名叫天津丼的盖饭。说来也怪，每次跟饭店里的工作人员打听此饭的下落时，都会遇到类似的反馈：天津冻（冻是日文"丼"的发音）？咱这地界儿有暖气，你冷嘛呀？没错。天津的寒冬腊月的确有风如小刀且寒风刺骨的日子。但你若不跟人家把话解释全了，告诉对方天津丼就是一盘蟹肉鸡蛋盖饭的话，人家肯定会提到天津到了冬天冷归冷，但不是有暖气了么。

"我喜欢……"

"你想要干什么！"

"我不想干什么啊！"

"那以后别再联系了。"

以上的这段对话来自一个女子的讲述。她化名叫散伙饭，在接受一家网络博客自媒体的邀请之后，散伙饭作为某一期节目的特邀嘉宾，和几位博主们做了一期关于出轨的音频节目。

我在某个收听软件上关注了那个频道，并在每周更新的日子，收听人物故事里的是是非非。那期，我在浏览了几位网友在评论区发布的评论后，心中便开始悒悒不乐起来。没错，散伙饭搞了婚外恋，她爱上了一个对她图谋不轨的男性，但最初的感情就像白纸，一经玷污便永远不能再如以前那样的纯洁。就在散伙饭没经得住考验，在考虑要不要私奔的当口儿，她老公主动提出了离婚。然而事后，当散伙饭再去找那个男性时，却得到了一个需要独自面对世界阴暗面的机会。

随着收听量的累加，评论区的听友们众说纷纭，但说了归齐都更偏向于是散伙饭的错。罪有应得是不按常理出牌的因果报应。甚至还有评论写道：“口述者的背叛理应遭到这样或是那样的雷劈，这样一来也是大快人心。”还有人评论她老公主动提离婚是如此的英明决断，不然他一辈子的头顶上都得有片青青草原出现过的痕迹。

然而，没人会理解散伙饭遭遇不幸的原因，比如忽视了那位男性的劣根渣属性。不是有说通常在剧情中，当男女主人公跨过了婚姻的这道门坎，便可以宣告全剧终了么？接下来就是剧情以外看客们的脑补剧情，这对男女进入婚姻殿堂之后就过上了幸福的日子。似乎丈夫和妻子面对任何危机时都能顺利通关，遇到任何棘手的问题也都能顺当解决，他俩只需互相挽着对方的胳膊一起走向未来，便可以在美满之中白头偕老。

于是，我将这期节目分享至了朋友圈，并且还发送了德国哲学家费尔巴哈的名言：“人这一生最重要的事情是要使自己幸福，因而你的第一责任是要自己得到幸福，你自己幸福了，你也就能使别人幸福，因为，幸福的人愿意在自己周围只看到幸福的人。当人们追求幸福而不能达到目的话，活在世上就会遭受极大的痛苦与苦难，有些人便会选择自杀，这恰恰是追求幸福愿望的最后表现，而不是对追求幸福的否定。”

分享了不多时间之后，这两条发出去的朋友圈儿下方，就引来了不少网友的点赞与留言：

“你分享的这期节目，不用听，光看题目就得出了结论：搞瞎八的都没有好下场！”

“这期节目我也听了。俩字儿：无聊！”

“我噻，节目更新啦！一会儿去听！”

“你说那位姐姐日后会寻短见么？”

“他们有孩子嘛？如果有的话，这妈是怎么当的！”

“故事中的女主角最终的离婚，很可能是她想追求自己的幸福选择错了路径而引来的悲惨结局。现如今婚后如果觉得不合适也不必将就余生，当下离婚的多了去了，是种很普遍的现象了。”

“不合适就离呗！离了再找呗！但总归女性一方吃亏多。”

“所以这也说明嘛呢？我也说不出嘛来。反正不想一起过了就好好地说散，别整出什么幺蛾子找挨骂是聪明人。”

“嗯，然后呢？出轨对象逃啦？真服了！”

“既然追求幸福是每个公民的权利，那为何会遭到那么多网友的责骂呢？况且还都指向是那个女人的错，为何不揪出来那两个男的一道说明情况呢？”

“女的太贱了。”

“那两个男的会听这期节目嘛？会有转折的机会嘛？不过，女的出轨在先，恶果给她吃，也不值得可怜。”

“男人的目的一达到，别说还有没有新鲜劲儿了。势必将冷却热度，甚至觉得身边的女人是拖累，更何况这种家有老公的娘们儿。”

“是啊！男人大都用下半身儿思考问题，你还想跟他再造爱情的奇迹？痴心妄想！”

“许多女人犯的大忌就在于百般地倒贴，当她们意识到自己的魅力不足以吸引男人时，这种倒贴就成了加速男人烦腻进程的推动力。”

“老说女人追男人隔层纱，但要是直男放手了，就算再花心思去争取他的心，得来的也是变了花样儿的不在乎。”

“爱情是奢侈品。”

“只怪散伙饭陷得太深，忽视了公主与王子的爱情是童话世界的产物。”

“沉沦在自个儿所构建的世界里，期待火一般炙手可得的爱情，并执念爱情果实的盛开，试问你之前家里的果实开了嘛？”

“你所认为该有的就都会存在嘛？是爱情，对方那边有，你这儿就也会有。那么一来不就得把丘比特的胳膊射麻了么。”

“嘛作料都有，可放一块儿炒出的滋味未必就能好。”

看完这些吃瓜群众的评论，我也在下面回复了一句：“女人的爱与男人的爱，都在各自的心里存在着，但到一起未必能成为爱情。就如同我原本以为蟹肉跟鸡蛋也都有的前提下，可谁知天津菜馆就是不给做那个你所认为理应存在的天津丼。”

氽菠萝

他咧着大嘴岔子狂笑，一副满不在乎的模样。他确实家底儿殷实，因此大小饭店平蹚（平蹚：比喻不费力，畅行无阻）。瞧！他刚一进店门，就甩开大膀子，高抬着下巴颏子，仰首伸眉地一副招摇过市的德行，随之就散出来了。跷着二郎腿吞云吐雾，扬言吃不到氽食就掀桌子的主儿，当点到氽山药球时，店老板摇头硬是说没豆馅儿了。氽鲜荔枝呢？店老板说荔枝罐头没进货。氽樱桃呢？店老板摇头说冰花用光了。那看来氽薏仁米也总该有了吧！店老板走进他说，现在只有氽菠萝。他为此能心甘情愿地接受嘛？！

“老子今儿个就不想吃氽菠萝！”说着他从兜里掏出一张银行卡，从嘴里冲向店老板喷出一股浓烟，又说：“老子就不信世上没有刷卡解决不了的事儿！你赶紧的，立刻去买，完事儿给老子挨样儿地做，什么氽山药球，氽鲜荔枝，氽樱桃，氽薏仁米，给我统统端上来！”

“我说小伙子，钱虽是好东西，可你也得把它用对了地儿。”人家老板说得在理。眼下是夜里的后半夜，这家主营各种“氽食”的店，平时到了这个点钟，店内的食材早就弹尽粮绝了。还能有氽菠萝可卖，可以说是今天的生意不太火爆。

但是他此刻的命里，仿佛就缺那么一口除了氽菠萝之外的任何一样氽食。因此他要借题发挥了。他把自己剩余的精力，全释放给眼前这位长相猴儿了巴叽（猴儿了巴叽：形容丑陋）的店老板身上，“你知道我爸爸是谁么！”

天津人对倚仗官府为后戳儿的地痞，对结帮聚伙欺压百姓的流氓，对爹妈有几个钱儿就吆五喝六的混星子们，全会嗤之以鼻。店老板此时的鼻孔翻得是有多向上，如此一来更凸显了鼻孔又大又圆的特质。再打里面喷出来的吭气声，明显是在瞧不起他。

“你爸爸就算解小手儿（解小手儿：小便）能尿出大金链子，解大手儿（解大 手儿大便）能拉出大金镏子（大金镏子：金戒指），现在这时间也换不来你点的那几样氽食。别人这点钟谁不睡觉啊！”

也别说这个点钟，对于他来说，正是活力刚刚起，朝气刚刚有，精神气儿爆棚的正在时。对于他的睡眠时间！那是待到太阳出山头，普照大地以后，才需要考虑的生物钟。

“你信么！”他铿锵带劲地嚷嚷道！

“我不信邪！”老板的音调跟进得给力。

“你竟敢不信邪？！”他把烟头拽到了地面上。

“我就不信邪！”老板使出了自己的最大分贝。

“你不信也得信！”他干脆把口中的烟气全喷了出来。

“你呀！我说小伙子。想出山的话，先找个好老师学学艺再出来闹吧。”老板很是轻描淡写地笑了笑。

“你、你、你信不信，我、我、我……”

“你也甭你你你，我我我的了。你爹打小也不像你，人家懂规矩有礼貌。跟谁都客客气气的，你看怎么的，人家果真混出个样儿来了吧！”

他听到此，立马冷静了下来，“你认识我爸？！”

“我还认识你爷爷呢！”

此刻他忽然想到家中的一张照片，一张有他奶奶、爸爸、妈妈，和左手端着碗，右手抱着他的全家福。他记得小时候还问过爷爷那碗里盛的是什么，爷爷告诉他说，那是一碗曾经救过他命的氽食。

他爷爷早年间去山西挖煤开矿，可一到井下就真见识了黑洞的深不可测，而且那时正值盛夏。当爷爷得知自己在井下被困了 18 小时之后，也将那段过往记录成了人生经历的一个新成就。

爷爷回忆说，当时被救上来的工人，都伴随着不同程度的惊恐、焦躁、缺水和身体异样。但当时跟自己一同前往煤矿，做了后勤工作的伙伴，就在那时为每个被营救上来的人，端去了一碗氽食，甘甜适口的水果是用凉白开镇过的，碗内的糖水更具备了恢复体能的功效，因此每个工人的灵魂才又附了体，而在那双双重见天日的眼神中，才算真正见识到了天有多高，地有多厚的大道理。

“原来如此，”他的语调有些下沉了，气势也有所削弱了，“请您给我来份氽菠萝吧，我吃完立马走人。”他收起了烟盒，放下了翘起来的二郎腿。

店老板那又丑又瘦的模样，叫人不仅忽视了他的年龄，也因为不受人端详，进而忽略了其老而弥坚的气度，“你呀，我说小伙子啊，今儿个还是趁早回家睡觉吧。咱俩说了那么半天的话，你不光耽误自己生长激素的分泌，也耽误我闭店的时间了。”

他上下打量着店老板，好似那人身上有种不可捉摸的神秘力量，因此他规规矩矩地坐正，又恭恭敬敬地说：“请您老，看在我爷爷的面子上，赐我一碗氽菠萝吧，我求您了。”

或许店老板觉得这人此时此刻的态度对路子了，这才晃晃悠悠地走回后厨，不会儿的工夫就端来一碗又甜又凉的氽食，叫他既解了渴，又解了馋。

赛螃蟹

二癞子瞪着三角眼张口就骂：“哎，你是长了仨鼻眼儿，所以就得多喘口气，是嘛！真是没事闲得蛋疼！”

人要是走倒霉字儿，喝口凉水都塞牙。他因失恋、喝凉水塞牙等带来的情绪因素，骑车撞倒了一位过马路的大爷，同时被一名过来围观的吃瓜群众，又判定成了大爷的终身投保人。其实二癞子的心眼不坏，撒泡尿照照自己，人也是长得有模有样。但他生来贫穷，父母只爱充当吃瓜群众，关注别人怎样的吃喝拉撒睡。而自家无论如何地揭不开锅，他们也不上心。这就导致了二癞子深受父母的影响，逐渐养成了不争、不斗、不好强，得过且过的性格。就这样，离他中学辍学的那年，已经过了 10 年的春秋。

月牙弯弯，黄昏时分，天上忽然飘下了零星的雨点，浸湿了乌云的发型，打湿了路上孤寂的影子。二癞子两眼发直，目光凝滞。他手捧一束白玫瑰站在雨中，慢慢地在过往人群的视线里，化成了句点。

人家大闺女岁数也不小了。能不找个更靠谱些的么？话虽然从表面上看是有道理但这些年，为了满足女人的需要，二癞子一直没掉线儿。女人爱折腾，为了迎合她，二癞子联合哥们儿兄弟办了一个“折腾电台”。女孩儿爱疯扯，为了迎合她，二癞子没少在她面前吹嘘自己从小被家人放任，且还因此成瘾的事。女孩儿爱吃大螃蟹，为了她，二癞子去专门跑了趟厨师学校，且只学来了一道菜——塞螃蟹。

由鲈鱼与鸡蛋作原料，制成的菜色泽金黄，细细品味时有种塞过螃蟹的鲜嫩清淡，女人每次品尝就会情不自禁地大呼一句：“太好吃啦！”而此时，也正是二癞子最能诌（诌：吹牛，逞能，自我夸耀）的时刻。总之，他当初没有给女人跟他将来受穷的概念，目测跟了他，未来只剩干着急没钱花，凑合缝洗浆做，过一天得着一天的日子。但女人不傻，她从二癞子身上的细枝末节处，像是感应到了什么。既然话都说到这份儿上了，女人也应表个态。于是这天，她被一个卖螃蟹的小伙儿牵手走到了二癞子的视线中。女子可以不再折腾，不再疯扯，但她对螃蟹味道的痴迷劲儿，使她借此做了重新选择。没错！女人要将来的足吃足喝，光拿个“塞”字儿就想糊弄过关？女人朝着痴傻呆茶的形容词上，狠狠地啐了口热乎乎的唾沫星子。

二癞子的工作没底薪，倘若分到了提成，除了给闲在家里的老爹老娘买米买面，还得买油盐酱醋。他没有再多赚些钱的念头，也不曾把注意力转移到其他女人身上，且报有尝试的侥幸心理。这天晚上，在雨天久久立着的他，碰到了与那卖螃蟹小伙儿牵手溜马路的女人。于是，他便上前开口问：“螃蟹最近吃顶了吗？”

“没有！”女人铁定了心思地答道。

“可有我做的赛螃蟹好？”

“好得都快没边儿（没边儿：无边际，此处指强得多）了！”说着，女人的眼神里带出了鄙视与不屑。

倒退十年，这里原是一片粪场子，就是经营粪肥的地方，不像如今却成了一条繁荣的商业街。那时的别人如若遇到此种情形，估计会顺手抓一把粪肥抹那女人的脸上，叫她要这嘲讽似地背叛，然而二癞子却把手里的白玫瑰递向了女人。

女人没有去碰他的白玫瑰，而是露出了满脸嫌弃，因此她更抓紧了自己身边这位满身飘散螃蟹腥气的小伙子。二癞子情场失利，但他并不痛心疾首，独自在雨中捧着花，默默地笑对这个既成的事实。

转天一早，二癞子连喝口凉水都塞了牙。他满嘴抱怨地骑上单车，飞奔在大马路上，他也因此会联想到昨天晚上的事儿。他感到，自己的不争、自己的不斗，竟会有如此的窝囊气得手，自己的不好强且得过且过，竟然连凉水都不放过自己，想着想着，他突然又感到，一个大爷倒在了自己飞速旋转的车轮旁。

恐惧？不是，是惊讶！他骂走了刚那位尽扯闲白儿，不干正事儿的吃瓜群众，立刻跟着大爷上了一辆及时赶到的救护车。检查、化验、输液、输氧，大爷的眼睛慢慢地有了要睁的动静。

“你是谁？”

“我是骑车子撞您那人。”

“哦，我没事儿了，你走吧。”

“大爷，您不讹我点儿嘛，这年头不正常啊！”

“大爷我是上世纪的人。”

大爷说着，缓缓地抬起胳膊，轻轻地摆手让他走。二癞子对此举顿时感到欣慰：今儿个总算是撞到一个好人了。但没等他再次言语，大爷的双眼又合上了。

俗话说物质上的不足是可以弥补的，而灵魂的贫穷则无法补救。二癞子庆幸自己灵魂并不穷困，他挂念着大爷的好，没事儿就往大爷那儿跑。一来二去地，也就跟大爷混熟且处出了感情，接着他也好不费劲儿地争取到了大爷的信任，叫人家敢把自己的宝贝闺女许配给了他。

大爷的女儿跟之前的那个女人不同，她觉得二癞子做的塞螃蟹的味道堪称宇宙第一：打大油，放葱米、姜米炝锅，下鱼丁煸炒，下辅料，烹佐料，打入鸡汤，挂芡淋花椒油。每次二癞子为她做这道菜时，站在一边旁观这个全过程的她，眼里对爷们儿放射出的光芒，尽是赞许。

天上下小雨，地上打滑嚓，走路不小心，摔个大马趴。二癞子小心翼翼地搀扶着挺孕肚的妻子，走在回家的路上。

“亲爱的，你说我肚子里是男娃娃，还是女娃娃？”

“女娃娃。”

妻子忽然抬头，瞧见二癞子将眼神定格在了一位女人身上。她使劲拧起他的胳膊，才又叫二癞子回过神来瞧着她的孕肚。

“看谁呢？！”

“前女友。”

顺着二癞子手指的方向上望去，一个饱经风吹日晒，看着已苍老不堪的妇人模样，映现在了妻子的瞳孔里。

“难道你之前喜欢过大娘？”

“她比我岁数小。”

妻子二次抬头确认那妇人的年纪：“可是她看上去可真显老啊。”

的确，女人的青春需要男人的一份助力来保持。这位妇人一看就肯定劳累过，起早贪黑过，成天不得安生地上货、卖货，走心思算账、结账等的作息过。她是否如愿地每天都被大螃蟹的鲜味满足到呢？二癞子不想去过问，因为在他眼里的妻子是保持着青春，或许得益于那富含高蛋白质的赛螃蟹的营养，又或许是他的不争、不斗，不好强且得过且过的性子，让妻子的日子过得不攀比、不拜金，乐乐呵呵地过一天享一天的清福。

二人自携手那天，便一起历经着春夏秋冬的风风雨雨。人人各有志，也各因自身的缺陷，处在了该在的位置上，得来的是能力所能达到的境遇。二癞子就仗着自己的赛螃蟹，当初，叫这味道先是让大爷再次睁开了双眼，随后征服了大爷的胃，继而最终赢得了大爷的欢心。从这点上来看，别看二癞子的家境不咋地，但他将将够的这点儿本事也并不赖。拉锯就掉末儿呗！就算你不争、不斗，不好强，得过且过，但只要有一个拿得出手的玩意儿，自个儿就能落得个实惠，难道不是嘛？

银丝卷

开始说吃馒头，然后改说吃面条，现在又全不要了。重新点了一份银丝卷。是啊！哏都主食种类繁多，选择起来就容易游移不定。这时就得夸夸咱的银丝卷，它的内部有像面条儿似的丝儿，外面有大白馒头似的戗发面。因此冷美怡最终决定了这个既像馒头又像面的银丝卷。

男人会心地笑了，因为在选择银丝卷这个问题上，二人产生了共鸣。需要它，因为自小是吃着银丝卷长大的，嘴里会自然分泌出消化它的唾液淀粉酶。

冷美怡年方二八，但容貌就特受异性们的惦念。甚至在扑通一下，死死摔个硬屁股蹲儿的样子，在追捧她美丽的人们看来，竟会是如此的迷人眼。她为人随和，说深说浅了，她总觉着与人相处时，面子上过得去、关系不远不近就算和谐。因此在不太与他人过多接触的同时，也不太计较。记得有次在教室，她趴在了一个男生旁边午睡，事后被那位男生的女友骂做是个没羞没臊的陪房丫鬟（陪房丫鬟，旧时是指出嫁女子从娘家带来的随身女仆），这显然是避免不掉的极端羞辱。但冷美怡却装成是个傻乎乎的，看不出眉眼高低的马大哈，既躲过了一场毫不留情面的是非争端，也为自己俊俏的脸蛋儿涂上了一层保护色。

一转眼十二年过去了，冷美怡真到了二十八的岁数，潜伏于她身边儿的碎嘴子们都开始估摸着，即便再美颜的花朵也总有凋零的一天，因此她也大势所趋地被列入了大龄剩女的队伍。

“你还记得嘛？上学时全班同学耳闻一声屁响，立刻瞅到咱俩，当时我大声地对你说：‘就说是我放的！’”

“哈哈哈！”冷美怡笑着抓起一个刚被端上来的银丝卷，递给了男人。

“当初你要是小点儿声，兴许这事儿真跟我没关系了。”冷美怡咯咯地笑。

大学毕业后，男人找到了工作，也娶到了媳妇，生了娃娃。之后的一次同学聚会上，大家伙就着那段响彻耳畔的“佳话”，又将二人的情绪扯在了一起。其实大家伙都清楚那屁的制造者是谁。自那场聚会以后，冷美怡觉得自己老是想着男人太愚蠢，而在男人看来，最愚蠢的莫过于从不愚蠢，自这一刻起，拦于自身上的那条底线就被扯断了。

男人虽说口中只嚼着银丝卷，但却显得十分尽兴：“错过了你，生命中就少了很多颜色，但只有懂得色彩意义的人才能明白活着到底图个嘛。”

冷美怡的天生丽质，似乎成就了她身为女性一生所要达成的一项重要事业，即把自己装进男人的世界中去，这比在女人圈儿里获得男人的赞许，显得更为值得骄傲。

饭后，冷美怡只打包了那份银丝卷，她用塑料袋子包好后放进了男人的公文包。

人是个多么奇怪的物种啊！吃进去银丝卷和菜，制造出来的却是叹息和梦境。那天夜里，躺在冷美怡身旁的男人在梦话里不停呼喊着“不是，不是！”转天在媳妇面前，他真实再现了昨天梦话里的道白。

“不是，不是！你看错啦！”

“你说不是就不是了么！这一兜银丝卷就是证据！你昨晚就是跟那个没羞没臊的陪房臭婊子约炮了！”

妻子声嘶力竭地撒疯儿，毫无把持度地动着自己的刀子嘴，糟蹋着家里能够触及的一切。一时间，大人、孩子、猫狗和鱼缸里的小鱼们，争相地寻求解脱的出口。猫把爪子挠出了血，狗把脑袋撞出了包，小鱼们竟会在狭小的空间里相互撕咬，上演着一幕幕人为因素所带来的不幸。

“你必须跟她断道儿！不行！不能就这样便宜她了！你必须让她身败名裂！从此在大庭广众之下，成为名副其实的臭婊子！”

“以前”与“当下”如此的场景再现，那么“已经”与“将来”就是老段子的重新演绎。这在遭遇爷们儿出轨的妻子看来，必定是个石锤。

男人的孩子，坐在地上捡食被母亲扯碎的银丝卷。孩子惊喜地发现，卷着吃的效果不如条儿是条儿，面是面这样分开来有趣，形状不同叫人产生不一样的口感。

“爸爸，这个银丝卷是那个‘陪房的臭婊子’买的么？”孩子天真又稚嫩的眼神跟说出的语言极不搭调。也许是应了那句老话，什么样的人教育出什么样的孩子来吧。

“谁教给你的这词儿！”

孩子吓得紧紧攥住手里的银丝卷，扭头指认着母亲的脸，但就是不吭声。

“看看！这就是你教育出来的孩子！”

“呵呵！你都做出下三烂的事儿了，还在意我说嘛么！”

其实就在那天晚上，妻子的闺蜜也同样出现在了那家饭店。妻子的这个闺蜜群里，好发自拍的人员配置占多数，他们热衷随时随地汇报自己的位置、情绪、妆容和灵光乍现的搞怪点子。这也真是个巧合，当闺蜜咔嚓一声按下快门的瞬间，冷美怡递向男人银丝卷的画面，就被定格在了妻子朋友圈的自拍秀中。

“我们离婚吧！”男人坚定地做了决定。倘若喜爱上了谁，差不多就会痴迷，因此这个决定势必要有。与以往在家里老是装出快活样子相比，男人此刻不苟言笑的沉默，叫妻子那冲肺管子的暴躁忽然神秘消失了。她用手蒙住了脸，滚滚的泪珠避开假睫毛的阻挡之后潸然而下。这不应该是懊悔，也不会是卑微的示弱，更不可能是对修复感情的绝望。

攥着银丝卷的孩子跑到了男人的跟前，像是在替母亲试探父亲那要崩溃的意志力，还能撑住多久。随即，男人俯下身子紧紧地抱住了孩子，顺势也搂住了妻子。

真的就不该忽视掉，能刺痛这个男人真实想法，并直达内心深处的，是谁也无法触及的对自己孩子的不舍！如此一来，哪怕孩子举起了手臂，将手里自视为“宝贝”的银丝卷塞进男人嘴里，也未能唤出男人对冷美怡的任何想念。

经过这场风波之后，再次回归正轨的冷美怡，依然是那么的俊俏，也依然傻呵呵地受着人称大龄陪房臭婊子的闲气。然而不同的是，她从此戒掉了银丝卷。

津味腊豆

胡同巷子里，传来悠长的吆喝声："玻璃瓶子换娃娃喽！"这时就引来了鼻涕罐儿（鼻涕罐儿：戏称时常流鼻涕的孩子）带头的一群小屁孩子们的围观。

旧时街上走街串巷的挑担生意人，专门用泥娃娃交换居民家中的空醋瓶、空油瓶或者空酒瓶。这也正是像鼻涕罐儿一般大的孩子们，儿时所梦想的未来职业，因为身边可以随时有很多的泥娃娃把玩。

"今儿个又拿来这么些空酒瓶换泥娃娃啦！"叫卖者不经易间的一句话，使聚拢在鼻涕罐儿四周的孩子们，向她投去了既羡慕又妒忌的目光。为了在孩子们中间不被孤立，鼻涕罐儿把珍贵的几个抱锦鲤的泥娃娃给了那几位带有敌意，并露出凶相儿的大孩子们！因为在她从小的生活环境中，不曾出现过一位顶天立地，可以保护家人的男儿形象，因而鼻涕罐儿自小就懂得如何低三下四地讨好人。

把胡萝卜、黄豆、香干、辣椒等食材跟肉皮一起下锅，大火煮开再改小火，慢慢地熬，熬到汤汁黏稠再放咸盐，将锅内的全部食材倒进容器里晾凉、冷却，等到最终售卖的时候，再从冰室内取出，如此的操作就成了鼻涕罐儿与母亲相依为命的收入来源。

再到多年以后，鼻涕罐儿也有了自己的女儿，而她的丈夫嗜酒成瘾，这使她自然就想到了自己的生父。那个至今对她影响颇深的，先是被邻近的一家同样经营酱货买卖的老板谣传，再后来真成了满城风雨的谣言：鼻涕罐儿的母亲杀害了她的亲生父亲！

那是一个午后放学的平常日，从天空砸下大颗的冰雹遇到头成包，遇到土路成坑，鼻涕罐儿记得自己不停地倒吸悬在鼻尖儿上的鼻涕，赶忙躲到一个屋檐下。而那里瞬间就成了大家共同落脚的临时避难所。

“小维（小维：鼻涕罐儿的名字），听说你爸失踪好久好久了？是真的吗？”

鼻涕罐儿架架楞楞地站在那儿发呆，她比之前加大了力度，使劲倒吸着流淌下来的鼻涕。或是因为躲雨的无聊，使得整个吸鼻涕的动作引得周围人相继发笑了。

“我听我妈说，你爸成天把自己泡在酒缸里，还把你家所有的钱都拿去买酒了，这是真的吗？”

鼻涕罐儿的鼻头儿上结出了痂儿，可还是在那儿悬着，因为那个痂儿的大小，是无论如何也吸不到鼻子里了。

“你们家卖的腊豆，是不是掺进了你爸的人肉皮？”突然一个尖脆的人声在这方寸的据点儿，吸引来了不少的目光。鼻涕罐儿在众人起哄之下，显出了无辜的神情。鼻头上仍挂着鼻涕，较刚才显得更为邋遢了。

为我的鼻涕寻找一处落脚的地方吧！这种祈祷在她心里不停重复着，在周围人等的注视下，鼻涕罐儿不顾冰雹下落的密度，一个人唐突地冒雨跑回了家。然而当她见到母亲时，被问到的第一句话是：你这么着急回来，是不是要帮妈妈一起制作腊豆啊！

是啊！姥爷也是酒鬼，父亲也是酒鬼。酒鬼整天只会被酒浸着，根本不会有心思想着挣钱，全家人的收入只靠家中妇人们的双手去收获。

鼻涕罐儿表面上迎合母亲，其实内心很不是个滋味。她此刻需要一个安全的、只有她一个人的地方静一静。好让那些还在她脑袋瓜子里浮动的嘴脸消失。不过又是一个忙碌的黄昏，母女二人齐心协力，才把既满足味蕾又经济实惠的腊豆卖给了前来关照她家生意的食客。在与那些回头客的交流中，站那儿收银的鼻涕罐儿却不住地拿套袖擦鼻涕，在接钱找钱的同时，还不忘露出甜美的笑。

若是有什么东西让你却步，你不妨试试请教天地？终于，看起来略显成熟的鼻涕罐儿，拿起一张由原木制成的纸巾，使劲地擤了擤鼻涕，才将切好的腊豆蘸上三合油，放进了嘴里。她顿时感受到咸鲜劲道的滋味，那一刻她没有着急咽下，而是在嘴里不停地咀嚼，她要借此穿越回到过去，那个母亲一早就开始忙碌的清晨，手里端着一盘匠心制成的腊豆，脸上却包含着一种缺乏信心的踌躇。这时的鼻涕罐儿又想起了那日，父亲回过头来，依旧是一张很颓废的神情，那上至前额、周边直至发际线，全部透着通红的酒色面容，和老是没睡醒的神态，如此这般状态会给人一种错觉：那不是后天养成的，是在娘胎里被羊水中高浓度酒精泡成的先天宿醉。父亲的大鼻孔里，也总是往外流着大鼻涕，且总是挂在外头叫人看着恶心。没错，仅凭这一项特征就能证明他是亲爹！然而就是这么一张颓废不堪的脸，头也不回地在一个冰雹之夜，离开了这个家，而父亲的这一走叫整个家的一切走向了萧索……从此，父亲也没再出现过。

“妈妈，我想接手咱家的买卖。”鼻涕罐儿对母亲说。她接连夹起几块腊豆含进嘴里，细细地品尝母亲用心制作的良心滋味。

而如今，鼻涕罐儿的女儿也长大成人了，她也想接过自姥姥那辈儿经营的专门卖腊豆的门店。可是鼻涕罐儿却让女儿上了本省最好的大学，毕业后找到了一份体面的工作，嫁给一个滴酒不沾的男人。

“妈妈，我知道这些年来，您真是竭尽全力地培养我。但咱家的腊豆生意，您还想继续经营下去吗？”鼻涕罐儿的女儿问。

“妈妈只是希望你不要走我跟你姥姥的老路。”

“您是怕我也找个像姥爷跟爸爸那样的男人？然后因为他们的离开，而招来人肉腊豆的诋毁？”

“不是，是因为……”

到这里，鼻涕罐儿再一次勾起儿时的记忆，正是在那个冰雹之夜，母亲对鼻涕罐儿呢喃：“小维，妈妈做腊豆的手艺，是你爸教给我的。他说是整天玩鼻涕而玩出来的灵感。黏黏的鼻涕整天露在外头裹着土，缠着沙，他把鼻涕擤在一处风干，然后就同酒一起咽下去，之后他竟然做出了津味腊豆！没承想这一做竟然做出了心得，将那流动的食材聚到容器里凝固了，成了一道不可多得的下酒菜！所以他说天生爱流鼻涕的人擅长做这道菜！”

“哦！我明白了。”女儿又说，“原来您是嫌我不爱流鼻涕啊！”

鼻涕罐儿笑了笑，且点了点头：“你确实不像妈妈似的，总流鼻涕。所以姥爷的话就到你这辈儿失灵了。”

女儿听了妈妈的话，寻找了一条别的出路。她没随母亲似的总流鼻涕，而是成为享用这道腊豆的买主，而不是依赖其求生的买卖人。

家卖鸭油包的店老板正是姑娘的男友。

原来，姑娘的男友想自己创业，让姑娘找份稳定的工作轻轻松松地活，可万万没想到的是，姑娘进到企业之后，天天跟谁都要笑脸相迎，笑的幅度和力度都不比原先卖包子时轻松，费了不少力不说，还招来许多没必要的烦恼。男友见状既后悔又心疼，每天待姑娘下班，看着姑娘把两大海碗鸭油包，稀里呼噜地吃下肚之外，就想劝姑娘不行辞工算了。

姑娘瞪着泪汪汪的大眼睛也犹豫着，可眼睁睁看着自己的事业在蒸蒸日上，也就擦去了大滴大滴的辛酸泪，想暂且放一放，再观望观望事态的发展……

年后的一个晌午，售卖鸭油包的窗口外又排上长长的队伍了。但人群中的每张脸，都看似平和，因为大家都知道急不得，要等这鸭油包出锅，必须要过了正午饭点儿。有期待才有惊喜，耐得住性子才能换来真正的口福。离正午整整过了半小时，窗口里露出了一双久违的大眼睛，姑娘脸上的笑容也是真切的、自然的、发自内心的，她不必再为讨好谁、迎合谁，而去加紧情绪上扬的节奏，每一位前来购买鸭油包的食客中，都是冲这地道的味道而来，而不是浮于表面的惊喜，更不是因一时的冲动和意外的激动所做出的唐突选择。

姑娘爱卖鸭油包，这是经过长时间等待与考验的最终选择。

软溜鱼扇

“别看老三人长得死眉塌眼，但体形的确保持得还算不赖。”老三听到这话，一扭细脖子，死羊眼立马不再发凝，一开一合地就来了情绪。

“来！咱姐妹三人干一个！”老三快她们一步，一仰脖，干掉了杯中满满的酒，而这时，同在一桌儿落座的大姐与二姐，惊呆地望着老三，不知所措。

平日里的老三擅长软溜鱼扇，切葱姜蒜、剔除草鱼骨、将鱼肉片抹刀片儿、熬糖色、炸鱼片儿，再另起锅加入事先备好的葱姜蒜，依次放入酱油、料酒、盐、糖、醋，待煮开后捞出葱姜蒜，放清水、下鱼片儿。而老三的爷们儿只管最后一下的大翻勺，之后老三还要在出盘前往鱼身上淋花椒油。至此他们夫妻二人合作的这道软溜鱼扇算是完成了。不过一位是天天低头从备料开始忙到尾，另一位是嘴里叼着烟，无所事事地只等那一气呵成的大翻勺。这样，三年的时光过去了……一天，爷们儿突然对老三说：“哎哟，这些年你连闭眼都该听烦了吧，咱俩还是离了吧！”

好事坏事都是杠着的，你想躲是躲不掉的。按说老三开的这家津味儿食堂，仅靠这软溜的烹饪技法，便能将生意声名远播，叫不少人慕名而来，甚至让客人们不顾堵车、奔波的辛劳，也甘愿打远道儿来她家的食堂，点上这道软溜鱼扇来解馋。但毕竟这是花了三年的光阴才打开的局面。通过不断的辛勤付出赢得的口碑与回头客，实属不易。可偏偏就在一切都趋于正轨的中途，她爷们儿走了。

老三独自走进后厨，尝试了一次、两次……十几、几十次之后，她的灶沿儿外便堆满了形如元宝的鱼片儿山。几乎是次次，鱼片儿们都跟复活了似的，从锅里一跃而起地翻腾出锅外。虽然可以怪是爷们儿的一走了之，惹得老三的心不

“我嫁得出去，嫁不出去的，跟你没关系吧！不过你要是想替我妈操这份心，我算你跟我妈是好姐妹吧！”大姐不依不饶。

“你可比你妈脸上的褶子多！”二姐继续叫嚣。

这俩女人的闹腾劲儿，使二人都暴露了实际年龄。尽管粉饰出来的外包装可以挡住岁月加持在身上的瑕疵，但不得不说，发自内心的呐喊却能召唤出实际的年龄与境遇。

“再瞧人家，别看老三人长得死眉塌眼，但体形的确保持得还不赖！”大姐和二姐忽然异口同声，她俩终于停止了纷争，将视线拉回到了今天的主题上。是啊！她俩今天是受老三之邀，来这间津味儿食堂聚会的。

这时老三撂下筷子，对向她俩，干下了那杯倒得满满的酒。接着，她告诉大姐与二姐，自己全知道了。

此时此刻，老三的目光突然活灵活现了，这叫大姐与二姐顿时不知所措，她们在老三的要求下，一起将倒扣在桌子上的手机屏翻转过来，才惊愕于所见到的实情。她们同时收到了一条信息，发件人都是“大翻勺鼻祖”，而发来的信息都是：“我前妻那双死鱼眼啊！宝贝儿你要是碰到了她！就干脆地跟她说，当初就是咱俩好上了呗！”

原来如此！在这次聚会之前，老三给前夫发去信息，告诉她自己早已掌握了其出轨的对象，并以此要扰乱他的生活，叫他也没有好果子吃！但老三的爷们儿是嘛都想尝尝鲜儿的主儿，谁都想碰一碰的大渣男，他哪里会知道前妻要找谁啊，会安排谁给自己下套儿呢？所以他给自己的情妇们群发了那条信息。正是如此的前提下，也考验出了这姐妹三人那永不败落的无敌友谊的真实性。

正是在这次聚会过后，姐妹三人的组织算是散了，情谊也随之告终了，不过比起大姐的精明和二姐的光彩夺目，老三仍然坚守着与这道软溜鱼扇的情。

（大翻勺是厨子上灶烹制菜肴时运用的一种勺功。大翻勺多在制作扒类菜和烧类菜，菜肴成熟后，通常先用淀粉勾芡，再使用大翻勺翻转，使菜肴朝上的一面翻入锅底。大翻勺常用于原料自身整齐或拼组后整齐的菜肴。大翻勺后菜形要完整不散乱，这种技艺也是考验厨子烹饪技术的方法之一。）

津梨鸡丝

别看都是老同学，可这小子的脸儿特别地涩（涩，sei 一声，形容生性吝啬或态度冷漠）。你找他，嘛事儿也办不了。那么暂且我们就称这小子作小脸子吧。老话儿讲，热面汤——端着；瘸子脚面——绷着；要饭的打狗棍儿——拿着。小脸子的哥们儿见他就说瓷公鸡铁仙鹤——供着。是呀！想叫他拔根汗毛，那么瓷公鸡和铁仙鹤就该活了。

小脸子买嘛都得算计算计，别看他有时装傻充愣，但一个子儿也不会多给。小脸子打小儿最爱吃鸭梨，话说天津鸭梨皮薄肉细，质地脆嫩，汁多无渣！要是赶上超市搞大促销的日子，穷算计的人们就会展现一窝蜂式的疯抢势头，他们两眼喷射着火光，两手大把大把地把梨往自己兜儿里装，靠着敢抢敢挤的实力，叫正常购物的人们都挨不上看上一眼打折的商品。这期间，小脸子早已将两大兜儿鸭梨装进了购物车。

好了，小脸子满足了，他脸上也露出了微笑。虽然还没结账，但他已经开始心心念念着一道菜了。以鸭梨作为烹饪原料，将其切成细丝与鸡丝合炒。成菜后，两色皆白，清汁无芡，鸡丝甜脆，咸甜交合，清新润燥，别具风味儿！而小脸子他爹也因为一辈子都涩着脸，给上了岁数的五脏六腑积攒了不少的无声怨，从而导致一得病就是重症。俗话说得好，面由心生，面相上涩得要命，身体出的异样也自然会要了你的命。可对于这种道理上的领悟，不光是小脸子，老脸子（小脸子他爸）就算遭了一辈子的罪也未能想通。

九点一到，天津博物馆的大门开了。今儿个是礼拜二，没什么人来参观，而小脸子必须得来，他是博物馆门前站着的一名保安员，别看这个工种没什么技术含量，可当初真是费了老脸子不少的脚力。谁叫小脸子没学历、没特长、没技能，要嘛没嘛呢！

大葱是小脸子的同学，今儿个歇班，所以他带着老母亲出来逛逛，二人来到博物馆门口，一眼就瞧见了身穿制服的小脸子，跟着他热情地向其打招呼，没想到却遭了一个大白眼儿。

“我说你是娶不着媳妇，看谁都不顺眼了么？”大葱气了。

“别胡诌白咧的，你先吐口吐沫瞧瞧自己是谁，再说话！”小脸子也没好气。

“穿上协管服就觉得自个儿转正了是么！”大葱冒火了。

“哎哟，原来是老同学呀！行啊，这大白天的无所事事，来干吗呀？！”小脸子笑出了声。

其实这会儿，大葱的冲劲儿已经上头了，要不是身边有老母亲的阻拦，小脸子要挨的这一巴掌，估计是躲不过去了。

按说大葱真没别的意思，他只是想打声招呼，没寻思着靠之前的交情让小脸子通融，以便带着自己的老母亲进到馆里溜达。但是小脸子想得多，他认为别人对他主动示好，就是没提前预约拿到入场票的不觉闷（不觉闷：因缺乏自知之明而不知趣）。

大葱带着老母亲慢悠悠地走后，小脸子从身上摸出了一个鸭梨，啃了一口润润喉咙，生津解渴的瞬间叫他忘记烦恼，解了心宽。

老姜是老脸子的哥们儿，小脸子得管他叫叔。这天也是赶巧了，出门遛弯从不打博物馆门前过的老姜，今儿个路过了此地。他手里拎着一兜儿大鸭梨，见到小脸子就掏出两个梨递了过去。

“孩子，你爹最近怎么样啊？”老姜和颜悦色。

“整天在家待着，躺着呗！”小脸子神情冷漠。

“你爹当年为了你，可真是不惜费脚力了啊！”老姜实话实说。

“是呢！当年也不可能是你给我这两个大梨，应该是我爹专程给你送大梨呀！”小脸子怪声怪气。

是啊！老姜退休之前正是这家博物馆里的负责人，老脸子为了不叫自己的儿子一辈子废在家里，就亲自出面联络各路感情，但是他无论走到哪儿，得来的答复都是按事实说话的逻辑。人家要看学历，要讲证明，要拿简历地要这要那，老脸子只得赔着笑好说歹说，这才叫人指明了一条道儿——出门左拐进保安室问问。而当年，负责管理保安室的人正是老姜，两个老哥们儿一相见，还是套出了不少对于曾经的怀恋。

眨么眼儿（眨么眼儿：瞬间）的工夫，夕阳西下几时回？老哥俩的神情上映出了各自的小心思。老姜是想走出去再坐坐、再唠唠，可同样是唔里哇（唔里哇：形容吹唢呐声，专指结婚迎亲的奏乐）了大半天的老脸子，此刻考虑更多的是出去谁花钱。

夜深了，他们变成了东游西逛的无赖游，果真处处不受待见吗？没错。老姜跟着老脸子走并排，路过大大小小的饭店、舞厅、茶舍、洗浴中心，这些商家门前站着的保安们，对他俩仅是逛来溜去、看这看那的行为生出了戒备。那么自己的事儿自己做主，就是有人上前要哄要赶，也无的怨。就这样，两位口袋里都揣着钱的老哥俩，跟要饭不成的乞丐一样，在驱赶不断的声音中，显示了他们脚力不输年轻人！一阵阵的气喘吁吁过后，老姜将请客歇脚的意思传递给了老脸子。领会精神，可不能琴弦松弛，学得凑凑合合上不了台面。要在多留神的同时常领悟，但老脸子这点上却只愿两眼一闭，不管、不问、不参与，因为他的小心思里有不认账那么一说。

“算了算了，哪有让你请客的道理。”老脸子往后退了退。

“难不成你想掏钱啊！”老姜把生性易燥的冲劲儿施展了出来，这般突然而至的劲头却没能叫老脸子吐口说“好嘞”。

天长日久，当年的娃娃大哥们如今成了蓄着胡须的老汉，就说这一幕中的两个哥们儿，经历了人生的大半截，怎么出手还竟是想不开的退退缩缩。这要怪也只怪老脸子的劣根性了，他不愿伤了一团和气，因为毕竟他儿子的就业难题已由老姜接手了。

“那么着吧，”老脸子叫停了二人的尴尬，他挽起袖子，叫老姜找处不碍事的地方歇脚，自己奔向了超级市场，他心里有数，这个时间段正是鲜果打折的最佳时机，挑来摘去，老脸子选了两个最大的鸭梨装好塑料袋，排队打签、结账，又靠着马不停蹄的脚力辗转至安排老姜歇脚的地方，但是对方早已没了踪影。不怕！不要紧的！他返回了保安室，寻来了老姜的家庭住址，就为了这两口当日鲜梨的新鲜度，他加紧脚力地敲开了老姜家的门。

“这……”老姜迟疑了。

“老兄弟，我来给你家晚上添道菜——津梨鸡丝！哦对了，你家有鸡丝嘛？”老脸子带点神经质地笑了。

“鸡丝没有，鸡蛋一堆！”老姜紧跟答道。

老脸子没再动用脚力去给老姜买鸡丝，他只是说出了这道菜的做法，具体对方能不能感到他的诚意，就要看日后他儿子的工作能不能落定了。借着顺利到家的脚力之功，小脸子终于穿上了这身挂有“三督”臂章的体面制服，那么一督、二督都在那儿了呢？据说是前任的几位保安员，因为待在这里的薪酬太低，摘掉了臂章，然而老姜没把走掉的人员编制取消，叫小脸子接着前面的排序，将他封为了这第三监督员。

目送走了退休的老姜，小蒜妹驾着豪车来了，一推车门的豪气劲头，能够亮煞每一位过路人的眼睛，可唯独只有小脸子对此无动于衷。任凭你来势汹汹，招蜂引蝶！身手如什么老生、武生、铜锤、红净、老旦的各路招式耍出来，小脸子依旧一副冷脸地恬不为怪。至此，小蒜妹算是心服口服了，她精心打造多年的大蒜嘴，终于碰上了可自个儿心思的反应！是的。小蒜妹家里阔绰，家族地位显赫，因而即便是从头到脚的蒜味扑鼻，人人见了她也依然是笑脸相迎，毫不介意，甚至有人说从她身上散发出的蒜味儿是天底下的奇香！总之是汤粥不浓，水分太多！小蒜妹心知肚明，这些前来吹捧她的都是另有所图的虚情假意。唯独一次偶然的接触，令小蒜妹深感小脸子的真实，他那不待见、不讨好、不给情面的脸子，深得小蒜妹的芳心。你可别不信，即使这位把钱财当作泥土一样挥霍的富贵女，在小脸子眼里也是有所企图的大多数，他抬起了高傲的头，端起臂章上的标识，鼻子眼儿里吐气地哼出一句："没有预约，有钱也不能进！"

小蒜妹被这种"气度"折服了，她回去打探小脸子的喜好，便得知了津梨鸡丝这道菜。这不今天，她远程赶来，正是要叫小脸子体会自己亲自为其下厨的这份心意。

小脸子举起筷子，夹起裹着梨丝的鸡丝一尝，霎时就给吐了。原本应有的甜香脆爽，全被那一股股浓重的大蒜味儿给破坏了。看来，小蒜妹的初心也要在小脸子这儿宣告完结了。

枪头白菜

辗转反侧，终于还是起身炒了一盘儿枪头白菜给青年。并一道回味着人世间的沟沟坎坎，趁着黑夜，情绪不免起伏。

后之视今，亦犹今之视昔。悟出“珍惜一份光阴，才有博取一份精彩的可能”的青年，拉着枪头白菜给他的这把大提琴，兴致勃勃地奏响了巴赫的大提琴无伴奏组曲。青年是在枪头白菜唱片店里的一名临时工，大学学的电子信息技术专业，因为身无分文，大学时代就开启了不辞劳苦的打工生涯。于是青年与枪头白菜就在这间黑胶唱片店里建立起了雇佣联系。

枪头白菜说他的座右铭是人生如逆水行舟，不进则退。他对青年讲述自己在幼年时，对偶然接触到大提琴的一见钟情，对这个大家伙发出的既浑厚又低沉的音色情有独钟。经过三番五次的请求，他的母亲勉强为他购置了一把二手的4/4成人琴。但若计较起来，4/4琴对那时的他来说可谓是大而无当。因为有了琴，就要学琴，那么找谁学就成了问题。枪头白菜对青年说，那时候的一对一授课，可按一节课40分钟计费，要花去好几十块钱。之后他又说，虽然自己称两个爸爸，但他们各自也都有造钱的命。生父投资失败，加上赌博输钱就没了下落。继父吃喝赌抽，除了不会公开自己的嫖，其余各项都会在人前大言不惭。

青年问：“那您当时上课了吗？”

枪头白菜说：“上的话就是集体课。”

“学得行吗？”

“我妈给我按最低金额交了头一学期的学费，之后就要靠自己大着胆子，不畏冷遇地蹭课学琴了。”

“收获是不是会大打折扣？”

“那时不断有要放弃的想法，但人生如逆水行舟，不进则退啊！”

就如此，枪头白菜说自己最终周旋下来了，虽不提倡偷学艺的方式，但百般无奈之下，也算是一种奋发图强的苦学履历。

随后，因枪头白菜在同学中的出众表现，被授课老师专门请其家长去谈话。

“你是想叫你娃娃将来从事这项事业吗？”

“老师，如果行当然好了，不过学费的事也请您放心，我会补交齐的。”

“那是小钱儿。”

“老师，您嘛意思？”

“意思是没钱就别想科班出身！”

“老师，您嘛意思？”

“不仅学琴需要花钱，考试也需要啊！”

“这？”

“给你举两个例子吧，除了学琴请老师要花钱之外，老师要求你换琴弦，甚至换琴，你就得买老师给你推荐的琴或琴弦。这样一来，老师就可以更加得心应手地教你了，否则人家就会找借口不教你。再有你学琴，就得参加考级、比赛吧。这里面的门道儿也大得很，考级、比赛之前，人家会安排你跟不同的老师交钱学琴，而这些不同的老师，都有可能成为日后给你孩子打分的裁判。”

“那我该怎么办？”

“你娃娃的天赋倒是有，但若是想跨越门槛，进入这个圈子，没有经济基础是万万不可能的。”

“老师，我娃娃是好娃娃。”

“你好娃娃再好，也是你看着好，眼下这么现实的大环境下，这个‘好’字都需要拿经济实力说话的。”

“我明白了。”枪头白菜的母亲低下了头，自此以后，她家里的饭菜除了饽饽就是咸菜，而最让一家子都感到有过年气氛的年菜，就属这道枪头白菜了。因此为了沾染过节的喜庆寓意，母亲就喊自己的娃娃是枪头白菜了。

“嗯，你就好好坚持吧！”

青年听完他的追忆，又稳稳地端起弓弦拉琴了。青年的五官清秀，该有的线条十分清晰，该有的轮廓也都端正俊朗，身高与体重的比例，也和如今的枪头白菜一样，可以把持住这把 4/4 的大提琴，早已不再大而无当了。

“请问您二位谁卖盘？”一位走进黑胶唱片店的顾客询问道。青年赶忙停止了拉琴，上前为顾客递去了热情，并询问有什么可以帮助的。

“老虎鱼今年的试音碟出了嘛？”顾客问。

“这么小众的货，您也知道，看来您是资深听友啊！”青年呵呵地笑说。此时，他的眼前满是自己当初进店应聘时的画面。

记得那一日，他对店老板突然就说：“老虎鱼试音碟30周年纪念版，我也有一张。”

店老板问他：“你多钱收的。”

青年笑说：“没花钱，之前在另一家唱片店打工，是一边上学一边勤工俭学的意外收获。”见老板低头翻着黑胶碟，青年又说，“虽然数码音乐方便、便宜，但黑胶唱片那饱满、温暖、鲜活的音色，是无法被取代的。”

而当时这家店的老板正是枪头白菜，他听到青年说这些，一下子就提起了兴致，并跟青年继续聊起黑胶，什么金属直刻；母盘、公盘；德国、荷兰、美国的剥离工艺；一个公盘在保证水准的前提下，大致压制的张数；压制唱片的原料，黑色的胶碟就用黑色的塑料原料，若是透明的、粉红的就用透明的、粉红的塑料原料。最后，他俩还提到出炉的唱片如何连标签的技术等。聊着聊着，枪头白菜就对青年说，他跟自己年轻的时候简直太像了，就是这么执着，就是认定了人生如逆水行舟，不进则退，因此干什么都上心！

“你也喜欢大提琴？”

“喜欢，但就是没钱学。”

“没钱的话，可以另找出路。对音乐的热爱，可以让人无限制地钻研，即使无人问津，自己的喜好总归是自己的。”

青年接手过了枪头白菜店里的零碎活儿，并得到了被老板珍视至今的那架4/4二手大提琴。二人在店里时而聊聊唱片，时而切磋琴技，又时而，青年会品尝到老板手作的这道，小时候只有逢年过节才有的一道大菜——枪头白菜！